长 篇 小 说
"潮汐三部曲"之二

江河激荡

丞卫 著

SPM 南方出版传媒·广东人民出版社
·广州·

图书在版编目（CIP）数据

江河激荡 / 丞卫著 . —广州：广东人民出版社，2021.8

ISBN 978-7-218-15091-8

Ⅰ.①江… Ⅱ.①丞… Ⅲ.①长篇小说 – 中国 – 当代 Ⅳ.① I247.5

中国版本图书馆 CIP 数据核字（2021）第 114806 号

JIANGHE JIDANG

江河激荡

丞卫 著

出 版 人：肖风华

责任编辑：沈海龙

特邀编辑：郑　薇　梅璧君

责任技编：吴彦斌　周星奎

排版设计：广州市奔流传播文化有限公司

出版发行：广东人民出版社

地　　址：广州市海珠区新港西路 204 号 2 号楼（邮政编码：510300）

电　　话：（020）85716809（总编室）

传　　真：（020）85716872

网　　址：http://www.gdpph.com

印　　刷：佛山家联印刷有限公司

开　　本：889 毫米 × 1194 毫米 1/32

印　　张：9.5　字数：270 千

版　　次：2021 年 8 月第 1 版

印　　次：2021 年 8 月第 1 次印刷

定　　价：68.00 元

如发现印装质量问题，影响阅读，请与出版社（020—85716849）联系调换。

售书热线：（020）85716826

作者简介

　　丞卫（笔名），本名樊成玮，法学博士，一级律师。曾为央企干部、政府公务员、上市公司高管、律师事务所合伙人、政协委员、人大代表、高校兼职教授、研究机构特约研究员等。先后出版有关经济、法律、社会方面的个人专著六部（其中一部版权输出至海外），在《法学评论》《中国统一战线》《河北法学》《民主与法制》《特区经济》等刊物上发表专业论文数十篇，也发表过少量诗歌、散文和词曲作品。本书是作者继"潮汐三部曲"第一部《汉水悠悠》之后的第二部。第三部《海潮涌动》即将出版。

前　言

有智者漫步江河之畔吟道：沉舟侧畔千帆过，病树前头万木春。

有先贤屹立高山之巅叹曰：尔曹身与名俱灭，不废江河万古流。

有伟人洞察历史风云告诫：历史潮流，浩浩荡荡，顺之则昌，逆之则亡。

此乃直指时势、人心之箴言。

江河激荡，荡涤着历史长河的污泥浊水，激发出无可比拟的自净能力！激荡江河，雕琢出沧海桑田的秀美山川，蕴育出辉煌灿烂的壮丽诗篇！无论风云如何变幻，历史总是在风雨中前进；无论世道何等艰难，社会必然在希望中发展。百年梦想，总是有无数志士在不懈奋斗；关键时刻，更有那一代伟人能力挽狂澜。

本书《江河激荡》是"潮汐三部曲"之二，是紧接着第一部《汉水悠悠》延续下来的故事。这些故事，桩桩件件都是紧随着共和国奋力前行、步伐豪迈的节奏；其中人物，此时得以幸运地生活在共和国百花齐放、万紫千红的春天。如果说，第一部《汉水悠悠》告诉您的是一个时代的浮沉跌宕和风云变幻，一段人生的奋斗精神与求索奉献，那么，这部《江河激荡》讲述的则是辉煌年代的蓬勃朝气和欣欣向荣，一代新人的奋起追求与志向宏愿。而这部小说故事的起始，正好是一位伟大的老人在中国的南海边画了一个神奇的圈，从而诞生了"春天的故事"的那一年——1979 年。

那时的社会

拨乱反正是为正本清源，阴霾散尽必然阳光灿烂。

那个年代，载入史册的十一届三中全会毅然决定废止了"以阶级斗争为纲"，掀开了"以经济建设为中心"的新篇章：中国的农村经济体制变革悄然兴起，全国城市扩大企业自主权逐步开展试点，作为"开放窗口"的经济特区在高层酝酿启动，绝迹经年的城乡个体工商户以合法的身份如雨后春笋般不断涌现，引进海外的技术、资金，中外合资、中外合作、外商独资企业开始在各地兴办。"摸着石头过河"，使乡镇企业异军突起，冲破禁区，在经济改革百花园一枝独秀；"杀出一条血路"，令经济特区先行先试，越过雷区，在对外开放第一线展现奇观……这部《江河激荡》背景中巨大的社会发展天幕绚丽多彩，变化万千。

在那个年代，无论是城市乡村，还是街巷田间，到处都飘荡着激昂向上、欢快嘹亮的歌声，无论是教师、干部、工人、农民，还是返乡知青、待业青年，几乎每个人的眼中都充满了对光明未来的向往，对幸福生活的期盼，真诚的脸上都绽放着阳光般的笑颜。不得不说，政治局面趋稳、政策氛围宽松、社会气氛自由、经济环境好转是那个时代社会激荡变革中的主色板，物质上有盼头，精神上有追求，可以自在地欢笑，可以自主地生活，曾令无数人向往的简单的幸福已经实实在在地呈现在人们的眼前。

在那个年代，培训夜校的灯火通明是令人振奋的最美夜色，工厂车间里的机器轰鸣是催人奋发的最美声音，自由市场内的讨价还价是令人感慨的最美交响，公园广场上的翩翩舞姿是引人陶醉的最美画面。对于老百姓而言，能够让每个人都置身于和谐安宁的环境中的社会，就是应当赞颂的社会；能够让每个人都生活得充满希望的时代，那就堪称伟大的时代！因此，郑晓悟这一代就有了永世感恩的人生体验。

那时的大学

1979 年考上大学的这批年轻人在当时被称为 79 级新生，后来又被人们与 77 级、78 级的师兄师姐们一起称之为"文革"后的"新三届"大学生，当时的很多专业都是年龄差异很大的三届学生聚在一起上大课，成为教室里一道独特的风景线。那个年代的大学生都自我定义为"天之骄子""时代精英"，"路漫漫其修远兮，吾将上下而求索"成为每一位大学生的座右铭。以国家栋梁而自律，以振兴中华为己任是每一位大学生的心愿。那时的大学校园里，大家为排队抢购新华书店进校售的书而打架，为加塞抢占图书馆的有限座位而争执；为自以为正确的观点据理力争而不惜与好友撕破脸；即使谈恋爱，也必然是以学习为先，相约在安静的教室和图书馆。对知识的欲求，对理想的渴求，对真理的探求，对人生的追求，是那个年代大学风气的主旋律。那个年代的大学生们都深有体会：经历过酷旱的万物，最知道甘露的珍贵，走过了严冬的人们，最懂得春天的温暖。

那时的大学生都有一种中华复兴当仁不让，国家富强舍我其谁的情怀，都有一种求知若渴，兼收并蓄，海纳百川的宏愿。无论是什么专业的学生，都要好奇地去了解国外盛行的哲学思想、西方兴起的文化思潮、中外比较的优劣长短；无论是哪个年龄的学生，都曾相互讨论暴露文学、伤痕文学、反思文学、改革文学；无论是哪种性格的学生，都会脱口而诵"黑夜给了我黑色的眼睛，我却用它寻找光明""卑鄙是卑鄙者的通行证，高尚是高尚者的墓志铭"等当年流行一时的诗句。那时大学校园里的高音喇叭里每天播放的既有颤声飘灵的电子琴曲，也有清新纯真的校园民歌，更有振奋人心的时代礼赞。

前言

03

那个年代的大学,除非少数教职员工对某位学生存在偏见、抱有成见或者是曾经有过莫名其妙的世仇恩怨,几乎所有的老师对待自己的学生皆是若严父、如慈母、似长辈、同家人,倾注着满腔的心血和无尽的关爱,因为他们切身感受到知识断代、青黄不接对国家的危害,他们深知肩负的是培养国家希望之重任,他们深知承载的是培育社会栋梁之重担。老师的讲习授业犹如沙漠戈壁中传来阵阵的悦耳驼铃,老师的教诲解惑恰似茫茫大海上发出的闪闪的灯塔光焰,郑晓悟至今对于那时的大学生活心生感恩。

那时的爱情

与我比较熟悉的读者朋友在读完第一部《汉水悠悠》之后,都在和我讨论或者猜测我的第二部小说将会写什么,怎样写。有朋友干脆直接给我出主意、提建议,而且大多数朋友都不容置疑地认为,在那个"江河激荡"的年代绝不可缺少有关爱情和性爱的话题,他们还斩钉截铁地认定,那个年代的爱情和性爱必然是读者朋友感兴趣的内容,理应作为写作重点。有读者推心置腹地劝导作者:如果实在脸皮薄,不好意思把情爱故事写得太直白、太渲染,就学习人家贾平凹老师《废都》的写作手法,注明此处省略多少字来掀起点儿高潮和波澜。

就此,我忽然想到弗洛伊德在其《性爱与文明》之《爱情心理学》中曾说:"文学家们往往要受到某些条件的限制,他们不仅要影响读者的情绪,还要激起人们理智上的和审美的快感。有鉴于此,他们在表述时就不能直言不讳,例如,他们不得不把真实发生的事情的某些部分舍去,为的是防止无关紧要的东西干扰,然后再用别的材料去填补这些空隙,对整体的统一下一番粉饰功夫。"他还说这是文学家的特权。

应该说,在《汉水悠悠》中涉及这方面的话题内容时,我已经算是践行了弗洛伊德的这个观点。但也毋庸讳言，爱情的确是历史的江河激荡中永恒的话题，性爱是社会发展进化中亘古不变的美谈，尤其是在那变革的时代、激情的岁月、青春的年华、放飞的生命，绝不可能与爱情绝缘。

古人曾叹"相思一夜情多少，地角天涯未是长"，一夜之相思竟是如此绵绵不尽，更何况激荡年代中的男女青年？在《江河激荡》中，品过爱情之甜、赏过性爱之美的主人公郑晓悟无论是在大学与吕菁华相恋，还是先行毕业短暂分离，自然都会难以脱俗而无病呻吟地感慨"意长翻恨游丝短，尽日相思罗带缓"。

那时的爱情是甜的，是酸的，是苦的，还是辣的？其实任何时代的爱情皆是亲历之时百味杂陈，蓦然回首感慨万千。爱情绝不可能只是相爱的两个人自己的事情，无论有意无意，无论目的何在，必然会有来自家人、亲戚、朋友、同学强加于人的或好言相劝、或潜移默化、或风马牛不相及、或顾左右而言他的各种影响，而且往往影响深远。

吕菁华的原型人物曾在日记中发誓与阻挠其与恋人相爱的至亲断绝关系，但最终却还是逃脱不了这些至亲的影响，当然还有后来环境变化的影响，导致结局发生令人扼腕的转折。所以我想说，恋爱是恋爱，结果是结果，爱情是爱情，婚姻是婚姻。不过那时的爱情轰轰烈烈而又纯真自然，并不附加太多的条件。

多年后，郑晓悟的原型人物在与他已成年的女儿聊起与吕菁华原型人物的初恋时，依然激情飞扬地表示，假如真能穿越回青年时代，自己还会义无反顾地选择那样一场令人刻骨铭心的恋爱，当然，这绝不涉及对某个具体人的怀念。

借得大江千斛水，研为翰墨宜感恩。

作为"潮汐三部曲"第二部的《江河激荡》，在第一部《汉水悠悠》之后即得以顺利出版，当应再度感谢广东人民出版社副总总编辑钟菱老师的高效组织和细心指点！再度感谢编辑郑薇老师倾注心血、认真审校、严格把关！同时要感谢高高老师领导下的推广发行的各位老师提前协商、规划方案！特此致敬。

丞卫

目录

第一章　求学途中　　　　　01

第二章　又见发小　　　　　13

第三章　大学新体验　　　　25

第四章　多彩的生活　　　　36

第五章　不平静的校园　　　48

第六章　青春啊青春　　　　60

第七章　友情不是爱　　　　72

第八章　情感迷思　　　　　85

第九章　初次见面　　　　　97

第十章　车站偶遇　　　　　109

第十一章　电影情缘　　　　　120

第十二章　恋爱　　　　　　　132

第十三章　爱情阻力　　　　　144

第十四章　为爱抗争　　　　　157

第十五章　毕业的烦恼　　　　169

第十六章　到渤海边　　　　　182

第十七章　海上钻井平台　　　195

第十八章　她寄来毛衣　　　　207

第十九章　陪外商过年　　　　220

第二十章　北京培训　　　　　232

第二十一章　准备出国　　　　244

第二十二章　接待女友　　　　257

第二十三章　留学被顶替　　　269

第二十四章　南下广东　　　　282

第一章 求学途中

这是一个绚丽多彩的清晨。

灿烂的朝霞托起一轮火红的朝阳，刚好升起在昂首朝东、蓄势待发的火车头的上方，前方的钢轨反射着太阳的光线，折射出五光十色的光谱，像是一条条色彩斑斓的彩带，逶迤绵延地舞向远方。此时，蒸汽机车的车头牵引着长长的绿皮车厢静卧在路轨上，依序排列集结，又像一队队纪律严明的战斗方阵随时待命。车站月台上的候车棚立柱被油漆刷成上白下绿，恰如一个个肃然挺立的仪仗兵，随时准备迎送南来北往、东奔西走的人们。这时，已经启动预热的巨大黑色蒸汽机车上，烟囱里排放出一阵阵白色蒸汽，袅袅绕绕地配合着天空中不断变幻的朝霞，在冉冉上升的红日之下不停飘舞，淡去，飘舞，淡去……呈现出一幅极富动感的美丽天际图。

朝阳斜照下的月台上尚无其他旅客，只有郑晓悟和送他进站的李丽，还有大哥郑晓忱和他的好友、同学萧志国，四个人站在一起轻松地聊着天，脚边放着父亲郑力仁那口用旧了的藤条箱，还有被大哥郑晓忱用油布细心捆扎严实的被子、床单，还有放着洗脸盆、热水瓶、漱口杯、搪瓷饭钵、铝制饭盒等日用品的红白相间的棉线网兜。处暑之后的晨风轻柔地吹拂着，虽然还夹带着缕缕暑气，但更多的是给人一种神清气爽的舒适感。

萧志国正诚恳地对郑晓忧兄弟俩说："力仁叔是解放后孟营的第一个大学生，带动营子里后来考出了好几个大学生。咱晓悟老弟这回又成了'文革'后孟营考上的第一个大学生，在营子里又引起了轰动，这就是你们家两代人的模范带头作用啊！不过晓悟，我在这儿只想给你提个要求，我弟弟志兵跟你的关系那么好，你一定要写信鼓励他努力复习，明年至少争取考上中专。"

郑晓悟真诚地点点头，心中当然希望自己能对这位发小有所帮助。

郑晓忧还是像往常那样不苟言笑、一脸严肃地交代弟弟："大学跟中学的学习生活是不一样的，而且知识结构也有本质的区别，你一定要尽快适应。国家正在拨乱反正，强调法制建设，你选的这个专业恰逢其时，所以，刻苦钻研专业知识是你这四年的中心任务，不要受社会上一些不良风气的影响，不准去接触那些乱七八糟的东西，知道吗？"郑晓悟点头称是。

萧志国则在一旁满面笑容地对李丽说："小李，你姐姐李俐很有门路嘛，一个电话给襄樊火车站的站长打了个招呼，既不要排队检票也不用买站台票，直接就从车站旁边的大门提前进到站台来了，太厉害了！什么时候把你姐姐介绍给我和晓忧认识认识嘛。"

李丽依然是低调谦逊的风格，笑眯眯地回答："我姐姐哪有什么门路嘛，她也只是铁四局办公室里一个一般的工作人员，只是经常会跟襄樊火车站打交道，又正好跟站长比较熟，所以就做个顺水人情呗，免得在车站候车室里挤来挤去的，排队检票的时候又会有很多人不讲道理、随意插队抢座。我们这样多方便呐。不过我没想到你们会来得这么早，好在我提前赶到这儿来等你们了。"

郑晓忧依然是稳稳当当的样子："我和志国五点钟就把晓悟叫

起来洗漱吃饭，一定要赶上首班公共汽车，从县城过来至少得一个小时呢。火车可是不等人的，宜早不宜晚嘛，误点就麻烦了。"说话间他忽然又想到一个问题，"哎，小李，我有个问题比较好奇，你们家也不是襄阳本地人，有时也讲普通话，那么你的名字叫'李丽'，你姐姐的名字叫'李俐'，普通话的发音完全是一模一样的，别人如果要是同时叫你们姐妹俩，该怎么区分呢？"

李丽爽朗地一笑："我爸爸给我们取名的时候就是想标新立异，故意弄成一个发音，我和我姐姐笑他偷懒，给我们取名字连个音都懒得变。本来我的本名叫'李俪'，随我姐的名都是带单人旁的，但上学后老师、同学还有我自己都偷懒，写名字的时候把单人旁就省去了。家里长辈和亲戚朋友一般都是叫我们'大俐''小俪'。" 身材高挑的李丽在朝霞映衬下，浑身散发着青春健康的气息，端庄而秀丽，每次和两位大哥哥说完话，都会用她那双有神的丹凤眼笑意盈盈地盯着郑晓悟看。

郑晓悟这是第一次长时间离开家人独自外出求学，独立自理生活，在期待与向往之中又似有隐隐的茫然与空虚，特别是和此生第一次有异样情感的异性好友刚认识半年就将各奔东西，内心中的那份怅然，感情上的那种依恋，使他不知道应该在此时此刻说些什么才好，只是站在旁边静静地打量着欢声笑语中的李丽。当李丽向他投来深情的目光时，他又慌忙地躲闪着那份灼热，假装去看手拿检修锤、正忙着在各个车厢的钢轮上"叮叮梆梆"敲打检修的工人师傅。

李丽这时大方地走过来，拉着他往旁边走了几步，微微红着脸小声说道："我们学校的报到时间要晚好些天，我本来是想跟你一起去武汉，一直把你送到学校去的，但我爸妈说这样不好，一是怕对你刚到学校就造成不好的影响，二是……二是说我们还没有……还没有正式确定……那个关系，不合适。"

郑晓悟赶紧说："没关系，我理解。我觉得叔叔阿姨考虑得很周全。你这次还真不能陪我去，我也不知道学校那边的情况怎样，到了之后肯定是一片忙乱，也顾不上陪你，反而不好。我今天到校办妥报到手续之后，就立刻给你写信，告诉你具体地址和学校的情况。"

李丽又说："再就是……再就是我找我爸妈要钱专门买一块手表送给你，你很决绝，坚决不要，我当时真的好伤心好伤心哦，本来我的东西就是你的东西，应该不分彼此才对。但我后来一想，你是很有自尊心的人，我很尊重你的自尊心。这块表我会给你留着的。"

郑晓悟略显尴尬地低着头，心里有些觉得对不起她。他其实是在强烈的自尊心背后还有一种理性在约束自己，不要说现在两人并没有明确恋爱关系，即使是一对恋人，天各一方，两地求学，此后的变化也很难预料。如果最终不能在一起，如何处理这块手表比直接拒收更加难堪。

"哎哟喂！这不是郑晓悟吗？"一声响亮而欢快的大嗓门打断了郑晓悟的尴尬。一位刚被列车长带进站台的与郑晓悟年龄相仿的，身材魁梧、面庞黑红、笑容灿烂的小伙子，背着行李卷一路小跑奔了过来。

"你是……"郑晓悟疑惑地问。

"哦，我是江湾中学高二（2）班理科班的赵运河，你不认识我，但我在学校见过你这位大名鼎鼎的郑晓悟啊！这是李丽吧？你好！"

"你好你好！你怎么认识我？"李丽礼貌地回答并好奇地问道。

"嗨呀！你俩的故事在学校都传遍了，你们两个经常在晚饭后一前一后走出校园去散步，我们好多同学都看到了哟。后来你离开我们学校回城关中学之后，郑晓悟每天一个人出去散步，好孤单哟。"赵运河大大咧咧地嚷着。

李丽难为情地红着脸瞟了一眼郑晓悟。郑晓悟压住心里的不高兴，指着赵运河的行李正要岔开话题，只听站台上的电铃声"嘀铃铃……嘀铃铃……"地响了起来，列车长走过来叫道："马上就要检票放行了，运河，你和你的同学赶紧上车放好行李，按座位号就座。"

赵运河欢快地答应一声，问道："郑晓悟，你是几号车厢几号座位？等会儿我过来找你哈。"

郑晓悟很不情愿地把自己的车厢座位号告诉了赵运河。

大哥郑晓忱、萧志国和李丽一起，七手八脚地把郑晓悟简单的行李送上车厢，认真摆放好。

随着一声汽笛长鸣，火车缓缓开动。郑晓忱和萧志国挥手与郑晓悟道别，李丽情不自禁地跟着火车追了几步，女孩子的矜持迫使她随后停下了脚步。但她没有挥手，而是定定地盯着靠窗而坐的郑晓悟，久久地望着渐渐开远的列车，眼里是满满的不舍与深情。

车厢里响起了《再见吧，妈妈》那昂扬高亢的歌声，随着车速越来越快，郑晓悟呆望着迅速远离的亲友、远离的车站、远离的城市，看着窗外不断呈现的田野、村舍、河流、山林像一幅幅流动的画面，静静地陷入沉思：14年前自己和哥哥姐姐跟随父母举家从北京迁往汉宜，当时最清晰的记忆是在武汉东湖行吟阁前的屈原塑像下拍"全家福"，却并没有留下坐火车的印象，今天等于是自己18岁的人生中第一次有坐火车的体验，不但没有一丝激动的新鲜感，反而有些许难言的悲哀心。惊回首，自己其实只真正接受了一年正儿八经的规范式教育，只在这一年，才知道什么是学校，什么是读书，什么是老师，什么是讲课授业答疑解惑……假如继续留在北京或迁往其他城市，无论是生活还是上学，最差会是像在孟营那样吗？如今，众兄弟姐妹又开始重新从人生的"U"

字底端奋发不屈地努力往上攀爬，想起来真的是很不容易啊！

郑晓悟在呆想中眼眶有些潮润，但却已经明显地意识到现在是在沿着父亲的道路逆行，而这个得以逆行的机会只能说是有幸撞上了，自己无论如何不可错过这个大时代赐予的机遇，不能辜负这个好年华开启的前景。年迈的爷爷居然也托爸爸捎来了三块钱以示奖励，自己理当以感恩的心态投入大学四年的学习，用报恩的志向规划人生未来的前程。不知不觉中，他低声背诵起《孟子·告子下》中的经典语句："故天将降大任于斯人也，必先苦其心志，劳其筋骨，饿其体肤，空乏其身，行拂乱其所为，所以动心忍性，增益其所不能。"

"嗨！郑晓悟！"忽听得耳边一声欢叫，肩膀被人拍了一下，被打断思路的郑晓悟颇感不快地扭头一看，原来是赵运河满脸堆笑站在旁边，身后还跟着一位个子不高、白白净净、斯斯文文的年轻人，微微露出笑容和自己点头，算是打过了招呼。

赵运河一屁股坐在旁边空着的位置上，兴高采烈地说道："郑晓悟，再给你介绍一位同学哈，也是你们文科班的，他叫陈子庚。"

陈子庚自己接过话头说："郑晓悟你好！我叫陈子庚，是高二（4）班的学生，我认识你。最后一个学期也是你爸爸郑力仁老师给我们代的政治课。"

"哎呀！你就是陈子庚啊，你好你好！我在学校听说过你的名字，我爸爸说你的成绩也很好，相当有竞争力，肯定能考上大学。怎么样？录取的是哪个大学？"郑晓悟边说边指着对面有两个因为是起点站还空着的位置："来来来，一起坐下来聊一会儿吧。"

陈子庚一边走过去坐下，一边显得有些郁郁寡欢地说："唉！真不好意思！辜负了老师们的期望，高考没有发挥好，没能过大学录取分数线，只是被省物资学校录取了。"

"省物资学校相当不错哟，那可是现在很时髦的专业啊，你将来毕业之后的工作可都是被人求的岗位呢，我觉得应该向你祝贺。"郑晓悟真诚地说。

赵运河快活地接过话头:"是啊陈子庚,你完全没有必要不甘心嘛,你能到省物资学校,比我录取在省水运学校强多了,但是我自己就觉得很满足呢,哈哈。"

通过前后不到一个小时的接触,郑晓悟觉得赵运河这种大大咧咧的性格挺好的,便逗趣道:"感觉你'赵运河'这个名字就天生适合上水运学校,你自己满不满足那也是天意。"

陈子庚依然心有不甘地对郑晓悟说:"你没来之前,我是我们学校的文科尖子,你来之后我就一直对你这个插班生不服气,也一直把你作为目标,要赶超你,而且我知道你的数学成绩很差,而我的各科成绩都比较平衡,认为起码我们两个可以一起考上大学,所以我的高考志愿也报的是楚天大学法律系。可惜……唉!本来想放弃读中专,重新复读,明年再考,但毕竟年龄不算小了。"

听了陈子庚的坦言相告,郑晓悟反而感到他这个书生气十足的人很坦诚,很率直,顿生好感,便坦然地说:"其实你分析得很对,也只能说我自知偏科,只好扬长避短,撞到点子上了而已。我们楚国的先贤屈原不是有一句话嘛,'夫尺有所短,寸有所长;物有所不足,智有所不明;数有所不逮,神有所不通。用君之心,行君之意'。"看陈子庚似有所悟地点点头,郑晓悟便又问道,"你说你自己年龄不小了,比我大吗?看不出来呀?陈子庚……陈子庚……噢!你的属相是不是属鼠?1960年庚子年出生的?"

陈子庚惊奇地点头道:"是呀,你好像会算命一样。"

"不用掐指算命,你这个名字很有特点,有心人仔细一琢磨就能想到。你父亲真会给你取名字,把暗含的'庚子'年这么一颠倒,反而显得更加有味道。你们想想看哈,我们每个人的姓名、这个跟随自己一生的符号的确有可能就是人生密码,真的很耐人寻味,很值得研究。比如你叫'子庚',老鼠机敏善储存,适合搞物资专业;比如他叫'运河',就是要跟水运打交道;而我'晓悟'呢，就应当去研晓体悟法律的真谛和功用吧。"

郑晓悟一番一本正经的胡说八道，把陈子庚、赵运河说得乐呵呵地直点头，感觉好像真是那么回事似的。

陈子庚一改拘谨和矜持，真诚地对郑晓悟说："我们学校一个是文科班的你考上楚天大学，一个是高二（2）班理科的邓玉红考上了武汉医学院，实现了我们江湾中学文理科高考'零'的双突破，让人不得不服哇。你们两人被大学录取的大红喜报一左一右贴在学校大门的两边，真的是给我们学校、给全县都争色添彩呀。"

"是啊！的确是很轰动，好多人围观啊，大家都羡慕得不得了呢。郑晓悟，你有没有回学校去看到那个场面？"赵运河问道。

"我高考结束的当天就赶到县城去打零工攒学费去了，一直没有时间回学校。不过，虽然在江湾中学只读了一年，但令我终生难忘，所以我还写了几句顺口溜献给母校，表达感激之情：'回首甚感恩情深，展望更觉力量增。四载练就炉火纯，来日报上赤子情。'"

这时好像是应景，《我们的生活充满阳光》那优美的旋律在车厢内回荡，悠扬的电子琴声撩动着人们的心房，歌唱家于淑珍甜美纯净的嗓音是那样令人荡气回肠：

……迎着那长征路上战斗的风雨

为祖国贡献出青春和力量……

全车厢的人都在侧耳聆听享受着，完全沉浸在这美妙的歌声之中，似乎都在不由自主地憧憬着各自的美好理想。

三位年轻人带着美好向往的神情静静地欣赏完这首歌曲，陈子庚按捺不住自己的激情，兴奋地说道："真是非常高兴我们三人有缘在同往武汉求学的火车上聚首，我也想了几句顺口溜，真诚地希望我们大家都珍惜这来之不易的学习机会，算是共勉：'人在青春美少年，刻苦努力忌贪玩。长江没有回头浪，时光一去不复返。'"

赵运河没心没肺地拍着双手高声嚷道："得得得，就你们文科生会玩行了吧！你们这种搞法，我没办法跟你们在一起谈天说地了。"

车过安陆车站，旅客一下涌上来了很多，原来空着的座位有新上车的旅客过来对号入座，陈子庚和赵运河要回到自己的车厢去，约好到武昌火车站下车时大家再碰头。

中午时分，郑晓悟取出大哥郑晓忧在单位食堂为他买好，装在饭盒里的馒头和茶叶蛋、大头菜，就着开水解决了午饭，随后趴在座位前的小茶桌上，伴随着列车有节奏的晃动进入梦乡。

酣睡间，突然被一阵嘈杂声吵醒，郑晓悟很不情愿地睁开惺忪睡眼，恍惚间一下子还想不起自己身处何方。蒙眬中他只见前面的过道上有两个上身穿大角翻领短袖花衬衫、下身穿"的确良"喇叭长裤、眼睛上扣着蛤蟆镜的小伙子，正在辱骂拉扯两位衣衫破旧、用竹筐装行李的人，并高声大气地用武汉话吼叫："嗨！嗨！人模狗样的！你们有么资格坐在这里哟，起开起开，让给老子坐！"

两个衣衫破旧的人哆哆嗦嗦地掏出车票给他们看："这本来就是我们的座位，我们买了车票的，这里是要对号入座的。"

一个红花衬衫的小伙子一巴掌把他们的车票打落在地上："你买了车票又么样哟？看到有？老子也是买了票的！老子就是要坐到这个位置，再不起开老子两巴掌呼死你。"说完又去拉扯。

这两个竹筐装行李的人赶紧捡起证明自己有坐座位权利的车票，勾头缩身，坚守在自己的座位上就是不起身。

另一个绿花衬衫的小伙子欺身过来："嗨哟！看这个样子你们就是不给老子让位哈？你觉得自己还蛮狠的是吧？"说着就挥拳

打过去，"你还给老子耍横！你还给老子耍横！"红花衬衫也拿脚去踹。两个破旧衫人紧靠在一起，举着手，护住头，既不敢还手但也绝不让座。

原来，列车停靠云梦站，车厢里上来了这两个奇装异服的年轻人，一看所有的座位都已经坐满了，过道上还站着人，便盯上了那两位看上去老实巴交好欺负的破旧衫人，要抢占他们的座位。其他旅客看到这个家伙来者不善，开始都只是对他俩厌恶地怒目而视，但无人阻拦，或者是不敢阻拦，眼见其愈发嚣张，开始动手打人，就有人忍不住大声说道："抢人家座位还打人，太不像话了哈！"于是就有其他人七嘴八舌地打抱不平："打人就是不对！""叫列车长过来嘛。""车上有没有乘警，去叫乘警过来管管。"

这两个年轻人似乎也觉得理屈，不宜太过触犯众怒，便停止了殴打，但红花衬衫一屁股挤坐在两位破旧衫人的座位边缘，绿花衬衫则靠在座椅背上，用屁股把红花衬衫往里边使劲拱。两位破旧衫人也暗暗抵抗住他们往里边挤的力气，双手撑住座位前的茶桌，眼望车窗外，一直忍着不吭声，也不动。双方就这样无言地暗中较劲，互相僵持着。

车到汉阳站，两位破旧衫人站起身来，拿上自己放着行李杂物的竹筐下车，红花衬衫和绿花衬衫也紧随其后，从车厢出口一把把他们推倒在站台上，边大骂脏话边拳打脚踢。站在车厢门口的女列车员吓得赶紧躲在旁边观望，车厢内的一些旅客围在车窗处大声呵斥阻止。过了一会儿，才有车站的工作人员和警察吹着哨子、打着手势往这边赶过来，二人这才停住拳脚，往出站口跑去。

"大庭广众之中还理直气壮地抢座位，这社会风气也太坏了吧！""光天化日之下敢肆无忌惮地打人，这胆子不是一般的大呀！""看来打、砸、抢的那一套还是在社会上有市场啊。""是啊，现在的社会还是比较乱的，出门都不是很安全。""这些现象不能放任不管了，否则这样子下去不得了啊。""我看必须要依法严惩、严打、严管！"……列车开动后，车厢里的旅客还是义愤填膺，一直在议论纷纷。

这时有列车员走进车厢，有人便高声质问："这些地痞流氓小混混公然在车上抢座位打人，你们都到哪里去了？也不出来管管，秩序这么乱，我们旅客的乘车安全怎么保证嘛？"

列车员不好意思地解释道："每次车到这些地方就有人上来闹事，今天还算是好的，只有两个人闹。乘警都拿他们没有办法，我们更不敢管啦，不然的话，他们下次会来报复我们的。"

"我的天呐！这不是无法无天了吗？""难怪他们敢明火执仗地胡作非为呢。"

列车员有些不耐烦地回应道："你以为我们想这样啊？我们也希望有人能管住他们这些小流氓啊。每次跑车都搞得我们提心吊胆的，连我们自己都自身难保，所以你们跟我说这些没有用，最好都去跟铁路的上级领导反映反映，不然，谁的安全都保证不了。"

郑晓悟长大之后是第一趟出远门，第一次见识到这种场面，觉得完全不合常理，非常不可思议——外面的社会环境居然是这样的？因此他想到国家拨乱反正、肃清流毒、正本清源、加强法制建设的重要性，对自己即将学习的法律专业产生了强烈的责任感。

"咣当……咣当……咣当……"车轮撞击铁轨的声音忽然发生了变化，产生了凌空回声的声响。此时，列车播音员的声音响起："各位旅客同志们，本次列车现在正行驶在万里长江第一桥——武汉长江大桥上，'一桥飞架南北，天堑变通途'……"

旅客们一声惊呼，纷纷挤到车窗边俯瞰长江，眺望武汉三镇。

车窗外巨大三角形互撑的钢铁桥梁支架匀速地往后闪去，桥下滚滚的长江水浩浩荡荡，向东奔流，远处的汉江入口，碧绿的汉江水和浑黄的长江水交汇处泾渭分明，形成一道奇特景观。郑晓悟知道，真正的"汉口"就是在这个位置。他看到了晴川阁，看到了江汉关，看到了过江渡轮，看到了司门口码头，看到了龟蛇锁大江，也看到了长江两岸的城市建筑好像并没有太多的变化。忆及十几年前爸爸带着自己和哥哥姐姐从桥头堡一层一层登上大桥那欢快的场景，忆及一家人由北向南徒步走过武汉长江大桥，爸爸给孩子们背诵毛泽东的《水调歌头·游泳》，忆及去楚天大学找姑姑时还是懵懂无知，今天自己也成了楚天大学的学生，这些都是天意吗？

浩浩江水裹挟着旋涡，激荡着波涛，荡涤着沉渣，承载着航船，义无反顾地向东海奔去，汇入那浩瀚的太平洋。这，是从远古走来的历史；这，也是自今天迈向的未来。

郑晓悟触景生情，随口喃喃吟出了《水调歌头·游泳》中出自《论语》的两句话："子在川上曰：逝者如斯夫。"

第二章　又见发小

下午两点，列车缓缓驶入武昌火车站。

火车还没停稳，赵运河就已经热心地赶到郑晓悟这节车厢，要帮忙给郑晓悟提行李。郑晓悟看到他两手空空："你自己的行李呢？"

"我的东西不多，就让陈子庚帮我一起拿下去，等会儿在站台上碰头一起走。"赵运河乐呵呵地说道。

落成时间不长的武昌火车站是京广线上重要的节点枢纽大站，宽敞气派。三位年轻人均分行李，肩背手提，随着人流走出出站口，抬眼就看见不同高校、中专学校迎接新生的横幅在车站广场的各个位置醒目树立。郑晓悟与陈子庚、赵运河约定要常联系常来往，便挥手告别，很快就找到了楚天大学的新生接站点，立刻就有师兄、师姐模样的人笑容满面地迎了上来，抢着帮忙拎行李。

一位师姐问道："这趟车是从襄樊过来的吗？"

郑晓悟礼貌地答道："师姐您好！这趟直快是早上八点钟从襄樊始发的客车。我是来报到的法律系新生，叫郑晓悟。"

师姐兴奋地回应："哎哟，真是太巧了！我是法律系78级的，叫赵虹，也是襄樊人，是你正宗师姐加老乡呢。我们法律系77、78、79级三个年级都一样，每届只有一个班，我还想在新生花名册里多找几个老乡呢，没想到今年我们法律系在整个襄阳地区就只录取了你一个人。"

郑晓悟激动又好奇地问道："师姐是从哪个学校考过来的？"

"我是襄阳地区五中去年的应届毕业生。"赵虹笑答。

"哇！好厉害啊！"郑晓悟由衷地赞道："襄阳五中的文科在我们襄阳地区绝对是独占鳌头，襄阳四中的理科在整个襄阳地区也无可匹敌，这两所学校在我们心目中那真是可望而不可即，做梦都不敢想的殿堂级学府啊！师姐您真的是太棒了！"

赵虹开心之中略带羞涩地笑道："说得你师姐我都不好意思了，看来我应该考得更好才是。"说完，朝着接站横幅那边挥手喊了一声："阮老师，我们法律79级的新生郑晓悟到了。"

一位个头瘦小、30多岁的女教师面带笑容快步走过来，一口广东腔的普通话："你是从襄樊来的郑晓悟啊？辛苦了哈。欢迎欢迎！我叫阮丽英，担任法律系79级的辅导员，以后我们会天天见面哟。"边说边招呼接站的男同学把行李搬到一辆二汽"东风牌"大卡车上。

要等到卡车车厢装满了行李和人员才会发车回学校，所以，大家就一边看着车站广场川流不息的旅客，一边漫无边际地聊着天，等着接其他的新生。郑晓悟和师姐赵虹陪辅导员阮老师随意交谈着法律系的情况，忽然间念头一闪，兴冲冲地说起："看来我们家还真的跟楚天大学有缘啊，我姑姑是'文革'前楚天大学的学生，现在我自己又成为'文革'后楚天大学的学生，而且我十几年前随父母迁回襄阳，路过武汉停留的时候，还到楚天大学去找过我姑姑呢。有些事回想起来真的很有意思啊。"

赵虹闻言凑趣道："哎哟，看来还真是缘分不浅呐，你们家简直成楚天大学的'专业户'了呀。"

阮丽英笑眯眯地说："这也说明你们家对我们楚天大学有感情嘛。你姑姑叫什么名字？是哪一届哪个专业的学生？"

"叫郑淑婉，记得读的是计划统计系，但到底是哪一届的我忘记了，当时好像是住在女生宿舍八号楼，前面是个篮球场。"

听了郑晓悟的回答，阮丽英的笑容似乎僵硬了一下，但瞬间又恢复了笑意，只是忽然沉默地撇下郑晓悟和赵虹，没来由地走开和其他系的辅导员说话去了。郑晓悟隐约感觉到异样，但没有放在心上。

随后接到从襄樊来的政治经济学系新生黄家坤、河南来的工业经济系新生孙志钢、湖南来的计划统计系新生郭芙蓉，还有一位会计系的北京新生金善玉——自我介绍是一位朝鲜族姑娘，大家一见如故，喜笑颜开地互致问候，看看可以装满一卡车了，学校接站的负责人交代司机先接走这一批。

武昌火车站前新修的马路宽阔整洁，穿梭往来的车辆和熙熙攘攘的行人络绎不绝，路旁新建的一大片八层高的住宅楼整齐排列，空气中不断传来不知哪里播放的时下流行的歌曲，各色商店、旅馆的招牌五花八门令人目不暇接。车在大东门转上了武珞路，街景更显繁华热闹，拖着两条"辫子"的无轨电车郑晓悟还是第一次见。车上的同学们指指点点，欢声笑语，沐浴着秋爽的和风，置身于城市的喧嚣，朝着向往已久的大学校园驶去。

看，这就是庄严的学校大门！看，这就是神圣的大学校园！放眼望去，道路两旁高大茂密的法国梧桐遮天蔽日，形成了一条深邃的绿荫隧道。举目四顾，绿树掩映下的行政楼、教学楼、宿舍楼等各色建筑错落有致。沿途都有凌空悬挂的红布横幅："热烈欢迎七九级新生入学！""'四化'的栋梁，国家的希望！""努力学习，刻苦钻研，把'四人帮'耽误的时间抢回来！"看到这一切一切，郑晓悟只觉得热血沸腾，激情满怀。

蓝色的天空像大海一样

广阔的大路上洒满阳光

穿森林过海洋来自各方

千万个青年人欢聚一堂

拉起手唱起歌跳起舞来

让我们唱一支青春之歌……

　　《青年友谊圆舞曲》那欢畅的乐曲在天空中随风飘荡，快乐的歌声在校园里激情唱响，有几位正在行走的青年男女学生居然怀抱书本，跟着音乐的节奏跳起了优美的华尔兹舞步，无拘无束地欢笑，释放着生命光芒四射的激情；轻快优美的旋转，伸展开青春自由飞翔的翅膀。车上的新生们都看呆了。

　　卡车在学校大礼堂前面停了下来，立刻有众多学生热情地围了上来："哪个是基建系的？""有法律系的新生吗？""有没有财政系的？"……大家一边七嘴八舌地询问，一边七手八脚地帮忙往车下接行李。郑晓悟跟随着师兄师姐的热心指引，依照顺序办理入学报到、新生注册、户口迁移、粮油关系等手续，最后到系办公室赵干事那里领取宿舍钥匙，这是个长相帅气的年轻人，热情而干练："你们的宿舍在53号平房，今天是新生第一天报到，你住的这间宿舍呢，你是第一个到，所以这把宿舍钥匙得你签收。每间宿舍只有一把钥匙，同寝室其他同学需要的话，得自己去配。"

　　53号平房是一座灰砖红瓦的小型独立建筑，处于树木掩映之中，门前有一片不算太小的草坪，推开弹簧大门之后有个小过厅，迎面往里就是盥洗室，一左一右各有三间房屋，每间安排住六个人，刚好住满法律79级全班36位男同学。郑晓悟在右手第一间房门贴的纸条上找到了自己的名字，开锁进去是三架双层床，各个床位上都贴有姓名，自己是在右手里边靠窗的上铺；宿舍中间摆有六张小书桌，也标明姓名，配有六张凳子；门的左侧有个木架子，用来放置脸盆、牙缸、饭钵、暖水瓶之类的日用杂物。

郑晓悟觉得这寝室很是整洁舒适，还比较宽敞，便很快铺好床铺，放好箱笼，摆好物品，理好书籍，然后锁上房门，到校园里先走马观花遛了一圈。

晚饭后，在新鲜的感受中，明亮的灯光下，郑晓悟一个人舒舒服服地坐在宿舍里，依诺首先给李丽写了一封信。虽然两人是今天上午才依依惜别的，但郑晓悟感到似乎分别已久，相距遥远，似乎还意识到有一种无形的力量，正在把他们拉得越来越远。

一阵悠扬美妙的电子合成音乐把沉睡中的郑晓悟悠悠唤醒，蒙眬之中他尚没想起自己置身何处。醒醒神，睁开眼，定睛看看对面的架子床，房间的书桌摆设，"噢，对了！我已经上大学了！我是在大学的宿舍里了。"凝神一听校园高音喇叭播放的柔美乐曲，是纪录片《潜海姑娘》的主题音乐。"嗯，不错啊，把这支曲子当作起床的唤醒音乐，真是太美啦！"郑晓悟很内行地边想边精神抖擞地起床洗漱，随后就近到旁边的学生第二食堂用早餐。

今天是星期六，想想还有两天的报到时间，郑晓悟把房间钥匙交给隔壁宿舍的同学王强代管，以便留给新来的室友开门，自己决定去找两年没见，已经随父母迁回武汉的好朋友邝萌。找人问明白去汉阳解放造船厂要坐的公共汽车线路以及要转车的站点，郑晓悟便兴致勃勃地出发了。乘车过长江大桥在汉阳琴台站再转车只需要几站路，下车后几经询问，才知道原来的汉阳解放造船厂已经更名为"长江造船厂江汉分厂"。他到了目的地，在门卫处登记后一打听，大家都知道并认识厂医务室的孟医生，于是他很顺利地找到了厂医务室，一眼就看到在一间开着门的门诊室里，穿着白大褂的孟琨好像正在和对坐的医生讨论一本病例资料。随着一声"孟伯伯"，孟琨抬起头怔怔地打量着这位朝气勃勃的小伙子："你？……哎？……噢！是晓悟啊！你是不是考到武汉来了？"

"对，我考上了楚天大学法律系，昨天刚来报到，还没开学，今天赶紧来找邝萌，是一路问过来的，好久没见到他了，他在哪儿？"

孟琨兴奋得一拍手："嗨呀！我就说嘛，果然不出我所料，你跟你爸爸一样都是好样的！邝萌在厂里的氧气供应站上班，等会儿我带你过去见他。他经常提到你，能在武汉见到你，不知道会多开心呢。孟向阳也经常到家里来，这下你们都在武汉团聚了。来来，你邝阿姨就在我们厂医务室的药房，过去跟她打声招呼吧。"

邝阿姨见到郑晓悟，听说他来武汉上大学的消息，很是替他高兴，说："我等会儿下了班就回去做饭，中午就在家吃饭吧。"

孟琨领着郑晓悟走到地处船厂偏僻角落的氧气供应站，"禁止烟火"的标志和告示随处可见，氧气站里暂无人车前来充气，很安静，有几个工人正蹲在充气台上打扑克牌，远远看见邝萌坐在一张登记桌前认真地埋头看书。打扑克的工人们看到孟琨和郑晓悟，马上站起身来，搓着手红着脸叫道："孟医生。"

孟琨笑着说："你们打你们的牌，别紧张哈，我不是你们的领导，管不了你们。我是带邝萌的同学过来找他的。"

邝萌听到他父亲的声音，疑惑地从书本上抬眼一看，惊讶地站起来，把书往桌子上一丢："郑晓悟？是你呀？啥时候到武汉的？我猜你肯定是考进武汉的学校了。"两兄弟兴奋得互相拥抱欢笑。

孟琨简单交代了几句，便返回厂医务室去上班，那几个工人蹲下来继续他们的"争上游"，邝萌随即拉着郑晓悟坐下来："我们是一年前落实政策回到武汉的，走的时候你还在江湾高中，没见到你。我爸爸妈妈回来后仍然在厂医务室上班，厂里倒是挺照顾我们的，很快就把我安排在这个氧气站，搞充气、装瓶、气瓶出站、空瓶回收的登记工作，比较轻松。我们家刚回武汉不久，孟向阳就考取了省公安学校，萧东风考到省汽车机械学校，刘学农在武汉外语学校进修，我们经常见面。看到大家都考取了学校，对我的确是个刺激，不过他们三个人都是正牌津口高中毕业的，我只读了个农村初中。但我不甘心，和我们厂的很多年轻人一起都在准备考我们总厂的电大，每个人学习热情都很高。你这一来对我更是一个激励，我不能就这样在这里混下去。"接着压低声音说："这几个家伙都是在厂里有后台的，所以给他们安排了这里轻松的工作。他们个个都感觉满足得不得了，天天混日子不求上进，我跟他们几乎没有什么话说。"

邝萌准时下班，带着郑晓悟边走边介绍，一路上不断碰到一些青年工人问他一些上夜校听辅导课和复习资料的事。

船厂宿舍区和武汉其他厂矿企业的宿舍区差不多一样，大同小异，基本上都是那种常见的红砖红瓦外走廊式、三四层的宿舍楼。邝萌的家就在其中一栋三楼的端头一间，较之中端的房间稍大一些，靠里面间隔了两个小小的卧室，分别由邝萌的父母和两个妹妹使用，外间"客厅"上面的一部分用角钢搭出五六平方米的"阁楼"，爬上钢筋小梯就是睡觉的地铺，无法直腰抬头。一家五口居住，空间利用得很科学。

邝萌已经和站里请好了假，吃过午饭就乘车到古田路的省公安学校找孟向阳。和楚天大学可以随便进出不同，省公安学校的门卫皆身着警服，本校师生进入须出示证件，访客进校需要登记，而且校园的布局更像军营，操场上有很多学员身穿作训服，在进行各种训练。

忽然，邝萌"嘘"了一声，悄悄指着操场边上的一对男女向郑晓悟示意。郑晓悟顺着手势定睛一瞧，只见孟向阳蹲在地上，正一脸笑意、满面殷勤地和坐在石条凳上的一位女同学说着什么。邝萌端着架势慢慢走过去叫了一声："孟向阳！"然后露出明察秋毫的眼神和洞若观火的表情，调侃地望着他。

孟向阳抬眼一看是邝萌和郑晓悟在一起，先是露出惊讶的表情，接着脸一红，站起来一脸正经地对那位女同学说："哦，我的朋友来了。我说给你揉揉吧你还不让揉，那你先坐着休息一下，要是不行的话得赶紧去校医务室看看，不要硬扛，落下病根就不好了。"

走开几步，邝萌悄悄地问道："你是不是又在撩人家女同学？"

孟向阳哈哈一乐："瞎说！我刚才陪着她在搞自由训练，她崴了脚，我把她扶到操场边的石凳子上，好心好意地想帮忙给她揉揉脚脖子，她不好意思。我这是做好人好事，你怎么能说我这是在'撩'人家呢？不过这位宜昌的女同学真的很漂亮，业务课也很棒，很多男生都在打她的主意。"说着还恋恋不舍地扭头回望。看到邝萌似乎要张嘴揭露他的一系列"罪行"，他便赶紧接着说："你们俩来得正好，今天下午学校礼堂放电影《小花》，还加映一部科教片《翼伞》。我回宿舍去擦把脸换换衣服，然后去看电影。"

两部电影看完散场，差不多就到了晚饭时间，郑晓悟通过在公安学校饭堂吃饭，深切体验到了该校军事化教学管理的特色。

晚饭后，三个年轻人高谈阔论，走到离学校不远的汉江大堤散步。看着灯光闪烁的城市夜色，望着粼粼流动的汉江波光，大家都感觉像是在梦中一般，尤其是邝萌，因为发小郑晓悟的到来，显得非常兴奋，话也说得最多，谈感慨，话感想，议感受，更是感叹居然能有机会相聚漫步在武汉的夜空下，畅谈理想和抱负，这种在前两年做梦都不敢想的事竟然在今天成为现实。"我们算是有福气的，有幸赶上了伟大的时代！"邝萌不断这样说。

郑晓悟则觉得自己昨天还置身于汉江中游的襄阳，今天即徜徉在汉水下游的武汉，这种时空的转换，这种身份的变换，不能不说是时代潮汐不可抗拒的起伏律动，不能不说是历史潮流不可阻挡滚滚向前。他也不得不承认，这人生的轨迹恰如汉江注入长江，长江汇入太平洋，最终随着洋流与四大洋交融于五大洲之间，只有这样，才能形成生命的永恒!

    一大早郑晓悟还在睡梦之中，公安学校广播喇叭的起床号声便准时响起。但毕竟今天是星期天，军营式的大宿舍里，一部分同学习惯性地早起锻炼，一部分同学则趁机赖床不起。郑晓悟和邝萌当然是继续在人家回家度周末空出的床铺上呼呼大睡，直到孟向阳叫他俩起床洗漱去吃早餐。

    孟向阳此前已经和萧东风约好，这个星期天去武汉外语学校刘学农那里碰头聚会，这是一所地处汉口繁华闹市的学校，离汉口解放大道和中山公园不远，是个闹中取静又便捷的好去处。三个人下了公共汽车，拐进通往武汉外语学校的那条林荫街道，远远就看到刘学农和萧东风已经满面春风地站在学校门口迎候。两位见到郑晓悟自然是惊喜万分，高兴异常，真诚祝贺他是津口区和整个孟营在恢复高考后考出来的第一个大学生。

    郑晓悟和刘学农原来并不认识，但他和孟向阳是亲戚关系，而与萧东风则是隔壁邻居，大家都是得益于高考才能在武汉相聚，当然是件开心的事，于是郑晓悟一边随着大家漫步校园，一边和萧东风逗趣道："你去年考上省汽车机械学校之后，好多人都说你这个名字命中注定是跟汽车有缘，将来就是要到十堰'二汽'去和'东风'汽车打交道的。"

    萧东风乐呵呵地说："我们学校的老师和同学也这么说，好像我是专门为了上这个学校改的名字，其实我从小就坐不改姓，行不更名。"随后斜眼睨视着孟向阳调笑道，"不像某些人，原来叫'孟玉涛'，一看运动来了，社会上掀起了改名风，立刻跟风改名叫'孟向阳'。"

    孟向阳一本正经地说："瞎说。我原来那个名字本来还不错，就是你们这帮坏蛋天天叫'梦芋头，梦芋头'，把我叫烦了，才想到要改的。而且我现在这个名字跟当时那个造反时期的改名风没有任何关系哈，我是看了电影《平原作战》里的李向阳之后，很崇拜他，才改叫'孟向阳'的，知道吧？不过你叫'东风'就意味着搞汽车，我叫'向阳'就跟李向阳一样玩枪，名字这个符号密码是不是很神奇？"

邝萌插嘴道："那也不见得，你看人家刘学农不仅没有进农校学农，反而进了跟工农兵完全不沾边的外国语学校搞 ABC。"

性格比较内向的刘学农笑眯眯地回应："谁说跟工农兵不沾边？外国不但有农民，还有大农场主呢，学外语可以搞农业现代化嘛，美国康奈尔大学的农业专业在全世界都是抢手的顶尖学科呢。不过我现在这个名字的确是后来跟风改的，爹妈不识字，给我取的那个名字太难听了，所以我就自己做主，跟班主任尹士杰老师商量，改成了现在这个名字。"

萧东风又是一阵轻蔑地嘲笑："嗨哟，就是你那个五年级的语文老师啊？他最经典的'名言'，就是在大队宣传队演革命样板戏《沙家浜》里的郭建光时，一出场一亮相，高喊一句：'同志们！你们看！前面就是沙家兵！'把台下的人都笑晕了。也就他那水平才会给你改成这么个鬼名字，哈哈哈哈！"

刘学农红着脸，低着头难为情地说道："嘿嘿，是是是。"

邝萌则是一番感慨："姓名密码也好，人生际遇也好，都是命啊！就说你们三个哈，津口区唯一的正牌高中你们上了，连郑晓悟都没有资格上。你们高中一毕业吧，萧东风当了大队的电话员，孟向阳担任大队团支部书记，在水利工地上带班，一天到晚一本正经地管着我和郑晓悟的二哥郑晓恒这一大帮炸山拉石头的人，我们个个都睡地铺，他还要搞特权用松木杆支个床铺睡。刘学农呢，在水利工地上当统计员，也不用干活。恢复高考后，你们又顺顺当当考上了中专，啥好事都被你们赶上了，而且一步一步踩得真准啊。所以，每次跟你们见面我都很羡慕，也算是能沾沾你们的喜气儿，对自己是个激励。"

孟向阳说："我那时候在水利工地带班管你们，可没有欺负过你哈，虽然你比我要小一些，但我们的关系一直还不错。不过呢，很多人很多家庭的命运都是历史造成的，个人的力量根本无力左右，好在你们家能紧跟形势，及时落实政策回到了武汉，而且你一回来就上班拿工资了，其他很多人连这个机会都没有呢。如果各种运动还不结束，大家会怎么样？我们有机会一起聚在省城入学深造，高谈阔论，指点江山吗？"

郑晓悟接口道："是啊。我姐姐算是彻底被耽误了，我和我三哥算是幸运的。所以说啊，由于个人无法改变的历史原因造成很多悲剧是一个重要方面，但作为个人，在历史的变化动荡之中能否自主地把握好时机，也是非常重要的因素。"

孟向阳对郑晓悟说："我们这三个人呢，跟你姐姐晓悦都是津口高中同一届的同学，那时候你姐姐的主要精力放在忙学校宣传队的事情上，但学习成绩还是说得过去的。77 年我们没有经验，没考好，但她和晓慷居然都过了中专录取分数线，却没有被录取，这个打击的确是很大的。不过她自己最后完全放弃，真的是太可惜了。去年我们离开孟营来武汉报到的时候，还没有晓慷录取的消息，以为他受你爸爸的影响，又没戏了呢，最后总算是解决了。虽然学校不咋的，但毕竟是凭自己的努力跳出了'农门'。"

萧东风说："生命本身可能就是兜兜转转，今天我们似乎少年得志，在这里指点江山，将来各人会怎么样发展，真的难以预料，最值得珍惜的其实是我们每个人都有自己不同的人生历练。"

邝萌深有同感："我很赞成东风的这个观点。说老实话，一两年前，打死我都不敢想到全家人能回到武汉，更没想到我们一大帮老乡能在武汉这个大城市见面，特别是昨天，我坐在氧气站，看到从小一起长大的好朋友晓悟突然以一个大学生的身份出现在我的面前，真的像做梦一样，在我心里产生了极大的震动。所以我下决心一定要考上我们总厂的电大中文班，虽然不像你们的专业那么时髦，但写作终究是我最大的一个心愿。"

郑晓悟听了邝萌的话，环顾一下自己身旁兴致勃勃聊天的这几个人，心念一动，忽然悟道："哎，我突然发现咱们这几个人学习的专业，正好构成了我们国家目前急需和未来发展的主框架。你们看哈，机械制造是体现科学水平之'技'，法制建设是维持国家秩序之'术'，公安业务是保障社会治理之'器'，外语本来就是与世界各国沟通交流的工具，是加强对外开放之'具'，而文字文学自从有人类文明以来的数千年，始终都是维系和延续一个国家和民族的'魂'。所以说啊，邝萌你的专业志愿更具有核心意义和永恒价值。"

几个人一听郑晓悟貌似精辟的概括，纷纷鼓掌叫好。邝萌则半开玩笑半认真地望着郑晓悟说："照你这个说法，我报考电大的中文专业，还是我们这几个人里面最牛的啦？"

在开心的哄笑声中，外语学校几位洋溢着青春气息的女同学着装时髦地穿过操场向校外走去，嘻嘻哈哈地和孟向阳、萧东风、刘学农三个人打招呼、开玩笑，他们之间应该是早就很熟悉了。

金风和畅，阳光正好。

第三章　大学新体验

　　郑晓悟在第三天的下午回到学校，同宿舍的同学都已经在这最后一天的报到时间全部到齐了，大家见面之后相互自我介绍，又是一番喧腾热闹的景象。

　　郑晓悟所在的这间宿舍的六个人，居然有四位都是家在武汉的同学，按照年龄大小排序：王英杰，家住汉口，曾是部队文工团的二胡独奏演员，转业后在长江航运局货轮上干过两年水手，英俊大气；尹强，本校的家属子弟，瘦小白净，温文尔雅，讲话慢条斯理，此前在一所中学代课教语文；蔡楚生，家住武昌，中等身材，体格健壮，思维敏捷，谈吐睿智，是高考返城的下乡知识青年；庄俊，与郑晓悟同龄，汉口中学的应届毕业生，和人说话总是露出一副谦和的笑容。只有睡在郑晓悟下铺的马小健和郑晓悟一样，是从下面县里考上来的考生。他看上去有二十四五岁，黑瘦精干，梳着背头，沉默寡言，不苟言笑，一副乡镇干部的样子。

　　王英杰特意笑呵呵地补充介绍道："听说马小健同学是在高中时期入的党，是老党员了，在考进我们学校之前可是当地水利建设工地上的总指挥公社干部咧，是咱们班上最大的官，哈哈。"

马小健似乎谦虚地勉强一笑，算是低调回应。但郑晓悟发觉他脸色黯淡无光，面带忧郁，好像有意无意地与大家保持着一定的距离，感觉总有很重的心思似的。只是在看人的时候，一双不大的眼睛偶尔会精光一闪，一瞬间透露出颇具内力的威势。

蔡楚生也在若有所思地盯着马小健看，忽然发觉郑晓悟在偷偷观察自己审视马小健的表情，便友好地对他一笑："郑晓悟同学，我跟你算是半个老乡哈，我下乡的地方就是襄阳地区随县的小洪山，个人呢年年都是先进知青，而且熟读《毛泽东选集》雄文四卷。前年本来有个招工指标是专门给我的，要把我招到襄阳地区邮电局做邮递员，但却被另外有后台的给顶了。"说着气愤地把手里的书本往桌子上一丢，"我真的是终身都要感谢邓公！如果不是他老人家确定的高考政策给了我这个机会，我现在可能还在小洪山当泥腿子呢。就个人价值而言，至少把我下放到农村就是对社会对国家的损失，我们的确需要总结经验教训，需要反思过往得失，这也是我填报法律系最大的一个动因。"

"其实你最大的贡献应该是当电影导演。"郑晓悟调侃道。

蔡楚生疑惑地望着郑晓悟，眉毛一扬："嗯？"

郑晓悟继续跟他开着玩笑："嘿嘿，你自己都不知道你自己呀？20世纪30年代上海联华电影公司的大导演，导演了一部很有名的电影，就是阮玉玲主演的《新女性》，名声大振，史上留名，你说你做的贡献大不大？不过这个蔡楚生可是广东人，不是武汉人。"

"哎哎哎，等等，你真还别说，我就是如假包换的广东人，而且还是潮汕人。我父母在武汉读完大学后分配到荆州，我是在荆州出生的，所以取名叫'楚生'，后来父母又调到武汉。我小时候还在广东老家待过几年嘞。"

庄俊一脸谦和的微笑，打趣道："我听来听去吧，你这一切条件都很符合，看来你这个蔡楚生应该也和什么玲玉妹妹之间有过啥啥绯闻案例咯，说来听听。"

蔡楚生对着庄俊佯怒地眉毛一扬，用武汉话骂道："你个标……"忽然看到辅导员阮丽英老师走进宿舍，随机应变地将话头一转，"你个表现不好的家伙，书桌不收拾好，床铺也是乱七八糟的，要好好改正才对呀，你看人家郑晓悟多会收拾。"

阮丽英老师是来告知，明天早上八点，全体新生准时到 32 号楼的大教室，举行法律系三个年级新学期开学的集中活动，说完匆匆又去通知其他寝室的同学。大家都憋住笑，绷着脸，故作"认真"地听完阮老师的通知，待她一转身走出房间，便忍不住大笑不已，郑晓悟笑得眼泪都流出来了，同时向蔡楚生狂竖大拇指。而蔡楚生自己则故意不笑，略显傲然地摆出一副淡然自得的表情。

郑晓悟突然想起一个问题，好奇地问道："蔡楚生刚才准备骂的那句话我听得懂，但我还听到有一句是'个八马日样滴'或者是'个八马'，这是个啥意思？我知道这肯定是武汉话里边一句骂人的话，但搞不懂具体骂的是什么？"

王英杰哈哈一乐："看来几乎所有的外地人到了武汉之后，首先学习和关注的都是这几句骂人的话，哎呀，这也算是武汉话的'魅力'所在吧，哈哈。记得我在部队文工团的时候，有个北京来的女兵，小姑娘傻呵呵的，刚到部队没两天也跑来问我：你们武汉人说'个八马日样滴'是个啥意思呀？"最后这句是模仿那位小女兵，他撇着北京腔说完之后解释道，"其实这句骂人话的那几个音到底是哪几个字，我也搞不清白，不过它在武汉骂人的话里边恶毒性绝不亚于刚才蔡楚生要骂出来的那句话。反正武汉人吵架怒骂起来肯定有这句最狠毒的骂，具体真还解释不清楚。"

蔡楚生接着解释道："王英杰说的只是一个方面，不能体现这几句武汉骂人话的'文化精髓'之全部，而且你的这个解释吧，只反映了武汉大码头文化中敌对性质的低档次表现。其实在武汉市民的日常生活中，这几句貌似骂人的话在更多场合只是对话中的口头禅，类似于语气助词。当然，有知识有修养有身份有地位的人一般不会用这些表达方式。但我要说的是，这几句所谓的骂人的话最具社会正面意义的，其实是它表现出的温情友好的一面，而且往往体现在有很深感情、很讲交情、很大人情的哥们儿朋友之间。比如俩发小、哥们儿一见面，一个便会很亲热地关心道：'个标滋样滴，吃了冇？'对方此时一定会如沐阳光雨露般温暖地回应：'个八马日样滴，还有吃哟。'这才是最常见的好友邻里间的对话用语。所以，同样的话、同样的文字在不同的语境下意思和作用完全不同。"

尹强摇着头无可奈何地笑道："好嘛，咱们上大学的第一课居然是在宿舍里自发研讨和普及这些个骂人的码头文化。不过蔡楚生我告诉你哈，无论你怎样用'一分为二'的方法来论证分析它的精华与糟粕的两面性，但在文字表现上，在社会影响上，它都不应当是九省通衢的武汉这座城市的文明体现，更不应该是华中第一大城市的武汉人的语言形象。作为生于斯长于斯的我，始终对这种市井文化现象从心眼里感到厌恶。"

郑晓悟虽然是初来乍到，但也插话提出了自己不同的看法："我想每个地方都有每个地方不同的骂人文化，这其实也是社会文化的一个组成部分，它是不是人类文明的组成部分我不敢说，但没有骂人的历史和地区肯定是没有的。既有文骂，也有武骂，还有带脏字的詈骂和不带脏字的雅骂，比如鲁迅先生的很多经典杂文就是在言辞犀利地骂人，并且还专门写了一篇《论'他妈的'》。再比如几千年来老师批评学生的雅骂'朽木不可雕也，粪土之墙不可圬也'，其实就是孔夫子骂他的学生宰予时爆的粗口。所以说，与其主观上厌恶且又不能改变它的客观存在，不如去深入了解和研究骂人的社会功能，倒是一件很有意思的事，可能对人类学、社会学、法律学的发展有一定的意义吧？"

蔡楚生颇为认同地一拍大腿："嗨呀！郑晓悟还没开始学法律

就已经具备法律人的基本素质了，不错！是个合格的法律人才！"

王英杰概括道："文化是个大概念，包罗万象，就如同北京皇城根儿的'京骂'文化有它的社会基础和历史渊源一样，武汉这座大码头的发展史就是要靠骂、靠打、靠争、靠抢，这就是'汉骂'文化的社会基础和历史渊源。而且从地域独特性来讲，这个'汉骂'正是北京、上海、苏州、杭州任何一个城市都无法替代武汉的市民味城市、烟火味城市的文化特色。"

马小健一直似听非听地保持着固定的笑容，没有参与聊天。

星期一，大学的学习生活正式开始了。

八点不到，整个学校各年级各专业的学生都纷纷意气风发地走出各自的宿舍，这朝气蓬勃的青春队伍犹如色彩斑斓的欢乐溪流，汇聚在校园的主干道上，随后又分流进入不同的楼栋、不同的教室。法律系 77、78、79 三个年级全部加起来就三个班、一百来号人，以集中上大课的形式齐聚在 32 号楼的一间大教室里，当郑晓悟他们几个新生表情青涩地走进教室时，很多师兄、师姐已经坐在教室里意气飞扬地高谈阔论了。随着上课的电铃声响起，几位系领导和老师笑容可掬地准时进入教室，一位师兄高喊一声："起立！"全体学生肃然而起，同声致意："老师您好！"

系主任童大同教授首先代表法律系全体老师和 77、78 级学生诚挚欢迎 79 级新生。在热烈的掌声过后，童主任表示：自己非常高兴地看到"文革"后的法律系"新三届"学生能够在此齐聚一堂，虽然由于特殊的历史原因，导致 77、78 级两届学生的年龄差距超过十岁，而 79 级同学最大年龄和最小年龄之间也相差七八岁，但同样的追求、同样的理想、同样的青春渴望让大家走到一起来，异常难得地成为校友同窗。大家人数虽少，但一定能为中国法制建设开疆拓土；队伍精干，必将撑起中国法律事业的一片蓝天！法律系的目标宗旨就是为国家培养德智体全面发展的政法专门人才，法律系过往的历史中，已经培养出无数从中央到地方的法律精英和领导骨干，希望同学们发扬革命传统，争取更大光荣，为实现四个现代化而努力学习，刻苦钻研法律专业知识，建设社会主义法制国家。

系书记严家生在祝贺的同时，主要强调大学新学期的开学季其实是人生新征程的开始，随后便如数家珍地介绍了校史、系史，特别讲到现在本校的法律系是中南地区高校进行院系调整之后的设置，早期的政法系已经一分为二，单独设立了政治系，法律系自身的专业性更强，之后传达了教育部新的文件精神。之后 77 级年龄最小的师兄曾进、78 级师姐赵虹发言，交流了自己的读书心得和学习经验、专业学习应予注意的重点环节，特别提醒 79 级的师弟师妹们要改变高中时期消极被动的学习习惯，尽量结合专业课阅读原著，做好听课笔记，培养独立思考的习惯和能力，课堂讨论一定要列好发言提纲和讨论要点。最后由马小健代表法律 79 级的全体新生做了表态性发言。郑晓悟觉得：唔，这位马小健的确是有公社干部的派头，举止稳重，思想成熟，讲话老练，不错！

开学仪式结束之后，法律 79 级的新生转移到一间小教室，由阮丽英老师宣布以男生的六个寝室为主划分小组，女生分别列入各组。郑晓悟所在的第一组就有三个班干部，马小健是班长，王英杰是团支部书记，文艺委员是划在同组的女生赵雅莉，组长是蔡楚生。随后，每位班干部和各小组组长即时开始履行职责，分组领取学生证，组织学习文件，并根据文件的标准评议每位同学的助学金等级。全班同学从每月数元到十几元钱均享有助学金补助，按照每个学生全家人均经济水平，郑晓悟被评定为享受甲等助学金，属于最高一档，完全可以解决每个月的基本伙食费，给家里减轻了很大负担。

阮老师简要向大家介绍大学四年的学习课程分为基础课和专业课，必修课和选修课，共 30 多门课，明确了本学期主要是基础课：汉语与写作、哲学、政治经济学、中共党史和共产主义运动史、英语和体育课，并根据课程安排发放了教材和学习资料共 13 本，均为本校自行编印和选定其他高校的教材，尚无全国统编教材。但在师资力量上，法律系 79 级的每门课都是由一名教授或者副教授讲课，并配备一名助教进行辅导和组织讨论。

最后阮老师宣布了一项学校的决定：三天之后对所有的新生进行一次入学考试。

此前虽然并不知道有这个入学考试，但所幸全班同学无一例外地全部达标通过。和高考时英语成绩不计入总分一样，这次英语测试也只是作为学校摸底参考，但结果是，包括郑晓悟在内的很多人，尤其是在农村读书受教育的同学，英语测试分数又重复了和高考时英语成绩同样的结局——相当难看！学校决定把这些没有学习过英语或者是英语底子很差的各专业新生统一集中在学校大礼堂，利用每天下午放学后到晚餐前的一小时，再就是星期天的上午半天，从 26 个字母开始，用四周约一个月的时间来强化英语基础。

郑晓悟可以说在转到江湾高中之前至多只"学过"26 个英语字母和"毛主席万岁"这句英语，而到江湾高中这一年，为了猛攻语文、政治、地理、历史的高考，并尽量提高同样底子很差的数学成绩，便彻底放弃了不计入高考录取分数线的英语。所以，郑晓悟和马小健等七八位同班同学皆属于必须参加集中强化英语学习的"特殊同学"。当郑晓悟按时进入学校大礼堂一看，哇！本届 12 个专业科系共 700 多名新生，居然有 200 多人英语摸底测试不合格，需要来参加强化培训，坐在可容纳近千人的礼堂里依然显得熙熙攘攘。随着礼堂广播喇叭清晰发出的"ABCD"标准发音及其给大家提示的发音要领，郑晓悟从 200 多人参差不齐的跟读中发现，绝大部分人和自己一样，此前跟着农村学校的"英语老师"模仿的 26 个字母的发音完全是误人子弟。

在教室里正式上课的第一课是汉语与写作，老师没有讲课，而是直接有针对性地布置了一篇作文《当我接到录取通知书的时候》，不限体裁、不限格式、不限字数、不限表达方式，总之不做任何限制，可以自由发挥，要求在下课前完成即可。看到这个作文题目，郑晓悟感慨万千：

当我接到录取通知书的时候，正在建筑工地上顶着炎炎夏日，为赚取学费打着临时工，当工友们投以羡慕的眼光、纷纷前来握手庆祝时，我却没有喜形于色的激动，更没有奔走相告的欢呼。我想到了亲朋好友的期盼之情，想到了父母养育的辛劳之苦，想到了老师殷殷的教诲之恩，想到了时代赐予的机遇之福。当我接到这份人生最宝贵的录取通知书时，真是久旱遇甘露。历史的坚冰已被打破，"四化"的航道业已开通，各行各业拨乱反正，社会风气人和政通，祖国发展百废待兴，新的长征刚启跬步，伟大的时代需要培养千千万万的人才，来为我们伟大祖国的社会主义建设事业大展宏图。当我接到录取通知书的时候，这只是漫漫征途的起点，大学深造的启幕，尚需"欲穷千里目，更上一层楼"，唯有刻苦钻研奉献社会，才能不辜负国家和人民的培养，只有争分夺秒不负春光，才能实现人生的理想，施展事业的抱负……

跟随这万千思绪，郑晓悟以抒情散文的风格写下了自己的真情实感，并以一首自以为是的七律诗作为该作文的结尾：

有幸诞生新神州，孰料生长浩乱中。
光阴恰似东流水，茫然虚度十数秋。
呱呱坠地红国都，坎坷生活他乡土。
不堪回首忆往事，只心引颈瞻前途。

　　赵森夫妇两人现在是政治系的老师，当郑晓悟找到他们居住的教工宿舍筒子楼，敲开房门时，才知道法律系办公室的赵干事赵钢是他们的大儿子，二儿子赵铁在校办皮鞋厂工作。赵森老师很快读完郑晓悟面交的郑力仁书信后，又是一番感叹："嗨呀呀！嗨呀呀！你说这个郑力仁在玩什么把戏嘛！绕个圈圈又让儿子重新顺着他的路线，再从汉宜县考回武汉来读大学了。哎呀！你说这都是啥事嘛，我们同学都为你爸爸感到惋惜呀！不过惋惜起不了作用，我提醒你呀晓悟，你大学毕业以后，无论分到哪里，都不要学你爸爸走回头路哈。环境和层次决定着人的发展空间，我读书时没有你爸爸成绩好，现在的研究成果也不如你爸爸，我读过好几篇你爸爸发表的哲学和美学论文，依然很佩服！但我现在是大学的副教授、省哲学理事会理事，我现在还想反过来帮助你爸爸申请到省哲学理事会来担任理事。你明白我的意思了吗？"郑晓悟闻言深有同感，而且这话和前两天到江汉日报社见到龙德安叔叔时他提醒的话如出一辙。

　　法律系的哲学课开始是由一位副教授讲授艾思奇主编的《辩证唯物主义，历史唯物主义》，这部教材本来既是开创性又是基础性的哲学教科书，被誉为马克思主义哲学中国化、现实化的精品和典范，但这位老师只会照本宣科却又不知所云，无重点、无层次、无逻辑、无口才，被同学们称为"四无老师"。开课不到三周，还没有讲几次，大家便忍无可忍地选出代表，向系里、向学校反映，并以全班"罢课"不上哲学课来抗议，而且绝不妥协。学校很快调整，安排赵森副教授前来授课，教室里听课的画风顿时改观。赵森除了丰富多样的感叹词、语气助词的讲话风格之外，更有抑扬顿挫的语言表达、旁征博引的哲学思辨，讲解古往今来的思想流派，中外先贤的观点碰撞，抛开课本，娓娓道来。尤其是在讲课结束时，每以"总而言之，统而言之，总统而言之"来点出要点，点出重点，点明观点，全班同学甚为叹服。而其这个口头禅"总而言之，统而言之，总统而言之"，居然也成了班上同学们争辩观点、强调重点、总结论点的习惯性表达。

这次以罢课方式要求换老师的"事件"，本来在这些入学不久的新生看来，是为保证自己的学习质量而表达的合理诉求，实在是再正常不过了，没想到却被师生们视为楚天大学有史以来的第一次"壮举"，在全校各系各年级之间成为传奇。关键是，学校能够从善如流，尊重"民意"，而且还举一反三，要求全体教师从这一事件中汲取教训，深刻反思，改革教学机制，提高教学质量，以实际的讲课效果来检验自己的教学水平，以学生的听课反应来证明自己的教学能力。

政治经济学课程选用的教材是徐禾的《政治经济学概论》，参考资料是苏联的《政治经济学教科书》，同时要求大家再去阅读《资本论》简编本以及马、恩、列、斯、毛的相关论述。数年后，当郑晓悟在广东临港市参加与外商组建火力发电厂合营公司的谈判时，闲暇之余听到外商首席代表律师瑞恩教授介绍，美国哈佛大学的一些专业是把马克思的《资本论》原著作为必修课来学习的，当场甚感不可思议。不过，毕竟是法律系的学生，当大家在讨论研究生产关系为什么要联系生产力和上层建筑，以及价值和使用价值、劳动与剩余价值、资本与劳动力、生产资料和土地承包等理论观点并结合现实问题时，个个都还能够引经据典，进行逻辑分析，阐明主观认识，不惜大胆预测，每每争得面红耳赤，针锋相对，各不相让，几近翻脸，甚至拍桌踢凳摔东西。但争论结束，偃旗息鼓之后，大家又勾肩搭背地去食堂打饭，去球场打球，自嘲曰：这到底是法律人精神，还是法律人神经？

党史课由陈中道先生讲授，这位清瘦儒雅、满口河南腔普通话的教授完全不按同学们预设的套路出牌，在课堂上从头到尾既不翻党史教材，也不看参考资料，而用不高不低的嗓音、不紧不慢的节奏，娓娓道来。他不是在讲课，他只是在讲故事：中国共产党诞生的前前后后以及与共产国际的恩恩怨怨；陈独秀、瞿秋白、王明、鲍罗廷、米夫、李德等党史人物其人其事；共产党组织"京汉铁路大罢工"的工运领导力；应对"西安事变"决策背后的苏联影响，两次"国共合作"不同的背景和目的；"划江而治"的由来与毛泽东的胆略，毛泽东访问苏联时与斯大林之间的一些内幕与细节，等等，大家每次都听得目瞪口呆、胆战心惊，但却聚精会神、专心致志。由此，党史课居然成为本学期大家最期待、最喜欢的课程。

第四章　多彩的生活

1979 年的国庆节是星期一,和星期天连起来有两天假。

学校于 9 月 28 日晚在大礼堂隆重举行"庆祝中华人民共和国成立 30 周年暨欢迎 79 级新生文艺晚会",偌大的礼堂座无虚席,师生员工欢声笑语,问候之声此起彼伏,新朋老友聚首畅叙。晚会开始,首先由曾为西南联大学生并参加过一二·一运动的老校长发表了激情澎湃的国庆祝词和热情洋溢的迎新致辞,随即由校领导为 77、78 级的先进学生、先进团员、先进集体、先进团支部颁奖,教师代表、研究生代表、本科生代表也分别发言。最后是表演节目,学校的师生员工奉献的诗朗诵、韵白剧、讽刺剧、合唱、独唱、相声、二胡独奏、琵琶独奏等精彩节目依序登场,倾情呈现,整场晚会充满了情真意切和友爱温馨。坐在台下的郑晓悟当即被激发出重拾业余爱好的冲动,决定用自己打零工攒下的钱买一把学习型小提琴,课余时间可以练习练习,自娱自乐。

国庆节这天早上,邝萌和孟向阳、刘学农依约从汉口前来楚天大学与郑晓悟会合,按照原来商量好的计划去游武大、逛东湖。

特色鲜明的武大校园,松林覆盖的珞珈景色,时隔 14 年后在郑晓悟的记忆中已然十分模糊，但并不妨碍他置身此情此景去搜寻当年的浅淡印象。四位青年人按图索骥，兴致勃勃地漫步在业已没有了樱花的樱花林荫山道，凭吊早已没有了血迹的六一惨案遗址，瞻仰绿瓦翘檐幽静肃穆的武大图书馆，徜徉在中西合璧轴线对称的武大体育馆……他们既是把武汉大学校园作为著名学府来瞻仰，更是作为风景名胜来游览。

当继续沿着人们踩出的僻静小道向珞珈山顶进发时，孟向阳在蜿蜒曲折的攀登中感慨道："这条登山小路是谁首先踩出来的，肯定没法考证，但还真是应验了鲁迅先生的那句话：'地上本没有路，走的人多了，也就成了路。'"

邝萌说："这句话在这个时候用得是恰到好处。这是鲁迅先生作品《故乡》结尾时的话，原话是这样的：'这正如地上的路；其实地上本没有路，走的人多了，也便成了路。'人们在自然界中行走的路如此，人类社会发展的路更是如此。"

郑晓悟赞同道："我觉得鲁迅先生这句话的本意和内涵其实就是在表达邝萌说的这个意思。你们看哈，自十一届三中全会以来，我们国家的发展道路，我们自己的人生道路，都发生了前所未有的变化，甚至是前无古人的巨变，这都得益于有勇气的开路人、有魄力的领路人，目前解放思想的拨乱反正绝不亚于在荒山野岭上披荆斩棘。"

刘学农扶着一棵松树停下来："我觉得晓悟引申得很好！我从一些外文资料上读到，我们的国家如果能一直按照现在的这条路走下去，实现四个现代化就绝不仅仅只是口号上的现代化，这条路的前景绝对是一条无比灿烂辉煌的光明大道。"

到了珞珈山顶，树遮草挡，没法眺望远方。忽见一钢构高塔，本非用于登高观景，但此时已有数人攀爬在上面，欣喜欢呼，惊叹不已，且无人干涉。待这几个人在上面过完眼瘾，依依不舍地从塔上下来，郑晓悟他们立马当仁不让，身手敏捷地攀登而上，哇！美景尽收眼底，心胸豁然开朗。

立志考上电大文学专业的邝萌绝不放过任何与文学有关的机会，提议道："今天好不容易有艳阳高照的'天时'，有居高临下的'地利'，咱们是否应当以绝不辜负如此大好景色之心，再来个'人和'怎么样？每个人用诗词也好，顺口溜也罢，描述自己现在的感受吧。"

如此好玩的提议，当然令这几个精力充沛的家伙欣然应和。水平无论高下，境界不评高低，语句无关雅俗，韵律不管对错，大家情绪高昂，"诗兴"大发，或吟或诵或念或喊，引得塔下登山游玩的人也觉得好玩地抬头望着他们乐。郑晓悟听完他们三人的作品，沉吟片刻，说："我模仿曹操的《观沧海》，也胡诌几句吧……"诗如下：

> 极目四野，心旷神怡。
>
> 江城风光，何等壮丽。
>
> 道路宽广，车龙马水。
>
> 高楼大厦，鳞次栉比。
>
> 青峰错落，层峦叠翠。
>
> 东湖碧波，激滟粼粼。
>
> 楼阁深处，书声琅琅。
>
> 献身"四化"，勤奋努力。

从珞珈山下来，到了武大校外的街道上，只听得各种热情的招呼声、有趣的吆喝声此起彼伏。道路两边是一溜长长的小吃摊，摆满了煤炉锅灶、碗筷盘碟，不同摊位煎炸蒸炒出来的色、香、味、型不同的特色小菜、风味小吃，充盈眼眶，灌满鼻腔，甚为诱人。每个摊位都自觉地各占一处地方，整齐摆放着矮凳和充当饭桌的小茶几，掌勺的主厨和迎客报菜名的几乎是二十几岁的年轻男女，多是一对一对，似是情侣或是小夫妻。邝萌介绍道："这些都是返城的知青，没有门路也没有后台找工作，又考不上大学、中专或者技校，只好在路边摆小吃摊解决回城后的生活问题。不过这些人都很实在，炒菜手艺都不错，味道好，价格也便宜。你没来武汉之前，我和向阳、学农、东风经常去吃他们这些路边小炒。"

四个人选了个摊点位置，点了爆炒黄鳝段、蒜苗炒腊肉、溜鱼片、炝藕片、清炒红菜薹，饭随便吃，结账时还不到两块钱，当然又是已经拿工资的邝萌慷慨付账。饭后去武大游泳池码头坐游船到行吟阁，郑晓悟依稀记得还是十多年前的那条畔山路，那座小码头，那些湖边柳，那些摇橹船，只不过这次他没有在船上睡觉，而是兴致高昂地和大家四顾欣赏东湖的湖光山色，侃侃而谈远大的理想抱负，耳边不断从什么地方传来关贵敏的《浪花里飞出欢乐的歌》、卞小贞的《泉水叮咚响》、李谷一的《边疆的泉水清又纯》这些时下正流行的动听的歌曲。刚刚在国庆晚会上郑绪岚演唱的《太阳岛上》竟然就已经在播放了，动作真快呀，很是应时应景。大家在有一搭没一搭的闲聊中，听着听着就跟着引吭高歌几句，连船夫有时也会随着哼一哼。自由的空气，自由的心情，自由的交谈，自由的思绪。

和14年前一样，游船也在听涛轩码头靠岸。听涛轩旁边的仿古长廊上传出一阵阵《美酒加咖啡》之类在校园里不可能听到的港台流行歌曲，几对穿着紧身花衬衫、条纹喇叭裤，戴着蛤蟆镜，烫着长卷发的时髦男女，正随着单卡磁带录音机里的乐曲跳着交谊舞。他们贴身而舞，动作娴熟，配合默契，舞姿优美，应属个中高手，周围有很多人围观看稀奇。还有几个打扮同样时髦，正等着上场"表演"的男青年带着女舞伴，以浑身放松、吊儿郎当的姿势，撅着臀部，跟随着舞曲的节奏抖动着一条腿，并且用"舞林高手"的内行神态认真观看对手的舞姿和花样。孟向阳和刘学农立刻被深深吸引住了，建议去"观摩观摩"，顺便休息休息。

带着欣赏的表情和羡慕的眼神看了一会儿，这两人觉得眼瘾过得差不多了，便起身前往行吟阁，走过小桥，迎面来到屈原塑像前。孟向阳用他特意从公安学校带来的相机请人拍下了四人的合影，随后依照其他游客的做法，绕塑像瞻仰一圈。孟向阳和刘学农这时惊喜地发现那边行吟阁的台阶上坐着几位年轻漂亮的女青年，或在看书，或在沉思，或在张望，便说要过去和她们认识认识，聊聊理想和抱负，说不定还可以找到共同的话题探讨探讨。

郑晓悟突然有了自己的心事，站在原地没动，皱着眉头仰望着屈原塑像，似乎聚精会神，实则思绪散乱。他不知道是想要追忆什么，还是在为谁惋惜。是呀，14年后又绕回到这个历史巨人的脚下，感觉好像是做了场噩梦刚刚醒来。

又到了一个星期天，郑晓悟想起汪家乐和赵运喜这对吹唢呐吹笙的"哼哈二将"，猜想他俩应该已经被顺利录取到江汉艺术专科学校附中了，决定去找找他们。按照事先问清楚的地址，他很顺利就找到这所地处武昌闹市区的艺术专业学府，远远便看到大门两侧分别挂着"江汉艺术专科学校"和"江汉艺术专科学校附中"的校牌。快到校门，碰巧就看到汪家乐、赵运喜这哥儿俩和几个男女学生正在校门口嘻嘻哈哈，打打闹闹。只见汪家乐轻佻地作势虚踢一位女同学的屁股，那个小女生于是尖叫着扭着腰肢去追打他，赵运喜则正同另一位女同学亲昵地说着话。郑晓悟走上前喊他们名字，两人定睛一看，惊讶地叫了一声，然后对其他几位同学说："我们原来学校宣传队的队长来了，不陪你们去了哈，你们自己出去玩儿吧。"

几个女孩子挑衅般大方而好奇地盯着郑晓悟看了看，嘻嘻一笑，对汪家乐和赵运喜说："那我们自己去开心了，不等你们了哦。"说着，扯上另外两位男同学就走。这两位男生也嬉皮笑脸地说："那我们自己去玩了哦。"

汪家乐对着那位追打他的女孩儿喊道："莫跟他们胡来哈，要乖要听话，不听话看我怎么收拾你。"那位女孩儿回过头来对着他："呸！"随即嘻嘻嘻哈哈地拉着另一位男生的手，蹦蹦跳跳地走了。

郑晓悟笑着说："天呐！你们艺术院校的学生真的很开放啊，中学生居然都敢在大庭广众之下毫不避讳。嘿嘿，受不了。"

汪家乐满不在乎地答道："这没什么大惊小怪的，看看就习惯了。我跟你说哈，你要是不这个样子对待她们，她们还不高兴，还不理你呢。"

赵运喜问道："那天你从襄阳地区歌舞团考点和我们分手，说是回学校安安心心参加普通高考，看来你这是如愿考到武汉来了。是哪所学校？那天跟你在一起的女朋友是不是也考上了？"

郑晓悟告诉他们，自己现在是楚天大学法律系的学生，李丽还不能说是女朋友，自己和她关系是不错，现在倒是一直在保持通信，她现在考上了外省的中专，将来怎么发展下去还不知道。

赵运喜和汪家乐几乎异口同声地说："那你们俩差距拉开了，距离也拉开了，看来是不保险啊。"说着和学校大门的门卫打了个招呼并作了登记，才带着郑晓悟进到校园。

郑晓悟奇怪道："我们学校的大门、后门、侧门都可以随便出入，没人管，你们学校还搞得这么严哪？"

汪家乐介绍说："我们是艺术院校，比较特殊，漂亮女生又比较多，所以老是有一些街上的流氓混混在学校门口骚扰女同学，还有一些家伙总是想方设法要混进学校来搞坏事，不严就会出事啊。"

赵运喜说："现在武汉还不是很太平，晚上女同学都不出校门，看来这种情况，真的要靠你们学法律的人来好好管管了。"

江汉艺专的校园颇有艺术院校的特色，四处皆是西洋风格的建筑，绿树成荫，秋色怡人。虽然是星期天休息日，但可以听到从校园不同的角落传来各种管乐、弦乐、键盘乐、打击乐的旋律节奏，还有男生女生开嗓练唱的声音。它们从四面八方自然而然地形成了一股不整齐但和谐，不统一但却悠扬，乱而和、杂而美的多层次、多构成、多声部、多声道的雄浑交响曲。郑晓悟满心舒泰地享受着这种氛围，很喜欢这些各种琶音、练习曲、乐器调音的混响。他对汪家乐和赵运喜说："看来你们学校的很多学生还是很勤奋的呀。"

赵运喜说："都是一些大学班的师兄师姐，有的想继续攻读研究生，很勤奋哩。"

"那你们呢？附中读完之后的打算呢？"郑晓悟问。

"肯定继续升读大学班啦。我们学校整个民乐专业吹唢呐吹笙的就我们俩，直升绝对没问题。"汪家乐自信地回答。

吹唢呐的汪家乐和吹笙的赵运喜共用一间由学校统一专业设计的六七平方米大小的琴房，里边按照统一标配，摆有一架立式钢琴，这是给学生训练音乐基础素质和视唱练耳把握音准的必要条件。两个人分别坐在钢琴前，面对琴架上的五线谱，为郑晓悟演示了他们刚刚接触钢琴一个多月所学的简单练习曲。郑晓悟羡慕地想道：他们作为农村传统吹鼓手的孩子，不识简谱，不懂乐理，居然已经可以读简单的五线谱，已经可以自然而然地接触摆弄"键盘乐器之王"钢琴了，而弹钢琴的姿势、手型、指法和双手配合也显得很是正规，便由衷地为他们赞叹鼓掌。

赵运喜说："我们还是很感激你的。一是在考乐理的时候帮了我们很大的忙，二是你和覃伯韬老师为我俩改编的吹奏曲《沿着社会主义大道奔前方》，到现在都很受学校老师和同学们的欢迎，我俩在我们学校还是很有名的哩。"说着，便和汪家乐一起用这首曲子为郑晓悟来了个专场演奏，有几个路过的师生还停下脚步往琴房里望了望。郑晓悟明显感觉到这两个人的演奏风格和表达技巧已经受到非常严格的正规训练。

郑晓悟随后提出让他们帮忙参考买一把便宜的学习型小提

琴，以便自己课余的时候玩。

　　一直都有点儿心不在焉的汪家乐突然说："我还有点急事要去办，先让赵运喜找个懂小提琴的同学陪你去吧。我们另外再约个时间一起聚聚。"说完匆匆告别离去。

　　赵运喜无可奈何地笑着对郑晓悟说："他是不放心刚才那个丫头。"说着，带他去找小提琴专业的同学。

　　同样的琴房，同样的摆设，正在拉小提琴练习曲的男孩是汉口人，叫吴欢，白皙微胖而英俊，待人热情，听到赵运喜的介绍并说明来意，便把自己手中的提琴塞到郑晓悟手里："来，随便拉一下我看看。"

　　看到郑晓悟并不专业地拉了小提琴独奏曲《金色的炉台》开头的几句，吴欢很认真地说："你应该是完全没有接受过专门训练，好像也没有什么专业人士指导过你，一看就是模仿剽学的，手法更像是在拉二胡。"然后又耐心地为他讲解二胡传统揉弦的指揉和小提琴揉弦的腕揉之间的区别和手法，以及不同调式的把位要求、换弦和运弓等，"每个曲子对这些都有严格固定的要求，你看我们都标在曲谱上。不过你这只是业余玩玩，无所谓啦。"

　　聊了一会儿，三个人赶到武昌解放路的乐器商店，吴欢很专业地试来试去，认真帮郑晓悟挑了一把20多元的小提琴，同时还选配了备用琴弦、肩垫琴托和松香。

　　有了小提琴，重新拾起中学时的业余爱好，每当晚饭后到晚自习之前这段时间，郑晓悟就会在宿舍楼前的那片草地的角落处拉上一阵子，也算是放松放松，换换脑筋。王英杰看到同窗室友有这共同爱好，很是高兴，也从家里拿来了一把看上去很不错的二胡，得空就和郑晓悟来上一段二胡与小提琴的合奏。但他主要都在迁就郑晓悟的拉琴水平，也就是合奏一些已经解禁的抒情歌曲曲谱，比如《在那遥远的地方》《拉兹之歌》《草原之夜》《花儿为什么这样红》《红梅赞》《太阳最红，毛主席最亲》以及歌剧《洪湖赤卫队》的曲子，还有现在开始流行的歌曲。当然，王英杰也会随时即兴炫炫他擅长的几支二胡独奏曲，水平当在覃伯韬老师之上。

尹强虽然不会演奏乐器，但他对世界名曲、经典歌剧、古典交响乐的理解却有着很深的造诣，欣赏能力很强，点评非常内行，说起西方著名作曲家、著名歌唱家、著名指挥家的生平履历、风格特点、历史贡献，更是如数家珍，神采飞扬，清瘦的脸颊泛着红晕，冷静的双眼炯炯放光。由于他家和湖北省歌舞团在一个大院里，因此也能就小提琴的话题和郑晓悟聊出个一二三来，并热心地找"省歌"的朋友帮郑晓悟找来一些适合小提琴练习和演奏的简单曲谱。

本学期这几门基础课对班上的同学来说压力都不大，甚至可以说是比较轻松，除了班长马小健好像没有什么明确的个人业余爱好之外，几乎每个同学都在完成规定的功课之余，按自己的爱好来设计填补闲暇时间和思想空间。这的确是一个激情迸发、理想放飞的光辉年代，探求知识的道路业已开通，窥探世界的天窗已经敞开，无论在社会上还是在校园里，到处都充满了对未知领域、未来世界求索的奋进精神，到处都弥漫着对新知识、新事物渴求的浓厚氛围。大家什么书籍都阅读，什么理论都钻研，什么观点都讨论，什么爱好都涉猎，有写诗的，有填词的，有作曲的，有跳芭蕾的，有玩乐器的，有练武术的，有练书法的，有制章刻印的，有写小说散文的，有钻研美学的，有崇拜弗洛伊德的，有沉迷于萨特存在主义哲学的，五花八门。各人自费订阅的《芳草》《萌芽》《词刊》《诗刊》《散文》《小说月报》《民主与法制》等，几近囊括了当时所有的热门报刊，除此之外，同学们在图书馆借阅解禁小说、古典文学、世界名著的热情也异常高涨，同学之间还互相推荐，简直要把中学时期没有读过、没能读到甚至根本没有听说过的中外文学作品都报复性地读完。

此时的伤痕文学、反思文学、改革文学也如雨后春笋般地冒了出来，大家不问来路，照单全收。大中专学生也好，社会青年也好，都热衷于以文艺青年的形象示人，似乎这一代人都拥有着一个共同爱好，那就是无病呻吟地读诗、吟诗，尤其是徐志摩的诗、普希金的诗，那是因为里面既有缠绵悱恻的爱情，也有激情澎湃的情感，而能背诵几句舒婷的《致橡树》、顾城的《一代人》，更成为既有时代精神又有文学修养的标志。郑晓悟花了六毛钱，跟风买了一本泰戈尔的《情人的礼物》，也时时捧读，意在不落人后。

在这种百花齐放、万紫千红的大环境之下，除了一些解禁的老电影、老戏曲之外，很多中国香港片、外国片也在不断上映，同学们异常活跃，犹如久旱逢甘露般如饥似渴地接受各种资讯，感受各类文化，时不时就三五成群，或者以组为单位自发购票看戏、看电影，甚至还通过哪位同学的什么关系偷偷溜进某单位小礼堂，观看内部招待电影，比如《山本五十六》《中途岛之战》《巴顿将军》。班级活动更是丰富多彩并具有针对性，第一次就组织全班同学到黄鹤楼剧场观看了湖北省京剧团献演的那出撕裂人心、拷问灵魂的新剧目《张志新》，还有湖北省汉剧团演出的《中秋疑案》、广州部队战士话剧团上演的《神州风雷》，都是揭露性强、时代性强、艺术性强的戏剧作品，都能引起大家的深度思考、激烈争论。这段时间学校还有目的地组织讨论《人民日报》刊载《蒋爱珍为什么杀人》一文中涉及的法律与人性问题，以及10月26日突发的韩国总统朴正熙被其亲信情报部长刺杀身亡的国家体制与法律制度分析，这都是在大家尚未进入专业课程学习之前提前进行法律思维的训练，很受同学们欢迎。

所有这些课外的团组织活动和班级活动皆属团支部和文艺宣传委员的职责。文宣委员是漂亮而有气质的大姐赵雅莉，她也是一组的组员，经常会到男生宿舍来找团支部书记王英杰商量活动安排，虽然这种"商量"的次数确实频密了些，虽然赵雅莉在谈工作时盯着王英杰的眼光确实热烈了些，但王英杰本人并没什么特别反应，同学们也没觉察到有什么不妥，倒是蔡楚生佯作愤愤不平状地抱怨："咱们组的班干部太多，我这组长简直就是聋子的耳朵——摆设！就算你这个文宣委员的官比我大，就算人家说你是香港影星赵雅芝的妹妹，但也不要目中无人哟。不理睬我这个组长大人也就罢了，至少也要假装向在座的班长汇报汇报工作哟。如果眼睛里只有王英杰，组长我就要质疑：美女组员来此，公事乎？私事乎？"说完，意味深长地看一眼马小健。

赵雅莉嫣然一笑："你这个做小弟的可不能跟大姐我乱开玩笑哈。"说着，温情的眼波再次本能地扫向王英杰。

班长马小健每次见到赵雅莉都显得有些不太自然，暗灰的脸颊上总是会无来由地泛出少见的红晕，唯双眼露出的艳羡之光相当明亮灼热。听到蔡楚生这么一调侃，赶紧打哈哈道："这是他们自主的职责，唉，不需要向我汇报哈，而且雅莉同学每次安排的活动水平相当高，考虑得也非常周全，我没有不同意见啊。"

蔡楚生则故意不依不饶地追问："噢？那看来班长的意思是这些活动都是文宣委员赵雅莉同志的功劳，团支部书记王英杰同志则是水平一般，考虑欠缺咯？"

在几个人的戏谑说笑之中，赵雅莉和王英杰商定了班上参加法律系"1980年元旦茶话联欢晚会"的文艺节目，其中一个颇具创意的节目就是从王英杰和郑晓悟凑在一起练琴玩儿中得到的启发，即由这两个人搞个二胡和小提琴的中西乐器"跨界"二重奏。不过，为了平衡两个人的演奏水平，保证演出效果，最后敲定选奏一曲时下流行、曲调优美、大家喜闻乐见、演奏技巧要求不高的《妹妹找哥泪花流》。没想到晚会当晚演奏结束，居然获得了热烈的掌声和欢呼声。郑晓悟接着又在全系师生喝茶、吃糖、嗑瓜子的其乐融融的氛围之中，由王英杰一把二胡伴奏，几近清唱地高歌了一曲《红星照我去战斗》，又赢得赞叹声一片。这两个节目均获法律系颁发的晚会优秀奖——一张漂亮的彩色年历片、一个精美的书签。就凭这两招小把戏，郑晓悟在法律系的老师们和77、78级师兄师姐中的"辨识度"大增。

第五章　不平静的校园

　　元旦佳节，新年来临，学校特地免费为学生加菜，安排了迎新大餐。这本是件皆大欢喜的事，但谁也没想到会发生一起轰动校内外的恶性事件。当同学们喜气洋洋地吞着口水，敲着饭钵，排着长队，攥着加餐票，等着美美地吃上一顿红烧鲤鱼、红烧牛肉、粉蒸丸子、粉蒸排骨这些平常很难遇到的佳肴时，会计系的一位北京新生不知道是不懂学校食堂的规矩，还是兴奋之中无意间出错，或者是弄丢了加餐票想蒙混过关，抑或是故意拿出他家在北京某部委食堂的饭菜票来戏弄食堂师傅，总之是发生了矛盾。双方从辩解到争吵再到对骂，最后的结果是，饭堂里面打饭的几名青工操着"汉骂"蜂拥而出，一拥而上，拳脚、菜板、饭勺、板凳一股脑儿地往这位学生身上招呼。饭堂里的秩序顿时大乱，围观的学生大声斥责着打人的青工，却又无人敢上去阻止，直到这位新生被打到双股骨脱节，瘫倒在地，被紧急送往医院，很长时间卧床不起。

　　不消说，元旦的加菜聚餐变成了抗议聚会，校园里顿时掀起了无法遏止的声讨风波和抗议浪潮，呼吁书、请愿书、大字报、声明信、标语口号很快就贴满了校内所有的建筑物、布告栏、电线杆和树干，有人到处散发传单，还听说有人已经在着手准备组织游行抗议、罢课抗议、绝食抗议，甚至打算联系其他高校的学生进行联合声援，"山雨欲来风满楼"。而且几乎所有的呼吁抗议中都突出了一个共同的声音："法律系，你们该站出来了！""今天看不到法律系的作用，明天就没有法律系的希望！""请用你们的专业知识维护校园的公平正义，保障学生的人身权利！"随处都可以看到各系学生联名的《致本校法律系师生的公开信》。

法律系同学们心中那种无法遏制的强烈责任感、专业荣誉感和被信任感，都促使自己尽快切换到法律人的角色，而不仅仅是个大学生。大家迅速协商推选出了学生代表，配合系里的老师及时参与学校对事件的分析研判和善后处理之中。校长不愧为老革命，指示一切以学生利益为重，严刹食堂的歪风邪气；全力医治受伤学生，避免留下后遗症；尽快拿出处理方案，严厉处分相关责任人；各系、各班即时向同学们传达学校的原则态度，拿出诚意安抚学生。很快，处理决定文件向各系、各级、各班传达：后勤处食堂科科长撤职，学生第一食堂的炊事班班长撤换，两名打人首恶开除，其他参与打人者调离食堂，到环卫科垃圾清理组上班。

一场始料未及突如其来的风波就这样顺利平息了。虽然不知道那两名打人首恶是否会被追究法律责任，但全体师生对学校的处理决定均表示衷心的拥护，学校秩序很快恢复正常，学生也开始自觉讨论并检视自身的责任意识和组织纪律，纷纷认识到作为学生应当更加注重对规矩、规则、规范的学习和遵守。而校方并不是以解决表面问题作为权宜之计，而是以此为戒，再次举一反三，针对近期其他地方一些高校的学生为解决住宿、伙食问题举行罢课、游行等现象，组织全体教职员工开展爱岗爱校爱学生的教育活动，采取了一系列整改、整顿、整风措施，同时也实事求是地针对社会上农副产品价格不断提高，学校食堂的伙食费不得不提价的现状，为广大学生争取利益，力促在全省大专院校工作会议文件中形成了增加学生助学金的决定。郑晓悟所享受的甲等助学金每月得以增加两元钱，而且还和其他一些同学一样，获得了一件新款棉袄的实物补助。

变革的年代本身就充满着变化、变动与变故，它可能变幻莫测令人眼花缭乱，也可能变生肘腋叫人始料不及。

元旦过后才半个月，大家还没来得及从食堂青工群殴学生的激愤中完全平息情绪，一个星期一的下午，法律系党总支书记严家生在辅导员阮丽英的陪同下，突然一脸严峻地来到一组宿舍。待全组人员到齐，阮丽英随即关上房门，肃然而立。严书记背对房门端坐，低沉而冷峻地开口道："同学们，就在我们法律系，就在我们这个小组，就在我们房间在座的人员中间，有一个严重违反党纪国法的人必须要依法依规严肃处理。今天，我代表楚天大学党委和法律系党总支先在这里小范围向大家宣布一项重大决定……"

严书记的态度之凝重，语气之冷峻，气氛之肃杀，令郑晓悟心里陡然一惊："到底是啥事这么严重？这人是谁呀？"随即不动声色地用眼光偷偷逐一扫描，只见其他同学也神情紧张但表情疑惑地逐个观察他人，唯有班长马小健似乎面无表情，眼光僵直地看着某个地方。

严书记照着文件内容讲着主要事实和关键情节，同学们个个屏住呼吸，听得惊心动魄。最后，严家生书记以宣判的口吻继续念文件："马小健长期玩弄妇女，调戏妇女，与有夫之妇通奸并致其怀孕，拦路强奸妇女未遂，曾被逮捕，后被宽大释放，现在还处于留党察看的处分期，但马小健在高考政审期间伙同他人徇私舞弊，隐瞒事实，抽掉档案材料，欺骗组织，得以被我校录取。学校在接到检举信后非常重视，及时专程派员前往当地调查核实，最终结论是证据确凿，情况属实。经研究决定：取消马小健学籍，遣返原籍，即时离校。"

此刻，只见马小健原本黑灰的脸色显得更加灰暗，他什么也没有说，也没做任何表示，等到严书记宣布完决定起身离去之后，便默默地动手收拾铺盖行李。王英杰和蔡楚生试图过去帮帮手，被他轻轻用手势断然拒绝了。这时，大家才从窗户望出去，看到路边停着一部一直没有熄火的绿色吉普车，里面还坐着两位穿白上衣、蓝裤子警服的警察。

很快，马小健只拿上了属于自个儿的铺盖箱笼，书本文具一点没要，低着头默默走出寝室。蔡楚生硬是帮他拎起那只小木箱，送到吉普车旁。组里的同学都本能地跟在后边，默默送他到宿舍门外。吉普车后座的两名警察跳下车来，一左一右紧盯着马小健把行李放好，又一前一后地护持着马小健上车，吉普车迅疾驶离。其他寝室里的同学感觉到发生了不寻常的事情，纷纷涌出寝室目送吉普车离去，便惊诧地互相打听，悄悄议论起来。

履行完送人手续的阮丽英老师看到学生们都在，便趁机教育大家："真是可惜了啊，同学们！这位马小健在当地也算是个人才，高中时期就被突击入党，高中毕业后直接进公社作为接班人培养，并且准备提拔为公社党委书记。没想到他忘乎所以，犯了一系列作风错误，性质还非常严重。来校报到后既不主动向学校坦白交代自己的错误，还继续和有关人员写信串通隐瞒真相，到头来依然是鸡飞蛋打，身败名裂。同学们要引以为戒呀！"

"哇！没想到在我们法律系学法律的人中间自己首先就搞出来这么一件惊天大案！提前预习的真实案例呀。"

"听说很多大专院校，包括我们学校在内，总是收到一些女青年写的检举信，控告已经考上大学的'负心汉'玩弄女性后又抛弃她们。"

"很多报刊都在讨论不能让'当代秦香莲'的悲剧重演，呼吁对待'现代陈世美'绝不可姑息。马小健会不会是这种情况呢？"

"难怪看他一直都是满腹心事，沉默寡言，原来是心里藏着天大的秘密，有很重的思想负担哪。"

……

同学们聚在一起议论纷纷，好久都没有散去。

孟向阳近期在汉阳区公安分局实习，郑晓悟便在一个星期天约了邝萌一起去看望他，同时也想了解了解他都实习些啥，也算是自己对公检法机关先有个感性认识。因为法律系四年的专业学习中有公安业务、刑侦照相、法医学，其中也有一次是安排到公安机关的实习课程。

邝萌的家和单位就在汉阳，知道区公安分局的位置，带着郑晓悟熟门熟路地来到分局，向门卫一打听，打进去一个电话。不一会儿，孟向阳便急匆匆地跑出来，把他们接到刑侦股办公室，给每人泡了杯茶，让他俩坐着休息，等他先处理完事情，并请唯一留在办公室做内勤的女警员帮忙招呼一下，又急急忙忙地离开了。

郑晓悟和邝萌不便到处走动，坐在那打量着这个摆着七八张办公桌的简陋办公室，看看正在忙着整理卷宗不断做登记的内勤，压低嗓门有一搭没一搭地聊着一些闲话。过了个把小时，才听到门外传来一阵杂乱的脚步声和说话的声音，孟向阳与几位民警面带喜色地走了进来，把一些口供材料锁进档案柜，说着轻松的笑话。这时，一位年纪比较大的民警站在门口说："弟兄们这几天都辛苦了哈，小孟表现也不错，赶紧去食堂吃饭，没事的话大家下午就休息吧。"

孟向阳和几位民警答道："谢谢股长！股长辛苦。"

在食堂吃饭的都是些星期天值班的干警和突击办案的一线民警。孟向阳招呼郑晓悟和邝萌拿着饭钵打来饭菜，找到一个靠角落的饭桌坐下来，边吃边介绍说："来公安分局实习几乎没有休息过，天天忙得是马不停蹄，但的确能够学到很多在学校里和书本上学不到的东西，很有意义。不过现在的社会治安秩序的确有待改善，这不，我们分局辖区的一所中学前几天发生了一起大案，有流氓半夜从天窗爬进一间女生寝室，手持匕首威胁，直接抢走了一台收音机和一个提包，醒着的女同学都吓得不敢吭声。"

"我的天呐！这是相当严重的恶性案件啊，嫌疑犯抓到没有？"郑晓悟闻言惊问。

孟向阳夹了一块粉蒸肉，放到嘴里有滋有味地咽下去，感叹地说："蹲守了几天，今天凌晨总算把这个家伙给抓住了，一上午都在突击审讯。开始还很顽固，后来被我问的几个问题一下子打开了突破口，终于大获全胜，可以结案移送了。这个胆大妄为的流氓是街道上的待业青年，还是个惯犯，犯了不少事儿。"

正在这时，刚才那位刑侦股长和一位队长模样的人急吼吼地冲进饭堂："出警！出警！"

队长继续喊道："现场有很多围观的群众，还有堵死不能动的车辆，注意抓捕的方式方法，一定要特别注意，不要伤及无辜群众。"

孟向阳和其他几名刑警马上丢下还没有吃完的饭，迅速冲出饭堂，带上装备，蹬上自行车飞驰而去。

郑晓悟和邝萌默默地吃完饭，把三个人的饭钵洗干净放好，走出汉阳公安分局大院，一路穿过月湖公园，拐上江边的公路，顺龟山脚下来到汉江汇入长江的"汉口"。站在汉阳一侧的江堤上，望着汉水入江口东侧的汉口闹市，远眺着长江南岸的武昌城区，邝萌皱着眉头沉思着。

郑晓悟知道朋友在想什么，沉默了一会儿，拍拍他肩膀。

邝萌叹口气说："我经常在观察、思考一些现象，现在只是觉得很不可思议。早几年吧，大家无论在物质生活还是精神层面都过的是很艰难的日子，但现在是个多好的时代呀，可以说是蓬勃向上，前途光明，你说他们这些人年纪轻轻的，不赶紧好好把握这些机会，实现个人价值，还到处惹是生非，违法犯罪，到头来还不是毁了自己，值得吗？"

郑晓悟两眼盯着汉水和长江汇合处明显的清浊界限，说："潮汐涌动肯定有残渣泛起，大河奔流必然会泥沙俱下。你看这汉江，跟长江交汇时也会冲撞出江河激荡的景观呢。新老交替，新旧碰撞，新陈代谢，有些人能适应，有些人能接受，有些人会欢迎，而有些人则反其道而行之，这也是社会发展的必然现象，很正常，'君看檐外江水，滚滚自东流'。"郑晓悟最后吟了一句辛弃疾《水调歌头》的词句。

"就我们国家现在这个情况来看，你选择报考法律专业真是很英明。我们社会的法律制度需要完善，当然，即使法律制度改善了，老百姓也担心，有法不依。"从来都理性冷静的邝萌依然是忧心忡忡。

两人随便在路边的小吃摊吃了个简单的晚饭，分手后郑晓悟便搭上公共汽车回到学校。宿舍的同学们正在商议下半夜值班巡夜的事，王英杰提议找辅导员取来系会议室的钥匙，干脆去看电视熬时间等着接班，免得到睡得正香的时候被叫起来更难受。大家一致同意，认为一起熬夜挺开心。

法律系会议室摆着一台自带天线的 18 英寸（1 英寸 =2.54 厘米）黑白电视机，在周六周日晚上都会开放给本系师生看电视。今天只有郑晓悟同寝室的五个人来看，自在又自由，但调来调去也就那么四个频道，画面还常常不稳定，老有雪花和噪音。他们看完中央电视台介绍日本现代化工业的纪录片后，便在中央台、湖北台、武汉台之间来来去去地换台，看了法国故事片《红与黑》、长春电影制片厂的《小字辈》，最后昏昏然还没看完长春话剧团演出的《救救她》录播节目，就被王英杰提醒催促，准时赶到学校保卫处，接过上一班巡夜同学的军大衣、手电筒、木棒，全副武装，冒着寒风，提高警惕，开始对校园的每条路巷、每片树林、每处角落、每个楼道仔细照射检查，女生宿舍楼更是巡查重点。每巡视完一圈，就回到保卫处值班室烤烤火，休息 15 分钟再进行下一轮。

五个人巡完第三圈，感觉有些饿困交加，按保卫处值班干部的推荐介绍，出学校后门往火车站方向去吃宵夜，果然看到有通宵沿街"丁零当啷"敲着铁板的馄饨担。馄饨小贩看上去像是返城知青或者待业青年，态度热情，操作娴熟。用大骨清汤做汤底的馄饨一毛钱一碗，面皮薄透，入口顺滑，还有肉味，撒上胡椒粉更是热气腾腾，香鲜热辣，在这寒风刺骨的冬夜乃是暖胃暖身子的最佳滋补。郑晓悟一辈子都记得这是他吃过的最美味的馄饨。

放寒假了，郑晓悟在第一次长时间离开家之后踏上了归途，前几天已分别写信告诉大哥和李丽自己回去的日期和车次。

这是一趟晚上七点半由武昌始发、开往重庆的普快列车，车上大多数旅客都是放了寒假的学生，再加上其他的旅客，甚为拥挤，过道上和车厢连接处都挤满了人，吵嚷嚷，乱糟糟，还有些臭烘烘，加之每站都停，虽有座位也无法安睡。他昏昏沉沉地熬过漫长的十个小时，凌晨五点半到达襄樊站，迅即赶上头班公交车，一路畅顺地到达汉宜县城。下车后他步行赶去县新华书店，一进大哥郑晓忱的单身宿舍，只见全部家具行李都已规整地打包堆放，只有刚起床的床铺还没收拾。他疑惑地问："大哥这是要搬寝室吗？"

郑晓忱喜形于色地回答："经省、市两级专家的联合考核、面试，我已经调到江州市人民广播电台做播音员，过了年就去报到。"

郑晓悟听到这个消息，很是为大哥高兴。大哥形象清俊，文质彬彬，喜爱阅读，知识面广，尤其是普通话标准，用他在县文工团同事的话说，声音特具有穿透力，所以做电台播音员确实是量才使器，量凿正枘。"关键是可以离开这里，去开拓新的、更大的发展天地。"郑晓悟最后对大哥这样说道。

夜车劳顿，郑晓悟没胃口吃早餐，倒头便睡，即入梦乡。正梦见李丽风尘仆仆地赶来书店看望自己，蒙蒙眬眬之中就听到敲门声、小声说话声和有人关门出去的声音，随后好像有一只手在轻柔地推搡自己。他费力地睁眼一看，仿佛就是李丽，正满面春风地俯身看着自己呢。郑晓悟心道："这个梦做得有意思。"继续酣睡，接着又有声音在耳边轻轻喊道："郑晓悟同学起床啦！已经是中午啦！大哥下去食堂打饭啦，快起来吧。"

郑晓悟一个激灵，赶紧翻身坐起来，定睛一瞧，果真是李丽！便本能冲动地一把抱住了李丽的脖子，李丽温柔地贴过脸来给他亲了亲，便把棉衣棉裤递给他，搭手帮他穿衣起床。

午饭后，李丽陪郑晓悟回孟营。孟营街上倒是有人注意到这一对男女小青年，但是郑晓悟既不去看有没有碰到什么熟人，也不想跟任何人见面打招呼，带着李丽匆匆而行。到家一看，爸爸已经放寒假回来了，现任公社副书记的孟广文和三大队书记刘明学也在家里坐着喝茶聊天。这两人见郑晓悟回来了，立刻站起身来热情而正式地和他握手问好："哎呀呀，你看看嘛，这是我们县的状元衣锦还乡了，你上大学走的时候我们都不知道啊，好多人还以为你一直在外面打临工呢，哈哈。"边说边用探询的眼神扫视着李丽。

李丽和他们没见过面，不知道是什么人，随着姐姐郑晓悦进到了里屋，郑晓悟坐下来陪他们说话。只听爸爸接着他们此前的话题说："晓悟和另一个理科班的女生考上大学之后，从县里到各个公社的领导要求安排子女插班复读的太多，已经影响到本校的在读生了。我这个学期只安排了随昌的儿子刘向军、义长的儿子萧志兵插班复读，就有人在提意见了。所以，学校研究决定，下学期专门开设两个复读班，安置这些学生，但复读生除了食宿自理以外，学费也会高一点儿。"

孟广文和刘明学满意地相视一笑说："这太好了，只要郑老师能把孩子们安排进复读班，我们就感激不尽了，费用贵一些没有问题，关键是要能像你家晓悟一样考上大学，不然的话现在哪儿还有别的出路呢？"

郑力仁笑笑说："现在是千军万马都挤上了高考这一座'独木桥'啊。但并不是进了江湾中学就进了保险箱，就一定能够考上大学或者是中专、技校，还是要看有没有学习天赋，更重要的还在于自己刻苦努力。这三年全国平均的高考录取率都只有百分之三左右，有的一个县都考不上一个大学生，毕竟能考上大学的还是极少数。师傅领进门，修行在个人，这些道理要跟孩子们说清楚。"

孟广文和刘明学虔诚地点头道："那是，那是。"

送走二人，郑晓悟和爸爸说："嘿，这些公社、大队的干部，原来每年过年能把他们请到家里来吃个饭都是我们的荣耀，现在他们却反过来拎着礼物上门求助。时代发展，沧桑巨变，说明知识值钱了，知识分子值钱了。"

郑力仁扫了一眼堂屋里堆着的一些人送来的腊肉、缠蹄、灌肠、鸡蛋、挂面、烟酒，还有两只绑住腿的活鸡，苦笑道："他们这都是为子女们行的束脩之礼呀。孔子说'自行束脩以上，吾未尝无诲焉'，其实收不收这些东西我都会尽力帮忙的，但问题是有些小孩完全没有希望，但他们就是认为既然你家的晓悟能考上大学，那我们家的孩子也应该能考上，如果没考上，就是你郑力仁没有安排好，没尽心，这就很伤脑筋。不过我看刘随昌的儿子刘向军今年考上大学的希望最大。"

郑晓悟提醒道："是不是把二哥带去读个高中，也参加高考？"

"嗯，我正在考虑这个问题，不然晓恒就废了。"

父子俩正说着话，覃伯韬老师闻讯骑着自行车来看望自己的得意弟子。郑晓悟和爸爸自是热情相迎，泡茶接待。郑晓悦在里屋听到覃老师的声音，也高兴地和李丽相携而出，拜见老师。覃伯韬注意地看了看李丽。郑晓悟把楚天大学自行编写印刷的教材《逻辑写作》送了一本给恩师，聊聊半年的大学生活，谈谈眼下的社会风气。覃老师临走时特意叫郑晓悟陪自己走一走，提醒道："郑晓悟，你是我最喜欢最欣赏的学生，我不希望你出任何问题，毁了前程。现在报纸上在不断报道当代大学生'现代陈世美'的事，也处理了不少。这个小李呢看上去还不错，听说家庭情况也还行，如果你们俩最后不可能在一起，可千万不要越线犯作风错误呀，否则悔之晚矣。"

郑晓悟满脸通红地点着头，表示谨遵老师的教诲。

大年初五，郑晓悟随一大家人浩浩荡荡地去汉宜县供销社姑姑家拜年。一进门，他看到姑姑和一位清瘦秀雅、戴着深度眼镜的女孩子坐在客厅聊天，感觉似曾相识。女孩子也是一愣。姑姑郑淑婉笑道："我正跟小郭说我侄儿在楚天大学法律系，跟她是同届校友呢。"话音未落，郑晓悟和女孩都互相指着对方："哎呀，你……你……"

郑晓悟先说："对了，我想起来了，在武昌火车站新生接待点。"

"对对对，我叫郭芙蓉，统计系79级的，没想到我们又在这儿遇到，真是太巧了。我寒假没回长沙，和我父母一起来汉宜看我小姨。听我小姨说郑阿姨是前辈大师姐，所以我专程来登门拜访。"

郑淑婉笑眯眯地说："我和她小姨是关系很好的同事，你们俩又是同校，你看多有缘分啊，一定要多多联系，互相帮助。"

郑晓悟笑道："你是长沙人啊？难怪叫郭芙蓉呢，'芙蓉国里尽朝晖'是也。"

"我的名字是有这个说道，欢迎你访问芙蓉国。不过长沙虽然是湖南省会，但城市建设现在看上去和襄樊差不多。"郭芙蓉见来了客人，说完便礼貌地告辞而去。

和姑姑谈论起两人都熟悉的学校，自然有很多话可聊，郑晓悟心中忽然闪过一个念头，问道："姑姑，我们班的辅导员阮丽英老师您认识吗？"

"噢？阮丽英现在是你们班的辅导员？她和我是大学同班同寝室的同学，因为一些事，她的入团申请很长时间都没有通过，我是团支部书记，她为这事儿一直都恨我。听说她一毕业就跟她的广东客家老乡、法律系留校的师兄结婚了，安排在法律系办公室搞行政工作。她知道我和你的关系吗？"

"入学报到时是她在火车站接新生，我跟她聊天时就说起来了，难怪她当时忽然表情怪怪的呢。"郑晓悟说完，心里有一丝不好的感觉，怔怔地发起呆来。他决定以后在学校里还是躲着阮老师一点儿为好，尽量不在她面前晃悠，免得多事。

第六章　青春啊青春

这个寒假过得真快，眨眼间就要返校了。郑晓悟原以为可以躲在家里安安静静地读读书，但带回家的两本专业书都没来得及翻上一翻。以前被很不情愿硬扯上亲戚关系，但人家并不怎么和自己家来往的人，现在开始亲热地拜年互动，几位要好的同学要聚，一些亲近的老友要看，除了这些礼节性的规定动作之外，更多时间当然是和李丽相处，一起漫步汉江边，一起携手月光下，一起欣赏话剧《救救她》，一起看了电影《405谋杀案》和《笑》，还一起去铁四局机关看望了她的大姐李俐。不过虽经邀请，郑晓悟还是觉得不便去她家里拜访她的爸爸妈妈，这样像是在走确定关系的程序似的。

李丽最大的优点是性情和婉，坦诚待人，开朗大方且不强人所难，两人彼此相处甚感身心舒坦、宽松自在。但双方家里人都担心两个人将来未必能走到一起，李俐大姐也有这个忧虑。郑晓悟其实自己也没有把握，处在舍与不舍之间，因此在开学返校的火车上，一直都在矛盾而苦闷地回想着这些杂七杂八的事情。

襄樊到武昌的直快列车途中也要耗时七八个小时，早上六点准时到站。当郑晓悟提着一堆送人的礼物和点心小食，兴致勃勃、气喘吁吁地赶到原来住的 53 号平房宿舍时，只见寝室门上贴着一纸通知：法律系 79 级男生宿舍全部调整到 37 号楼 301—306 房间。再赶去 37 栋楼，刚进楼道，迎面就遇上王英杰和庄俊，两人亲热异常地抢着把东西拎过去，领他去新寝室 303 房，并告知他所有铺盖行李和书籍文具都一股脑儿地帮他搬过来了。寝室的同学见面又是一阵欢闹，学校从政治系 79 级调整来一名新同学高健，成了新室友，汉口人，也还是被安排睡在郑晓悟的下铺。

郑晓悟见高健高大帅气，装扮洋气，就开玩笑说："你的名字肯定少了一个字，应该叫高仓健才对。"

蔡楚生接口说："姓高，名健，字仓健，号俊友。"

郑晓悟熟知蔡楚生的思维导向，便笑道："好嘛，人家高健刚成你的组员，你就妄图把莫泊桑笔下的青年恶棍、资产阶级骗子、冒险家的烙印贴在高健同学身上。"

蔡楚生又是一副被无故陷害的无辜模样，强辩道："我是完全被你刚才姓名解析的思维逻辑诱导出来的一个想法。况且，我说的'俊友'是个褒义词，不是你说的莫泊桑的小说名，因此，只能说是你自己的内在意识在给高健同学贴不良标签。"

大家看他俩一见面就斗嘴，甚觉有趣，一阵哄笑。高健咧着嘴乐呵呵地说："我们这个寝室的文学氛围比我原来政治系那个寝室的氛围浓厚多了，好玩。"

郑晓悟开心地取出专门带给同学们品尝的襄樊特产花生占、兰花豆、盐煮瓜子，其他同学也纷纷拿出了孝感麻糖、云片糕等各种小吃、零食，而高健居然从一只漂亮的皮箱里掏出几罐大家从没见过的铝罐装的啤酒，罐体上印着个"生"字。原来高健家里有亲戚在香港，近日正在和武汉有关部门谈判，投资成立外资企业，这种香港出品的"生力啤"乃是高健家的常备品。同学们自然是惊喜无比，就着香港啤酒吃着土产美点，特具风味，气氛热烈，惹得其他寝室有几位同学也过来凑热闹。可惜郑晓悟不会喝酒。

新学期虽然新增了法律专业基础必修课《国家与法的理论》，但却更像是哲学和政治经济学之外的又一门政治课内容，这在法律教材书籍奇缺、法律法规文件奇缺、法律研究成果奇缺，而且全国没有法律统编教材的情况下，只能是冠以"法"字来聊以自慰，从知识结构上来说，基本上可以说是在高中同质知识的基础上提升高度、挖潜深度、拓宽广度而已，而课程的基本理论和核心观点几乎完全受苏联安·扬·维辛斯基所著的《国家和法的理论问题》的影响。不过同学们已经开始基于专业意识，有针对性地购买、借阅法律基础知识问答、法律知识手册之类的常识性书刊和理论性著作，只要是和"法"沾边的书，无论是哪个时期、哪个法系、哪个国家、哪个流派的书，只要能找到都读。这样反而不受约束，各受教益，因而同学们之间也总是有相反观点的争论和不同理论的碰撞。

从元旦开始施行的《刑法》《刑事诉讼法》是"文革"后中国加紧推进法制建设的一个重要的里程碑，从而也促使同学们提前进入专业预习状态。在法律系的老师根据学校安排进行全校广泛宣讲之外，也有司法机关特意把一些可以公开开庭的案件安排在楚天大学搞现场开庭，以期发挥普法效果，提升办案质量。其中一宗水运学校护校队队长为维护本校治安秩序误伤校外寻衅滋事者的案件，就被安排在楚天大学的大礼堂举行公开审理。虽然庭前宣布了法庭纪律，但法律系老师精彩绝伦的辩护依然赢得了旁听学生阵阵情不自禁的掌声，无罪认定当予成立。使得很长一段时间同学们都在激动地讨论《刑法》的适用、律师在庭审中乃至国家法制建设中的作用等问题。

春天毕竟是到来了。春天是生机勃发的季节，是青春萌动的象征，年轻的大学生们绝不可能错过这宜人的大好春光，春游乃是早已策划妥当的组织活动。这一天，郑晓悟在队伍前头打着鲜红的团旗，与全班同学朝气蓬勃地走出校园，先到武昌洪山南麓施洋烈士墓前，面对纪念碑，面对烈士塑像，面对董必武先生题诗"二七工仇血史留，吴萧贻臭万千秋。律师应仗人间义，身殉名存烈士俦"的石碑鞠躬宣誓。宣誓毕，大家再次列队，步行去东湖。东湖的水春波潋滟，东湖的山春晖盎然，东湖的景春光明媚，东湖的风春意拂面。行吟阁前集体合影，鲁迅广场缅怀先贤，画廊长亭翩翩起舞，长天楼里喝茶座谈，东湖游船荡桨是必备的节目，当在游船上分组拉歌、比赛乐器时，同学们像变戏法似的拿出了口琴、笛子、二胡、小提琴，在游船上纵情欢歌，把东湖春游的人们吸引得翘首顾盼。郑晓悟在游船上陶醉地拉起小提琴，被庄俊同学拍下了永远留念的瞬间。

到较远处的湖光阁弃船登岸，此处游人稀少，相对安静。性格活泼、擅跳芭蕾的王华于是鼓动大家跳起交谊舞，虽然法律系79级男生多女生少，属于典型的僧多粥少，但会跳舞并且放得开的男生并不多，女生还闲着。大家扭扭捏捏地在王华手忙脚乱的指导下闹腾了一阵子。最后，经王英杰和赵雅莉的提议，郑晓悟便将自己为学校"五四青年节"联欢晚会作词作曲的《把青春的赞歌唱响》进行现场首唱，以此征求大家的意见：

展开你理想的翅膀，
挥动你智慧的双桨，
去翱翔科学的蓝天，
去游弋知识的海洋。
宏伟蓝图靠我们共同描绘，
美好未来靠我们共同开创，
我们的事业继往开来，
我们的前程无限宽广。

啊！为了祖国，

为了明天，

让我们青春永放光芒。

本书看完做什么？

☆看作者手记

☆听同类优质好书

微信扫码

练就你那不屈的筋骨，

敞开你那求知的心窗，

去攀登科学的高峰，

去探索知识的宝藏。

宏伟蓝图靠我们共同描绘，

美好未来靠我们共同开创，

我们的事业继往开来，

我们的前程无限宽广。

啊！团结一心，奋发有为，

把青春赞歌永远高唱。

歌声和掌声，在绿水青山之间久久回响。

　　"千湖之省"的湖北，尤其是"百湖之城"的武汉，到了梅雨季节，那真是冷暖气流交错相撞，江湖水汽交汇不散，淫雨绵绵，尤为潮闷。1980年5月17日是中华人民共和国历史上一个很特殊的日子，这天，中共中央为原国家主席刘少奇举行追悼大会，全校师生集中在学校大礼堂主会场和各系的分会场，通过广播和电视收听收看大会实况。当大家怀着沉痛哀伤而又庆幸鼓舞的心情散会走出会场时，雨暂时停了，云缝之间乍现阳光，学校行政办公大楼门前的旗杆上已降下半旗志哀的国旗在云潮翻滚的天幕映衬下，欲舒欲展，欲飘欲扬。

　　王英杰仰望着红旗说："听我妈说，'长航'通知今天长江上的所有船只均要在指定时间鸣笛并下半旗志哀，这也算是一个国家的态度，对民心的一个交代，总之是一个时代重新开启航道的标志性时刻吧，我相信这个时代应该是法制中国的新时代。"

反应敏锐的蔡楚生抢过话头说："你说的是法制，还是法治呢？光有法制而不强调法治，社会治理还是上不了正常的轨道，还会出现举着宪法也保护不了自己的社会反常现象。"

郑晓悟说道："我订的《民主与法制》杂志上好像也提到并在讨论蔡楚生说的这个观点和话题，但从我们国家这么多年的实际情况来看，首先是要着手解决的问题是健全跟完善法律制度，也就是先要解决有法可依的问题。"

蔡楚生争论道："那如果有法不依呢？法律岂不是'打白条'吗？"

"用国家与法的理论来分析，健全法制是确立国家的政治基础，依法治理是维护国家的政权稳定，还是要先打好基础。"郑晓悟坚持。

"其实你俩的观点都没有错，方向是一致的，逻辑是统一的，立场也都是正确的，只是要分阶段先后实施还是同时并举的问题。"高健评论道。

王英杰下结论："法制和法治其实是一个统一完整的系统工程。"

"庄傻！79级谁是庄傻呢？信。"刚走上宿舍楼的楼梯，只听78级那位戴着深度眼镜被同学们叫"胖子"的师兄满口京腔地嚷道。

王英杰和"胖子"相熟，打过招呼，满脸疑惑地接过信件一瞧，乐了："哈哈哈哈，还真写得像'庄傻'两个字。庄俊，是你的信。"

庄俊拿过信来扫了一眼信封脸一红说道："我那个考进华师的高中女同学总是把我的'俊'字写得像'傻'字，我提醒过她，还是这样。"

蔡楚生尖锐地指出："庄傻同学，我必须郑重地告诉你，不是你庄傻在提醒她，而是你这位女同学一直用这种方式在提醒你'装傻'，晓不晓得？是不是你对人家不够坦白？有话不说出来？就像你在我们班上一样，一争论起观点来，你就一味露出憨笑应付差事，我也想这样叫你，但没有你这位女同学的胆识和智慧。"

几个人嘻嘻哈哈地走进寝室，留在宿舍值班打扫卫生的尹强故作神秘地举着一份新到的《中国青年报》轻声喊道："喂喂，同学们，同学们，重要信息，我隆重推荐一篇开风气之先的重磅文章《人生的路怎么越走越窄》。"看着蔡楚生一把抢过去在匆匆翻看，又提示道："这个作者潘晓有这么几句话值得品评，一是：任何人，不管是生存还是创造，都是主观为自我，客观为别人。再就是她还感叹：有人说，时代在前进，可我触不到它有力的臂膀；也有人说，世上有一种宽广的、伟大的事业，可我不知道它在哪里。人生的路呵，怎么越走越窄……这位作者最后直接向《中国青年报》的编辑挑战说，如果你们敢于发表它，我倒愿意让全国的青年看看，我相信青年们的心是相通的，也许我能从他们那里得到帮助。同学们，你们现在看到了吧？《中国青年报》竟然就这样给她原文刊载，我觉得这不仅仅是宽容和大度，更恍如当年的《新青年》，正在启迪一股新风。"

王英杰听完尹强的话，赞同地点点头道："听你这么一说，看来是一篇观点比较大胆，甚至说法也可能比较偏激的文章，能够全文发表，说明《中国青年报》还真是中国青年的朋友啊。实事求是地讲，类似这种想法和认识的年轻人现在还真不在少数，这也说明在物质生活慢慢提高的同时，精神现象也不能忽视，现在是需要对人生观进行广泛讨论和正确引导的时候了。"

蔡楚生匆匆读完后递给王英杰，赞叹道："好！好！这封长信写得太好了！表达了一代青年人的痛苦和彷徨，也反映了一代青年人的思索和困惑，值得读！值得讨论！能提出问题就会有解决路径，能思考问题就会有正确答案，现在社会上出现的一切问题都和这封信里提出的疑问有关。社会上称我们这些大学生是'天之骄子'，只能说我们是极少数幸运的人，但绝大部分青年人，尤其是返城知青、待业青年，遇到的和想到的都是这封信所表达的意思，这个时候发表出来供大家讨论，正当其时。"

高健凑在王英杰的旁边，急不可耐地扫了文章几眼，说道："人应该怎么活着，为谁活着，既是个生活的小困扰，也是个哲学的大命题。作者说回顾所走过的路，是一段思想长河起于无私的源头，而终以自我为归宿的历程。这句话有些'人之初，性本善。性相近，习相远。苟不教，性乃迁'的儒家思想，但'主观为自我，客观为别人'则又有西方哲学意味，总之是个值得讨论的话题，理不辩不明嘛。"

郑晓悟也提出了自己的看法："我觉得写这封长信的作者能够得出'主观为自我，客观为别人'的观点，其实也是很实事求是、很积极的人生观。如果人人都能够在客观效果上、在实际结果上做到'为别人'，那我们这个社会人与人之间的关系就很完美了。我一直都认为，所谓毫不利己、专门利人者只能是圣人，绝大部分人都不可能做到；大公无私、先人后己者绝对是伟人，绝大部分人也不可能达到；己所不欲、勿施于人则是大部分都可以做到的正常人。最可怕、最不可思议的是损人不利己的绝坏之人，这种最垃圾的为人处世尤为不可理喻。"

"你这像是在悟禅。"尹强笑着评论道。

这场无意间的寝室讨论，几乎可以说是随后半年多时间里在全国范围掀起、各院校有组织进行的"人生观大讨论"的先声部分。

上大学之后的第一个暑假来临，孟向阳和萧东风原本想约上郑晓悟一起回汉宜，他们要等到8月再回学校听从工作分配，刘学农已经被提前分配到河南开封的一所中学当英语老师，他非常不愿意，想分到襄樊市却未能如愿。但郑晓悟自己暂不想回汉宜，他要先到江州市，去大哥郑晓忱所在的新单位江州人民广播电台看一看，同时受王英杰的委托，还要到江州市歌舞团，代他去看望部队文工团曾经的战友、二胡演奏员周雅琼。

江州市也是汉江之畔的一座古城，也曾是楚国属地、三国重镇，规模与风格和襄樊差不多，发展程度在那个年代也都不相上下。江州人民广播电台就在临近汉江的一条街上，较为宁静。门卫告诉郑晓悟，郑晓忱就住在电台宿舍楼的二楼。他走上楼去一看，门锁着，站着等了不到十分钟，就见大哥和一位女同事有说有笑地走上楼来。见到晓悟，郑晓忱很是高兴，赶紧一边开门，一边给那位女同事介绍自己的弟弟。这位女同事叫崔晓月，朝鲜族人，是郑晓忱播新闻的搭档，播音艺名为"明月"，浓眉大眼，长方脸型，一看就是典型的北方女孩，听了介绍，她欣喜地扬起眉毛："江山老师，这就是你的大学生弟弟呀？"然后瞪着明亮的大眼睛盯住郑晓悟说："早就听你大哥介绍过你呢，放暑假啦？"郑晓悟点头向她问好。

崔晓月迅即打开旁边自己的寝室房门，进去后很快捧出一把糖果，追到郑晓忱的寝室里："来来来，请咱们大学生吃糖。"

午饭午休后，郑晓悟先要完成王英杰交办之事，便去歌舞团找周雅琼。江州市歌舞团就在离电台不太远的另一条热闹的主街道上，从江州人民剧场西侧的巷子拐进去就是。经剧团门卫指点，郑晓悟走到宿舍楼三楼的女演员宿舍，有几位穿着练功服，准备下楼去练功房练功的女孩子好奇地打量着来访的郑晓悟，嘻嘻哈哈地擦身而过。

找到312房，只听房间里传出《春江花月夜》的琵琶曲。随着郑晓悟的敲门声，琵琶曲应声而停，门开处，是位皮肤微黑，面容俏丽，身材颀长，手持琵琶的女孩。见到女孩疑惑的表情，郑晓悟赶紧自我介绍，说是受武汉的同学之托来找周雅琼的。女孩一听，非常热情礼貌地把郑晓悟让进寝室，并很周到地给他冲了一杯麦乳精，说周雅琼出去一下，马上就会回来。

在随意的聊天中郑晓悟得知女孩是江州本地人，叫黄丽丽，原来是歌舞团的舞蹈演员，因一次演出时男演员托举不当，跌倒后韧带拉伤，脚踝受损，不能再跳舞了。好在她从小有个弹琵琶的特长，就转行成了乐队的一员。黄丽丽初中没毕业就被招到歌舞团，对能够上大学的人觉得很神秘、很崇高，所以不断好奇而神往地向郑晓悟打听大学的所有事情，一切都觉得新鲜。

正轻松开心地谈天说地，周雅琼回来了。郑晓悟做了自我介绍，并转交了王英杰给她的信。

皮肤白皙、体型微胖的周雅琼匆匆看完信，笑眯眯地对郑晓悟说："王英杰是我们部队文工团乐队队长，也是我们的大哥，对人可好了，平日里特别注意关照我们这些小兵。他转业之后不久，省军区文工团解散，我就考到江州市歌舞团。今天过年回武汉探亲没见到英杰大哥，只见到他留在武汉的女朋友周璇，对，就是和《马路天使》里的周璇同名同姓，原来是我们文工团的独唱演员。人家周璇说了，既然男朋友已经如愿考上了大学法律系，她也要争取在今年考取江汉艺术专科学校的歌唱专业。"

郑晓悟恍然大悟，心道：哦，原来人家王英杰同学早已经有女朋友了，难怪对漂亮且优雅的赵雅莉同学很明显表露出来的那些个"意思表示"完全没有反应呢。

问明了郑晓悟就是江州电台里艺名叫"江山"的播音员的弟弟，周雅琼和黄丽丽两人便更显亲热而兴奋。黄丽丽夸张地说："哇！你哥哥就是'江山'呀？那可是我们江州电台的金牌播音员啊，我们特别喜欢听他的播音节目，他和'明月'是播音搭档，每到节目结束时都会来这么一句：刚才是由'江山''明月'播送的。特过瘾，我们都学会了这句话，嘻嘻。"

周雅琼对郑晓悟说："正好明天上午团里没什么事，我们俩去电台找你玩儿吧，还可以顺便认识认识你大哥这位金牌播音员呢。"黄丽丽猛点头赞成。

第二天上午，周雅琼和黄丽丽如约来到电台。不愧是搞艺术的人，居然还随身带来了各自的乐器，聊了一会儿天就来了兴致，两人各拉各弹了自己拿手的曲目，然后大家又说起新上映的电影《等到满山红叶时》的主题曲《满山红叶似彩霞》非常动听、动人，于是便由周雅琼二胡伴奏，郑晓悟和黄丽丽很好地配合，把这首朱逢博深情款款的独唱歌曲演绎成了二重唱。郑晓悟没想到黄丽丽这个原先的舞蹈演员琵琶弹得好，居然歌也唱得很好。

三个人正在全情投入地开心，此前接到信与郑晓悟约好行程的李丽也从汉宜按时赶到了江州电台，进门看到这个场面，似乎有些意外和不适应，只是默默地坐在一旁，看上去情绪有些低落。不一会儿，郑晓忱也从播音室下班回来了，很是高兴地和周雅琼、黄丽丽相互介绍认识，还聊起曾到歌舞团现场采访、节目录音的一些趣事。周雅琼和黄丽丽要回剧团，郑晓忱说是上街买东西，顺便送她们一程。

看着她们离去，李丽很少见地表现出有些吃醋的意味，问了问这两个女孩是怎么回事，听了郑晓悟严肃认真的解释后，便说："你们刚才唱的那首主题曲的电影《等到满山红叶时》我一直没看，就等着和你一起看呢。下午我们去看吧。"

江州人民剧场正好有这部电影的下午场，一进场坐定，李丽不再是像往常那样拉着手，而是非常大方自然地紧紧贴住郑晓悟，并挽住他的手臂，随后把头依偎在他的肩膀上。这是郑晓悟从没有过的心理感受，从没有过的接触体验，他心跳得厉害，紧张而幸福、躁动而甜蜜。前面加映的《方毅副总理访问法国》纪录片中的巴黎美景、西方美女，都没能让心猿意马的他静下心来，只是放到正片时，看到电影中熟悉的武汉关、十五码头、长江大桥及其桥头堡，以及学校附近新建的整齐的居民新村等镜头时，方才定神认真观看，并不时给李丽低声介绍。当看到吴海燕饰演的杨英得知她所深爱的恋人杨明为搬移航标灯不幸殉职的那场戏时，郑晓悟的眼泪再次夺眶而出，李丽更是紧紧抱着郑晓悟，哭得无法自拔。

郑晓悟安排李丽借住在崔晓月的宿舍，在江州待了两天后一起回到孟营。李丽很勤快，总是帮着郑晓悟的妈妈和姐姐干这干那，而郑晓悟觉得再不能像寒假回来时那样几乎没时间读书，有李丽在身旁陪伴，可以沉下心来复习冯国璋的《英语》，预习下学期的专业书。真可能是受到了郑晓悟和周雅琼、黄丽丽在一起唱歌的刺激，李丽这几天跟着郑晓悦一起捧着家里那台"汉江牌"收音机，随着中央人民广播电台的《每周一歌》学唱《打起手鼓唱起歌》，这首歌由著名女中音歌唱家罗天婵教唱的。这天跟随收音机学唱完歌曲之后，可能是意犹未尽，李丽随口就唱起了邓丽君的《美酒加咖啡》。放暑假在家的郑力仁便过来批评李丽："这些港台小调、资产阶级的靡靡之音，你怎么也学唱呢？不能受这些消极没落的东西影响哈。"

李丽顿时满脸绯红，很不好意思。郑晓悟背后悄悄地问她是谁教她唱的，她说是学校一位姓丁的辅导员老师，也是个多才多艺的人。

郑晓悟说："你们学校的老师真开放啊！我们学校从来没有人唱这种歌，去赵运喜、汪家乐他们艺术学校也没有听人唱过，倒是听到武汉的街头混混小流氓们经常到处哼哼唧唧地唱。"

没想到李丽听郑晓悟说这是街头混混小流氓唱的歌，突然显得从未有过的不高兴，脸色非常难看，郑晓悟一下子都没有反应过来。

第七章　友情不是爱

　　暑假期间，在 1978 年这一届从孟营考上中专的一群伙伴也都先后毕业，分配了工作，走上了社会。有些人觉得满意，有些人感到并不理想，比如孟向阳分配在江州市公安局，萧东风分配在襄樊市通用机械厂，而郑晓慷是被分配在汉宜县下面一个小镇的学校教小学，其他还有在襄阳地区财校、襄阳地区卫校、襄阳地区农校的。这批年轻人各自的工作去向尘埃落定。孟营在今年还诞生了"文革"后的第二个大学生，他就是被郑力仁看好的刘向军，被华中师范学院历史系录取。萧志兵落榜。就是这个暑假的个把月时间，让人们不断体会着不同的人生变化，还有紧随着的社会变革。

　　假期结束就要返回学校了，郑晓悟骑着父亲不知找谁买的便宜的二手旧自行车到李丽家道别。这次暑假他已经到她家两次，李丽的父母和大姐李俐都很友善，所以相互之间也就很随意了。这是一排平房，午后的院落宁静而祥和，只有蝉鸣阵阵，李丽的母亲一人在家，见到郑晓悟，便春风满面地说道："小俪刚刚送黄爱珍和赵秀梅出去，你没有碰上她们吗？她很快就会回来，快坐下来歇歇。"说着转身去泡茶。

郑晓悟很随意地坐在客厅的木架布艺沙发上，无意间瞥见茶几上随意摊着一封已经打开的信，上面还斜斜地压着一张放大为四英寸的黑白头像照片，一看就是个长相很英俊的小伙子，于是便本能地心里一紧。他无法控制自己的好奇，便又偷偷向信笺上扫了一眼，信的抬头称呼是"小俪"，看来关系比较熟悉而且亲密，于是心里就很不淡定了。李丽的妈妈端来一杯热茶："来来来，晓悟，尝尝我们老家的君山茶。"一眼看到茶几上的信和照片，神色便有点不自然，似乎想拿走又觉得不妥，气氛有些尴尬。

"哈！一看到外面的自行车我就知道是你来了。"随着一声喜悦的叫声，李丽欢天喜地地跑进门来，忽然感觉气氛有点不大对劲，随即看到自己刚才给黄爱珍和赵秀梅看过后随手丢在茶几上的信和照片，心中大喊"糟了"。但她是个坦荡率真的女孩，便走过去在郑晓悟身边坐下，直截了当地说："这个就是我跟你说的我们班上的辅导员丁老师，他也就是来封信随便问候一下，里面没有写啥，不信你可以看看。"李丽的妈妈不失时机地说要去办事，便出门去了。

"这是人家给你写的信，怎么能给我看呢？而且我也没有资格看呀。"郑晓悟很不爽地梗着脖子说，"马上就要开学返校见面了还写信来，一刻都离不开呀！当面看不够，还要寄照片留念啊，情深意切！"

"你在胡说什么呢？你可以看他信里写的，完全没有你说的那个意思。"李丽有点儿急了。

"嘿嘿！不必写那么直白，有些东西不一定非得用语言表达，但傻子都知道是什么意思啦。还'小俪''小俪'叫得那么亲热，我跟你认识这么久都没敢这么叫过。"

"他是我们班的辅导员老师，他叫所有的女生都是叫人家小名，又不是只叫我一个人。"

"嗯，理解，这位丁老师长得很帅气，女生都喜欢他也很正常。"

"我可没有说喜欢他，而且我觉得他没有你长得帅，也没有你有气质有才华。他是我们学校副校长的儿子，父母的老家是上海的，他本人的确是很聪明，也多才多艺，但听说学习成绩一直不好，考不上学，就作为教工子弟照顾在本校安排了工作。"

郑晓悟不想再和她继续谈论这个人，便站起身来说："我过来是要告诉你，我是明天晚上的火车回武汉，到校后会给你写信的。"

"那我明天晚上去火车站送你吧。"李丽神态有些落寞。

"不用不用，别来回瞎折腾了，我就是来告别的。"郑晓悟语气冷淡地说着，也不看李丽，抬腿上车，头也不回地扬长而去。

第二天晚上他按时赶到襄樊火车站，居然看到李丽拎个小包，面带笑容，已经在火车站的候车室入口等着他了。郑晓悟心中顿时涌出一阵温情和感动，便也笑着迎上前去。新改建落成的襄樊火车站较之前的老车站更加高大宽敞，候车大厅里一幅描绘汉江两岸襄阳和樊城双城风光的壁画吸引了众多旅客在那里围观欣赏，郑晓悟和李丽都认为这幅壁画很有表现力，把古城特色与现代风貌展现得一览无余。

开始进站上车的时候，李丽带着神秘的笑容说："我送你进站上车吧。"郑晓悟不知道她有没有买站台票，但也没有表示反对，随她的意。进入车厢，放好行李，按号就座，李丽只是跟他笑了笑，什么也没说就转身走了。可能因为正值返校高峰，车上特别拥挤，和放暑假回来时一样，连过道和车厢连接处都站的是人，郑晓悟眼望车窗外，想着李丽大概会在站台上和他挥手告别。但等到火车开动，也没看到李丽的影子，他心里甚为失落，也觉得释然。

不一会儿，一位列车服务员过来跟郑晓悟旁边坐在靠走道位置的旅客说："这位同志，我们把你的座位调换到了旁边车厢一个靠窗的位置，这个位置需要安排给他人，谢谢您配合，请拿上您的行李跟我来吧。"这位旅客一看是列车员安排，又是调到靠窗的位置，便取下行李欣然离去，随后便有一个人在这个位置上坐了下来。正两眼茫然望着窗外的郑晓悟从车窗玻璃的反光中看出是个女孩，而且身形很熟悉，一个激灵，回头一看，李丽依然面带神秘的笑容假装看着别处，余光扫视到郑晓悟惊讶地瞪着自己，便嫣然一笑，扭身抱住他说："我要送你去武汉。"

郑晓悟在意外惊喜之余心里又是一阵激动，同时也觉得这女孩真是想一出是一出，还玩这些突然袭击的把戏，于是便把她换到自己靠窗的位置，坐得舒服些。两人就这样甜甜蜜蜜地说笑了一会。车过随县之后，车厢的灯光暗了下来，李丽紧紧地抱住郑晓悟，靠在他的肩上睡着了。

赶到学校，正是大家起床洗漱完毕，准备去食堂吃早饭的时间，同学们看到有个女孩跟着郑晓悟来到寝室，讶异询问的神情表露无遗。郑晓悟放好行李，假装镇定地说："这是我的亲戚，考上了武汉的学校，跟我一起坐车过来。去食堂过完早，我先陪她到武汉市内走走，熟悉熟悉情况，然后就送她去学校。"李丽奇怪地看了他一眼。

在食堂吃完早餐，郑晓悟找庄俊借了他那台 350 型号的照相机，又要了一卷"公元"牌黑白胶卷，拿上两盒襄樊特产的糕点，带着李丽乘公共汽车直接赶到邝萌所在的船厂氧气供应站。邝萌虽然此前并不认识李丽，但早就听郑晓悟说过很多遍，一听介绍便很高兴地表示欢迎。李丽的性格比较善于和人打交道，很快，三个人就在一起聊得很开心了。

郑晓悟直截了当地告诉邝萌，其实也是说给李丽听的："大学期间规定不准谈恋爱，不能交女朋友，所以我不能跟同学们明说，更不敢安排李丽在女生宿舍借宿，就只好让她在你家住两天。刚开学估计也没有什么事，我抽出几天时间，陪她在武汉转一转，看一看。"

邝萌爽快地答应道："这有什么嘛，只能委屈小李跟我妹妹挤在一个房间，你也住在我家，就跟我在阁楼上挤一挤，这样不用跑来跑去。我也可以请几天假，和你们一起转出去玩玩，正好一起聊聊汉宜的事，孟营的事。"

李丽突发奇想的专程陪送之行，令郑晓悟觉得不但有责任，而且也有义务尽一尽"地主之谊"，让从未到过武汉的她在武汉期间逛得开心，玩得尽兴，因此便和邝萌数日尽心陪同。年轻人精力旺盛，兴趣盎然，马不停蹄地几乎把武汉三镇的主要景点都走马观花地游览了一遍，无论是街景、桥景、江景、湖景、山景、园景，处处都留下了李丽光彩照人的倩影，时时都留下了三人青春灿烂的笑容，甚至在渡轮码头候船时都不放过，李丽笑容灿烂地随意蹲在一个巨大锚锭边上的随手一拍，居然成为一张经典照片。

邝萌此时已经是电大中文专业勤奋而优秀的学生，而且喜欢并擅长写作，梦想成为作家，所以无论是在三个人外出游玩的途中，还是晚饭后到江边、湖畔散步的时候，都会把他的习作拿出来一起研读讨论。李丽也是个爱好文学的"文艺青年"，也能对邝萌的作品品评个一二三，提出颇为内行的意见，而令郑晓悟印象最深的是邝萌的那篇短篇小说《当桃子又熟了的时候》。

在李丽临走的当天，郑晓悟和邝萌带着她到江汉艺术专科学校去见汪家乐和赵运喜。进到这座满眼西式建筑，妙乐欢歌盈耳的艺术学府，李丽满满的好奇和新奇，汪家乐、赵运喜见到李丽也甚是惊奇和惊喜，同她很热闹地聊起了去年上半年在襄阳地区歌舞团参加艺专器乐专业考试时见面的情形，邝萌对此话题一无所知，因而感到一头雾水。聊天归聊天，艺术院校的氛围和艺术专业的习惯使然，他们又在琴房开起了即兴音乐会，还不断有其他器乐专业和歌唱专业的学生闻声乘兴加入，自由酣畅，随意挥洒。

　　李丽看到郑晓悟和艺校的很多学生都很熟悉、很亲热、很随意地在一起倒腾乐器、尽情歌唱，甚感不可思议，便和汪家乐、赵运喜说："我如果不是知道咱郑晓悟同学考到了楚天大学法律系，还以为他就是你们艺专的学生呢。"

　　赵运喜大腿一拍，指着其他人说："嘿！你问问他们，谁敢说不是呢？我们这一帮人一直都觉得他就是我们的同学。你知道吧，来我们学校的校外任何人都得在校门口询问登记，还得我们出去接进来，但你的郑晓悟同学每次进我们学校大门，那简直如入无人之境，既不用登记也没人问，门卫一看他那架势，就认定他是本校的学生。"

　　汪家乐冲着李丽一乐说："嗨！他呀，还有更绝的呢。今年'五四'青年节在小礼堂举行校内师生音乐晚会，我们约他过来看，但他到点了还没来，我等不到他就先进去了。我们是严格按正规音乐会的规矩制度办事，音乐会开始之后不得再有人进出，他这个伙计倒好，从礼堂正门进不来，干脆就大摇大摆地进到后台，把门的人以为他是候场表演的，就放他进去了。一个节目演完的间隙，只见他顺着侧幕从舞台上溜出来了，我们这帮哥们儿在台下看到他竟然从舞台上走下来，个个是目瞪口呆，佩服之至呀！"

　　赵运喜逗着李丽说："别人我都不告诉，我只悄悄地跟你一个人说哈，我们学校的一些女同学也认识他，而郑晓悟队长呢对咱艺校一位敲扬琴的女生和一位拉小提琴的女生印象好得不得了，连名字都记得真真的。唉，哪个晓得他是不是在其他时间也偷偷摸摸来过我们学校，但并没有找我们，而是和别人有啥别的事呢？"

　　郑晓悟笑着争辩道："赵运喜你莫胡说哈，那两个女生是在你们学校音乐会上的表演给我留下了很深的印象，但我和她们俩并不认识，面都没见过。"

　　汪家乐拍一下赵运喜："你不要尽逗人家小李玩儿，我这个人比较老实，爱说真话，你说的那是绝对没有的事，尽瞎说！只是有一次呢郑晓悟队长来听我们作曲系陈老师的音乐欣赏分析讲座时，提了个很好的问题，还把他谱的一首歌曲递给陈老师请教点评，陈老师当场就表示欢迎他来本校作曲讲习班学习。很多女生都仰慕地说他和我们大学班同学的水平不相上下。当然啰，这些女生里边有没有谁私下主动去约我们队长，就不得而知了。"说完，捂着嘴巴乐。

邝萌在旁边乐不可支地点评："哎呀！简直没有一个好人啊。"

李丽在武汉的这三天时间里似乎有些春心荡漾，不断利用机会搞出些小动作，暗示郑晓悟想要做些什么。郑晓悟也能体会到，尤其是看到李丽在武汉这炎热的夏天穿着浅色紧身短袖衬衫，胸部丰满，曲线分明，几乎到了难以把持的地步，但一方面郑晓悟的确不好意思，也没那个胆子和经验，另一方面是条件不具备，并且没有合适的时间和空间。关键是前有马小健因作风错误被学校开除的画面留在他的脑海，后有覃伯韬老师的谆谆告诫还响在他的耳畔，所以，直到第三天傍晚把李丽送上返程火车，两人连正儿八经拉手拥抱的机会都没有。分手时，郑晓悟明显看出了李丽那怅然若失的神情。

他送走李丽，急急忙忙赶回学校，已经是无故缺了第一天的课。晚自习在教室里由辅导员阮丽英组织全班搞个人总结、小组评比、班委鉴定和评选"三好学生"，阮老师很严厉地直接点名批评了今天唯一旷课没请假的郑晓悟，并且要扣综合表现考评分。郑晓悟感到脸上有些挂不住，心里有些不服气，觉得她是有意在小题大做，借故整人，觉得她是把她对姑姑多年前的不满借此发泄到自己身上，但同时又觉得今天的确是自己没有遵守组织纪律，无话可说，无理可辩。

本来和李丽说好会给她写信的，但不知为什么他却一直没有心情，不太想写也觉得没有时间写，而李丽没收到信也就没有写信过来，差不多一个月了，相互间都没有只言片语。在此之前，从来都是李丽的来信频率很高，而且还总是抱怨郑晓悟写信不积极、回信不及时、言语不亲热，甚至为了故意刺激郑晓悟多给她写信，还随信夹寄了很多张邮票。这次她好像故意别着劲儿的反常举动令郑晓悟回想了很多事情和细节，分析了很多原因和可能，当然包括暑假期间给她写信的那位丁辅导员。所以，郑晓悟虽然还想继续与李丽通信，但心里总觉得别别扭扭的，绝不愿主动先给她去信。

过了国庆节，郑晓悟才算是收到李丽的来信。所谓"算是"，是因为虽然龙飞凤舞地写了两张信笺纸，但字里行间没有任何感情色彩，甚至难觅友情语调，除了强调开学后比较忙、没时间外，就像是报流水账似的凑了两页大号文字，几乎像是草拟公文、例行公事，完全就是敷衍了事、应付差事。郑晓悟心情复杂地读了这封比所有亲戚朋友同学熟人的来信都"寡淡"且"无味"的信之后，敏感如他的激情在止沸，傲气如他的热情在降温。随后，两人便进入到有一搭没一搭、可有可无的极其礼貌、过分客气的通信模式之中，而且信中都互相开始以"您"尊称对方。如此一来，郑晓悟忽然莫名其妙地有松了一口气的感觉，至少觉得在客观效果上，平时给她写信时耗精费神、搜肠刮肚、竭尽所能、强欲抒情的压力就减轻了不少，平常想要入眠时心驰神往、万马奔腾、胡思乱想、无尽惦念的困扰也卸载了大半。"丢下包袱，轻装前进，排除杂念，安心学习"，这一类自我暗示表决心的语言，是这段时间日记里反复出现的内容。

这个学期开设的《中国法制史》《宪法》《国籍法》《婚姻法》和《刑法》总则等课程，使郑晓悟法律专业学习的思维导向渐入佳境。勤思敏想并善于抓住关键问题的法律系学生们在《宪法》课程的学习讨论中，争论最多的就是拿"五四宪法"与前年3月重订颁布的"七八宪法"进行对照比较，大家都在肯定这部宪法于一定程度上纠正了"七五宪法"的极端错误这一坚定纠错成就的同时，对于其中依然保留的一些概念、一些说法、一些表述提出了各自的观点、想法和意见，对此发言之踊跃，争论之激烈，乃是其他课程的课堂讨论所没有出现过的。而宪法老师似乎目的在此，乐于兼听则明，并且有意识地不断通过提问点题、提示要点、提供史料、提醒归纳等方式来引导同学们大胆创设新奇的立论，尽量发表不同的观点，充分阐明各自的理由。这个难忘的场面，这种难得的气氛，使每个同学都在忘我之中表现得酣畅淋漓。大家竟然谁也没有想到的是，两年后的"八二宪法"几乎有针对性地解决了同学们激辩相争、各不相让的这些问题，而宪法老师可能当时就已经预见到了，甚至可能已经在着手准备为这些宪法问题考虑解题了。

《婚姻法》的讲授必然会讲到婚姻生活和两性关系的基本知识和一般常识，这对于这一班完全没有婚姻经历和异性经验的法律系男女学生而言，是既懵懂陌生又渴望知晓，既假装害羞又颇感兴趣的，熊琴芝教授对此当然深知个中况味，所以更是讲得眉飞色舞。她表情丰富，表达诙谐，语言生动，语调活泼，把婚姻法课程搞得像是讲家庭琐事，讲情感故事，讲男女传奇，讲夫妻传说，授课内容引人入胜，课堂气氛轻松活跃。可爱的熊老师有一句传世名言，在讲《婚姻法》第一堂课时就已经深深地烙印在全体同学的脑海深处，终身铭记心间。当讲到新旧社会两种婚姻现象的对比时，熊老师表情悲戚地说："同学们哪，在那万恶的旧社会，地主老财资本家们过着荒淫无耻、一夫多妻多妾的腐朽生活，而我们挣扎在死亡线上的广大劳动人民只能过着一夫一妻的悲惨生活。"

这帮反应敏捷的法科学生立刻准确而敏锐地抓住了这段金句中的"经典灵魂"，无论是对婚姻生活和婚姻法问题的教室讨论，还是寝室争论，以蔡楚生为代表的几位男同学总会同样表情悲戚，甚至捶胸顿足地悲怆轻呼："我作为劳动人民的一分子，将来乃至终身只能过上一夫一妻的悲惨生活呀！"其投入的表演绝对可获奥斯卡金像奖。

本学期所经历的最具有历史意义的事件是审判"四人帮"。从第一场审判活动开始，学校就有组织有计划地分系、分级、分班集中收看电视直播或者现场录像。这是一场牵动着亿万人心的世纪大审判，这是一场影响着子孙后代的善恶大检验。每台十几英寸的黑白电视机前面都是人头攒动，翘足比肩，实在看不到画面的人就肃立在旁，凝神聆听。有的人面色冷峻，有的人满眼怒火，有的人喜形于色，有的人泪流满面。当曾经不可一世、祸国殃民的"四人帮"及其爪牙被押进庄严的法庭时，人们的嘲骂声哄然四起；当听到江青对特别检察厅的发问满不在乎地回答"我不知道""我不记得了"时，人们的斥骂声此起彼伏；当看到张春桥眼睛微闭，一副我行我素、傲慢貌视法庭的德行时，人们的愤怒难以遏制。这当然是给法科学生的一次难能可贵的专业学习，是给世界各国的一次前所未有的法制展示，既是个历史的交代，也是个时代的句号，更是中国社会发展进步的一个重要分界线。

受这场世纪性大审判的影响，郑晓悟和同学们几乎每天都沉浸在法庭审理技巧、控辩要点掌握、事实证据采信、法律适用要素等问题的思维和争论之中，提前开始了对刑法分则和刑事诉讼法相关内容的学习和思考，并按各人自学的理解和认识发表着观点和看法。似乎也是为了配合审判"四人帮"的活动，1979年就已经发行放映的彩色影片《泪痕》和《生活的颤音》此时又同步在各大影剧院放映，竟场场爆满，还依然难以满足更多观众的观影要求，电影院门前总是围着众多等待退票和转让票的人群。每当电影散场时，出场的观众个个眼中饱含着泪水，脸上残留着泪痕。郑晓悟惊奇地发现，很多穿着奇装异服的社会青年的双眼居然也是红红的，于是心中感慨道：人心是相通的！情感是相连的！

在我心灵的深处，

开着一朵玫瑰，

我用生命的泉水，

把她灌溉栽培。

啊……玫瑰，

我心中的玫瑰，

但愿你天长地久，

永远永远把我伴随。

在我忧伤的时候，

是你给我安慰，

在我欢乐的时候，

你使我生活充满光辉。

啊……玫瑰，

我心中的玫瑰，

但愿你天长地久，

永远永远把我伴随。

　　谢芳主演的电影《泪痕》中，由李谷一深情演唱的这首《心中的玫瑰》插曲催人泪下，击中了所有人内心中最柔软的部位，打动了每个人情感里最感性的部分，大街小巷随时随地都传出这缠绵的旋律、纯真的歌声，很多青年男女更是用这首歌互相向对方表达着纯洁的爱，无限的情。

　　王英杰和赵雅莉用班费和团费专门组织全班同学在武昌阅马场旁边的湖北剧场观看了《生活的颤音》。毫无疑问，曾有那个年代经历和感受的大学生们当然都会被青年小提琴家郑长河与女工徐珊珊两人的故事所深深吸引。当电影镜头中出现男女主角深情的一吻时，观众中间突然响起了掌声，随之有更多的观众鼓掌响应，郑晓悟没闹明白大家为什么会对这个情节和画面鼓掌，但是却被小提琴家盛中国为电影演奏的《抹去吧，眼角的泪》这首小提琴协奏曲的旋律感动得泪如泉涌，心想：得尽快到艺专去找汪家乐或赵运喜要这首小提琴曲谱，难度不算太大，一定要学会它。

散场出来，同学们又是惯常性地开始讨论观感，发表感想，品评精华，点评不足。郑晓悟冷不丁忽然想到一个问题："哎，同学们，这位饰演徐珊珊的女主角叫'冷眉'，我还真不知道有'冷'这个姓氏呢，也可能是她的艺名吧？不过这个名字跟她本人的气质和长相很相符，尤其是你们看她的眼睛和眉毛哈，真的特别漂亮！"

王华立刻回应道："我有个高中同学的表妹就姓'冷'，名字好听还好记，叫冷玲，我那位同学老是喊她表妹叫'冷冷妹妹'。这小姑娘我见过一次，眼眉之间很像这个演员冷眉……哎哟……我才发现哈，原来咱们郑晓悟同学特别注重女孩子漂亮的眉毛和眼睛呀？那你要不要我把我高中同学的这位'冷冷妹妹'介绍给你呀？噢，不过不行啊，人家小姑娘现在才十岁，而且是远在大西北哟。"说完还遗憾似的摇着头，口中啧啧有声。

郑晓悟分辩道："你这简直就是乱联想嘛，我只是在评论这位演员本人好不好？而且我不仅是注意眉毛和眼睛，我同时也注重身材、气质和演技呀……"

蔡楚生忍无可忍地苦笑着打断郑晓悟的话："哎呀，单纯的郑晓悟同学，你会不会听话听音啦？你难道没有听出我们漂亮的王华同学是在挖苦你吗？作为虽无什么经验但却虚长你几岁的兄弟，我要'哼哼'教导你哈，千万千万不要在女孩子面前，尤其是在漂亮的而且会跳芭蕾舞的女孩子面前赞扬其他女孩子，哪怕只是一丁点儿的赞美之辞，哪怕是跟你跟她一丁点儿都不沾边的女性，Do you understand？"

王华轻跺双脚，高举粉拳，迈着芭蕾舞的跑姿，扭动腰肢去追打蔡楚生。蔡楚生施展篮球过人的步伐和技巧边躲闪边逗着王华："打不着嘿打不着，打不着来还是打不着……"

赵雅莉笑着喊道："哎呀！我说你这大男人也忒小气了，你就让我们王华打你几下难道就打疼你啦？"

一路上留下的，都是开心的笑声，灿烂的笑容，轻快的步伐。

第八章　情感迷思

年轻的朋友们，今天来相会，

荡起小船儿，晚风轻轻吹，

花儿香，鸟儿鸣，春光惹人醉，

欢歌笑语绕着彩云飞。

啊，亲爱的朋友们，

美妙的青春属于谁？

属于我，属于你，

属于我们八十年代的新一辈！

……

1981年新年第一天，郑晓悟就是在歌唱家朱逢博这首充满着光荣与梦想、理想与抱负的明快昂扬的歌声中醒来。刘向军起个大早，按时从华中师范学院赶到这儿来，郑晓悟带他去饭堂，打算吃完早餐就拎上小提琴，和他一起到邝萌家去欢度新年。邝萌来信说他已经事先约好了几位拉二胡、敲扬琴的朋友，准备一起自娱自乐庆元旦。

刚走到学生第一食堂门口，他们就碰到去取了报纸和信件来打饭的赵雅莉和王华，见面互道"新年好！"王华翻出一封来信递给郑晓悟："喏，你的信。"并顺口问道："武汉的同学都回家了，你打算元旦怎么过？"

郑晓悟随即向她们介绍了身旁这位华中师范学院历史系的发小刘向军，说早餐后要一起去汉阳，到另外一位发小的家里过元旦。赵雅莉和王华热情而礼貌地与刘向军握手问好，刘向军害羞扭捏得脸都红了，这可能是他第一次和女孩子握手。

吃着元旦早餐特供的肉包子和大米粥配辣萝卜条，郑晓悟漫不经心地打开了这封薄得不能再薄的李丽来信，一张信笺半页字，意思简单明了：为了不影响郑晓悟同学的大好前程和更优选择，同时也为了不令郑晓悟同学左右为难不便启齿，自己经过一番痛苦的思想斗争和慎重考虑，还是决定主动提出为郑晓悟同学"让出一条阳关道，绝不再当绊脚石"。

几秒钟扫完来信内容，郑晓悟轻叹一口气，把信放回信封，塞进裤兜里继续吃早餐，心中有一丝丝的惋惜，一点点的怀念，一瞬间的失落，一刹那的怅然，但更多却是一种解脱感，一阵轻松感。他很感激李丽的明智、大气、有决断、有气量，其实很长时间以来，两人心里都明镜似的明白未来的关系不会有结果，虽然可能也都曾经试探着想尝试争取一下，但最终相互都在理智上知难而退，在行动上止步界前。当然，郑晓悟凭直觉敏锐地感觉到，这也是李丽和那位丁老师之间的关系已经水到渠成的结果，认为应当祝福。

一见到邝萌，郑晓悟便把这封简信拿给他看。邝萌认真地看了两遍，冷静地说道："预料之中！预料之中！我们很多人包括汪家乐和赵运喜那两个小家伙都看出你们之间不可能有好的结果，但我没想到的是李丽自己主动提出来，还担心她会缠着你不放。从这件事看来，这姑娘不仅看着大气，做事也大气。佩服！"

刘向军说："我虽然不认识李丽，但一到江湾中学复读就听到你和李丽的传奇故事，在同学们之间传为美谈，那简直就是梁山伯与祝英台的爱情故事。"

"嗨嗨嗨，你会不会说话？你这是啥比喻嘛？梁山伯与祝英台是爱情悲剧好不好？那结局多悲惨呐……不过呢，我俩这个也不是什么完美结局，只是没有那么惨。"郑晓悟稍微平复了一下心情，又说，"江湾高中的老师和同学是在演绎我和李丽的故事。其实那时候同学们吃完晚饭，都会三三两两围着校园或者到汉江边去散步交流复习心得，我们也同样是散步聊天聊到了一起，只不过在之前大家都觉得我孤傲不好接近，没人敢跟我一起散步，并且那时很少有男女生在一起散步的，再加上李丽也很孤傲，又是插班来的县委大院的孩子，更引人注目而已。但说句老实话，其实我那时还是很理性的：考不上，两人没门！考上了，两人未知！"

刘向军似乎很替郑晓悟和李丽惋惜："难道两个人不谈恋爱，男女之间就没有纯粹的革命友谊、同志关系了吗？"

"嘻！真是个书呆子呀。异性相吸首先是'性'的相吸，当然我指的是性别哈。没有这个性别前提，无端端地相吸是不可能的，否则，这两人不是都有毛病，就是拿什么纯粹的友谊做幌子骗人。"邝萌向刘向军挥了挥手中的信继续说，"你看人家李丽虽然洒脱而大气，但当她觉得不可能和晓悟谈恋爱之后，就断然决定离开并宣布'分手'。退一万步讲，男女之间深藏在各自内心深处复杂的感情，有！坦然地保持正儿八经的纯洁友谊，没有！"

好像是在以实际行动来直观地诠释和演绎邝萌对于男女关系的论断，几个月之后放寒假回到家，郑晓悟想起自己考上大学已经三个学期了，一直都没回江湾学校去探望拜访恩师们，似乎有些说不过去。听说学生们都放寒假离校了，但老师还要在学校坚守几天，他便决定利用这个时间段去给几位老师提前拜年，并汇报自己的大学生活和学习情况。穿着深咖啡色翻毛领的绿色军大衣，围着围巾，他冒着寒风在汉宜县城兴汉大道的公共汽车站等车，候车处的人很多但车并不多，所以去往不同地方的公共汽车靠站后，无论是上车还是下车都是又挤又抢。突然，一阵熟悉而亲切的爽朗笑声传到耳朵里，他侧身定睛注目，哦？是李丽！郑晓悟心里依旧有些激动，准备绕过人群走上前去打个招呼，刚移动了两步，但见李丽是和一位与自己身材相仿、长相帅气的男青年态度亲昵地聊着天，也是在路边等车，便迟疑了一下，停住脚步。而当郑晓悟再注视她时，李丽的眼角余光、神色笑意似乎告诉他，她其实已经察觉到他的存在，但故意不看他、不理他。此时，途经县委大院宿舍的公共汽车到站了，那位男青年关怀备至地搂着李丽的腰，护她上车。噢！看清楚了！果然是暑假给她来信寄照片的那位丁辅导员。

郑晓悟完全没有心情再等车去学校了，断然转身，昂首离去，但同时也看到已经挤上车的李丽正透过车窗定定地看着自己。

人们老是说"好马不吃回头草"，郑晓悟就是这样一个走过的路绝不回头看、做过的事绝不言后悔的人，这种性格在其一生中都影响着他的人生道路、事业选择、择偶态度和婚恋原则。所以，此时转身而去的他豁然觉得自己刚刚已经书写完了人生成长过程中的一个自然段，往后，则需要另起一行，准备下一个虽属未知、但肯定充满希望的新自然段的新内容了。这个寒假再也不需要规划义务性日程，再也不需要安排情感性陪伴，可以随性而放松地度过了。

郑晓悟记得，刚到大学的前两个学期，在学校总是特别想家，放假回去后要返校的时候特别恋家，而到了这个寒假，却忽然觉得不知为什么，特别想早点返回自己熟悉热爱的大学校园，特别想尽快回到亲如兄弟姐妹的同学中间。郑晓悟知道，这是成长独立的必然过程，依恋的脐带已经逐渐割断，梦想的翅膀正欲飞跃关山。

　　大学的第四个学期基本上都是法律专业课，而且是些特别有意思、令人感兴趣的法律专业课，除了有资产阶级国家法、法律专业逻辑和法制史之外，还有与刑法总则、分则内容相配套的公安业务、刑侦技术、法医学等课程。公安业务和刑事侦查技术这类课程内容对于郑晓悟这个年龄段的男生来讲无疑非常新奇、特别神秘，也因此，这个学期在图书馆的借阅图书主要是集中在与破案与间谍有关的书籍上，例如《犯罪对策学》啦，《"国防部保密局"内幕》啦，再就是德国的《联邦刑事警察局》、美国的《新谍报学》、苏联的《色情间谍》及有关克格勃的系列图书资料都令他们很感兴趣。其实他们并非是作为专业书在研究学习，更多是当小说欣赏，注重情节猎奇。而这些书籍只能用法律系学生的借书证才能借阅。

　　刑侦技术课中大家觉得最热闹好玩的是现场提取指纹，整个教室简直就像幼儿园里上"手工课"，要求训练分别用金粉、银粉、铅粉、石墨等物料在油漆桌面、玻璃杯、陶瓷杯、纸张上等不同条件下提取他人的指纹。一节课下来，手持毛刷的同学个个手上、脸上、衣服上都是各种各式颜色的"彩妆"，谁也不用笑谁。石墨的提取精准度最差，要么难以清晰显示指纹的纹理纹路，要么就是黑糊糊的一片不知为何物。但最令法律系同学得意、让其他系的同学羡慕嫉妒的是刑侦照相课，每三人一组一架照相机，并发给一定数量的胶卷，然后各自分组手持相机，"耀武扬威"地在校园各个角落装模作样地拍"犯罪"现场、拍"尸体"特写、拍"伤口"的量尺对比、拍钝器伤和锐器伤的不同特征。当然也不用说，同学们也都利用"职务之便"，以学校大门、图书馆、教学楼、大礼堂、足球场、小树林等为背景，拍了单照拍合照，拍了全身拍半身，因为这也允许作为暗房冲洗胶卷、冲印照片、曝光、放大的作业训练。

《法医学》是个令男同学兴奋，令女同学抓狂的课程。刚上第一节课时，当法医学吴教授和助教张老师一脸专业、毫无表情地怀抱白森森的尸骨，手拎笑嘻嘻的骷髅头走进教室的一瞬间，顿时引发一片不知所措的尖叫声，女同学的叫声当然最令人毛骨悚然。而当张老师忙着在讲台上让这具似笑非笑的尸骨雄赳赳气昂昂地面对全班同学站立时，有几个男同学就装腔作怪地故意弄出些声音来作弄女生，并满脸坏笑地观察她们的反应。

吴教授为了让同学们先行加强对头骨结构的感性认识，当然也可能是为了训练各位同学的专业胆量，要求挨个传递骷髅头给每一位同学仔细观察，提高认识。有的同学表情怪异，很不情愿地接过来保持距离，斜眼瞄着，不敢直视；有的同学表情紧张，两手哆嗦，像是捧着一枚即将燃爆的炸弹，赶紧传出。蔡楚生则双手紧紧捧住骷髅头，就像捧着恋人迷人的面颊，做出一副表情暧昧、含情脉脉的样子，对着骷髅头呲着的牙作势一吻，引得大家哄堂大笑，冷静严峻的吴教授也被他逗得微微一笑。与王华邻座的郑晓悟一本正经，严肃认真、翻来覆去地仔细看完骷髅头，在他递给王华，而王华的双手刚刚触碰到骷髅头的一瞬间，却假装无意地显得很疑惑："嗯？怎么好像还保留有体温呢？"

"啊！……"凄厉的惨叫声配上王华同学恐怖的表情，给同学们留下了终生难忘的印象，大家一致认为，这是最富有艺术感的惨叫。

深入了解身体结构是法医学必备的基本知识，但法律系自编的薄薄教材中简要的叙述和简略的素描，无法满足同学们对于知识的渴求，无法实现同学们对于真理的追求，因此，图书馆里那本装帧精美、图文并茂、深入浅出、详解细描，并且配有实体照片的苏联教材《法医学》便成为抢手货。其实大家都心照不宣，男同学们最感兴趣的是女性身体，特别是神秘部位的图画、照片和解剖说明，女同学们是否也相对应的对男性的某些部位的图片感兴趣呢？不得而知。不过这些都是在这个年龄段的男男女女正常的现象。

法医学还有个重要的现场教学内容是观摩尸体解剖。楚天大学法律系与位于汉口的武汉医学院有密切的教学合作关系，有需要进行法医解剖的尸体，武汉医学院随时就会给予临时通知，这边法律系则会紧急派大卡车载上学生们，赶去江对岸。毋庸讳言，男生们听到解剖通知之后，第一个反应就是互相打听："是男尸还是女尸？"

这天还正在吃中饭，忽然有通知说上午一位女兵在汉口遭遇车祸，已经失去生命体征，马上就要进行法医解剖，系里安排去医学院的卡车已经停在宿舍楼下，赶紧！同学们一听，手忙脚乱地丢下饭碗，七手八脚地攀上卡车，迎着飒飒江风，驶过长江大桥，准时赶到武汉医学院的解剖间。医学院的解剖课程既为配合社会案件也为满足专业教学，所以，该解剖室的布局是四周有类似于体育馆的阶梯看台，学生们坐在周围的任何位置，都可以不受影响地看清中间灯光集中照射的解剖台。令人佩服的是，楚天大学法律系的法医学专家吴教授一边同时给医学和法学的学生们讲解着，一边双手毫不停顿地锯开头盖骨，看似漫不经心，实则异常精准，只听最后轻轻地一掰，头盖骨完整揭开，脑内组织竟没受到丝毫影响。

男同学中年龄最小的周旭阳自从到医学院上了现场解剖课之后，忽然神经衰弱，彻夜失眠，脸向外睡着，总觉得有个女的在含情脉脉地看着自己的脸庞，背朝外躺着，又感到那个女的在满眼怨恨地盯着自己的脊梁。睡在他下铺的五组组长魏荐贤是班上的老大哥，特别懂得关心照顾班上的同学，每当此时，即使在半夜三更，也不厌其烦地和周旭阳谈话做思想工作，做心理辅导，做精神安慰，并陪他到学校卫生院看病检查，可以说是无微不至。很长一段时间，周旭阳都是靠吃药辅之以"埋耳针"的中医针灸助眠。

就这样互相关心、互相爱护、互相帮助的亲密同学关系，竟然有一次两人不知道因为争论一个什么问题而吵得不可开交，周旭阳不知轻重、口无遮拦地直斥魏荐贤是"魏忠贤"，是"奸人"，而魏荐贤怒不可遏地骂了周旭阳一句，周旭阳更是得理不饶人，立刻上纲上线地指控道："现在全国、全校都在搞'五讲四美'，你作为老同志，作为老团员，作为组长，竟然张嘴就骂人，你就是我们学校应该树立的'五讲四美'的反面典型。"

魏荐贤气得嘴唇发抖、双手打战，几乎是声泪俱下地冤呼："如果不是因为历史的误会，我就是倒八辈子霉也不会跟你这个不识好歹的小屁崽子做同学啊！"

这个年代是举国上下、城市乡村、各行各业的求知热望和学习热情空前高涨的年代，大专院校更是如此。新华书店每次来楚天大学"送书进校园"，巡回售书，总会引发一波又一波的拥挤抢购潮，尤其是那些新出的专业书籍、刚到的参考资料、重印的英语教材、引进的国外图书，还没摆放好就被一抢而空。很多人多次排队抢购却连书边都没沾着，郑晓悟只得多次为自己、帮别人写信到北京和上海的书店邮购书籍。这一次又是新华书店"送书进校园"，又是在校图书馆门前乱哄哄地排队购书，政治系一位又高又壮的大个子学生蛮横不讲理地把排在前面的郑晓悟硬挤了出去，王英杰见状打抱不平，争着吵着辩着就动起手来，和这个政治系的大高个当场打了一架，没想到他那么大个子居然不经打，吃了王英杰的亏。好在法律系的同学们及时依事实、讲证据，第一时间向校团委如实反映了事实经过、前因后果。那家伙自食其果，王英杰得意凯旋。

不过，抢购图书的情形并非经常出现，但抢占图书馆座位则是每天都要发生的，这种场面和情景简直就是郑晓悟十年后在深圳经历的"股票认购证"抢购潮的预演。郑晓悟的个头不算小，但几乎每次都是被挤在人群中，随着图书馆大门一开，便完全双脚没法沾地、全身无法动弹地被人流裹挟着，顺着宽大的楼梯抬上二楼甚至三楼去抢位子。但无论过程如何艰苦卓绝，抢位如何惊心动魄，抢到座位之后那种倍加珍惜的满足感，顾盼得意的自豪感，简直无法用语言来描述。所以，在高大宽敞的图书馆阅览室里读书、摘录、写作、查资料，都令人感到无比惬意和安心，不到最后熄灯闭馆，同学们是绝计不会提前离开，浪费掉自己的抢占成果的。

这个学期也是台湾校园歌曲流行的鼎盛时期。每天晚饭之后和晚自习之前，学校广播台都会介绍和播放大陆和港台歌手演唱的校园歌曲，那明快的曲调，轻快的节奏，和风抒怀般的曲风，小调歌谣式的演唱，亲切舒坦，通俗上口，很快就深入人心，广为传唱。王英杰和尹强便建议郑晓悟是否可以换一个作词作曲的风格，模仿模仿人家港台的校园歌曲来尝试创作自己的校园歌曲。这也正是最近郑晓悟在图书馆经常发呆时的心中所想，有了同学这种建议性的鼓励，更坚定了他尝试的决心，于是就按照歌词简洁、语句明了的模式开始揣摩构思。这天他在图书馆看书无心，翻书无神，灵感突至，一挥而就：

> 校园好，校园美，春光多明媚，
> 琅琅书声迎朝霞，笑送夕阳归。（重复）
>
> 校园好，校园美，春风吹人醉，
> 五湖四海来相会，情如亲兄妹。（重复）
>
> 啊！校园多么好啊，校园多么美，
> 朝气蓬勃追科学，群英比翼飞。

　　歌词写完，旋律即成，再酝酿酝酿，他便仿照校园歌曲的调式风格谱好曲，先在班上试唱，得到同学们的一致认可，于是试探着寄给襄樊市文化馆的《襄樊歌声》，没想到很快就被采用并赚得六元稿酬。后来还听说这首歌在当地学校颇受欢迎，被广泛教唱，经专家评选和社会票选，还获得了创作一等奖，还有实物奖品。

　　自从在姑姑家与郭芙蓉认识和熟悉之后，郭芙蓉会经常到法律系男生的宿舍楼下，对着三楼郑晓悟寝室的窗户叫他下去，她一喊，蔡楚生和高健就嘻嘻哈哈地模仿她浓浓的长沙口音叫："郑晓悟，下来一趟。"

　　郑晓悟和郭芙蓉应该说还算聊得来，虽然专业不一样，但她经常会问郑晓悟一些法律上的问题。虽然情趣不一致，但她也经常会谈到郑晓悟感兴趣的话题。虽然她是个性格内向的书呆子，原本不大懂音乐，但居然也买了一把小提琴，请郑晓悟到她们女生宿舍教她拉，而且悟性还不错。但郑晓悟这个人一辈子都有个泾渭分明、界限分清的毛病，平常在闲暇之余、放松之时，总喜欢与人嘻嘻哈哈，逗趣打闹，胡说八道，甚至瞎开玩笑，毫无正形，但在进入工作、学习、写作、思考的状态和时段，则绝不容许别人影响他、打扰他，而郭芙蓉常常会在图书馆还没有熄灯闭馆的时候，过来叫他到操场上去散步聊天。郑晓悟忍了多次，也给了她面子。

　　这天晚自习，郑晓悟又在奋不顾身地抢到图书馆三楼的座位后，无比珍惜并全身心地沉浸在一个创作构思之中，突然感觉有人在轻拍自己的肩膀，他满心不爽地扭头，似看非看地愣了半天，才认出是郭芙蓉，原来她又是提前来约他去操场散步聊天，便轻声解释说正在苦思冥想，等闭馆再出去。

　　"哎呀！构思不是靠想出来的，是要有灵感的，坐在这儿也没用，说不定跟我散散步聊聊天就突然来灵感了呢。走吧走吧，别坐着傻想了。"郭芙蓉也轻声地对他劝说，表情佯嗔似笑，状似撒娇地坚持着。

郑晓悟不满地盯着她看了一会儿，随后猛地把摊开的书一合，收拾起来，轻喝一声："好！走吧！"说完站起身来，昂首往楼下走去，旁边看书的同学一惊，诧异地看着他。

刚走出图书馆大门，他便猛地转身怒斥跟在后面的郭芙蓉："你以为你是谁呀？你说让我出来我就跟你出来？你喊我下来我就要马上下来？你老是这么烦我干什么？你是我什么人？"

郭芙蓉被郑晓悟突如其来的责问吓了一跳，委屈地说："我也是看了一晚上书，想到你也应该有些累了，而且马上就到图书馆关门的时间了，所以才去叫你出来透透气，活动活动嘛。"

"你没看我正在忙着吗？非要来打断我的思路，解释都不听。我告诉你，请你不要对我有什么想法。"话音未落，图书馆的闭馆电铃声响起，晚自习的学生开始拥出图书馆大门，有认识郑晓悟的，也有不认识的，但看他怒气冲冲地训斥一位女生，便好奇地停住脚步围观。

此时的郭芙蓉羞愧的眼泪夺眶而出，申辩道："我对你有什么想法？我能有什么想法？我们不是好朋友吗？就是怕你太累了，约你出来聊聊天都不行吗？你怎么能这样呢？"

郑晓悟看图书馆涌出的人越来越多，喊了一声："你以后不要来找我！别再来烦我！讨厌！"然后丢下正在擦眼泪的郭芙蓉，推开人群不管不顾地扬长而去。多年后，当时在现场看到这一幕的师兄还在批评郑晓悟这样对待女孩子非常不对，说出的话也太伤人了。而郑晓悟事后就已觉得非常不妥，觉得自己特没素质，特没修养，特没教养，特别没有男人的风度，但却始终没有去道歉，两个人便再也没有联系。而且也很奇怪的是，从此之后直至毕业离校，两人在校园里甚至没能"偶然"地碰到过，郭芙蓉就像是忽然消失了。

也可能是天气闷热容易引发心情烦躁，人说武汉的气候造就了武汉人的性格脾气，似乎有些道理。虽然早就从地理课本上知道武汉是中国的"三大火炉"之一，去年夏天也已经体验到了它的热度，但今年不但有过之而无不及，而且据称是百年未遇的久旱、高闷、高热。才仅仅是6月，就已经酷热难耐，守着中国第一大河居然还缺水。盥洗室洗澡，没水！食堂里做饭，少水！开水房打水，断水！太阳趁火打劫般地无情烤晒，校园的树叶垂头蔫脑纹丝不动，图书馆里嗡嗡转动的电风扇搅动起热浪，学校在"深挖洞，广积粮，备战备荒为人民"的特殊时期挖好且已废弃经年的地下防空洞，此时竟然成了学生们的最佳避暑场所，但防空洞里的潮气搞得人身上黏黏糊糊、湿湿痒痒，待久了会更加难受。

停水！停水！多日停水！连续停水！何时能正常供水，无确切消息。学生们已经无心上课，无暇读书，无力复习，无法入睡。慢慢的，校园里开始出现了大字报，要求校方解决用水问题，有的整张纸只有一个字：水！水，成为大家唯一的诉求；水，成为大家唯一的话题。于是，夸张描绘无水的惨景、缺水的悲情、争水的场面的各种漫画贴满了学校醒目的地方，本来是宣传阵地的读报栏、黑板报也被"水"所占领，听说又有人要组织人们游行呼口号了。

郑晓悟已经从之前一些事件的处理中深切地感受到学校领导听取民声、顺应民意、正确决策、有效化解的风格和水平，相信这次的"不可抗力"事件也应该能得到很好的解决。果不其然，没过几天，在各个寝室、教室、阅览室哄然而起的欢呼声中，学校宣布6月20日提前放暑假，本学期的期末考试改到下学期回校之后举行。

觉得自己已经复习得差不多了，箭在弦上不得不发，就想赶紧考完交差的郑晓悟反而感到有些措手不及，而且还很不情愿。

第九章 初次见面

虽说地处汉江流域的襄阳、汉宜一带进入夏天后也是酷暑高温，但一下子从"火炉"武汉回到这里，则宛若避暑一般让人感到凉爽了许多。楚天大学和其他一些院校均因武汉的酷暑高温、闷热缺水提前放假，但这里的学校都还在上课，尤其是高中毕业班都在紧张地备考应战，二哥晓恒和几位好朋友就在郑晓悟爸爸任教的江湾中学复读，参加今年的高考，此时孟营并没有和郑晓悟年龄相仿、趣味相投的伙伴。算算毕业离校两年都没能回江湾中学拜见老师，所以，郑晓悟没有在家里做过多停留，带上几本书，旋即过江，乘车赶去江湾中学。

江湾中学眼下已经是汉宜县唯一的重点中学，属于襄阳地区为数不多的著名学校，非同凡响，令社会瞩目，令考生向往。因此，县委县政府自然是格外重视，高看一眼。现今的学校基建规模已然不同往日，大有改观，校办工厂业已撤销，工厂的职工已经按政策分流到其他企业，曾经在一起拉小提琴的贵师傅凭自己精湛的技术和手艺调进了襄阳轴承厂。在校办工厂原址上修建了前后两栋四层楼的教师宿舍，父亲郑力仁在第一排宿舍楼的三楼中间位置分得一套类同两卧一客厅的寝室，虽然没有配备厨房，虽然厕所和洗漱池在楼梯拐角处，但父亲觉得很满意，每每端着茶垢厚厚的搪瓷茶缸站在外走廊上，近瞰整个校园，远眺悠悠汉江，甚感惬意。

临近高考，整个学校从老师到学生，从校长到职工，似乎每个人都处在全面备战、保障高考的紧张气氛之中，大家都步履轻轻、步伐匆匆，生怕浪费了宝贵的时光；个个皆低声交谈、简短交流，唯恐惊扰了苦读的学子。在教师办公室和老师家里，基本找不到各科老师，他们从早到晚都扎在学生堆里指导复习，坚守在第一线指挥作战。只是在新建的宽敞明亮的教工食堂，郑晓悟才得以见到各位敬爱亲切的老师们，满怀尊敬地向他们问候致敬。教语文的班主任钟嘉礼老师、教历史的赵体学老师、教地理的杨观达老师看到自己的得意弟子回到学校，都欣喜地过来关心询问大学生活，了解专业学习情况，随后打好饭菜便匆匆离去，无暇深谈。

郑晓悟和二哥晓恒陪着父亲吃完晚饭走出食堂，萧志兵和祁万国听到郑晓悟回校的消息，早已在学生食堂急急忙忙吃完饭，满脸喜悦地等在外边，他们恭恭敬敬地与郑力仁老师打招呼致意之后，拉上这兄弟俩边走边聊，边往学校大门外走去。和郑晓悟上学时期的习惯风气一样，吃完晚饭的学生们都趁着上晚自习之前的这段时间，三三两两地在校园内打球运动，要么走出校门到田野里或者汉江边散步。

四个人走到学校大门外的公路边站住，热烈地谈论着复习内容，争论着出题重点，预估着高考成绩，讨论着报考志愿。郑晓悟听着他们的话题，恍惚间又回到了两年前，自己又成为这群进进出出的中学生中的一员。

忽然，面朝大门的萧志兵眼睛一亮，稍显兴奋地朝着校园内的中心大道扬扬下巴，轻喊道："晓悟你看，来了！她过来了！"

郑晓恒和祁万国也侧转身来，随之都表情一亮地向校园里望去。

郑晓悟顺着他们关注的方向看过去，只看到校园中心主道上都是一拨一拨络绎不绝向大门走过来的男女学生，不知所指为谁。祁万国轻声提醒道："看到没有？手挽着手走过来的那三个女生，中间那个长得很漂亮、个子高高的就是吕菁华。"

"吕菁华？是谁呀？"郑晓悟茫然反问。

萧志兵紧盯着那三位女生抢着回答："吕菁华就是我们学校今年的文科尖子，大家背地里都称她为'女郑晓悟'。嘿，真还别说，你们俩还挺有缘，今天你刚回到学校就碰到她了。"

二哥晓恒说："她和我还有志兵是一个班，也是爸爸的学生，人家不仅仅是漂亮，学习成绩确实很棒！"

哦！看到了。"的确很漂亮！而且很抢眼！"郑晓悟在心里不由得赞叹道。只见那位吕菁华首先与众不同的，就是和其他女生或扎辫子或披长发的发型完全不一样，是把一头乌黑的长发盘在头上，衬托出修长的脖子和高傲的神态，顿时给人以鹤立鸡群之感。她上穿一件白底淡蓝色圆圈图案的半长袖修身衬衣，下着一条淡雅米黄色的直筒长裤，脚蹬白色皮凉鞋，身材高挑，肢体匀称，步态洒脱，神采飘逸，在金色夕阳斜照之下有一种很美的立体感。此时她正和左右两边挽住她的胳膊、打扮同样入时但个头稍矮的两位女生谈笑风生，以一副旁若无人的神态走了过来。

郑晓悟当然不便直接死死地盯着师妹们看，尤其是那位高傲的师妹，但从眼角余光注意到，走出校门的吕菁华似乎是不经意地朝自己这边看了一眼，然后和两位女同学往另外一个方向走了二三十米，站在路边的柳树下说了一会儿话，便又手挽手折返学校。已经有些走神的郑晓悟通过余光似乎又感觉到，吕菁华从旁边走过时，似乎又不经意地朝自己这边扫了一眼，但并没有和同班同学郑晓恒打招呼。

作为同班同学的萧志兵突然因吕菁华的这个行为引起了不满，和祁万国几乎观点一致地给郑晓悟介绍道："她这个人一天到晚傲气得不得了，目中无人，谁都不理。听说追她的男生不少，但说她坏话的人也不少。"郑晓恒在旁边默默点头，表示是这么回事。

郑晓悟反而听得心里直乐，对他们说的话不以为然，自己在心中思忖道："哼！好！好！这么个漂亮又有气质，学习成绩又拔尖的女生，当然应该傲气啦。这些说她坏话的男生也不掂量掂量自己，想追又追不上，想喜欢她却并不讨她喜欢，狐狸吃不到葡萄说葡萄是酸的，很正常！这种女孩我喜欢！"不过，郑晓悟还不至于恶毒到说他们是癞蛤蟆想吃天鹅肉。同时，他只是认定喜欢"这种"女孩，没有说是喜欢"这个"女孩。就在这一刻，虽然他自己终于发现和知道了潜藏在心里的一个清晰而明确的标准，但还不至于特指吕菁华这个具体的目标，因为他们之间根本不认识，更没有任何交集。

第二天一早起床后，郑晓悟正在二楼和三楼之间楼梯转角处的洗漱池刷牙，忽听得有两个女生一边说着话一边走上楼来，径自上了三楼。没过几分钟，郑晓悟还在慢慢洗脸，她们又转身下楼来了，走到他身后，好像有意放轻放慢了脚步。其中一位用气息似的耳语和另一位说："就是他，就是他。"郑晓悟一边用湿毛巾擦拭着头发，一边悄悄低头侧脸，顺着抬起的右臂下方偷偷往后斜看，从她们下楼去的背影，看出其中一位就是昨天傍晚在学校大门处见过的吕菁华。

洗漱完毕，回到三楼，爸爸带着神秘的笑容对郑晓悟说："你知道吧？刚才县教育局黄学奇局长的女儿黄小洁带着吕菁华突然到家里来，说是找我问一道政治题的答案。她俩可从来都没有到我这里来过，我觉得她们今天是找借口专门来看你的。"

"我跟她俩都不认识呀？"郑晓悟一边挂毛巾一边疑惑地问。

忽听得门外一阵银铃般的笑声，郑晓恒端着从食堂打来的早餐，和一位捧着饭盒，个头不高，面若红霞，开朗活泼，显得无忧无虑的女孩笑语不断地走了进来。女孩调皮地喊了一声："郑叔叔，我来看您啦！"

郑力仁应了一声："哦嗬，是刘霞呀？你平常都不来看我，今天突然跑过来，是特地来看我们家晓悟的吧？"然后对郑晓悟介绍说，"这是你刘易昌叔叔的二女儿刘霞，被刘叔叔从江津中学送到这里来复读的。"转过身又以长辈的身份教训道，"刘霞，我一直想找个机会跟你谈一谈，你这丫头呢聪明伶俐，精力旺盛，但就是不知道用功，不刻苦努力，一天到晚嘻嘻哈哈没个正形，每次摸底测验和模拟考试的成绩都不理想，我看呐，你今年还是没什么希望，你爸爸白送你过来复读，又浪费了一年时间哦。"

刘霞红唇玉齿咬着馒头，很不好意思地瞟了郑晓悟一眼。

高考的那几天，每考完一科，黄小洁和刘霞就会跑过来看望郑晓悟，并和他聊聊考试的情况，而她们每次都会看到郑晓悟在为开学以后要补上学期的期终考试认真读书做笔记，黄小洁真诚地说："哇！上了大学还这么用功，真是我学习的榜样啊！"

但是，直到高考结束，考生们回家，吕菁华却再也没有来过，郑晓悟也没能再见到她。

暑假结束，返校开学后不久，郑晓悟收到父亲的来信，告知江湾中学今年的大学本科、大专、中专的录取率又获得了新的丰收，他作为学校教师的一员觉得很有成就感。而二哥晓恒最后能够"跳出农门"，被录取到江州市财政学校，使他这个做父亲的大大松了口气，关键是弥补了对多年前晓恒没能读上高中的心中愧疚。信中同时也通报了黄学奇局长的女儿黄小洁考上了江夏师范学院，祁万国考上了襄阳地区师范专科学校，萧志兵依然落榜，刘易昌叔叔的二女儿刘霞不出所料没能过线。信的最后特别提到：

"吕菁华已经被你们楚天大学法律系录取，她既作为你高中的校友师妹又是大学的同专业师妹，方便的时候可以跟她联系联系，相互之间应该有个照应。"

一方面新学期又增设了新课程，专业学习更加紧张，顾不上，另一方面也没有合适的机会和借口去特意找一位并不认识的师妹，郑晓悟觉得自己拉不下面子，特别是担心这个漂亮而高傲的女孩子万一见到自己冷眼相对、冷面以待，自己的自尊心受不了，划不来。而且，这段时间他每天还要抽空和班上的另外三个男同学加紧训练 4×100 米接力和个人跳远，为参加学校秋季运动会做准备。

国庆节前，在昂扬雄壮的《运动员进行曲》的乐曲声中，一年一度的学校秋季运动会在各系各班仪仗队分列入场的整齐步伐中隆重举行。按照惯例，所有参赛运动员在这两天的运动会期间都发加餐票，中餐和晚餐都可以吃到两角五分钱一份的红烧牛肉或者油炸肉丸子。郑晓悟除了参加 4×100 米接力赛和跳远两个运动项目之外，还要为运动会广播台现场写广播稿。

4×100 米接力赛，郑晓悟跑的是第四棒，即最后冲刺，四人配合完美，交接棒没有发生意外，各棒段发挥正常，在这一赛组中跑了个第一名。终点冲刺处正好是在法律系 81 级新生的看台前面，这些师弟师妹们正自发地作为啦啦队，全程忘情而卖力地大声喊着"法律系加油！""法律系最棒！""法律系夺冠！"之类的口号，第一个冲过终点的郑晓悟调整了一会儿呼吸，放松了一阵肢体，平复了一下喘息，看到法律系 81 级拉的横幅后面的一班人，想到这正是找吕菁华的好时机，便走到看台的台阶前，面对师弟师妹们以师兄和蔼可亲的面目示人："请问谁是吕菁华？"同时他也发现这一届法律系的女生要多一些，而且几乎个个属于美貌漂亮这一类。

见是这一赛组冲刺夺冠的师兄在问话，坐在第一排台阶的一位个头稍矮的师弟热情地站起来礼貌回应："师兄您好！吕菁华同学现在不在这儿，她过一会儿要参加女子1500米长跑，刚才体育老师过来把她叫去，说要给她们交代注意事项，等会儿可能就回来了……哎哎，那边，她回来了。"然后挥手喊道，"吕菁华，有师兄找你！"

郑晓悟扭头一看，吕菁华穿着红色的腈纶运动服，脚蹬白色运动球鞋，衬着颀长匀称的身材，迈着矫健洒脱的步伐，应声向这里走来，显得健康美丽，活力四射。他一眼就认出她来了，但毕竟是相互间初次见面，便迎上几步问道："你就是吕菁华？"

吕菁华闪动着一双黑亮有神、似乎会说话的大眼睛，表情疑惑略带傲气地回答道："是呀，我就是吕菁华呀。你是……"

郑晓悟面带微笑直视着吕菁华："我是郑晓悟。"

吕菁华闻言惊喜得眼睛一亮，突然双手抱拳："久仰！久仰！"

郑晓悟惊奇地一愣，乐呵呵地赶紧也抱拳回礼："彼此！彼此！"

"哎呀！不好意思！还让你来找我。本来我是师妹，在江湾中学有人就说我是这一届的文科尖子，是'女郑晓悟'，硬是把我跟你扯到了一起，而且你现在既是我的高中师兄，又是我的大学师兄，你爸爸郑老师还是我的老师，我应该一到学校就先去找你报到才是。但是你不晓得，在中学的时候，只要我跟男同学讲句话就会有风言风语，我猜你二哥郑晓恒可能也已经跟你说过他们传的那些乱七八糟的事，所以我一直在犹豫，没太好意思主动去找你……"郑晓悟完全没想到吕菁华虽然看上去有别人所说的傲气，但一交谈居然还是个如此快人快语、性格爽利的人。她就这样坦然而直率地和郑晓悟站在跑道上，完全不顾同班同学好奇的目光和猜测的表情，旁若无人，随性发挥，侃侃而谈。

郑晓悟基本上没有插话，好像也没有必要插话，只管心情愉悦地听着吕菁华说她的高考发挥，说她的志愿填报，说她的高中同学，说她的闺蜜好友，天马行空的话题，聪明俏皮的自省，开心无比的趣事，略感不足的遗憾。郑晓悟简直无法自拔地感觉到自己特别喜欢听她说话，尤其是她说话时那顾盼自若的传神美目，那微微上扬的如画黛眉，那浓密亮丽的乌黑秀发，还有那皮肤微黑颇有立体感的脸型五官，很是生动。当聪颖明慧的她突然冒出一句"回忆快乐的过去，使失去者感到痛苦"时，郑晓悟便乐呵呵地跟上一句："展望幸福的未来，令有志者充满信心。"

郑晓悟本想一直这样听她说下去，但高音喇叭里传出了"女子1500米长跑运动员最后一次召集"的通知，吕菁华才转身跑去。

当天下午的运动会快结束时，吕菁华在设在主席台上的运动会广播台找到郑晓悟，随同而来的是趁周末从江夏师范学院来楚天大学观看运动会的黄小洁和另外一位女孩。郑晓悟认出这个女孩就是当时在江湾中学大门口挽着吕菁华胳膊的其中一位。经介绍，这位女同学叫赵佳，也是吕菁华在江湾高中的同班闺蜜，被录取在湖北省商业学校就读。见到黄小洁这位"老朋友"，又得知赵佳还是津口镇的"老乡"，郑晓悟很是高兴，晚饭时就以江湾高中师兄的身份请她们在食堂加菜吃饭，吕菁华也把她那份运动员加餐票贡献了出来。同班同学第一次看到郑晓悟领着三位漂亮的女生围坐在食堂餐桌边吃吃喝喝说说笑笑，便往来打量，煞是羡慕。蔡楚生和庄俊则假意来通报人尽皆知的4×100接力赛获得全校季军的消息，其实是找借口近距离看看跟郑晓悟在一起开心就餐的三位美女。

正好晚上学校在露天电影场放电影，和在大礼堂里放电影不同，观影的老师学生都得自己搬着椅凳提前去占位置，郑晓悟基于正在学习的《国际法》的"先占原则"，义不容辞地提前从寝室里拎去四只凳子，早早地占据了最佳位置。按约定的时间，三位女生手挽着手欢声笑语准时到达，郑晓悟当然自觉地坐到最边的凳子上，而女孩子之间却因为由谁挨着郑晓悟坐嘻嘻哈哈推推搡搡，最后还是吕菁华大方地说："我就挨着郑晓悟坐吧。"

这是一部本年度的新片《小街》，故事情节并不复杂，人物关系也还简单，但却被郭凯敏和张瑜这两位受全民追捧为"金童玉女"的男女明星演绎得纯真而感人，尤其是张瑜那声令人心碎的呼喊"我是个姑娘啊——"直击人心，催人泪下。而当《小街》的主题曲音乐响起，郑绪岚如诉如泣地唱出《妈妈留给我一首歌》时，郑晓悟突然感同身受，悲从中来，泪水夺眶而出。但他不好意思有大的动作，只能在泪水涌出得太多时，悄悄用另外一边的手假装无意地抹一下眼泪，再抹一下眼泪。这个重复的小动作居然被吕菁华觉察出来了，她轻轻碰碰郑晓悟的胳膊，把手绢递给了他。黄小洁可能注意到但却理解错了吕菁华这个动作的本意，便故意往这边一挤，凳子一歪，吕菁华靠在了郑晓悟的身上，搞得两位都很不好意思。

郑晓悟通过这一暗递手绢的举动发现，吕菁华表面上看起来是个大大咧咧的姑娘，其实内心异常细腻，而且极富同情心。

国庆节过后天气开始慢慢转凉，进入武汉最美的黄金秋季，郑晓悟心里好像有一股莫名的力量，对法律专业课愈发专心投入，上课越来越专注认真，学习也越来越积极上进，当然他也会偶尔在校园里或者系里举办活动时见到吕菁华，聊上两句。

这天中午正在排队打饭，平常在第二学生食堂就餐的吕菁华突然到第一学生食堂找到郑晓悟，通知他说下个周日是她的18岁生日，欢迎他到她的寝室参加生日聚会。说老实话，郑晓悟从来没有参加过任何一个女孩子的任何聚会，更别说是生日聚会了，所以也没有去考虑有什么规矩和讲究，去就去呗。当他两手空空地到吕菁华的寝室时，看到除黄小洁、赵佳外，还有好几位从武大、华工、华师、省公安学校等地方赶来的不认识的男生，而且全都送了石膏少女像、笔记本、小蛋糕、钢笔、贺卡等各色生日小礼物，立刻感到自己作为师兄和男士的失礼与尴尬，顿有手足无措之态。

也许是基于这个心态，使得郑晓悟看到吕菁华任何的言谈语气、举止表情，便认为她似乎对自己有所不解和不满，听到吕菁华的说话腔调，便觉得她表露出对自己的刻薄和鄙薄，特别是还从她的言语举动、眼神表情中感觉到她可能和那位武大外语系的男生关系不一般，心中更是有一种说不清的失意和道不明的不悦。所以，在唱生日歌、吹蜡烛、切蛋糕之后，吕菁华说："在我们楚天大学今年5月的'楚天之声'歌咏大会上，郑晓悟演唱了他自己作词作曲的一首歌，《中国青年报》还做了报道，当时在江湾中学引起了很大的轰动，你们还记得吧？现在就请他献歌一首，为我庆祝生日吧。"郑晓悟敏感的反应是她在颐指气使地命令自己，是在这几个对她恭恭敬敬唯命是从的男生面前显示权威，于是，毫无来由的自尊驱使他不假思索地脱口而出："对不起！我不是卖唱的歌手，我不会给你唱堂会。我还有事，不打扰了。失陪！"说完，昂然离去。此时，他察觉到黄小洁脸上露出了一丝不明其意的笑容。

此后一两个月，郑晓悟和吕菁华没有再见面，郑晓悟也没有想要再去见她，觉得没有再见面的必要，以免双方都尴尬。不过这段时间他也好像完全没有空闲去想这些事情，因为从11月初开始，电视里都不断在转播一系列国际赛事，使得懂或是不懂，感兴趣或是不感兴趣的年轻学子们都天天沉浸其中，亢奋不止，争论不休，借机肆意挥洒过剩的精力和旺盛的青春。先是在"长城杯"足球邀请赛上，中国联队以5∶1大胜美国青年队，随后是在日本东京举行的世界杯女排锦标赛上，中国队以3∶0战胜苏联队，学校广播台即时播稿祝贺，全校师生群情激奋，欢呼雀跃，每栋宿舍楼几乎同时鞭炮齐鸣，歌声震天。接下来便是亚太区世界杯足球预选赛，中国队转败为胜，最终以4∶2打败沙特阿拉伯队，更使得人们的亢奋情绪达到了顶点。整个校园欢腾的呼啸声排山倒海，几近掀翻了屋顶。大家完全憋不住了，纷纷冲出宿舍楼，到处都是锣鼓声、鞭炮声、口号声，还有敲洗脸盆、摇算盘珠的声音，汇成了巨大的声浪。有的人点上拖地的拖把举起来当火炬，也有人兴奋不已地往楼下扔暖水瓶当爆竹。同学们乱七八糟地排上队走出校门，冲向大街，对于足球、排球项目乃属"伪球迷"的郑晓悟，此刻却冲在队伍前面不断领呼口号，沿途有不少行人自动加入，公共汽车里的乘客、居民楼上的市民纷纷向游行的队伍挥手声援，欢呼支持，一路上都有点焰火、放爆竹祝贺的人们。

虽然从主观上说这是广大同学的爱国激情，但学校领导对于学生们的客观行为则予以准确判断，把握导向，及时在大礼堂召开全校师生大会，由校党委书记作报告，强调校风问题，注重素质修养，批评了擅自上街游行的过火行为和往楼下摔砸物品的过激举动。与此同时，在随后而来的中国队和日本队争夺世界杯女排锦标赛冠亚军决赛的那天下午，学校又特意安排食堂提前开饭，并通知打开校、系、班所有的电视机，开放观看，同时允许商店在校园内推销"祝捷炮"。世界杯女排冠军的宝座终于被团结协作、顽强拼搏、永不言弃的中国女排姑娘们夺下了，展示伟大的中国女排精神了！从头到尾一直在为中国女排咬牙攥拳使劲的郑晓悟和在场的观众都激动得热泪盈眶，有人抱在一起痛哭。瞬间鞭炮声震耳欲聋，锣鼓声动地喧天，"向女排学习！为祖国争光！""学习女排！振兴中华！"的口号把大家的嗓子都喊哑了。学校随后向中国女排正式发去了贺电。

中国女排夺冠掀起的热浪还没消停，王华不知道怎么就忽然想到通过系领导做工作，要和郑晓悟在元旦迎新晚会上跳双人舞，说自己总是一个人跳独舞已经没有什么新意了。郑晓悟虽然不大情愿，但在她的软磨硬泡下也推脱不掉，只得又投入到请人教舞排练之中。王华的舞蹈基础很好，一看就知道至少经过了专业指导下的业余训练，郑晓悟则只是小时候在学校宣传队模仿比划过简单的蹦蹦跳跳，完全跟不上王华的艺术表演水平和舞蹈语言要求。有一天晚饭后，两人相约在系办公室排练，王华根据指导老师的指点，设计了一个托举动作，郑晓悟并没有掌握托举的基本要领，一个动作就把王华的上衣给撸了起来，露出了里边的小内衣，脸顿时"腾"地红了，尴尬得要命。王华却很大方地把衣服扯下来整理整理，反过来宽慰他"没事，没事"，并要求再试，郑晓悟怕再出现类似的失误，坚决不同意做这个动作。也可能是舞蹈的技巧性和高难度这些方面有所减分，这支双人舞《送战友》只获得晚会的表演三等奖。

期末考试之前的一天，郑晓悟和吕菁华突然又在学生第一食堂"偶遇"了，吕菁华神态自若地主动和他打招呼，并热情地问道："哎，郑晓悟你放寒假回汉宜么？打算买哪天的车票？"

郑晓悟心里自然明白并感觉出吕菁华是特地来这儿主动表示和好，是在变相表达歉意，心道："她不应该有歉意，该道歉的其实应该是我。是我礼数不周，是我缺乏修养，是我没有做师兄的胸怀，是我没有男子汉的气度。"心里虽然是这样想的，但他却依然是自尊心作怪说不出口。当然，他也猜得出她届时肯定会吆喝那一帮过生日的男女同学热闹同行，他不愿意看到那些男生向她大献殷勤，尤其是她和那位武大男生之间暧昧的亲热表现。为避免同车返乡路途中的无言尴尬和应酬麻烦，更怕自己情绪不受控制弄出新的不愉快，他便态度和缓、语气委婉地说："放假后还要去我发小邝萌家里有点事要办，具体哪天不敢定。你先回吧，预祝春节快乐！"

第十章　车站偶遇

您信不信缘分？反正我信！那您可能会问：有些事会不会就是天意呢？这个我不能泄露天机。但大家会发现，很多事情的发展轨迹和结果的确是这样的：你的很多愿望即使刻意安排设计，志在必得，大多可能事与愿违；然而又有好多事情你本无任何意愿期许，无意之中，反倒可能水到渠成。这不，在过完一个按礼仪你来我往、依规矩吃吃喝喝的春节后，郑晓悟准备乘夜班列车回武汉返校开学，当他形单影只地走进襄樊火车站候车室时，一眼就看见了引人注目的吕菁华。她身旁除了赵佳之外，不出所料，那几个给她过生日的男生都很巴结地围着她，仰慕地看她指手画脚，听她高谈阔论，周围的旅客也都被这几个戴着校徽、意气风发的大学生所吸引，好奇而艳羡地瞅来瞅去。郑晓悟一看这阵势，想赶紧避开他们，没想到被眼尖的吕菁华发现了，毫无顾忌地朝着他挥手大喊："郑晓悟！这里，我们在这里。"随即指挥那位省公安学校的李明辉追过来帮忙拎行李。郑晓悟不得已走过去和大家打招呼，互道"新年好"。

吕菁华向郑晓悟介绍了一位前来送站的新面孔，是其远房表哥钱任重。郑晓悟注意到，黄小洁没有和他们同路。

吕菁华又嘻嘻哈哈、调侃似的向大家说："你们知道吧？我们郑晓悟师兄不仅是歌唱家，还是舞蹈家呢！在我们楚天大学的元旦迎新晚会上和他们班漂亮的王华一起跳了一支情意绵绵的双人舞，我跟我们班的女生都挤到第一排去欣赏，哎哟！跳到最后那一句'我们再相逢'时那个深情款款哟，两人就差抱到一起了，脸都要贴上了。我的妈呀！看得我身上的鸡皮疙瘩都起来了。"说完，还做势打了个冷战，还没等郑晓悟有所反应，又开始"揭发"："接下来还唱了一首他自己作曲的歌叫什么？对，叫《晨读的姑娘》。我们旁边有几个其他系的女生逗着其中一位女孩说：嗨，听到没有？这首《晨读的姑娘》是专门唱给你听的，还不赶快上去献花。另一个还说'不光要献花，还要献吻'。哎呀！师兄在我们学校太惹女同学喜欢了。"

郑晓悟被她说得非常不好意思，感到些许难堪，又不知道如何接话，关键是不想和这些男生一起在这儿凑热闹，便说还要去办其他事情，匆忙离开。吕菁华及时高声地追问了他在哪个车厢。

列车开动不久，郑晓悟就用黄军大衣裹住身、蒙住头，趴在小茶桌上沉沉睡去。不知过了多久，蒙眬之中忽然觉得有人在轻轻地推自己，他不情不愿地掀开大衣一看，哦，是吕菁华。

吕菁华说："我已经过来看你两次了，你都在蒙头大睡，觉得你一个人在这儿好孤单哦。在车上睡觉有啥意思？走，到我们车厢去，我们那儿好热闹啊。"说完，不由分说地探身把郑晓悟那个不算小也不算轻的旅行袋从行李架上拿下来，拎着在前面带路。

吕菁华不管不顾地领着郑晓悟径直来到他们所在的车厢，还指挥李明辉把旅行袋放到行李架上，又出人意表地命令武大外语系的那位魏金涛："你起来，到那边那个座位去坐，让郑晓悟和我跟赵佳一起坐。"坐了下来，她又开始热心地给郑晓悟剥橘子、削苹果，过一会儿又给他剥了两只茶叶蛋，并与赵佳不停地低声和他聊天说话，完全没有再理会其他男生，好像他们并不存在。郑晓悟在怀有少许不为人知的胜利者的得意心态之外，更多地感受到一份从没有过的温暖和感动，而且分明感觉到了一种可依赖的安全和被照顾的享受，同时更发现吕菁华是个少有的性格鲜明、爱憎分明的率真女孩，其外表的热情与内心的温情，外在的真挚和内在的真诚是那么难得的表里如一。于是乎，他心里边慢慢产生出一种难以捉摸的信任感，意识里渐渐升华起一种难以抗拒的幸福感。

这次的车厢奇遇是郑晓悟和吕菁华双边关系正常化的开端，他很相信自己的直觉，也确信自己的感觉，他不会再为她的性格直爽、言语直率而不悦，更不会再为别人的风言风语、说三道四所困扰。从这个学期开始，坦诚、欢愉、无忧无虑、无牵无挂成为两人大方交往的主基调，几乎每隔两三天就一定会见面。作为师兄的郑晓悟不便到她在校园另一端的女生宿舍去，更多的是吕菁华到郑晓悟的寝室来借书还书，或者是来借凳子到旁边的电影场看露天电影，甚至还开始要郑晓悟教她拉小提琴，因此她和法律系 79 级的大多数师兄都熟悉，大家也很认可她，并在郑晓悟恰巧外出时乐意帮她传话或者是纸条。而郑晓悟也不时会请她去电影院看电影，比如《英俊少年》《知音》《伤逝》之类。

春回大地，万象更新。这个学期最值得作为终身谈资的话题，是团支部组织的一项光荣的义务劳动——参加黄鹤楼重建。此时，黄鹤楼的地基主体已经由施工的工人们基本打好，学生们的主要任务就是挑土填坑夯实，劳动场面很是热烈，个个情绪高涨。每位同学都理所当然地认为自己是在做一件具有历史意义的事，这边厢边挖土边吟诵崔颢的《登黄鹤楼》，那边厢边挑担边朗诵李白的《送孟浩然之广陵》，于是乎，陆游、王维、贾岛、白居易、刘禹锡、宋之问等古圣先贤颂扬黄鹤楼的声音在千年后的武昌蛇山上此起彼伏，琅琅重现。身体壮实、声音洪亮的魏荐贤更是用他惯常模仿毛泽东的语调激情诵读了《菩萨蛮·黄鹤楼》，赢得大家一片欢呼叫好声。劳动休息间隙，工地负责人带领学生们到黄鹤楼历代模型展览室参观，并讲解黄鹤楼最新设计的特点和优势。恍惚间，郑晓悟忽然回想起十几年前全家人从北京到汉宜路过武汉时，父亲在江对岸的晴川阁指着这里遗憾地说"可惜黄鹤楼被毁损了，看不到了"，而自己呢，则可以在不久的将来请父亲踏足此地，并自豪地告诉他老人家："我曾为黄鹤楼的重建奠基洒下汗水！"

当天晚饭时分，郑晓悟兴致勃勃地特意到第二学生食堂找吕菁华一起吃饭，告诉她今天下午自己刚去蛇山参加了黄鹤楼重建的义务劳动，并在晚饭后特地带着吕菁华再次登上蛇山，把她领到了工地现场观看。在暮色苍茫之中，他情景重现般地给她朗诵了有关黄鹤楼的古诗词，鹦鹉学舌似的给她介绍了历代黄鹤楼的不同造型特色。吕菁华羡慕得大叫："哎呀！太有意义啦！我们班怎么不组织到这里来搞义务劳动呢？不然我也可以跟别人吹嘘啦。"

站在临江的黄鹤楼重建工地，俯瞰着武汉长江大桥的雄姿夜景，遥看对岸龟山顶上正在挑灯夜战建设中的电视转播塔和汉口、汉阳华灯闪耀的闹市区，两人无限憧憬地向往着：未来的大武汉该有多美啊！

一年一度的"楚天之声"歌咏大会又将拉开帷幕，系领导经研究决定，由81级代表法律系参赛。这天，81级辅导员李老师找到郑晓悟，说是根据大家一致的建议和推荐，特地请他作为这次歌咏比赛的排练指导和参赛指挥，郑晓悟觉得正好可以利用"工作之便"名正言顺地增加和吕菁华接触的机会，自然乐意，一口应承。在配合李老师一起与81级的同学们商讨选哪首歌最能出彩出成绩的时候，大家你一言我一语，你建议他提议，都有不同想法，各有各的理由，最后，还是女生们的意见占了上风：合唱《闪闪的红星》。一方面，这群各具美貌的漂亮女生同声一致的意见是男生们绝对不忍心反对的，另一方面，这个年龄的大学生和郑晓悟一样，对电影《闪闪的红星》有无法抹去的情感记忆，"毫无疑问，这些女生应该像在孟营学校上学时的潘芸、萧玲、罗萍萍、万佳蓉一样，她们内心深处至今仍对'潘冬子'怀有刻骨铭心、难以释怀的情愫"，郑晓悟这么想着。

郑晓悟对待此项任务当然是认真细致，竭力尽心，以求不负众望，特别是不能让吕菁华觉得丢脸，于是别出心裁地把这首童声合唱的歌曲重新设计了伴奏曲谱、混声段落和演唱风格，同时尽量多利用课余时间组织这些师弟师妹们先从基础上训练歌唱技巧、发声要领、节奏掌握、运气方法，以及二部声双声部的相互配合与衔接。一来二去，虽然他还不知道所有人的名字，尤其是不好意思打听其他女同学的名字，但跟大家已经打成一片，关系融洽，亲切熟悉，甚至很多时候就差点儿自认为是他们81级同学中的一员。

在此期间，郑晓悟经常会从湖北省歌舞团导演李老师或者是《长江歌声》编辑部的编辑卢老师那里搞到音乐会的票，全都会无一例外地邀请吕菁华一起前往。虽然她总说自己没有音乐细胞，但郑晓悟告诉她，欣赏音乐不存在懂不懂的问题，赏心悦耳就好，而且多听尤其是现场听音乐会，绝对可以提高音乐素养和艺术修养。吕菁华最喜欢的是吴雁泽等歌唱家在湖北剧场举行的一次独唱音乐会，还有一次是同样在湖北剧场举办的"青年音乐家巡回演出"，其中一位来自广东的青年音乐家余其伟的高胡演奏《雨打芭蕉》《步步高》，以及在观众们的掌声要求下加演的一首《鸟投林》，简直让从未听过这种音乐的两个人耳目一新，赞叹不已。郑晓悟甚至莫名其妙地有一种似曾相识、心领神会的异样感，顿时生出一股对南国广东心驰神往的亲切感。

这天，郑晓悟收到汪家乐和赵运喜一起签名寄来的明信片，邀请他去他们江汉艺专音乐厅观摩各艺术院校民歌艺术交流音乐会，有他俩的表演节目。早早吃过晚饭，郑晓悟依约来到吕菁华所住的宿舍楼下邀她同往，没想到她同班的一位女生也笑眯眯地跟着她下楼来。吕菁华介绍道："你应该见过我们班的这位美女妹妹吧？她叫郑怡，和我是上下铺，想和我一起跟你去艺专感受感受艺术氛围，提高提高音乐素养，可以吗？"

郑晓悟满心欢喜地赶紧答道："当然可以啦，而且热烈欢迎啊。组织你们班排练合唱的时候面相上都熟悉了，只是名字对不上。请问名是哪个字？"

"是竖心旁的怡，心旷神怡的'怡'。"郑怡的个头与吕菁华相仿，剪着一个学生头，白皙俏丽的脸上架着一副白框眼镜，五官精巧耐看，身材比例很好，剪裁得体的春装衣裤显露出优美的身体曲线，见郑晓悟如此问，便带着和悦的笑容柔声细气地回答。

郑晓悟一听："咦？有意思！如果你叫'郑晓怡'的话，那不就是我名副其实的妹妹了吗？"

"师兄你可别说，还真是这样呢，我原来的名字就是叫郑晓怡，后来小学、初中的那些同学给人取外号，老是故意叫我'小姨''小姨'的，烦不过，高中时我就把中间的'晓'改掉了。我知道你名字的时候也非常惊奇，居然还有这么巧的名字。不过你是我师兄，把我当妹妹也是理所当然的。"

吕菁华插科打诨地接过郑怡的话说："她现在已经不是'小姨'了，升格了，我们寝室的同学都叫她'阿姨''郑姨''郑阿姨'，人家这小丫头还厚着脸皮怡然自得地答应得很干脆呢。"

郑怡扭动纤细的腰肢，追着吕菁华作势打她："讨厌！在师兄面前乱说。"然后又是一副可怜状地跟郑晓悟解释，"她们个个都比我大，却合伙欺负我这个做小妹的，非要天天叫我'阿姨'。她们既然敢叫，那我就敢答应。"

汪家乐带着同校的女朋友和赵运喜等在音乐厅门口。赵运喜见到郑怡，顿时眼睛一亮，立刻表现得万分殷勤，忙前忙后地找位子，指指点点地做介绍，主动挨着郑怡坐在一起，关照得无微不至。而郑怡呢，则人如其名，对这一切都怡然自得地享受着。郑晓悟和吕菁华心照不宣地相视一笑，轻声说："看到没有？这就是搞艺术的风格。"

吕菁华嘴巴一撇，戏谑道："我看你跟他也差不到哪儿去。"

轮到汪家乐和赵运喜上台表演，两人的唢呐与笙合奏相当成功，尤其是赵运喜的笙独奏《三峡的早晨》简直把水平发挥到前所未有之高度，把情感演绎到至深之境界，作为对他的演奏风格相当熟悉的郑晓悟惊讶地体会到专业训练的魔力，当然也可能是他今天突然感受到郑怡同学的魅力，而激发出了最大的能量吧。

自此以后，郑怡总是通过吕菁华向"本家哥哥"打听艺专有什么演出活动，她一定要"陪同"前往，最后发展到无论郑晓悟和吕菁华去哪儿玩，她都理所当然、兴趣盎然地以"妹妹"的身份赖在一起，三人同行。再后来，经过几次前往艺专欣赏中央音乐学院知名教授教学音乐会、本校学生汇报音乐会之后，郑晓悟明显感觉到郑怡和赵运喜已经是"老朋友"了。而且赵运喜也不再称郑晓悟"队长"或者是直呼其名，而是"别有用心"地和郑怡一道直接叫"哥"了。

果不其然，经过郑晓悟创意创作的小改动，通过同学们忘我刻苦的勤奋训练，在楚天大学"楚天之声"当天的歌咏比赛舞台上，由郑晓悟指挥下的法律系合唱队唱出了预想的效果，齐唱部分气势恢宏，对唱部分刚柔相济，多部声融合似天衣无缝，慢节拍演唱若行云流水，最后收尾干脆利落，整齐划一，相当成功。演唱完毕，当郑晓悟转过身来和合唱队全体演员向台下观众鞠躬致意时，掌声欢呼声确实比其他合唱队的时间要长那么一点。

郑晓悟的脑海里总是留有那一段温馨的记忆：站在合唱队第一排中间位置的吕菁华始终都用明亮而多情的眼睛认真看着他的

指挥手势，投入而忘情地随着他的指挥节拍尽情歌唱，在演出结束退场时，走到他身边，趁人不注意，偷偷握了一下他的手。

"五一"劳动节之后，几门预定的课程考试结束，郑晓悟他们全班同学按教学计划，分别要到荆州地区各市县的检察院、公安局实习。离校出发的时候是个阴雨绵绵的早晨，同学们一大早就集合，坐上学校的帆布篷卡车到汉口长途汽车站，转而登上一部包租的日本进口长途大客车，向江汉平原进发。这时依然属于梅雨季节，一路上一直都在下着雨，出城后的道路坑坑洼洼，有时则是泥泞的土路，车速快不起来，但车内很舒适。进入荆州地界，车窗外雨中的江汉平原一望无际，阡陌纵横，郁郁葱葱，一片生机盎然，大家都好奇而贪婪地观赏着，兴奋而热烈地讨论着这片美丽富饶的国家商品粮基地。此时车载录音机恰到好处地开始播放《在希望的田野上》，于是，全班同学和带队老师都激情满怀地跟唱起来。气氛既起，团支部书记王英杰和文艺委员赵雅莉便抓住时机趁热打铁，共同主持车上的团组织活动，五个小组之间开始了拉歌、赛诗。

途经一个县城，停车吃午饭，但同学们都被围上来叫卖的小贩们那几分钱一只的茶叶蛋所吸引，一下子就把那几个老乡的茶叶蛋全部买光了，就地开吃。郑晓悟有生以来第一次一口气吃了六个茶叶蛋。虽然几个女生还去品尝了另外一些当地小吃，但没有人正儿八经地坐下来吃饭，所以，节约时间，车随即开行，在下午两点多到达目的地——沙市长途汽车站。雨虽停了，但天阴有风。车门开处，高健戴着草帽第一个下车，没想到一出车门，草帽就被风刮落在湿地上，随即便被恰巧路过的一位年十七八岁的姑娘顺势抬腿一脚踢开了，高健惊讶地瞪大了眼睛："喂喂喂，你怎么无缘无故踢我的草帽呢？"

这位长相不错的女孩也毫不畏惧地对他瞪大了眼睛，天真无邪地反问道："怎么啦？"

"你给我把草帽捡回来！"高健很生气。

"你自己不会去捡吗？"漂亮女孩装出不解的样子用沙市话说。

正在蜂拥下车的男同学也模仿着女孩的沙市话拿腔捏调的一起冲着高健喊："哼！你自己不会去捡吗？讨厌！"

这女孩被逗笑了，很大方地凑过来用浓厚的沙市话搭讪："好漂亮的车子哟！看这车子你们都是从武汉过来的吣？"又瞄到大家胸前的校徽，"嘿唷！你们都是大学生呐！"

怕这丫头又弄出什么幺蛾子，反而没有人敢直接接她的话了。

师傅在卸行李，郑晓悟他们几个见旁边有一架称行李或货物的磅秤，便蜂拥过去称体重，轮到郑晓悟踏上磅秤时，一直在旁边开心围观的那位女孩突然也站上磅秤，紧扶着郑晓悟的胳膊说："看看我俩有几重？"郑晓悟满脸通红地赶紧跳下磅秤。一帮家伙又故意搔首弄姿，互相拉扯着模仿沙市话："看看我俩有几重？"这时远处好像有人在叫，女孩答应一声，笑得花枝乱颤地跑开了。看着跑远的女孩，大家一边猜测她是做什么的，一边感叹：哇！这里的女孩真大方啊！

郑晓悟与本组的同学分开了，和五组组长魏荐贤、三组的曹政一起分在荆口县公安局实习。荆口县位于江汉平原西南边缘的长江沿岸地区，境内多为丘陵山野，既是山川灵秀的矿藏宝地，又是江河环绕的鱼米之乡，有一座公路桥横跨长江，是县城通往对岸连接平原的唯一通道。山城的韵味很浓，男人多具湘渝山民的粗犷耿直，女人富有南方温润的柔美多情，特殊的地理位置和丰富的物产资源，使得此地多为偷盗耕牛和男女作风的治安案件。据在各地实习的同学后来交流汇集的实习"情报"，这些情窦初开、涉世不深的男女大学生们有个共同的特点或者是举动，就是放弃中午休息时间，偷偷调出案卷刻苦研读案情，且重点关注的是卷宗里关于风月案件中男女间实质性动作的询问技巧和回答细节的详尽描述。

郑晓悟在整个实习期间所跟的实习师傅是预审股的王股长，经常要随他奔忙于各乡镇之间调查取证、访询证人和案件知情人，每当此时，王股长就会指着郑晓悟给有关人员介绍道："这是省里来的学法律的大学生，和我随同办案。"以进一步增强他的权威性，当然，也教会了郑晓悟许多的办案常识、经验、技巧和应予遵守的纪律。

两个月的专业实习令郑晓悟他们长了不少见识，生活充实而快乐，县公安局的厨房师傅很喜欢这三位大学生，也很关照他们的饮食。食堂的伙食本来就很不错，听说郑晓悟特别喜欢吃黄鳝，当地又便宜，因此，食堂的后勤采购几乎每天都会买进一桶黄鳝，由师傅变着花样做。周末假日或者是被干警们邀到家里做客、带到乡下游览，或者是和在县检察院实习的蔡楚生、高健、庄俊他们跑到桥头边的江里戏水、游泳。但郑晓悟几乎每天都会想到吕菁华，回忆她跟自己一起开心游玩时的一颦一笑，一言一行，几次都有给她写信的冲动，但心里又没底，既不清楚她对自己的真实想法，更不知道她对自己的实际态度，万一冒昧写信过去触了霉头，不仅被她和他们班的同学当成笑话，贻笑大方，丢掉颜面，两人的友情也可能不复存在了，的确不划算。因此这写信的念头就硬生生地被他压下，始终没写。

好不容易实习结束了，等到荆口县检察院和公安局都郑重地举行完欢送仪式，赶到荆州地区招待所与在其他地方实习的同学汇合集中，带队老师又商同班委会，组织全班同学游览了荆州古城、荆州博物馆、荆江分洪工程纪念碑之后才打道回府。回到学校已经放了暑假，人走校空。郑晓悟先去邝萌家待了两天，然后从汉阳车站乘夜班火车直接先去江州见大哥，次日清晨列车到达江州，乘一路公共汽车在人民广场下车往广播电台走去，晨风习习中，朝阳映照下，猛然看到迎面走来的是……啊？竟然是吕菁华！只见她和一位女孩手挽着手，身披霞光，容光焕发地迎面走来，发现这一大清早在异地他乡居然都能碰到郑晓悟，吕菁华那难以置信的惊喜表情溢于言表。

"哎？是吕菁华呀？你怎么会在江州？"不用说，郑晓悟也同样是惊喜万分。

"我和我同学是专门赶到江州来迎接你的呀？"吕菁华看郑晓悟拎着行李，猜到他是刚下火车，便随机应变地开玩笑说。

郑晓悟乐呵呵地接受了她的这个机智答复，随之邀请她们去附近的广播电台大哥家里去坐坐。吕菁华解释说她和这位在江州地区技校上学的好友沈小敏已经约好了其他朋友，就不便去打扰了。说完要分手的时候，她忽然问道："你计划哪一天坐哪趟火车回学校？"

郑晓悟想了想，说："计划 8 月 29 号坐晚上十点半的那趟火车返校。"

吕菁华认真听完，说声"好吧"，便与沈小敏一起挥手作别。

一直目送着吕菁华和沈小敏说说笑笑走远了，郑晓悟想着今天一大早这不可思议的奇遇，自言自语道："真的有缘分？真的是天意？"

第十一章　电影情缘

　　孟营已经与时俱进地包产到户，这里本来就人多地少，人均还不到一亩地，而且暑假期间也不属于农忙季节，然而人们却都从早到晚在精心侍弄自家分得的田地，没人到处闲逛瞎串门，而郑晓悟自己家里承包的那点儿地，有郑晓悦谈的那位刚复员的汽车兵男朋友住在家里，帮帮忙就干完了。郑晓悟这一次忽然感觉到，回到汉宜孟营过这么漫长的暑假是多么无聊加无趣，只想早点回武汉回学校见同学们。但想到吕菁华那天特意问他何时返校，虽然没有明说，但应该是约定一起结伴走的意思，心里也很是期待向往；又想到她肯定会同时约上那些男生一路招摇过市，心里又不是很舒服，想到要错开时间避开他们；不过再一想，自己又不怕他们，何必刻意躲着呢？如果觉得他们烦的话，大不了视而不见、充耳不闻罢了，而且还可以进一步观察、了解吕菁华呢。主意打定，除了偶尔拜见老师，会会同学和朋友，便耐心在家看书打发时间。

　　出发的时间到了，郑晓悟拎着个大旅行袋，里面装满了给龙德安叔叔、赵森老师和同学们的特色点心，还有自己和孟向阳一起带给邝萌家的精装"白鹤"牌香烟等襄樊的特产礼物，并故意掐算好了进站即刻上车的时间节点，不早不晚地赶到襄樊火车站，心里已经做好了准备，一进候车室就看到吕菁华和那些男生叽叽喳喳闹腾的情景。咦？竟然没有看见。"可能他们都还没有赶到吧？"郑晓悟心里琢磨着，便在一个稍微安静的地方放下了手中的旅行袋。

"嗨！"突然耳边一声欢笑，接着自己的肩膀被人拍了一下。

郑晓悟下意识地知道是吕菁华，笑嘻嘻地转过头，抬起手打个招呼："你们也是现在才到哇？"说着便用眼睛四处搜寻。

"你在找谁呢？就我一个人。"吕菁华闪动着洞察一切的黑亮的大眼睛，盯着他笑道。

郑晓悟心里一阵宽松和喜悦，他忽然发现吕菁华的形象又改变了，原来瀑布般乌黑的长发剪成了一头短发，衬着一条新买的连衣裙，显得愈发颀长挺拔、英气勃发，暑假期间晒得红而微黑的脸庞更具一种健康之美。郑晓悟看得都有些呆了，忍不住欣赏加赞叹。

吕菁华虽然大方泼辣，但是见郑晓悟在大庭广众之中这么毫无顾忌地一直盯着自己看，还是觉得有些不好意思："怎么？不认识啦？是不是剪这样一个发型不好看呀？他们都说我像个假小子。"

"好看好看！别具一格，更有味道，特别符合你的个性，显得更漂亮了，我喜欢，我喜欢。"郑晓悟语无伦次地叨叨着。

吕菁华一听郑晓悟这么真诚地喜欢这个发型，称赞她漂亮，心里非常高兴，一弯腰就帮他把旅行袋拎起来说："走吧，检票进站了。"

又是不在同一个车厢，又是她找人调换了座位，可能任何人都不忍心拒绝漂亮女孩子的请求吧。一路上，又是吕菁华给郑晓悟削苹果，还细心地帮他扯去葡萄皮，而郑晓悟知道她是她家兄弟姐妹中最小最得宠的小妹妹，从来都是被家人、亲戚甚至同学宠着哄着的人，不承想却是一个特喜欢照顾人的姑娘。当然，郑晓悟自己特别愿意被人照顾，喜欢享受这样的照顾，尤其是吕菁华的关心照顾有一种无微不至的体验，是个值得依赖依靠的人，所以一路上他都曾想找机会表白自己要和她交朋友的想法，但几次话到嘴边都没敢说出口。毕竟吕菁华的性格本身就是有些大大咧咧，对谁都表现得很友好，且言行豪放不拘细节，她这样对自己举止大方并不表明她有那方面的想法，要是把她惹翻了脸恨自己，那么，两人之间的这一丁点儿的友爱和情谊可能就再也享受不到了。郑晓悟还是怕"万一"。

为新学期迎接新生，学校又调整了宿舍。吕菁华从校园另一边的六十三号宿舍楼的六楼搬到了八号宿舍楼的三楼，郑晓悟依稀记得吕菁华现在住的这间寝室好像就是姑姑郑淑婉当年在楚天大学就读时的寝室。女生的八号宿舍楼离自己现在住的宿舍楼比较近，中间只隔着学校的图书馆和足球场，而且都是就近在第一学生食堂就餐，所以两人几乎每天都可以低头不见抬头见。

暑假期间，龙德安从江汉日报社调到了新组建的中南科技教育出版社任副总编，出版社的所在地距汉口解放大道不是很远，位置很好。这家新建的出版社就在办公大楼之上建了单位宿舍，龙德安依职务和资历分得了一套三室一厅的宽敞住房，住房条件大为改善，家里还装上了分机电话。杨阿姨此时已经是一家大医院老资格的护士长了，女儿龙菲菲就在离家不远的原"中苏友好商场"，现在叫武汉商场做营业员，儿子在读高中，可以说事业、家庭都是蒸蒸日上。见郑晓悟带来家乡特色点心和土特产，龙叔叔很是高兴，尤其看到那一坨坨黑乎乎、酱香浓郁的传统"东津大头菜"，更加兴奋："这襄阳县东津镇出产的大头菜是我一生至爱的美味啊，你杨阿姨也好这一口，今天中午咱们就来一道正宗的辣椒瘦肉炒大头菜丝。"

　　谈话中聊起最近武汉的文化生活非常丰富，最令武汉人民期待的有两场活动，一场是声望正如日中天的女高音歌唱家李谷一于9月底在汉口体育馆举行的独唱音乐会，另一场活动是湖北籍男高音歌唱家施鸿鄂将偕爱妻、著名女高音歌唱家朱逢博于10月上旬在汉口体育馆举办的演唱会。郑晓悟央求龙叔叔帮他搞这两场演唱会的票，而且每场一定要两张，龙德安闻言开了一句玩笑："怎么？看来我们小五有女朋友了？"便即刻给原单位江汉日报社打了个电话。饭后他们正泡上龙井喝茶聊天，有人敲门，一位戴着眼镜的小伙子受汉江日报社社长委托，送来了两张李谷一演唱会的门票，并说施鸿鄂、朱逢博演唱会的门票现在还没有开始发售，还没有送到报社，什么时候拿到什么时候就送过来。

　　不用说，郑晓悟肯定是邀请吕菁华同赴音乐会。

　　汉口体育馆外面人声鼎沸，熙攘喧闹，留着长发、烫成卷毛、戴着蛤蟆镜、穿着喇叭裤、套着花衬衫、理着小胡须的各色时髦男女青年操着武汉话大声吆喝，并拦住每一个要进场的人出高价买"飞票"，体育馆内更是人山人海座无虚席，看来果真是一票难求啊！李谷一每唱一首歌都会引发观众们海潮般的欢呼声，逗得李谷一用她那略带湖南腔的武汉话开心地致谢道："我为么斯要到武汉来开演唱会咧？因为武汉的观众太热情了！太令我感动了！"但随着演唱节目一首一首地推出，音乐会都快要结束了，周围的观众们突然开始议论起来："哎？这么晚了，怎么到现在还不唱《乡恋》呢？"

　　"我就是冲着要听《乡恋》才请假倒班赶来的。"

　　"是啊，我也是。是不是不唱《乡恋》这首歌了？"

　　"好像说是今天没有《乡恋》，听说是不准再演唱了。"

　　"这是为么斯哟？"

　　"说李谷一这首歌的气声唱法是资产阶级的靡靡之音。"

　　"啊？怎么会是这样呢？"……

少顷，突然全场响起了排山倒海般有节奏的呼喊声："《乡恋》！《乡恋》！《乡恋》！《乡恋》！……"吕菁华顿时两眼放光，手舞足蹈地跟着在场的观众狂热而兴奋地喊叫起来，显得开心无比。郑晓悟一边随大流应声高呼，一边看着身旁情绪高亢的吕菁华，满怀爱意地想："这就是个喜欢热闹喜欢玩的丫头。"

演唱会暂停了几分钟。是在请示，还是在商议？总之，李谷一最后满足了大家的请求。

从汉口返回学校已经很晚了，似乎长江南岸的武昌这边刚刚下过了一场雨，校园的路灯照射着无人的湿漉漉的路面，显得异常洁净，也格外安静，而此时两人竟然也少有的谁也没有说话，好像各怀心事。走到要分手的十字路口报栏旁边，郑晓悟和吕菁华都不约而同地停住了脚步，郑晓悟迟疑地张张嘴，似乎想要说什么，吕菁华则闪动着眼睛，期待般地等他说出什么话来，但郑晓悟最终什么都没有说，只是咕哝了一句"早点休息吧"，就朝自己寝室的方向走去。走了几步，他扭过身来看吕菁华，只见吕菁华也转过头来看向自己。两人同时挥了挥手。

国庆节当天，秋日艳阳，蓝天如洗。郑晓悟提前就已经和赵运喜商定，约上吕菁华、郑怡一起去磨山植物园观赏游览。

从东湖的东岸拾级登上磨山高坡，迎面是朱德元帅气宇轩昂的高大塑像，塑像的背后是红柱绿瓦两层翘檐的"朱碑亭"，亭子一楼的正中央，在黑色花岗岩底座上竖立着一块巨大的褐红色花岗岩石碑，上面镌刻着朱德元帅手书："东湖暂让西湖好，今后将比西湖强。"东湖有很好的自然条件，配合工业建设，一定可以建设成为劳动人民十分爱好和优美的文化区和风景区。

四人沿楼梯登亭向西眺望，青山绿水状若碧玉砚台，城市轮廓恰似水墨画作，亭榭掩映疑为海市蜃楼，长江东去更如流金闪烁。如斯湖山美景，令人赞叹不已，叫人留恋不止。

　　置身于鸟语花香，满眼是绿荫苍翠，步下"朱碑亭"，顺着磨山东南坡下去，前往有"中南绿色宝库"之誉的磨山植物园，那数不清的奇树异花令人目不暇接，绝大多数见所未见，闻所未闻，对于吕菁华和郑怡不断的惊呼提问，郑晓悟也无法作答，只好建议大家都看着各种植物挂的牌子上的文字介绍。而赵运喜则完全无心花草树木，一门心思关注伺候着郑怡，寸步不离地跟着，总是有意无意地挽她一下，扶她一把。除了中午在小卖部吃了小吃点心、喝了啤酒饮料，稍事休息之外，四个人马不停蹄、兴致勃勃地几乎逐个逛遍了磨山植物园的主园，还有樱花园、梅园、荷园、杜鹃园、盆景园。游玩过程中，郑晓悟突然想到一个问题："哎？这么长时间怎么没有看到黄小洁再到我们学校来呢？你们还在联系吗？"

　　吕菁华告诉他："黄小洁来过几次，我没好带她去打扰你。还有一次，她来的时候你到荆州实习去了，我也去过她们江夏师范学院两次，每次我都会跟她聊到你，说你在我们学校如何有名气。上个月刚开学不久她还来过，我怕你忙，就没有去叫你陪她，我把郑怡叫上陪她上街逛了逛，也聊到你。她走的时候突然说再也不来我们学校了，我也搞不懂。她的性格就像林黛玉，有话也不明说。"

　　结束游玩前往公交站，郑晓悟和吕菁华自顾自地边走边聊，不知不觉间发现前面已是无路可走。一湾湖水，一叶扁舟，一人独处垂钓，一轮斜阳西照，四周异常安静，只听见唰唰树叶响，啾啾鸟鸣声，嘶嘶昆虫叫，两人恍然身处神界，仙气环绕。回身四顾，蜿蜒小路通往森林深处，已经不见了赵运喜和郑怡，他俩愣了愣，赶紧顺着原路返回，去寻找指路标志。

　　"唉，如果我的人生之路也这么盲目地托付给某个人，跟着他茫然前行，当无路可走的时候如何回得了头啊！"吕菁华故意似有所指地感叹道。

　　郑晓悟听话听音，信心十足并也有所指地回答道："无论是人生道路还是自然之路，虽然可能偏离自己预设的路线，但很难说会不会有仙人指路，把你引导到一个他人未知、无人能及的绝美环境。就像刚才，说明我们俩都是心里只有对方、尊重对方，只顾与对方倾心交谈，所以心无旁骛，才鬼使神差地置身美景，这难道不是我们今天最大的收获吗？你要知道哦，我们班今年上半年组织来磨山春游，到处找僻静之处搞野炊，都没有发现这么个好去处呢。"

吕菁华一听顿时雀跃起来："的确是哦。刚才那个地方真的就像是世外桃源，可惜没有照相机把它拍下来。"随之又无限神往地说："如果有人真能把我的一生带入到这样的美好境界，那我什么都不问，一心跟着这个人走，他到哪儿我跟到哪儿，跟他一辈子。"

郑晓悟闻言，自言自语道："刚才不是已经带入了吗？"

整整16年后，当郑晓悟带着从没到过武汉的新婚妻子再游东湖，重访磨山时，曾有意要找寻这个去处，可惜没有踪迹，未能如愿。

往回走了一段路，原来是在一个岔路口没有注意，拐错了道。顺着路牌的指引往前赶，他们赫然发现赵运喜和郑怡正靠在一棵松树下非常投入地拥抱接吻，进入旁若无人的忘我境界。"哇！动作这么快？"郑晓悟惊讶无比地轻喊一句。

吕菁华笑着抿紧嘴闪了郑晓悟一眼，带着"抓个现行"的得意神态加快脚步走近前去，故意挺胸昂首斜望着天空"咳"了一声。

郑怡闻声一瞧，红着脸赶紧抽身，并不好意思地看了郑晓悟一眼，赵运喜还意犹未尽地拉着她的手舍不得丢开。郑怡嗔怪地挣脱他，走过去像是撒娇讨饶般亲昵地挽住吕菁华。

从这里回市区是公共汽车起点站，已经有不少人结束游览，在这儿等车返城回家。车一进站停稳，郑晓悟敏捷地抢先窜上去，占了靠中间一前一后两个单座，赵运喜抢到前面的一排双座，拉着紧随其后的郑怡，一坐下便把她紧紧地搂住。吕菁华又好像要忍住笑似的抿紧嘴看着他俩的那个黏糊劲，然后扭身回头打算要和后排的郑晓悟说什么话。她"哎"了一声，同时把右手顺势搭向自己座位的靠背，此时郑晓悟的双手也抓在她的座位靠背上，两人的左右两只手就这样碰在了一起，瞬间都僵直不动了。吕菁华没再说话，但手也没有拿开。车开动了一会儿，两个人的手同时动了动，小拇指紧紧钩在了一起，吕菁华就这样一直保持着身体侧扭的坐姿。

郑晓悟始终都讨厌武汉的公共汽车里面人太拥挤，但今天他希望越挤越好；郑晓悟从来都埋怨武汉的公共汽车开得速度太慢，但今天他希望越慢越好，最好是无休止地开下去，永不到站。但真是活见鬼！今天这车怎么开得像火箭？转眼就到了学校门口。下车后，赵运喜说有事要赶回学校，郑怡说要去送送他，随即两人牵手走远。

学生食堂早已关门，郑晓悟请吕菁华在学校小餐馆吃煎饺，喝桂花米酒。奔波一天甚为困乏，要赶紧回宿舍洗澡休息，两人散步似的走到了十字路口的报栏旁边，要在这里一左一右各回宿舍了。可能是受到赵运喜和郑怡今天勇敢行为的鼓舞，郑晓悟鼓起勇气，下了决心，硬着头皮对吕菁华说："你……你做我的女朋友吧？"郑晓悟明显感到自己的声音有点儿发颤，嗓子发干。

吕菁华似乎早都预计到郑晓悟会有一天对自己说这种话，一点都不诧异，而是平静地盯住他说："是这样，我哥哥姐姐不准我在大学谈恋爱……"

郑晓悟一听，顿时觉得相当难堪，立刻打断她的话："不好意思！当我没说。"迅即转身，昂首离去。

"郑晓悟，你听我说完嘛！"吕菁华急得跺着脚想要叫住他。

郑晓悟逃也似的边疾步走开边想："既然说不谈就是不同意嘛，有什么好解释的呢？再停下来听你说什么都是自寻尴尬。唉，今天的面子算是栽到家了！"第一次主动跟女孩子提出来就被一口回绝，他只觉得自尊心遭到了彻底的摧毁，"唉，人家喜欢跟你在一起玩，那是因为人家的性格就是喜欢玩，只是把你当个好朋友而已。人家在车上没有把小拇指缩回去，那是人家在给你面子，跟你勾小拇指也是因为人家觉得挺好玩而已，郑晓悟你咋就把持不住了呢？咋就胡思乱想了呢？丢人现眼，活该！"郑晓悟羞愧得恨不得抽自己几嘴巴。

他难过得折腾了一宿没睡好，次日一大早也没心思吃早餐，便赶去邝萌家无精打采地待了两天。

自感受到打击和挫折的郑晓悟此后的心境再一次进入波澜不惊、死水一潭的状态。是啊，还不到一年就要毕业了，还是丢掉幻想，沉下心来思考思考毕业论文的事吧，还是回归自我，静下神来考虑考虑毕业分配的事吧！自此以后，只要他在校园里碰到吕菁华，便及时闪开，只要在饭堂里见到吕菁华，便立刻躲避，而且除了午休和晚上睡觉在寝室，其他时间都不定点地在图书馆或者任何一间教室里看书学习——他怕万一吕菁华跑到寝室去给他做解释，那可要丢人丢到家了。虽然确有一次蔡楚生向他转交了她的纸条，说要见一面，但郑晓悟没有理会。郑晓悟觉得这样处理挺好，别人也不会感到为难，自己也不用再受折磨，虽然难免会想起她，但只是作为美好的回忆。

不知道是从哪天开始的，班上的男同学发现了一处特别适合边吃饭边聊天的天然好去处——图书馆后面高坡下的一处小树林。只要是天气晴好，每天的中饭和晚饭，大家都会端着饭钵，站在小树林里高谈阔论、谈天说地。这天中午，大家又是吃着简单的饭菜，争论着高深的问题，个个都一副操不完的心，一股用不完的劲儿，吕菁华突然找到小树林来了，站在外边叫道："郑晓悟你出来一下。"

刹那间，大家的兴趣和注意力立刻被转移，几个家伙拿腔捏调地学舌："郑晓悟你出来一下。"蔡楚生更是高声大气地说："吕菁华同学，我们都这么熟了，我都给你当了很多次通信员传递纸条了，有什么话不能当着我们的面说吗？"

吕菁华没有接他的茬，固执地叫道："郑晓悟你出来一下嘛，我真的有事找你。"郑晓悟发现也就十来天的时间，吕菁华似乎人瘦了，脸色也憔悴，心里感觉有些心疼，但还是装出不愿搭理她的样子。

王英杰捅捅郑晓悟说："可能人家真的有什么急事呢，快去吧。"

郑晓悟状若极不情愿地走出小树林，冷淡地问："什么事？"

吕菁华没有计较他的态度，低声说道："我们班星期六下午组织去人民电影院，看中国第一部立体电影《欢欢笑笑》，我找班长多要了一张票，邀请你一起去看，你无论如何都要去。"说着把电影票硬塞到郑晓悟手里，表情有些低落地转身就走了。

又是蔡楚生在小树林里大叫："喂！吕菁华，两人见面也不说话，还要递纸条，你这是在给我们演间谍片嘛。"

郑晓悟心情有些悲哀地把电影票放进蓝色的确良布仿空军机械夹克装的左上衣口袋，心里想：这其实是吕菁华在向我还债，还我请她看电影、听音乐会的债，以表明她不想欠我的。唉！这段友情算是彻底完结了，连朋友都做不成咯！郑晓悟啊郑晓悟，你怎么尽干这些得不偿失的事呢？不过，既然人家上门来诚心邀请了，那就去吧。

到了人民电影院，穿过闹哄哄出高价买"飞票"的青年男女，检票入场，前后左右全是法律系81级的同学，自己的位置正好在吕菁华和郑怡之间。吕菁华早已进场坐定，此时正拿眼睛死死盯着郑晓悟和其他各位同学嘻嘻哈哈地打招呼、开玩笑，并一直看着他挤进来和郑怡开了一句玩笑后坐定，便似乎松了一口气，嗔笑着想要和他说什么。但郑晓悟却故意探着身子，隔着她去和肤色洁白无瑕、面若象牙雕刻般的"维纳斯"李小菲没话找话地说了几句，随着又扭着身子和后排的那些师弟们聊了起来，始终刻意地没有和吕菁华说话、对视。

郑晓悟第一次戴上特制的眼镜，看到很有立体感、纵深感的电影画面，第一次感受到那只杂技团的狼狗冲出银幕迎面扑到眼前，而且还是一部爱情喜剧片，但是在整个观影过程中，性格爽朗、笑点很低的吕菁华居然和自己一样，并没有跟着其他的观众那样一起惊叫、一同欢笑，而是沉默安静地看完了电影。其间，吕菁华似乎无意地挨近了，郑晓悟就赶紧绷直身体，保持距离，避免擦碰。

电影结束，郑晓悟站起身就走出了电影院。此时天色已黄昏，他既没有和任何人打招呼，也没有与其他人一起在路边等着挤公共汽车，径自离去。沿着人行道走了一阵子，他凭直觉意识到吕菁华正紧走慢赶地跟在自己身后，心中涌起一丝喜悦和些许得意，便不露痕迹地渐渐放慢了步速，缩小了步幅，但仍装作不知道，坚持没有回头。在蛇山脚下穿过一个隧道时，吕菁华在后面喊道："郑晓悟你等我一下，这里太暗了。"

郑晓悟实在是不忍心了，也觉得不能再装了，于是赶紧停住，转过身去用目光迎接她，等她走近，然后改变了自己走路快的习惯，和她并排缓步前行，但还是没有说话。

片刻，吕菁华忍不住了，开始轻声而急促地说："郑晓悟你的脾气咋是这样的呢？也不听我把话说完就扬长而去。我第二天、第三天跑到你们寝室去找你都不在，也不知道你到哪儿去了。而且我发现你的心肠好硬啊，那天之后再也不来找我了，几次见到我就躲，难道你真的就想和我一刀两断，一辈子再也不见我了吗？你知道我这十几天有多痛苦吗？你真的觉得这样就能心安理得了吗？"

郑晓悟绷着脸没有回答，也不知道怎样接她的话。

"我可没有你那样狠心！我还是真的很珍惜我们之间的友情的。"吕菁华说着还轻轻地扯了一下郑晓悟的衣袖。郑晓悟一听"友情"这两个字，心里想：完了！只是"友情"，还是没戏！

吕菁华看了看郑晓悟一脸严肃地紧抿着嘴唇，依旧一言不发，又接着说："其实你在我们女生心目中的印象挺好的，她们在寝室里经常谈到你，我也挺为你感到骄傲的，而且说老实话，我自己也很崇拜你，有才华还很有追求，不断出成绩还很刻苦努力，就是有时候有些过于骄傲自大……"

而郑晓悟此时心里却在悲情万分地呐喊：我不需要你"崇拜"我，我想要你喜欢我！想要你爱我！

还在絮叨中的吕菁华好像是听到了郑晓悟内心的呐喊，顿了顿，略显羞涩地继续说："我跟你说我的哥哥姐姐不让我在大学里谈恋爱，但你不懂'将在外，君命有所不受'这句话的道理吗？而且我都快19岁了，谈恋爱也不犯法，更何况你这个人真的很好，对我很好，对朋友也很诚实，跟你在一起我觉得很有安全感，觉得就有了靠山，所以……所以，我真的很喜欢你，我同意做你的女朋友。"

郑晓悟听她说这段话进行解释的时候就已经知道"有戏"了，就已经在心里表态发誓了，所以等她的最后一句话刚说出来，就像是怕她再收回去似的即刻脱口而出："那我就吃了秤砣！"

"你说什么？什么叫'吃了秤砣'？"吕菁华一脸懵懂地问道。

郑晓悟一扫颓废之态，满心欢愉地卖关子："你回去问你们寝室的同学吧。总之，有你相伴我此生足矣！"

看到吕菁华美丽的脸庞又重现愉悦之色，郑晓悟知道这个言行一致的姑娘所讲的皆为由衷之言，更觉欢欣鼓舞，自觉终身已定，便欣然拉住她的手说："走，找个地方吃饭去。"

第十二章　恋爱

两人终于开始正式谈恋爱了！

吕菁华当天晚上兴奋得久久不能平静，瞬间觉得自己已经是个大姑娘了，是一个有独立处理问题能力的大人了，而且完全可以形成自己一套成熟的思想观念了，于是便在日记里写下了如下感受：

没想到我真的跟他谈恋爱了！我这是属于早恋吗？即使真的是属于早恋，就现在的社会风气来看，如果能正确对待，那么早恋也是大有裨益的：（1）从此可以摆脱一切无聊的纠缠和不怀好意的中伤，用爱筑起一道安全屏障，得以把全部精力都投入到学习中去。（2）可以让自己安下神来，静下心来，一心一意排除社会干扰，专心致志避开外界诱惑，增强定力，免得想入非非，眼花缭乱。（3）可以更好地增进双方的相互了解和理解，感情更牢固一些，对日后长久的共同生活有好处。（4）在生活、学习上更有利于互相关心，互相帮助，互相尊重，互相信任。对了，刚才我还真的傻傻地问了同寝室的同学，才知道他说的"吃了秤砣"是歇后语"铁了心"的意思。啊！我真的好感动啊！我的一生有了依靠，我感到幸福极了！忧愁和烦恼将和我分道扬镳！不过，我要记住今天下午和他一起看的第一部立体电影《欢欢笑笑》里有这样一句话：恋爱是需要耐心的。

从表态"吃了秤砣"那天之后，郑晓悟和吕菁华每天都必会见面，而且一天不止一次。除了早餐时间不确定之外，中饭和晚饭都在饭堂碰面，一起排队打饭一起吃。晚自习的时间，谁有空谁就先去图书馆抢占座位，当然，因为郑晓悟在学生会和学生社团小组的活动以及业余爱好要多一些，到图书馆抢位置的任务大多是由吕菁华去完成的。图书馆里的肃穆氛围和书香气息非常有利于静心入脑地读书、温习、思考、写作，因此两个人学习效果和专业成绩的提升也日渐明显，吕菁华觉得自己的判断是对的，选择是对的，决定是对的，于是将自己按捺不住的内心喜悦再次在日记中表露无遗：

> 如此身心上的轻松，思想上的平静，学习上的飞跃是上大学以来的第一次，这个成绩应当归功于我的那个他！这段日子以来，使我深刻地体会到了什么叫"近墨者黑，近朱者赤"这个古人说了上千年的基本道理。

每当图书馆闭馆之后，如果天气好的话，郑晓悟和吕菁华会和很多同学一样去大操场，顺着跑道一边散步呼吸新鲜空气，一边天马行空地聊着不同的话题。学习以外的话题肯定是双方的父母家人、各自的成长经历、过去的喜怒哀乐、未来的理想规划。有一次，吕菁华无意中聊到父亲近几年身体不是太好，已经由镇卫生院转到县医院住院很久了，但是当地没有特效药，住院治疗的效果并不好，说话间显得忧心忡忡，言语中更是唉声叹气。郑晓悟感同身受，更体会到吕菁华作为女儿的一片孝心和外刚内柔的特性，便顺口了解到她父亲到底是什么病，诊断结果是什么，需要什么样的特效药。第二天下午，郑晓悟只是告诉吕菁华要赶去汉口办件急事，不回来一起吃晚饭，请了一节课的假，匆匆赶去汉口龙德安叔叔家，请求杨阿姨一定帮忙想办法搞到为吕菁华父亲治病的新药、特效药。

吕菁华19岁了。

为了不影响上课，生日活动又是选在距正日子最近的星期日，又和去年一样是个阴雨天。想到去年今日的那场尴尬，郑晓悟已经摸到了她的脾性，知道了她的规矩，并且早有准备，还提前约了邝萌、赵运喜、汪家乐和女友一起来凑热闹。当他带着一盆含苞待放的水仙花、一座精致漂亮的假山石和一本绸缎封面的笔记本前往"祝寿"时，竟然意外地发现，去年参加生日活动的那些人没有一个人在场，只有郑怡和赵佳陪着吕菁华在寝室里。吕菁华看到这几个人郑重其事地捧着生日礼物祝她"生日快乐"时，高兴得开怀大笑并信口坦荡地开起了郑晓悟的玩笑："去年就是郑晓悟一个人空着手过来，没有带生日礼物，但我并没有怪他，还给他台阶下，假装是我们俩设计好的，由他唱首歌给我当生日礼物，其实也是给我自己面子。哎哟，啧啧啧，你看人家郑晓悟那个傲气十足的德性啊！不仅不领会我的好心，更是不给一点儿面子，勃然大怒，扬长而去，当时把我给气的呀！后来我一琢磨，嗨！其实他是因为有很多才华横溢又帅气十足的男同学给我过生日，他吃醋了，心眼真的好小哦！"

郑晓悟当然不会忘记去年那尴尬的一幕，的确是自己的不对，便只得嘿嘿傻笑地掩饰自己，同时惊叹吕菁华如此敏锐的洞察力，一下子就看出了自己那些个小心思，真是个聪明绝顶的姑娘！

庆祝生日的气氛比起去年来可不能同日而语。汪家乐和赵运喜把唢呐、笙带来了，汪家乐的女友拎着她的二胡，郑晓悟拿来自己的小提琴，同时还背来一架手风琴。汪、赵二人合奏了一首在孟营学校毛泽东思想宣传队时的成名曲《沿着社会主义大道奔前方》作为开场，汪家乐的女友那首二胡独奏《赛马》拉得激情奔放，意境辽远。随后，郑晓悟、邝萌与大家都各展其能，或是各种乐器独奏、合奏，或是大家即兴独唱、合唱，兴之所至，随性而为，不亚于一场小小的音乐会。有三位艺专学生的参与则更显水平，引起了不小轰动，寝室门外的走廊上站满了女生，宿舍管理员也闻声上楼来，被理所当然地请进寝室坐着欣赏。喜欢热闹又爱面子的吕菁华在开心感动之余也显得相当得意，而略显害羞而文静的赵佳虽然是第一次见邝萌，但一有机会就和他聊个不停。

热闹了一阵子，大家又兴高采烈地背诵着毛泽东"才饮长沙水，又食武昌鱼"的词句，乘公共汽车到靠近解放路口彭刘杨路的那间名声显赫的"大中华酒楼"吃武昌鱼，继续庆生活动。不用说，又是已经领工资的邝萌出钱付账，而且临分手时，邝萌再一次硬塞给郑晓悟十元钱，说谈恋爱了，出去总得花点小钱。这事郑晓悟一辈子都感恩。

有了这一次的生日活动，吕菁华和赵佳终于认识了郑晓悟口中不断提及的邝萌，而且两人都对邝萌的印象好极了，觉得他老实、低调、真诚、慷慨，而且很有志向、有追求。吕菁华点子多，脑筋转得快，一下子就想到要把赵佳介绍给邝萌做女朋友。郑晓悟一开始听到这个建议，还顺口嘲笑吕菁华是"年幼的小媒婆""漂亮的女巫婆"，但随即一想，觉得太合适不过了，同时也慢慢回想起邝萌这家伙看赵佳的眼神，好像也有那么些"不纯洁"的意思，于是就专门利用两个星期天，带吕菁华和赵佳一起去邝萌家里玩。孟琨伯伯和邝阿姨见到这么两个漂亮而有知识的女孩小老乡，高兴得什么似的，得知郑晓悟与吕菁华的关系之后，更对说话细声细气的赵佳尤为青睐，格外亲近。

没过多久，郑晓悟和吕菁华两人又去邝萌家玩，意外地发现赵佳居然也在那里，于是乎，性格直率的吕菁华便把满脸羞红的赵佳提溜到一旁，嘻嘻哈哈地"拷问"了半天。

爱情的动力使吕菁华心无旁骛、真真正正地完全投入到学习之中。她的外语基础不错，因此想到去参加学校开办的日语培训班，学习第二外语，而且非常刻苦努力。这天下午放学后，秋风清凉，郑晓悟拎着两人的饭盒，在十字路口报栏旁边等着学习日语下课的吕菁华一起去食堂打饭，但见她一脸喜色地快步走来，从一个小提袋里拿出一只大鸭梨说："请你吃个鸭梨吧，我已经都洗好了，很甜的。"

"你下午不是在上日语课吗？怎么会去买鸭梨呢？"

"这哪是我买的？是和我一起学日语的 80 级的黎山送给我的，说是他们家承包的果园今年大丰收，如果喜欢吃的话再送，还有其他水果，保障供给。我吃过了，真的很甜。"吕菁华热情地推荐道。

郑晓悟一听，哦嗨？就是 80 级那个神神叨叨、经常跑到 79 级宿舍宣扬他正在用弗洛伊德的精神分析学原理研究"法美学"的黎山啊。而且他还曾经特地专门找到郑晓悟，请求帮忙把吕菁华介绍给他做女朋友，郑晓悟当时就没有理睬他。嗨哟？看来他这是要撇开我单刀直入主动出击了呀？想到这儿，火就不打一处来，便毫不客气地把吕菁华递过来的梨一把推开："人家送给你的东西我才不吃呢！"

吕菁华没有留意到郑晓悟的不爽，娇嗔地说："什么叫人家送给我的东西你就不吃，现在还跟我分么清？我的不就是你的吗？来，尝一个嘛。"她撒娇似的把梨递到郑晓悟的嘴边。

郑晓悟更是粗鲁地一把推开："那些臭男人送你的东西我坚决不碰！哼！几个破梨都把你高兴成这样，太容易被廉价收买了。"

吕菁华没提防，手中的梨一下子掉到地上，又听他说出这样的话，脸色骤变："你说话怎么这么难听？在你眼里我就只值这几个梨的价钱吗？这也太贬低你自己了，我是因为有这么好的鸭梨拿给你吃才高兴的。什么叫臭男人？他不是你的师弟、我的师兄吗？我现在才发现你这个大男人也太容易吃醋了吧？心眼真的比针鼻儿还小！"

郑晓悟恼怒地把脖子一梗："哼！我就是心眼小怎么样？你千万不要再教育我说把爱情当作私有财产是错误的。那我真还告诉你，爱情本来就是自私的！是绝对自私的！你让那些说爱情不能自私这种狗屁话的家伙们把他们的女朋友、把他们的老婆拿出来给大众分享分享试试？你看这帮东西干不干？"

吕菁华眼圈泛红，噙满泪水，委屈地脚一跺："郑晓悟！你越说越不像话了！我是你说的这个意思吗？没想到为几个破梨惹出这么些事出来，真是好心当作驴肝肺，算我自作多情好了吧！"说着抬起脚便把掉落在地上的那只梨踢进草丛，紧接着又把手中那一小袋鸭梨赌气地扔进报栏下的垃圾桶里。

郑晓悟看到吕菁华受这样的委屈，也有些于心不忍，但他知道，她这完全没有防人之心的性格，如果不注意的话，将来两人之间会有不少的麻烦和误解，尤其是想到黎山这个家伙居然敢明目张胆地和自己争夺吕菁华，更是怒不可遏，所以，绝不能心软。他板着脸看着她踢，任由她扔，然后冷冷地问道："你以为黎山这个家伙仅仅是因为一般的同学关系才送给你鸭梨的吗？还有，他是不是只送了你一个人？其他的同学，尤其是其他的女同学是不是都没有送？"

吕菁华本来正在火头上使小性子，还准备进一步发作，听郑晓悟这么一问，立刻转移了思路，认真想了一下说："就送给了我一个人，而且是悄悄送给我的。"

"浑蛋！"郑晓悟骂了一句，"怎么样？真被我给猜着了，他还真会这么干。那么，你知道他是什么目的吗？"看吕菁华一头雾水瞪着自己，便只得说出来，"他曾经求我把你介绍给他做女朋友，我会那么傻吗？我一直都没跟你说这事，他干脆就赤膊上阵了。"

"啊？这么复杂？"吕菁华惊骇地大叫一声，"我以前还一直很感激他关心我的进步，很耐心地教我学习方法呢。他还专门到我们寝室跟我聊天，帮我分析优缺点，指出我存在的问题，我觉得他讲得都对，觉得他很有才，但我的确没有想到他会有这样的心思。我怎么会喜欢他呢？恶心死了！我后来一直都只是对你……"她略微扭捏了一下，可能也觉得说走题了，顿了顿，忽然抬起手来捣了一下郑晓悟，"好在你还没有傻到向我传他的话来帮他'做媒'，否则我会骂死你，一辈子都不会理你了。"

但没过几天，又来事了。中午在饭堂一起排队打饭的时候，吕菁华表情为难地递给郑晓悟一本《法学词典》，并示意他打开看看。郑晓悟不明其意地翻开封面，只见扉页上用蓝墨水的钢笔由右往左用竖行繁体字题写着"赠吕菁华同学：书山无路勤为径，学海无涯苦作舟"，最后是赠送人的题名。这笔字写得相当漂亮，很有功底，他心里"咯噔"一下，望着吕菁华问："这是怎么回事？"

吕菁华有些嘴巴不利索地解释道："这是基建系 81 级的一个男生，原来在老宿舍楼那边进进出出，总是主动跟我点头打招呼，我也只是礼貌地点个头，但不知道他是谁。后来才晓得他是福建人，叫什么名字。有几次在图书馆他找我帮忙，给他借我们法律系学生才可以借的书，说是对法律感兴趣。昨天晚上你在学生会有事没来图书馆，他就过来硬送给我这本《法学词典》，说是感谢我对他的帮助，我觉得很不好，就找你看看怎么想办法退给他。"

郑晓悟气恼地想：又在惹事。便问道："那他怎么知道你的名字？"

吕菁华皱着眉头回忆了一下，说："可能是他从别人那儿知道了我的名字吧？噢，对了！有可能是我去帮他借书时，他从我的笔记本上看到了我的签名。反正我肯定不会告诉他我的名字。"

郑晓悟无可奈何地说："好吧，你把书交给我，吃完饭我去找他。"

吕菁华紧张地说："你不要跟人家打架哈。我跟你一起去。"

郑晓悟摆出一副心力交瘁的样子，长长地叹了一口气："放心吧！我才不会跟他们这种人打架呢。"

吕菁华摇着他的胳膊撒娇道："我不！你心里肯定又在怪我。"

俩人吃完饭洗好饭钵，便走出饭堂，准备往63号宿舍楼那边去找这人退还词典，走到距宿舍楼不远处，吕菁华突然指着正从楼梯口走出来的一个黑瘦的高个子男生，小声说："就是他。就是他。"

郑晓悟器宇轩昂地迎面上前，很不礼貌地径直把词典递到那位男生面前："喂，这本书是你送给法律系吕菁华的吧？"

男生诧异地看了陌生的郑晓悟一眼，迟疑地接过词典一看，又看到紧随其后的吕菁华，顿时显得很不自在，脸色一变，似乎有些恼羞成怒，口气很强硬地说："是我送的怎么啦？你是谁呀？"

郑晓悟声音不大，但一字一顿地说："我是法律79级的郑晓悟。"

那男生脸色又是一变："噢，你就是那个郑晓悟啊？对不起！对不起！"迅即转过身去，撩开长腿就跑掉了。

进入12月下旬，武汉的天气已经比较阴冷了。龙德安这天来到楚天大学联系组织书稿，并顺便看望老同学赵森，赵森老师于是派小儿子赵铁把郑晓悟叫到家里来一起吃中午饭。令郑晓悟特别开心的是，龙叔叔竟然把他求杨阿姨想办法为吕菁华父亲治病的新特效药也带来了，不知道有多高兴，赶紧问需要多少钱。龙德安哈哈一乐："我和你杨阿姨一分析呀，就知道我们小五搞这些药是孝敬女朋友的，所以，再难搞我们也要尽力帮你做贡献呐，就当是我们资助你谈恋爱吧。再说了，你一个学生又没有拿工资，你负担得起这些进口药的药钱吗？不是一般的贵哟，哈哈！"

赵森惊奇地问道："郑晓悟在谈恋爱啦？我怎么一点儿都不知道啊？不过还不到一年就要毕业了，也该谈恋爱咯。这是大事，嗯，这是大事，我们做长辈的应该帮助，应该帮助啊！"

满心欢喜的郑晓悟急不可耐地想赶快见到吕菁华，所以下午一下课，就拿着龙叔叔和杨阿姨搞到的进口药早早等在了两人约定的固定碰面地点，十字路口的报栏旁边，一看到远远走来的她，便使劲挥手催促快些。吕菁华小跑着过来问："急啥？这才五点就去食堂吃饭？"

"你看这是啥？"郑晓悟得意地把手中的黄色牛皮纸档案袋递了过去。吕菁华接过来，看到大档案袋上印着"中南科技教育出版社"几个字，疑惑地看他一眼："书啊？……哎？这不像是书啊？是什么东西呀？"又抬起眼来询问地望着郑晓悟。郑晓悟扬扬下巴让她"打开"，她便旋开白色绑线，打开袋子，从里边掏出两个印有外国文字的白色和咖啡色塑胶瓶，拿在手里看了看，没看明白，又看看袋子里的其他胶瓶，再次问道："这些是什么东西呀？"

郑晓悟得意地说："你那天晚上说你父亲得病住院很久都没有特效药治疗，我不是随口问你是什么诊断结果吗？第二天我就到汉口龙叔叔家，请在医院工作的杨阿姨帮忙搞进口的新特药，很难搞，今天龙叔叔来学校约书稿时才把药给送了过来。"

吕菁华激动得跳了起来："我的天呐！你居然有本事搞到进口药！我还说那天你有啥急事要去一趟汉口呢。"

"我当时不敢肯定杨阿姨愿不愿帮忙，能不能帮上忙，所以就没敢事先跟你说，怕搞不到药，白说不好。没想到还真搞到手了，而且听说还挺贵的，龙叔叔说我付不起这个钱，不要我的钱，算他送的。"

吕菁华听到郑晓悟诚心诚意的解释，内心的感动无法抑制，那双美丽的大眼睛充满了感激，充盈着爱，有一阵想要紧紧抱住他亲他的狂热的冲动，但周围来来往往都是老师和学生，最终她没敢造次，只是靠近前来暗暗握了握郑晓悟的手，轻声说道："亲爱的，太谢谢你啦！我还正想着元旦回去看看我爸的情况呢，你这真是给我解决大问题了！"看看天色还早，说，"我去拿球拍，打会儿羽毛球活动活动吧。"

两人就在大操场的跑道上，也就是他们第一次见面的那段跑道上打开了羽毛球。吕菁华属于那种开朗奔放之人，今天更是控制不住的开心和兴奋，因此毫无章法地把那羽毛球打得是满场乱飞，肆无忌惮的欢快笑声惹得路过的人扭头注目。清瘦精干、擅长羽毛球的张教授刚给80级上完经济法课，正骑着一辆除了铃铛不响哪儿都响的破自行车路过这儿，一只脚踩在地上认真观看了一会儿，用纯正的北京腔喊道："嗨嗨嗨！郑晓悟，郑晓悟，我说你们这打的是啥玩意儿？是个打球的样儿吗嘿！没中线没边线的，挥着拍儿瞎呼，追着球儿瞎打嘛这是？"

郑晓悟挥起拍子把来球毫无预定落点地又呼了出去，扭头笑嘻嘻地说："张老师您好！我们这也就是活动活动。"

张教授不以为然地摇摇头，一边骑上车吱吱嘎嘎离去，一边说："嗨！学法之人，不讲规则呀。"

吕菁华追着郑晓悟乱呼过来的球，扬起球拍大力猛扇，想把球极力往高处打，往远处打，好让郑晓悟追不上，接不到球。没想到"啪"的一声，这球斜斜飞到了高大的法国梧桐树上，洁白的羽毛球架在枯黄的梧桐枝叶之间，耀眼而诡异，仰着脖子无可奈何看着的郑晓悟忽然感觉那羽毛球像是花圈上缀着的一朵冷冷的小白花。

"菁华！菁华！你的加急电报！"只见郑怡手持白色的电报

封套气喘吁吁地跑了过来。

吕菁华似乎感到有些不祥，急急忙忙迎上去，一把扯过来，迫不及待地撕开电报封在电报纸上扫了一眼，瞬间脸色大变，似乎双手也在发抖。凑近前来的郑晓悟看到吕菁华眼圈一红，眼泪几乎要夺眶而出的样子，赶紧心疼地拍拍她的背安慰道："别急，别急，到底是咋回事？"边说边从她手中抽出电报一看："父病危速回。"心里也是一惊，定定神立即安排道："郑怡，麻烦你到班上帮吕菁华请假。菁华，"这是他第一次这样称呼她，"菁华，你赶紧回寝室收拾一下，把药带上，再赶去食堂吃饭。郑怡你无论如何都要拉菁华去吃点东西。我现在立刻赶到火车站去买好晚上的车票，再给你家里发加急电报，告诉他们车次和到达时间。我就在武昌车站等你们。"说完，把球拍往郑怡手里一塞，转身急急忙忙就往宿舍跑去，从抽屉里翻出十几块钱，想了想，又找出军大衣拿上，匆匆和王英杰、高健交代了几句，就冲下楼梯，冲出校门，心急火燎地往武昌火车站赶去。

好在火车票还比较好买，就是现在不是寒暑假期间，不能买学生票。他买好票拍完电报，耐着性子在进站口候了一阵子，便远远看到郑怡、李潇等几位女同学从公共汽车站那边陪送吕菁华过来了，又见吕菁华整个人显得无精打采、面容憔悴，心想：看她好像是性格挺刚强的样子，其实是个经不起打击的姑娘啊！

吕菁华居然还能想到用饭盒给郑晓悟装了两个馒头和一点菜让他赶快吃，怕他饿着了。郑晓悟说："不急，不急，我们先进站候车吧。我到车上再吃。"

吕菁华眼睛一闪："你这是？……你何必……"

"不行，我不放心！我还是送你回去吧，把你一送到我就赶回来，回程票我已经买好了，也拜托寝室的同学帮我请了一天假。"郑晓悟不由分说地解释道，并从郑怡手里接过一个小行李袋，护着吕菁华检票进站。那些女同学都悄悄给郑晓悟竖起了大拇指。

上了火车甫一坐定，吕菁华就表情哀伤地靠在郑晓悟的肩膀上絮絮叨叨、毫不连贯地讲开了，讲父亲如何吃苦耐劳、含辛茹苦养大了一大群子女，又如何宠着她这个最小的女儿；讲哥哥嫂子们、姐姐姐夫们个个都哄着她这个最小的妹妹，而自己在家里有时候又是如何的不懂事、霸道；讲自己仗着长得漂亮，学习成绩又好，在老师和同学们面前是如何的我行我素，任性不拘小节，因此总是被人非议甚至诽谤；还讲到自己也知道自己的性格将来会在社会上吃亏，甚至可能会影响到婚姻家庭，她很担心，经常反思，但不知道该怎么办。

郑晓悟的脸颊紧贴着她那乌黑浓密的头发，一直听她这么讲着，讲着，始终都没有插话，也一直用胳膊轻轻搂住她，只是在感到她的情绪有些激动时，用手轻轻拍拍或是抚抚她的脊背安慰她。直到火车过了安陆车站，吕菁华在声音越来越小的述说中昏昏沉沉地睡去，车厢里也寒气很重了，郑晓悟轻手轻脚地用军大衣将自己和吕菁华紧紧裹住。

第十三章　爱情阻力

　　往往事情越急，心里越急，就越会让人觉得诸事不顺。这不，火车晚点大约两个小时，他俩匆匆忙忙走向出站口，年初曾在候车室有一面之缘的吕菁华的远房表哥钱任重已经满脸堆笑地迎候在那里，但转眼看到陪送回来的郑晓悟，顿时脸色一变，冷言冷语挖苦道："车票都不会买，怎么专门赶上个晚点的车呢？"好像这趟火车是郑晓悟故意搞晚点的。吕菁华没有听他在说什么，四处张望着找家里人，钱任重拉着她就往汽车站走，说："别看了，都在家等着呢，专门让我来接你。"

　　吕菁华想要跟郑晓悟说些什么，但钱任重好像不想让她跟郑晓悟说话，不由分说地硬拖着她往汽车站疾走，把她扯到一个双排座位上坐下来，便扶着她的胳膊，握着她的手，嘀嘀咕咕说了起来。郑晓悟看看时间还充足，想着还是把吕菁华直接送到家会好一些，于是就紧紧跟在后面上了汽车，并给三个人买了车票，坐到一个靠侧后的位置上，却一直担心地注视着吕菁华，觉得她完全处在一种神情恍惚的状态之中。钱任重也很贴心地紧靠着她，时不时搂搂她的肩膀以示安慰。吕菁华偶尔想扭头找郑晓悟，但都被钱任重按住，说让她闭着眼休息休息。

汽车经过一个多小时的颠簸，到达终点站，这是吕菁华家所在的卧龙镇。吕菁华终于在下车时找到和郑晓悟说话的机会："不好意思啊郑晓悟，家里现在乱哄哄的，我也不好请你到家里去坐了，你还得赶紧坐这趟车赶回火车站，不然就误点了。还有啊……"还没等她把话说完，对郑晓悟满眼嘲讽、一脸不屑的钱任重又急吼吼地拉扯着吕菁华往前走，不耐烦地说道："啰唆啥呢？他这么大的人了自己不会安排啊？走走走，家里人都等急了。"

呆呆地坐在原车座位上等待返回，郑晓悟被钱任重一路上毫无善意、绝无礼貌的言行举止深深刺激着神经末梢，心情郁闷地回想着这个钱任重对吕菁华过于亲昵的举止、对自己毫无来由的恶劣态度，看到刚才下车后朝前走时，吕菁华一把甩开钱任重拉着她的手，好像还在和他争论什么的情形，的确没有搞懂他们到底是什么亲戚关系。但他却突然意识到，爱情并非都是甜蜜美满的，恋爱绝非都是一帆风顺的，干扰会来自家庭、来自亲友、来自社会，甚至背后隐秘的不为人知的人和事，看来这仅仅只是开始，后来会怎么样很难说。但有一点可以肯定，自己和吕菁华之间未来无论发生任何变故，肯定不会是自己导致的。总之，不能过于理想化。

一夜颠簸的紧张劳顿和钱任重无理加无礼的刺激，身心俱疲的郑晓悟似乎觉得自己的灵与肉都失去了分量，正随着散乱的思绪漂浮不定，但恍惚之间看见吕菁华抽身跑回来了，顿时又觉荣辱皆忘，元气附身——哦！她的一切都是美的！他赶紧下车去迎。吕菁华抓着他的两只手哭着说："要照顾好自己，我很快就赶回学校去。听话噢！"郑晓悟瞥见在前面撇着嘴、扭着身、仇视着自己的钱任重，狠心挥手道："走！走走走，快走吧！"其实他多想一直这么看着她，一辈子都这样守着她。看她走远，郑晓悟返回车上，软软地坐了下来："好孤独啊！"他内心生出从未有过的痛楚。

口袋里没有钱，直到晚上到达武昌火车站、返回学校，郑晓悟都没有吃一点儿东西，回到寝室后才用庄俊的干炒面粉加白糖调了一碗面糊糊，冲了一杯麦乳精，安慰了一下饥肠辘辘的肠胃。

突然不能每天都能见到吕菁华了，郑晓悟毫不掩饰地显现出一副失魂落魄的德行。他一天到晚都在抓耳挠腮地等着她的音讯，或是幻想着她突然出现。元旦那天，他居然第一次没有离开学校半步，也没有去邝萌家里，他怕她回到学校见不到自己。反而是邝萌和赵佳两人结伴赶到学校来陪他过新年，但他既不和他俩聊文学，也不谈法律，更不和他俩议论对外开放，对内搞活。什么话题他都不感兴趣，从见到邝萌和赵佳一直到晚饭后送走他俩，几乎每一句话都是吕菁华，吕菁华，吕菁华……

邝萌说："郑晓悟，我看你这次是真的完了。"

赵佳说："我真的好羡慕菁华啊！邝萌，你要向人家郑晓悟学习。"

元月2号中午，焦躁的郑晓悟终于收到电报，吕菁华乘坐和他那天同班次的火车于当晚返回武汉。

他下午上课总是走神，一下课便早早跑到食堂吃完晚饭，也怕她在火车上没东西吃，特地打了两个肉包子带在饭盒里。时间还早，他就急不可耐地赶去接站。火车正点到达，郑晓悟远远就瞅见了自己熟悉的身影，是的，一脸哀痛、满脸憔悴的吕菁华裹着大衣朝出口走来，左臂上的黑纱孝箍异常刺眼，他顿时明白了结果。看到郑晓悟招手，吕菁华飞跑上来，不顾一切地死死抱住郑晓悟，低声抽泣、泪流满面地狂亲他的脸，最后似乎有些歇斯底里地发狠地亲吻着他，出站的旅客都很好奇地注视着这两个人。而郑晓悟虽然是第一次被女孩子这么抱，这么亲，这么吻，但却没有丝毫的激动和快感，反而有着些许的紧张和恐惧，他还不习惯她这个突如其来的举动，但觉得应该让她宣泄释放，于是就轻轻揽住她的腰，任她亲，任她吻，任她把泪水都糊在自己的脸上，流到自己的嘴里，只要她心里好受，只要她想这样，怎样都行。

发泄似的亲吻了一阵，吕菁华才哽咽着说："我爸一直硬撑着，看我最后一眼就走了，丢下我们走了！你辛辛苦苦为他老人家弄的进口药都没有用上，为这个，我都快哭死过去了。我妈跟我哥哥姐姐看我拿出这些药，把药都堆到我爸身上，又哭又喊地说：这是你最疼的小女儿专门从武汉弄回来的进口药，你就是不吃，哪怕是睁开眼看看也行呐！但是……但是……我爸他……怎么办呀？我现在什么依靠都没有了！什么依靠都没有了啊！"说着又紧紧抱住郑晓悟，把脸埋进他的颈脖里，再次抽泣起来。

郑晓悟拍拍吕菁华的脊背，刚要安慰几句，忽然发现旁边有一位长相还不错的男列车员拎着吕菁华的小行李袋站在旁边，若有所思地看着他俩，便轻轻推推她："喂，喂，这位是谁呀？"

吕菁华愣了愣，转过身来才好像记起这个人，两眼依旧通红地介绍说："噢，这是我高中的同学，现在在铁路上工作，刚巧是我坐的那节车厢的列车员，他这一路上对我很照顾，不然我哪儿支持得住啊。"然后对那位男列车员介绍道："这是我的男朋友，也是我们高中的师兄郑晓悟，你应该听说过他。"

郑晓悟与他握手，真诚地说："谢谢你一路上照顾吕菁华哈。"

列车员师弟眼睛一亮，回握住郑晓悟的手："哎哟！你就是师兄郑晓悟啊？听说过，听说过。"然而却坚决拒绝郑晓悟从他手里接过行李袋，非要自己拎着送他们上公共汽车。靠窗坐着的吕菁华一身无力地斜靠在郑晓悟的肩膀上，无神地盯着车厢内的某处一动不动。直到汽车开动，向车窗外挥手致意的郑晓悟注意到这位列车员师弟的双眼始终痴痴地盯着吕菁华。

这段时间，吕菁华那张扬的性格大有收敛，豪放的言行颇多改善，两人很有规律地正常上课，脚踏实地地刻苦用功，依然是每天在食堂里一起吃饭，到图书馆去占位复习，闭馆后在操场散步，或者去看戏、看电影、听音乐会。同时，郑晓悟每到星期天休息日都会陪她去登蛇山，爬龟山，游琴台，逛汉口，远足武泰闸，参谒归元寺……想让她放松身心，调整情绪，尽量转移注意力，不再沉溺于悲伤之中。而且有了那次接站时当众拥抱亲吻的"经验"，两个人常常激情难抑地拥吻也就成为理所当然了。

很快就又放寒假了，两人一起回汉宜过年。在襄樊火车站恋恋不舍地分手各回各家才不过两天时间，强烈的思念就若蟒蛇般地缠绕着、挤压着郑晓悟的心，总是忍不住想去看望吕菁华，但一个人去又显得太突兀、太冒昧，同时也怕单独一人，应付不了可能出现的尴尬场面。正好这几天孟向阳因为和原来的恋人闹翻了，还闹出挺大的动静，被女方告到江州市公安局领导那里，此时正带着新女友回孟营过年避风头并找郑晓悟讨主意，于是便在一天吃过中饭之后约上他和三哥晓慷，一起骑上自行车，沐浴着冬日艳阳，不惧路途遥远，兴致勃勃地从孟营一路向西北方向奔向卧龙镇。

作为远近闻名有才华的大美女，又是镇上近年唯一的女大学生，很容易就打听到了她家的地址。这是位于一条僻静小街巷的一处安静小院落，院门开处，正是惊喜万分的吕菁华，闻声走到小院来迎接的是她谦和礼貌的大哥与贤淑美貌的大嫂。进到堂屋客厅，哦？钱任重居然也在，郑晓悟想要跟他礼节性地打个招呼，但他假装在埋头看报，毫不理睬。吕菁华走过去，一把把报纸从他手里扯下来，兴奋地递给郑晓悟说："你看你看，我妈上了《襄阳报》。"

郑晓悟高兴地接过来一看，《襄阳报》头版通栏大标题《"佘太君"挂帅》，还配发有一张照片，是一位50多岁，精神饱满、精干富态的妇女正在缝纫机旁边检视衣料。虽然没见过面，但郑晓悟猜到这应该就是本篇报道的主角"佘太君",即吕菁华的妈妈。吕菁华的大哥吕建华笑着介绍道:"我们卧龙镇呢一直都有个缝纫社,早些年有活没活干多干少,反正都是拿那点儿死工资。大家都没有啥积极性,要死不活地拖在那儿。这两年到处都在改革,而缝纫社亏损越来越严重,镇政府提出来要么承包经营,自负盈亏,要么就解散不办了。原来的缝纫社主任和副主任都不敢承包,大家都推举我妈出头,我们做子女的也都支持。我妈承包缝纫社之后,首先就狠抓提高质量标准,增加花色品种,减少材料成本,计件发放工资,还到各乡村供销社摸行情、联系销路,为城里学校定制校服,为工厂企业定制工作服。才三个月的时间缝纫社就扭亏为盈,到年底利润大增,员工的收入提高不少,名声在外,所以,地区报社就来采访我妈了,说她是乡镇企业改革的先进典型。"

吕菁华接着说道:"他们缝纫社现在要加班加点才能完成订单,这快过年了反而更忙,镇上要做过年衣服的人越来越多,天天都在加班,我回来这几天从早到晚都难见我妈一面,唉!我妈现在就像刘晓庆在采访中说的那样,做女人难,做名女人更难啊。嘻嘻!"

"鬼丫头,又在拿你妈开心。"随着一句中气很足,嗓门洪亮的佯骂声,吕妈妈精神抖擞地迈进屋来,她身材较胖,两眼有神,慈祥和蔼,对站起身来恭迎的郑晓悟、郑晓慷、孟向阳三个人,一边轮番审视着,一边笑呵呵地伸出双手示意道:"你们坐,你们坐,我在缝纫社正忙呢,来取衣服的人说家里来客人了,我得赶紧抽空回来招呼招呼你们啊。"说着便去把花生、瓜子拿出来装满茶几上的果盘,欣然看到郑晓悟手中拿着的登有她照片的《襄阳报》,谦虚地说:"报上说的都是好听的,其实哪有那么顺当?上上下下左左右右都不是省油的灯啊,架都不晓得吵了多少回,搞得镇上有人到处都说我是个恶婆,唉,难呐!你不从早到晚盯在那儿，他们哪儿会那么自觉哟；你不在质量上从严把关，人家谁会来找你做衣服呢？现在个个都尝到甜头了，政府也要树改革模范，算是正规好管多了。"

吕菁华把三个人逐个做了介绍，吕妈妈亲热地盯着郑晓悟说："我早就听我们菁华说起过你，对人心肠好又有才华，有你在学校照顾菁华，我们真的很放心。哎呀，这说起来心里难过得很呐，你这孩子为治他爹的病费心费力找人去弄的进口药，虽然没有用上，但孩子你真是尽心了啊，我们打心眼儿里都很感谢你。"说着引发了感伤，她稍微有点儿情绪波动，顺手抹了抹眼睛，继续说："后来我听说你从武汉一路把我们菁华护送回来又一直送到镇上，也没请你到家里坐坐，水也没有喝一口就又赶回武汉去了。我也骂了菁华和任重，你们怎么这么不懂事呢？就不怕人家说你们没有家教吗？"

郑晓悟赶紧说："阿姨，这没什么，都是应该做的。其实换是其他同学也会这么做的，更何况我们是老乡，是同一所高中的校友，在大学里又是一个系的，她是师妹，应该帮忙。"

大哥吕建华也对郑晓悟说："小郑，这事儿真的很对不起！我听菁华说了这个情况后，赶紧跟我爱人提了一网兜苹果跟点心，骑车赶到镇上的汽车站，车已经开走了，弄得我们心里一直都不好受。"

吕菁华低着头红着脸，靠近郑晓悟站着，偷偷轻捏他的手臂传达着自己的爱意。坐在另一边的钱任重不以为然地"哼"了一声。

吕妈妈起身从厨房的煤炉子上提出烧开的水，为他们的茶杯续上水，抱歉道："襄阳鼓楼商场等会儿要来提一批加工的童装，我得亲自到场点数验货。你们几位都是稀客，一定得留下来吃了晚饭再走，我点完货就赶回来陪你们。建华你们准备一下待客的菜哈。"

站起身来恭送吕妈妈出门，三个人对了对眼神也要走人，吕菁华和她大哥大嫂都极力挽留，大哥吕建华还热情地指着一台新电视机说："这是刚买回来的 14 英寸晶体管黑白电视机，听说今年大年三十晚上中央电视台有春节联欢晚会，全部都是大明星，还有港台明星，我就是专门为看这个节目买的。再坐会儿看看电视，吃了晚饭再走吧。"

三个人觉得留下吃饭太过唐突，便说路途太远，等吃了晚饭天黑之后骑车上路不方便，坚持要走。吕菁华了解郑晓悟的脾气，知道留不住，便说："你们稍微等一下，我带上几件换洗衣服，跟你们一起去玩几天吧。"

她大哥一听很诧异："快过年了，人家都很忙，你这样冒冒失失地跟他们跑去玩算怎么回事呢？不太好吧。"

"我早就跟赵佳约好说寒假去找她玩的，津口镇我还没去过呢，一个人去又不认路，正好跟他们一起去有伴。我去赵佳家里住两天就回来了。"吕菁华一边说，一边就径直进了里屋。

吕建华也深知自己妹妹的个性，等她拿着小包出来时便说："那你就把我的车子骑去吧。"

吕菁华想了想，说道："年前有好多事要办，都需要用车呢，而且你这两天还要赶回厂里一趟，我就坐郑晓悟的车后座，回来时再让他把我送回来就行了，这样更安全，放心吧。"

郑晓悟当然是求之不得——让心爱的吕菁华坐在自己车后座，驮着她回去，一路上像恩爱小两口一样贴着身、搂着腰，美美地说着话，多惬意、多温馨啊！想到这些，他心里美滋滋的。

骑车穿过镇中心街道，一些做生意的、买年货的、逛供销社的认识吕菁华的人刻意和她打招呼说话，她在车后座大大方方地与对方应答。出镇刚刚拐上公路，身后一阵自行车铃铛声，接着是吕菁华的问话声："哥，你怎么也来了？"郑晓悟他们扭头一看，是钱任重骑着吕建华的车子追上来了，都下车笑迎。

钱任重却不跟任何人打招呼，板着脸走到郑晓悟跟前说："郑晓悟你过来，我有话跟你说。"

郑晓悟把自行车递给吕菁华，钱任重带他往回走了十来米停下来，扶着自行车把，背着吕菁华的视线，盯着郑晓悟，撇着嘴说："你还是什么学法律的大学生呢？既没素质也没礼貌，第一次来人家家里就把人家姑娘带出去玩，你不知道这是在破坏人家的家庭关系吗？简直是不像话极了，我真是越想越恼火！"

郑晓悟一听这毫无来由的责问，急忙辩解："我没有要带她出来呀，是她自己非要和我们一起结伴去津口看她同学赵佳的。而且你有话应该去和吕菁华说才对呀。"

钱任重气哼哼地说："我不用跟她说，就是要警告你。喏，我本来已经给你写好了一封信，你既然来了，我也就不必寄了。但这封信希望只是你一个人看。"说着，扭着微胖且比例稍长的上身，掏出一个皱皱巴巴的信封，像做贼似的塞给郑晓悟。这时，一辆二汽"东风"卡车裹着灰尘、挟着寒风从旁边飞驰而过。

吕菁华看郑晓悟走回来了，便问："钱任重找你有啥事儿？"

"他交代我一定要保护好你，注意安全。"郑晓悟掩饰道。

吕菁华高兴地说："我这个远房表哥从小对我就很好。"

对于钱任重毫无来由的警告，郑晓悟只觉得满心的窝囊、满腔的疑惑，也满怀愤怒。但吕菁华第一次主动跟自己去家里玩，不能坏了气氛，扫了兴致，缺了礼数，所以也懒得计较她这个远房表哥到底是以什么身份、代表什么人说的这些话，包括他到底在信里给自己写了些什么，都先不去管它。于是他努力令自己调整情绪，转移目标，一路上或者是和三哥、孟向阳欢声笑语，并肩骑行，或者是同他们拉开距离，与吕菁华甜言蜜语，肢体传情。大家都觉得，回来的路程怎么比去的路程要短呢？

很快就到了孟营街上，吕菁华此前了解到郑晓悟的妈妈会喝酒，而且还会自己做黄酒，于是就很懂事地到孟家台子上的供销社买了两瓶襄樊大曲，又在路边的小摊上买了几斤苹果做见面礼。

生性温和、质朴老实的孟玉洁见儿子突然带回来一位这么漂亮的女孩子，比李丽还要漂亮，显得有些不知无措，不晓得该怎样接待和对话。郑晓悟知道是因为母亲之前和李丽比较熟悉了，而且李丽的性格比较平静随和，而吕菁华一方面是家里骄纵宠爱的最小的女儿，言行举止比较随性，给人以不拘小节的印象；另一方面，她的这种美显得有些咄咄逼人，又给人以不易接近的冷傲感觉。吕菁华自己则好像没有任何不适应和陌生感，一到家里就和曾经的同班同学郑晓恒嘻嘻哈哈地聊着江湾高中的趣事，偶尔还要去逗逗自己的老师郑力仁，甚至和他开两句玩笑。

和往年一样，家里腊月间杀了一头猪，今天恰好碰上了过小年，民间的习俗是礼送灶王爷上天，郑力仁和孟玉洁夫妻俩在厨房里联手整了一桌丰盛的饭菜，让孟向阳回去把他的新女友请来，又要老二晓恒去叫刘向军、萧志兵过来陪吕菁华。同学间见面，年轻人聚会，使喜欢热闹的吕菁华兴致高涨，无意之间便以主人姿态主导着席面，虽然并不知道自己的酒量有多大，只敢浅啜即止，但却指挥这个要一口干，命令那个应罚一杯，还频频向老师、师母敬酒致谢。郑晓悟和爸爸一样不会喝酒，都只是笑眯眯地看着吕菁华兴奋地闹酒、郑晓慷嚣张地划拳。爷爷、奶奶看家里客人多坐不下，就到街北头的大姑奶奶家过小年去了，妹妹晓愉、晓憬自己吃完了过小年才有的被称为"糖锅烙"的甜饼，在旁边傻呵呵地看热闹。一顿饭下来，竟然闹完了一瓶襄樊大曲和一大壶黄酒。次日，萧志兵和刘向军也轮流请吕菁华吃饭，广邀朋友作陪，又热闹了一天。

吕菁华衣着打扮入时，加之本就漂亮，走在孟营街上尤为惹人注目，因此就有人特意找借口到家里来说什么事，其实是为了看看晓悟这么漂亮又大方的女朋友。孟玉洁私下担心地对丈夫说：

"这女孩子太漂亮了，性格也有点张扬，怕是会惹是生非，晓悟弄不住她啊！"

郑力仁则宽解道："在江湾高中的时候，是有些人说她生了一双像刘晓庆那样会说话惹是生非的眼睛，的确也平白无故地惹出了不少流言蜚语，我也曾经对她很有看法。但她现在上大学，是接受高等教育的人了，又跟晓悟在一个学校学法律，有知识有素质的人是不会弄出啥出格的事来的，况且晓悟现在天天跟她在一起，了解她、信任她，我们要相信晓悟的眼光跟能力。而且她这次到家里来，既不嫌我们家庭条件差，也不把自己当外人，看上去很爱我们家晓悟，性格鲜明，不会藏着掖着，我看这是这个女孩子了不起的优点！"孟玉洁顺从地听着，显得放心了一些。

第三天上午，由郑晓慷带路，郑晓悟骑车载着吕菁华到东风乡，也就是原来的上将军营去见姐姐和姐夫。郑晓悦的新婚丈夫是津口高中校长李学文的外甥、复员军人韩跃进，这桩婚事的媒人就是他舅舅李校长。因为是部队的汽车兵，韩跃进复员之后很快被招到津口酒厂开货车，从而又和郑晓悦的舅舅孟玉亮成为同事，郑晓悦嫁过来不久就被安排在东风小学当民办老师，教语文兼音乐课。放寒假在家的郑晓悦见到小弟专程带着女朋友来家看望，高兴得什么似的，但也还是因为她原来和李丽混得太熟太亲热了，又因为弟弟有意和李丽分手还和弟弟吵过一架，所以郑晓悟看出她乍一见到吕菁华还有一些距离感，只不过吕菁华自己察觉不到。不一会儿韩跃进开车顺便拉了点年货回家吃中午饭，他的酒量和郑晓悦、郑晓慷姐弟俩是棋逢对手，而吕菁华这两天可能是练出来或者是试出来了自己的酒量，便越发不知天高地厚，这场招待，这顿大酒，又是皆大欢喜收场。郑晓悟当然还是滴酒不沾。

饭后喝茶嗑瓜子稍事休息，韩跃进便用卡车拉着郑晓悟、吕菁华两个人，还有那辆自行车，把他们送到津口邮电所下车。两人进到邮电所家属院找到赵佳的家，她的妈妈和姐姐正忙着往门口的铁丝上晾挂腊肉、腊鸡、风干羊腿，听到郑晓悟和吕菁华的自我介绍，说早已听说过他俩，显得非常热情。赵妈妈告诉他们："小佳夏天就要毕业分配了，她现在很操心自己的分配去向，所以就临时决定过年不回来了，留在武汉找熟人朋友联系毕业分配的事，春节就在她男朋友家里过。"

赵佳的姐姐插嘴说："就是在邝萌家里过年，你们俩还算是她和邝萌的介绍人呢。"还开玩笑，"我们应该谢媒才对呢。"

聊了几句，郑晓悟和吕菁华告辞出来。在送吕菁华回卧龙镇的路上，郑晓悟突然感叹道："唉！真的好羡慕邝萌啊！"

吕菁华在车后座问："你怎么突然羡慕起邝萌来了？羡慕他啥？"

"嘿！人家邝萌值得我羡慕的地方多了去了。最值得我羡慕的就是邝萌通过我们才认识赵佳两个多月，就被人家的父母家人认可为男朋友，认定是'未来女婿'了。而我是真的可怜哟，从认识某人到现在已经一年又三个多月了，但是好像连门儿都还没有摸到，不要说是男朋友、'未来女婿'什么的，就是作为一般的同学身份到家里去，还不知道怎样被冷眼相看，不知道怎么被人家训斥呢。"郑晓悟没控制住情绪，有感而发。

吕菁华一下子从车后座跳下来，敏感地追问："我妈跟我大哥大嫂看上去都很喜欢你呀？我一直在旁边陪着你，有谁训斥你了？……不对，是不是我那个远房表哥跟你说什么了？"

郑晓悟也随即刹住车跳下来哄骗道："没有没有，他才不会跟我说什么呢。我不是太爱你了吗？故意抱抱屈，开开玩笑逗你玩呢。"

"你这个人呐，真是。我认准的事我自己说了算，不管他们怎么说，你现在不已经是我的男朋友了吗？不管他们认不认，你将来也会是我的夫婿，哼！想跑也跑不脱。"吕菁华说着就一把扯过郑晓悟，站在路边就旁若无人地紧紧拥抱，深情相吻。

　　一辆手扶拖拉机从旁边开过，坐在车斗上的几位迎着寒风、戴着棉帽、袖着双手的青年农民兴奋得大叫："是在拍电影吗？再抱紧一点儿！好看！好看！"

第十四章　为爱抗争

　　郑晓悟把吕菁华送到卧龙镇街口就掉头赶路回家，这个时候，他开始惦记起钱任重写的信了。他会给自己写什么呢？至少有一点毫无疑问，那就是肯定与吕菁华有关。他一边骑车一边想着：两个家庭的兄弟姐妹都多，还各自都有不同身份和想法的亲戚，人多，事多，主意多，是非多，当然矛盾就会多。相信只要两人真心相爱，真心实意地对待和帮助对方家人，大家一定能和睦交往，一定能和谐相处，两人也一定会携手共进，白头偕老。郑晓悟心中涌起一股对自身能力的自信，对爱情力量的自信，然而，内心随之又难以自欺地泛起一股惆怅，恍然有种预感：如果两个人走不到一起，或者是走到了一起但最后却走不下去，走不到头，绝不排除在很大程度上是受到两边家人的影响，或者是某一方的家人和亲戚挑起的事端，当然也可能会有一些貌似"朋友"的人趁火打劫，落井下石，但决定性因素还是在于彼此是不是真爱。此时的郑晓悟还没有能力预想到，即使是现在的真爱，也可能随着环境的不同而变化，即使是眼下的坚贞，也可能随着追求的不同而背叛，最终还是由人的本性所决定。

他一路东想西想地回到家，晚饭后打开钱任重的信先看了一遍，再回头重读了一遍，又怔怔出了一会儿神，夜里躺在床上，双目炯炯有神地瞪着一片漆黑、什么也看不见的屋顶，扪心自问："自己是不是把恋爱、婚姻、家庭看得太简单、太美好、太理想化了？难道只要两个人真心好就万事大吉，与别人无关了么？难道只要自己为对方做得好就不会有什么事了么？吕菁华是什么都不知道，还是在跟我装傻，或者是跟我一样太乐观了呢？"郑晓悟思想里无数遍地重复着这些个问号，脑海中像过电影一样不断搜索自己听到的、看到的、感觉到的一切细节和蛛丝马迹，然后全心投入，深入细致、彻夜未眠地进行解剖、分析、论证、推断。

钱任重在信中拉拉杂杂地写了如下几层意思：首先当然是声称要感谢郑晓悟去年从武汉帮他搞到的各种复习资料，在他又一次没能考上后，又恳请郑力仁老师给他安排到江湾中学复读，"但我绝不会因为你、你哥哥和你父亲郑老师对我的帮助，就不给你写这封信"；其次就是转入正题，批评郑晓悟作为高中和大学的师兄，不去正确引导、指教他的表妹如何学习，如何做人，反而有意超越同学友谊，"过多在一起，显得太亲密，令人看不惯，也让菁华和他人的关系疏远，着实讨人嫌"；再次是说根据他的判断，郑晓悟和吕菁华走到一起，会影响她的辉煌前途，阻碍她的事业发展，给不了她和她家人想要的；最后有意无意地说到他和吕菁华从小到大的亲昵关系。"我想，您是一个明白人"，信的最后以此非常的语气结尾。

"钱任重的这笔字怎么写得比我还差呢？"郑晓悟有时候还真是没心没肺，居然在看完信之后毫无来由地先就表面问题得出了这么个结论，这可能是父亲总是批评他的字是四兄弟中写得最差、老是叮嘱他多练字所引发的条件反射吧。但随之而来的便是对信中所写异常不解，非常难受，胸中的烦闷难以疏解，心中的恼怒无从发泄，不知道因由何起，更不知道话从何而来。他不明白自己错在哪里，难道和吕菁华谈恋爱就错了？难道我不能也没有资格和吕菁华谈恋爱？难道我不和吕菁华谈恋爱，矛盾就烟消云散，各方都皆大欢喜了？凭什么呀？你是谁呀？我深爱吕菁华，何错之有？况且我觉得吕菁华也是真心诚意爱我的，她都没说什么，你算老几呀？即使是她爸爸妈妈哥哥姐姐，也不应当阻止我们真心相爱呀！而且你和我说事就和我说事，故意扯出诚心帮助你的老人家着实太令人恼火了！几天下来，郑晓悟出出进进都像是中了邪、着了魔一样，心里面总有两个人一直在争吵不休，争辩不息，折磨得他实在受不了。

经过慎重思考，在大年三十这一天，一家大小忙里忙外忙上忙下地先是蒸过年备用的各种包子、花卷、枣糕、发糕，接着又是准备团年饭需用的各式菜品、饭食、器皿、酒水，郑晓悟则完全置身事外，不受任何干扰地趴在堂屋的八仙桌上奋笔直书，并尽量用克制和隐晦的语句写下了因与吕菁华谈恋爱而发出的第一篇战斗檄文：

钱任重同志：

您好！

腊月二十三下午（对不起！我当时不知道那天是过小年）在卧龙镇外的路边有幸聆听了您的教诲，实乃受益匪浅，不胜感激。本应面呈谢辞，无奈笨口拙舌，思维迟钝，又恐词不达意，触犯尊颜，更顾忌到令表妹（对不起！应该是远房表妹）近在左旁，恐令其难堪，心生疑窦，而这好像也是您的忌讳，我当心领神会并予以配合。

首先必须声明的是，家父及诸兄弟对您高考复习的些许支持，实不应反过来成为您的话柄，这些支持和帮助并非是对您别有图谋（不过我还没有想出来能从您那图何好处，谋何利益），乃是因为我们对您自强不息、奋发向上、刻苦好学精神的敬佩，即使作为吕菁华的一般同学也会这么做的。哪怕您依旧考不上，我们也同样会鼓励和敬重您。至于家父，他不过是在完成自己儿子的托付（当然也因为他曾经的学生吕菁华同志的托付），同时也是在履行他的教育职责。您谈我的事，扯出他老人家，多有不当！

其次必须说明的是，我绝不存在有意或无意挑拨、破坏您家（错了！是您远房表亲家）关系的任何言行，甚至连一丝有关意图也不曾有。我的个性、我的家风绝不允许我有如此的卑劣之举，这样的卑鄙之念，除非硬被他人"以小人之心度君子之腹"。您指示我要"多指教"吕菁华的学习和为人，我虽为师兄，长她两岁，但我们的友谊是建立在平等、尊重、信任的基础之上的，我们在学校是把学习放在首位的，互相督促，互相帮助，共同探讨，也相互开展争论，因而大家进步都很大。我绝不能让她因为结识我而感到后悔，而是要让她为有我这个朋友而自豪！这是做男人的面子，我想，您也是个明白人。

再次，必须表明的是，您似乎在很合理并且理直气壮地干涉我和您远房表妹"过多"地在一起，您似乎也理由很充足并且颐指气使地反对我们交往，我作为一个法律没有学好的学生在此请教：请向我告知您提出这些要求的合法依据！请向我表明您有权提出要求的适格身份！你俩之间到底是怎么回事，之前和现在发生过什么我不知道的，但若是吕菁华同志的意思，那就请让她本人向我明言，我绝对抽身即退，但绝对轮不到您来向我发指令、提要求。

您明察秋毫地指出我和吕菁华同志结合会阻碍她出人头地，将来也不会有好结果。令我担忧的是：此言难免一语成谶！令我心惊的是：此话令我深感恐惧！由此我也看到您的伟大之处和才华所在，修德何其高，预判何其远。听君一席话，迫我冷静，催我深思，若最后的结果确如您所愿，那么请恕我直言：无论将来是什么结局，既不能归功于我，也不得归咎于我。

此致

革命敬礼！

郑晓悟匆草于农历壬戌岁末日

信写好封实，信封上写明"钱任重同志亲启"，想到爸爸妈妈建议自己一定要去吕菁华家拜年回礼，郑晓悟便决定届时遇见钱任重就当面交给他。没想到在年初五小元宵节这天赶去卧龙镇，吕菁华他们一家人浩浩荡荡地到外婆舅家拜年去了，家里只有吕菁华在襄阳城一家集体企业做办公室主任的二哥吕延华，他们两口子嫌一大群人闹哄哄地赶去乡下，这里请吃，那里闹酒，俗气，烦人，所以留在家里。听到郑晓悟的自我介绍和说明来意，精明帅气、官味十足的吕延华没有让座，双手抱在尚未凸起的腹前，眯缝着眼，头部微微后仰，以便对个头相仿的郑晓悟予以居高临下的俯视状，像听部下汇报工作似的，始终以"嗯，嗯，嗯"表示知道了，听明白了。郑晓悟放下礼物，托交信件并给吕菁华留了张字条，便蹬车离去。

依约同车返校，依旧是在襄樊火车站候车室碰面。十多天没能见上面，思念与牵挂，期待和渴望，使得郑晓悟一见到吕菁华，心中依然泛起滚滚暖流，眼中仍旧散发脉脉温情，但毕竟经历了收信的恼怒和回信的激愤这么一场莫名其妙的折腾，自己心中难免又有些疙疙瘩瘩的感觉。

上车坐定，吕菁华黛眉轻扬，美目炯炯，似笑非笑地突然说："你写给钱任重的信我看到了。"郑晓悟心中一凛：她怎么会看到？只听她继续说，"我们在我妈的娘家转了两三天才给一大圈亲戚拜完年，钱任重跟着一大帮亲戚又一起到我家拜年，我二哥把你写的信转交给了他，他看完信后脸色就有点不太对劲，拿着你的信走出院子，到了后面的小河边发呆，我跟过去问他信里面写的是啥，他摇摇头不说话，看来你是刺痛他了。"

郑晓悟嗓子发痒似的"吭"了一声没接话。

"当时我要看看你写的信，他坚决不给，但第二天他又把你的信拿给我看了。还别说，写得真好！噢，我不是说你在信中表达的内容哈，我是说你的文笔真好，很会用词，很讲层次逻辑，搞得像写文章似的。但我没有看明白你信里说我跟他是什么意思。"吕菁华问。

郑晓悟苦着脸，皱着眉头，似听非听，表情漠然地看着车窗玻璃在夜幕下反射的车厢内旅客的千姿百态，还是没做任何回应。

吕菁华开始讲述性地解释开了："钱任重是我妈娘家远房亲戚的孩子，但从小就和我们家走得近，喜欢到我们家来玩儿，关系也比较亲，再加上聪明嘴甜学习好，我妈一直都特别喜欢他，差不多就是把他当自己的亲儿子看。他的初中、高中都是在卧龙中学上的学，而且那几年他没有住校，基本上就住在我们家，这个时候我的几个哥哥姐姐都陆陆续续招工出去工作了，后来也都成家了，很少回来，家里也没有其他人，所以他也就理所当然的好像成为我们家的一员。他比我大，所以我妈就让他多教我，多帮我，多管我。"说话间，给依然面无表情一言不发的郑晓悟剥了个茶叶蛋，像有些幼儿园的老师喂小朋友一样，不容分说地塞进他嘴里，又给自己剥了一个，慢慢地边吃边说："他这个人呢虽然不像你那样有其他一些特长，但在小学、中学的学习成绩一直很拔尖，又很能说、很自信，在卧龙中学也是个响当当的人物，名气很大。老师们都对他抱有很大期望，认为他肯定能为卧龙中学破纪录，成为第一个考上大学的才子，我在学校、在家里都很崇拜他。他跟你同岁同年级，已经连续考了四年，但是连中专都没有考上，他下决心今年一定要考进楚天大学，还说要进我们法律系，我对他还是很有信心的，认为他一定行。"

说着她又从网兜里拿出橘子，剥皮扯丝弄干净，放在郑晓悟手里，若有所思地看看他继续说："说老实话，钱任重从小到大对我都很好，可以说是言听计从，百依百顺，而且在学校、在街上总有人骚扰我，都是他一直在护着我。我初中毕业考进江湾中学之后才算是跟他比较少见面了，所以这么多年来在我心目中和他就是亲兄妹的感觉，在一起的时候也习惯性地有很亲热的举动甚至可以说是很亲昵，这我也知道，但有时候就是情不自禁，的确也有人说……说我们俩像一对恋人，而我自己却没有这种感觉，也没有其他什么想法，当然也没有认为两个人之间的举动有啥不妥。钱任重对你觉得不可能有什么恶意，就是对你很不服气。当他从我嘴里听说你在乡下几乎没有正儿八经地读过书，居然还那么优秀、那么能干之后，他就明显地表现出非常不服气了。去年寒假结束他送我到火车站，在候车室第一次见到你那么傲气，那么强势，他心里就更不服气了，发誓一定要赶上你，超过你。不过我觉得这是好事啊……"

一直只听不说的郑晓悟突然插嘴道："他这样一而再再而三地对我不服气，想赶超我，的确是好事啊！那就赶超呗。而且我和我爸爸也都在帮助他达到这个目呀！问题是他不能夹杂私情，恩将仇报，是非不分，反目成仇啊！更不能毫无来由地用各种方式在各种场合对别人进行挖苦、嘲讽、羞辱、贬损，搞人身攻击吧！不对，应该不是'毫无来由'，而是必有缘由，这个缘由其实就是你吧？也许我没见过世面少见多怪，但从一开始对你们之间的言行举止就不大习惯，颇为疑惑，当受到钱任重无理加无礼的呵斥，又收到他荒唐又荒谬的信件之后，直言相告吧，我内心对你们之间的问题有深深的怀疑。所以，这个年我过得很痛苦。"

吕菁华侧转身两手拉住郑晓悟的膀子摇晃着："你怎么能这

样怀疑我呢？我把来龙去脉都跟你说了那么多，你怎么还是这样呢？哎呀我就说嘛，你的心眼真的比针鼻儿还小……"

郑晓悟低声而粗暴地打断她的话："我早都跟你说过我就是爱吃醋，就是心眼小，我作为男人，有我的原则底线。我从来没有对除你之外的别的女性或者对别人的女朋友怎么样怎么样，为什么却要求我视而不见地容忍别人对我的女朋友、我的爱人动手动脚？有什么理由要求我心胸开阔地任由别人与我的女朋友、我的爱人卿卿我我，还理直气壮地干涉我们正常谈恋爱？你说说……"

"哎呀呀，一说你就激动。你看车厢的灯早都暗了，别的旅客也都休息了，咱们不聊了，不要影响别人好不好？"吕菁华说着便把郑晓悟的军大衣拉上，展开把两人裹起来，蒙住两个人的头，随即用嘴堵住了他的嘴，以直接果断的行为阻止了他继续发泄不满。郑晓悟不得不被强制转换思路，进入甜蜜亲吻模式，于是，紧紧裹着大衣的两个人蒙住头在里面热吻了好一阵子，才继续用大衣蒙头盖住，趴在小茶桌上手拉着手，美美地进入了梦乡。

清晨到站，回到学校，正是晨读、晨练和早晨广播的时段，校园里一派生机勃勃，是关贵敏那熟悉而激昂向上的歌声：

> 青春啊青春，美丽的时光，
> 比那彩霞还要鲜艳，
> 比那玫瑰更加芬芳，
> 若问青春在什么地方？
> 什么地方？什么地方？
> 她带着爱情，也带着幸福，
> 更带着力量，在你的心上……

两人顿时来了精神，随着动听的旋律也跟唱了起来。当哼唱到"在你的心上，你的心上"时，吕菁华又是不顾场合地用空着的一只手挽住郑晓悟的胳膊，并连续轻撞他的臂膀，用调皮而挑衅的眼神盯着他。郑晓悟油然生出一种脱离了喧嚣红尘的清新感、躲开了滚滚浊浪的轻松感。他想抛开那些令人不快的往事，他要排解他人有意强加的烦恼，希望自己和吕菁华一生一世都只有属于两个人、不受任何人干扰的纯洁的感情，甜蜜的爱情，美满的婚姻，幸福的家庭，争气的子女，辉煌的事业，这是他梦寐以求的伊甸园。但是……可能吗？

学校对即将毕业的同学没有安排什么必修课，主要任务是写毕业论文，所以刚开学不久就为配合学生毕业论文的选题设计而安排了第二次实习，同时也是为了毕业分配考察各人的专业能力。郑晓悟这次是在江口区法院民事审判庭实习，每天的工作除了在老师的指点下选择典型案例阅卷学习之外，就是帮助民庭工作人员搞案卷整理、填表归档、抄写目录、观摩庭审，同时也协助外出调查、担任法庭记录。其中令郑晓悟印象最为深刻的是一次担任某宗离婚案件的法庭记录，原告为女方，以男方用情不专并且有特殊癖好，双方感情不合绝对无法共同生活为由，诉请解除双方的婚姻关系。但当开庭前双方当事人进场时，只见烫着卷发的时髦原告，也就是女方，小鸟依人般亲亲热热地挽着奇装异服的被告，也就是男方，犹如迈入结婚礼堂般恩恩爱爱地走进了法庭。

"哇！是不是搞错了？这哪里是来打离婚的，这简直就是来办婚礼的呀！"郑晓悟惊讶得完全不知所措。

只见女方的头优雅地微靠在男方肩上，一起走到被告席上并排坐下，依偎在一起，原告居然还剥了一粒糖喂到被告的嘴里，还嘻嘻笑着和被告呢喃低语。

开庭时间到，审判人员走进审判席，审判长告知："请原告回到原告席就座，马上就要开庭了。"

原告竟然回答："你们开庭就是了，我们就这样坐在一起可以的。"

"开庭要有开庭的规矩，请当事人遵守法庭纪律。"

听了审判长严肃的告诫，原告才与被告恋恋不舍地松开了双手，很不情愿地坐到了原告席上。双方没有律师也没有其他代理人，原告的口才颇佳，且"事实清楚，证据确凿"，更可能是这个作为被告的男人确实有家庭暴力并且有同性恋倾向，而且从不履行夫妻间的生理义务，因此在整个庭审过程中，被告既无招架之功也无还手之力。但是，合议庭根据他俩在开庭之前的"良好表现"，都认为原告可以撤诉或者与被告和解。然而，原告大义凛然、义正词严地予以回绝："绝对不可能！"

审判长只得宣布休庭，择日通知他们前来领取判决书。原被告双方签完庭审笔录后，又自自然然地手挽着手，亲亲热热地步出法庭。一直坐在审判席上静静观察这对"活宝"的合议庭成员彻底崩溃，一致认为自己的法律常识、人生经验和社会认知被彻底颠覆。而不要说没有婚姻经验，就是恋爱都没法谈好的郑晓悟更是无法理解，彻底晕了，甚至在心中留下了挥之不去的阴影，即使此后经历了大型央企、政府部门、上市公司高管等岗位，最后又回归法律事务，他始终对婚姻案件唯恐避之不及，绝对不沾不碰。

在法院实习的一个月时间里，郑晓悟和其他同学基本都是按规定集中住在江口区法院的集体宿舍里，每个星期天休息日会回学校和吕菁华见面约会，或者是提前约她到汉口闹市区逛大街、游公园、看电影、品小吃，但也有很多次是在晚饭后赶回学校，陪吕菁华在图书馆看书、抄录阅读卡片、记录论文要点和观点灵感，图书馆闭馆后照旧和她在操场绕圈子散步，谈实习办案中的奇闻趣事和心得体会。这样的话他就必须在次日一大清早不吃早餐，搭早班车赶回法院。

实习结束回到学校，他明显感觉到对毕业生管得不太严了，早操不用集合锻炼了，选修课程或者讲座也不用点名了，外出晚归甚至彻夜不归也不用考勤了，所以，除了极少数立志考研究生的同学，例如同寝室的王英杰、蔡楚生他们比之前更加刻苦，甚至半夜三更还躲在蚊帐里打着手电看书复习，或者塞着耳机听英语讲座之外，绝大部分同学都开始放松自己，放飞自我。郑晓悟丝毫没有考研的打算，他只想早点分配，早点工作，早点拿工资为家里减轻经济负担。

也可能是想到毕业之后至少有两年时间不可能再像现在这样亲密无间地天天见面了，所以吕菁华不想每天晚上都去泡图书馆，而是每隔一天就会在晚饭后和郑晓悟手拉手去长江边散步看夜景、吹江风。开始他们好像还没有意识到为什么会越来越喜欢去长江边，后来两人才心照不宣地产生了"共鸣"：原来到这里来不仅仅是因为天气慢慢开始转暖，到江边会凉爽舒服许多，而是意外地发现江堤沿线在铺设泄洪下水管道，巨大的预制水泥管一处一处地堆放在堤岸上，的确是众多恋人拥抱接吻非常理想的隐蔽场所。虽说两人有甜蜜狂热的亲吻，有肆无忌惮的抚摸，但最终并没有越线。

有很多次，郑晓悟和吕菁华兴致很高地从武昌蛇山脚下的阅马场走上长江大桥，步行到汉阳龟山一侧下到月湖公园，沿湖畔走走，在凉亭坐坐，然后再顺着长江大桥的人行道走回武昌。两人时常会扶着大桥栏杆，看着脚下滚滚东流的浩浩长江，随思绪远眺，想象着东海口的大上海和浩瀚无际的太平洋，或者俯瞰着晴川阁旁新建的灯火辉煌的晴川饭店，讨论有什么样的人会去住，住上一晚会有多贵，也会仰望着龟山顶上那座通体刷有"KENT"字样和洋烟商标、像根巨型香烟的电视塔，想象着上到塔顶欣赏武汉三镇会是什么感觉。思维敏捷具有跳跃性的吕菁华会突然问道："哎，郑晓悟，你说为什么湖北简称'鄂'而不是'楚'？是有什么历史典故和来历吗？"

郑晓悟"呵呵"一笑说："好像很多同学都有这个疑问，说这个'鄂'字听起来好凶哦，难怪武汉人说话也是蛮凶的样子。其实据我所知，一是在古代湖北这个地方是泽国，鳄鱼横行，而'鳄'和'鄂'通用吧？倒是跟这个'凶'可以联系起来。再就是西周时期的诸侯国中，湖北这一带是鄂国公的属地，屈原在《九章·涉江》中吟道："乘鄂渚而反顾兮，欸秋冬之绪风。"另外他还有一首《鄂君歌》也是写这里的。而且呢，中国历史上四大书院之一的'岳麓书院'大门上写有'惟楚有材，于斯为盛'的对联，说明'楚'的范围不仅仅只是现在的湖北，所以也是不能让湖北省独美的原因吧。"

吕菁华坚持认为，简称"楚"多好听呀。有时候他们又会扯到划分湖北与湖南称谓的地理标志洞庭湖为什么全划给了湖南，不过长江从湖北流到湖南之后，又毅然决然地拐回湖北，这说明长江还是对湖北蛮有情有义的……

多年后，郑晓悟也不止一次地回到武汉，也特意住进了晴川饭店，特地再步行走过长江大桥，甚至还专门再去寻找过长江北岸的汉阳岸边那处曾经滚过的草地……那些情景仿佛历历在目，那些话语似乎声声在耳，真是感慨万千！

第十五章　毕业的烦恼

　　武汉的"五一"劳动节还没有进入梅雨季节，所以也是非常舒适宜人的假日。吕菁华早就和郑晓悟商量，想在"五一"节那天约上武大外语系的魏金涛和他的女朋友，一起骑自行车去鄂城的西山旅游。

　　位于长江之滨、与黄州赤壁隔江相望的鄂城西山，古称樊山，海拔高度也就100多米，但曾被陈毅元帅誉为"西山不亚于庐山呀！"郑晓悟听那些去过此地的同学赞叹其"山虽不高，却有翠嶂绝壁；水虽不多，却有飞瀑漱玉；林虽不深，却有苍松蔽日；庙虽不大，却有千古传奇"，因而也久怀向往之心，但绝没有想到吕菁华会突发奇想地提出骑自行车过去。顺着国道公路骑行，离武汉市区有50多公里的距离呀！更没有想到吕菁华会不可思议地提出约上魏金涛，"不过既然也约上了魏金涛的女朋友和我们俩一起前往，这明摆着就是在非常明确地向对方表明各自的恋爱关系嘛，毕竟他们是高中时关系比较要好的同学，这样处理也好。"郑晓悟这么想着，也就释然了。

　　"五一"这天是多云天气，阳光时隐时现，反而不那么晒人，特别利于户外骑行。郑晓悟向赵森老师和庄俊同学各借了一部自行车，把比较新的那一部给吕菁华骑，自己提前在学校小卖部买了两瓶啤酒、两瓶水果罐头和几支橘子水，集中装在军用黄挂包里，又怕这些玻璃瓶子放在车后座摔坏磕破碰碎了，于是和借来的照相机一起吊在脖子上，穿戴上邝萌送的牛仔裤和蛤蟆镜，自觉时髦无比地怀着"春风得意马蹄疾"的心情出发了。四个人约定七点半在卓刀泉碰头，郑晓悟是第一次见到魏金涛的女朋友，看上去端庄而有气质，简单地一聊，原来她父亲就是魏金涛的老师，还谦虚地说自己考不上大学，就入职武大图书馆外文资料室做资料员。互相介绍一番之后，大家便飞身上车，摇动车铃，欢快地朝着东南方向飞奔而去。

刚开始一阵，四个人还是前前后后左左右右时快时慢地互相照应着骑行在一起，还你一言我一语心情愉快地边骑边聊，魏金涛较多的时间关切地照应着他的女朋友，郑晓悟则始终都靠近并关照着吕菁华。但不知从何时开始，队形画风就发生变化了，吕菁华和魏金涛长时间骑行在一起，好像有说不完的话，还时不时开心大笑。毕竟女孩子相对要敏感一些，最先对此有情绪反应的是魏金涛的女朋友，也许她不便发作，也许她不想失态，于是就独自加快车速，远远地往前骑去。随后郑晓悟发现这女孩已经看不见身影、也不知道她骑到哪里了，而魏金涛却只顾着和吕菁华说话嬉笑，完全没有留意，吕菁华更是似乎忘掉了郑晓悟的存在，始终嘻嘻哈哈地和魏金涛东扯西拉。于是郑晓悟就明显地心里不淡定了，有意放慢速度和他们拉开距离，最后干脆故意停下来休息，心情很不爽地发了一会儿呆，把坠在脖子上装有啤酒罐头汽水的黄挂包牢牢地绑在车后座上，又无聊地在路边折了几支垂柳，插在车把上，无精打采地慢慢往前骑去。

接近中午，骑到了鄂城县城的入城处，只见吕菁华一个人推着自行车站在路边，正焦急地等着，一看到郑晓悟就得意地说：

"哈哈，看来你这身体并不怎么样嘛，骑得这么慢，还不如我们呢。"看到绑到车后座的黄挂包，又说："我叫你不要把这么重的东西挂在脖子上吧，你还不听，路远就受不了了吧？"说着还状似心疼地伸手过来给他揉揉脖子。

郑晓悟本来憋了一肚子气，板着脸，但对她这种没心没肺的言语举动也没辙，只是冷冷地问："那个……什么，那个……魏金涛呢？"

"他女朋友真厉害，骑得太快了，一路上也没等我们，估计直接就骑到西山公园去了。魏金涛先去找她，让我在这儿等你。"

郑晓悟还是冷冷地说："如果不是他让你等我，你是不是就根本不会管我现在在哪儿是吗？"

吕菁华嗔怪地眉毛一扬："你又来了。"

郑晓悟忍无可忍地吼道："不是我又来了，是你自己太不像话了！你约魏金涛和他女朋友跟我们一起到西山来，这就等于是两对情侣出游各自促进感情，但你的做派呢？好像自己没有男朋友，好像魏金涛没带女朋友，完全是在有意破坏人家的感情！"

吕菁华也火了："我怎么在破坏人家的感情，还有意呢？"

"那我问你，是人家魏金涛在和他女朋友谈恋爱，是我在和你谈恋爱，还是你和魏金涛在谈恋爱？"

吕菁华好像没有完全理解这句绕口令似的问题，眨巴着黑亮的双眼，莫名其妙地瞪着郑晓悟，想要争辩什么，却又不知道回答哪一句。

"我告诉你，并不是魏金涛的女朋友很厉害骑得快，不等你们，是人家实在气不过，在赌气，躲得远远的知道吗？傻子都看得出来。而且我还告诉你，我并不是身体不行骑不过你们，我也非常不高兴，眼不见心不烦故意落在后面，还去路边伤心无聊地坐了好一会儿，还去采了这些路边的野花。"郑晓悟边说边气呼呼地把车把上的柳枝扯下来扔在地上，"这一路上至少有两个小时都没有看到我们，难道你们都不知道？而你们俩却有聊不完的天，是真的太投入太粗心，还是故意在装傻呢？你们俩这种不尊重人的行为搞得我和那个女孩都很尴尬，我当时真的就想一走了之返回武汉，又怕太伤你的心。所以我再告诉你，你那极不恰当的行为不仅仅是破坏了人家的感情，也伤害了我对你的感情，今天你这一路的表现和德行充分说明：只要有任何其他男人在场，你的心里就根本没有我。"

吕菁华没有注意听出最后一句话的恶毒刺耳，却好像恍然大悟并意识到问题的严重性，赶紧解释："哎呀！怎么反而搞成这样了呢？其实是这样的，魏金涛不是有女朋友了吗？我这样不也就轻松解脱了吗？所以我为他高兴，也为我自己高兴，这一路上就真的是在刻意没话找话地逗他开心，跟他胡扯个没完，而且我也的确是有意不跟你太亲热，避免刺激他。毕竟我们在高中的时候关系还不错，既然是朋友，何必搞得那么僵呢？这也是我为什么跟你商量约他俩出来的目的。"

郑晓悟哭笑不得："你这是什么逻辑？你用伤害我的方法去维持朋友关系？但你同时又伤害了朋友的女朋友，害得人家之间闹矛盾，这是得不偿失。还有，按照你刚才的解释，你其实知道魏金涛对你有想法，或者是你们原本有什么事，而你这么个搞法，如果魏金涛误解了你的行为，和那女孩分手，转过头来追你怎么办？你说你是个什么人？"

看到吕菁华这个聪明伶俐的丫头皱着眉头，傻傻愣愣地看着自己，还似乎不是很服气的样子，郑晓悟忽然想到了"爱恨交加"这个词。

他俩把自行车放在山下的车棚里，背起啤酒饮料和食品，沿着绿树掩映的石磴山路登上不太高的西山。在苍松翠柏遮蔽下的古色古香的凉亭里有不少人，魏金涛和女朋友也在其中。可能是魏金涛会哄人，也可能是那女孩修养好，总之她还没有表现出太明显的异样。吕菁华一看气氛还算行，既没有给她脸色看，更没有大吵大闹，立刻就放下心来，随即就情绪高涨，又开始张牙舞爪地指挥着拿点心、取汽水、撬罐头、开啤酒，而且嚷嚷着让郑晓悟赶紧拍照留念。其中一张倚靠凉亭座椅，手持啤酒瓶作势仰脖猛灌的照片，最能体现她那豪气冲天的性格。

即将毕业的这个学期没有安排固定的课程，没有执行严格的考勤，也没有必须的早操，更没有必要的考试，时间上似乎很自由，行动上好像很自在，但实际上很多同学的心里却丝毫没有轻松感。毕业论文的选题、立论、观点、逻辑及其创意来源、理论支撑、参考依据、资料注释等都不能马虎应付，否则，不要说获得"优秀"或者"良好"，就是能否过关都很难说，而选定指导老师也很关键。但最最关键的是毕业分配的去向，这直接涉及郑晓悟一生的事业道路，涉及未来人生的价值实现，更涉及他和吕菁华之间的恋爱能否成功和未来家庭的建立……唉！郑晓悟现在一天到晚想得可真多，但他坚持认为这不是他一个人的事，而是两个人的事，两个家庭的事，他更在意的是吕菁华的想法，所以在约会的时候就多了一个话题，并且还是主要话题，就是毕业分配，就是未来去向。郑晓悟最大的心愿就是回出生地北京，分到北京的任何单位都行，他也做了可行性研究：本届法律系就这么一个班，40多位同学几乎都是湖北生湖北长的，好像也就只有那么一两位和北京有直接或者间接的关联，而且通过调查摸底和了解"民意"，绝大部分同学都想留在湖北、留在武汉，没有什么人愿意去北京，而且听说北京有不少要人的名额，这样的话，实现郑晓悟的心愿应该没有多大问题。

郑晓悟把自己的想法、愿望和可能性写信给父亲汇报，并征求他老人家的意见，但父亲的回信则比较婉转地表达了想让他回到襄阳地区，至少也留在湖北的意思。郑晓悟读到这封回信甚为诧异，他完全不明白一生有如此难堪经历的父亲为什么会有这个建议，然而就像填报高考志愿时一样，他在内心已经果断决定不会听从父亲的意见。

令郑晓悟感动的是，当他向吕菁华明确表达想要争取分配回北京的想法时，吕菁华也毫不迟疑地表态："我自己也不想窝在小地方，也想到大城市去发展。大城市空间大、机会多，更有利于你事业的进步和才能的发挥。其实留在武汉这座大城市也是不错的选择，这样在我毕业之前还可以经常见面，但如果你不愿意留在湖北，即使你没有分到北京，不管你分到哪我就跟你到哪，这辈子我跟定你了。"

郑晓悟在几年后一个偶然的机会里翻看到吕菁华的日记，当时的那些表态对话和她自己的真实心愿皆如实记录在册。她没有说假话。

有了这个精神支持和感情后盾，郑晓悟便没有了后顾之忧，因此，无论是在第一次分配意愿摸底填表，还是最后的分配志愿正式填表，他在五个志向栏中都义无反顾地填上了"北京"。

首次分配意愿摸底填表之后不久，辅导员阮丽英老师忽然派班长把郑晓悟叫到系办公室谈话，告知校团委转来两封匿名信，并转告还有一位法律系的女同学多次直接向团委反映情况。这封匿名信和当面反映情况的意思基本一致：就是郑晓悟违反学校规定和吕菁华谈恋爱。"这绝对会影响你毕业分配的。"阮丽英似笑非笑地盯着郑晓悟发出了预先警告。

郑晓悟没有想到居然会有这种事，脑子极速旋转地思考着对策，先问道："那个女生是谁？两封匿名信可以给我看看吗？"

阮丽英摇摇头："不能告诉你也不能给你看，这是组织原则。"

郑晓悟很是纳闷："既然这位女生多次直接向校团委反映情况，还有必要再向校团委写匿名信么？太奇怪了吧？"

"据我们分析，这两封匿名信是一位男生写的。郑晓悟同学，看来男生女生都对你有意见哦，这样搞得我们系里对你也有看法哦。"

郑晓悟一听阮老师这个说法，有些急，辩解道："吕菁华是我高中的师妹，又是我爸爸的学生，我在武汉还有其他几位高中的校友老乡经常有往来，因为有这几层关系在里面，和她联系交往多一些也很正常呀，不能说就是在谈恋爱吧？而且我都是让她在图书馆帮我占位置一起学习，闭馆后就在操场里散步交流学习，大家都看得清清楚楚，您说哪有这样在众目睽睽之下公开违规谈恋爱的？"说到这里，郑晓悟突然想起吕菁华曾经提醒，有很多次在操场散步时，她感觉到有个熟悉的高个女生总是保持一定的距离跟在他们后面，同时又猜想自己和吕菁华外出约会都是在校外的其他什么地方碰面，应该不会碰到这两个告状的同学吧。或者是哪个男生追不到吕菁华就来这么一手？于是又强调了一句："这几年您看到我和哪个女生有过密切往来？在我毕业分配之前搞这一套，根本就是别有用心嘛。"

阮丽英在似听非听之后，又是似笑非笑地说了一句："好吧，这也没什么，没有谈恋爱就好。不过也有同学反映你戴蛤蟆镜、穿牛仔裤，搞得像个不务正业的社会青年，这个影响也不太好吧？"

郑晓悟一听，竟然有这么多事？又赶紧解释道："那副蛤蟆镜和那条牛仔裤是我发小送给我的，他本人不是社会无业青年，而是很有追求、喜欢写作的文学青年，在工厂上班还发奋考上了电大中文专业。他送给我的这些东西平时在学校里从来没有穿戴过。"

阮丽英不置可否："还是要注意各方面的表现呀。"

临近毕业分配的时间越来越近，在第二次填报分配志愿正式表之后十来天的某个中午，赵森老师通过他在法律系办公室做行政秘书的大儿子赵钢来叫郑晓悟去家里吃饭，原来是龙德安叔叔也来了。趁着师母和赵铁在厨房里忙乎饭菜的当口，赵森老师呷了一口茶说道："晓悟啊，你看看哈，我和你龙叔叔必须跟你谈谈哈，我呢得到的消息好像是你想毕业分配回北京的愿望很难实现，但是反过来呢，有几个被决定分去北京的同学得到消息后，却找到你们系里明确表示不去北京，想留在本省，要求调整。但即使是这样，听说你不留任何后路全部填报要去北京的志愿也还是没戏，唉，还是没戏呀。" 郑晓悟心里一惊，赵钢在旁边肯定地点点头。赵老师继续说："好像啊，我是说好像哈，好像你们辅导员阮丽英老师对你很不待见哦？而且她还有一个很不喜欢的人，就是跟你跳双人舞的王华，你们是不是表现得太活跃了，令她看不惯呀？"

龙德安闻言显得有些气愤："作为当代的大学生，现代的年轻人，当然应该有活力有激情嘛。而且他们跳舞唱歌表演节目也是给法律系争光嘛，这也说明你辅导员工作有水平、抓得好嘛，怎么反而不招她待见、给人穿小鞋了呢？这不是活见鬼嘛！再说了，毕业分配这种大事应该是系领导统筹决定的事，恐怕不是她一个一般的辅导员可以决定这些孩子命运的吧？"

"决定权呢的确是在系领导手里，但辅导员的意见对领导做决定的影响不是一般的大呀。晓悟，是不是你还有哪里得罪她，惹她不高兴了？"赵森关切地问道。郑晓悟想把阮丽英和姑姑多年前在大学的恩怨讲出来，但扫了一眼在法律系办公室工作的赵钢，又觉得这事讲出去不但于事无补，反而有可能把问题搞得更复杂，于是便把话咽了下去，只嘟哝道："我跟阮老师几乎没有什么联系，怎么会得罪她呢？而且她交代我的什么任务我都完成得很好呀。"

龙德安定定地望着神情沮丧的郑晓悟说："我和赵教授跟你爸爸都是同学加好朋友，而我与你爸爸的关系更近，对他的人品和才华非常了解，但你看他最后走出来的路、熬过来的经历，令我们所有的同学都感到不可思议，都为他打抱不平。但这应该怪谁呢？难道都要去怪社会吗？我看哪，这与你爸爸自身的个性和在关键时刻的抉择失误有很大的关系，看看给你们这一大帮孩子造成的影响有多大呀！所以，今天你郑晓悟既然好不容易又从汉宜走出来了，你龙叔叔我作为土生土长的汉宜人，在这里郑重地奉劝你一句：不管你分到哪里，一定要引以为戒，千万千万不要再走出你爸爸那样的人生。"

赵森频频点头说："我也是多次和晓悟说这样的话，多次呀。"

郑晓悟心悦诚服地向两位长辈点头保证，心里在想："爸爸为什么一直不跟我们子女们讲这样的道理呢？"

学校在放暑假之前向毕业生发放了毕业证，通知在 8 月上旬返回学校听从毕业分配，并在规定时间内办妥手续，前往工作单位报到。

领取毕业证、学位证之后，法律系 79 级的全班同学自发集中在教室里，班委和团支部安排由郑晓悟先给大家教唱两遍《友谊地久天长》。教唱的时候就有人开始哽咽、流泪，只见有人双手撑在课桌上强忍泪水，有人泪流满面站在窗户边，有人痛哭着拥抱在一起，最后大家一遍又一遍地哭唱着：

> 让我们紧握手
>
> 让我们来举杯畅饮
>
> 友谊地久天长
>
> 友谊万岁
>
> 友谊万岁
>
> 举杯痛饮 同声歌颂
>
> 友谊地久天长……

自从郑晓悟听了赵森老师通报的消息，虽然并不是正式结果，但也已清醒地认识到：返回出生地北京的愿望看来是非常渺茫了。

所以，他情绪非常低落，心情相当烦躁，虽然吕菁华一遍一遍地安慰，一遍一遍地表态，但他愈发觉得，如果分配得不理想，实在对不起吕菁华，因而也就没有心思在暑假期间回汉宜去，只想待在学校里听天由命等待分配。吕菁华原本也想陪他待在学校里，等他毕业分配走后再回家过暑假，但正好二哥吕延华来楚天大学参加"厂矿"企业经济体制改革短训班"，培训结束后逼着她一定要回去，还认为妹妹不想回去是郑晓悟鼓动的结果，当着郑晓悟的面说了很难听的话。这样一来，郑晓悟无论如何也要把吕菁华"逼"回去。但吕菁华在同意先回去汉宜的同时，一再嘱咐郑晓悟确定分配去向之后，要第一时间写信或者打电报告诉她，她一定要赶回学校来送他。

假期的校园里显得空空荡荡，寝室里只剩下了郑晓悟一个人。他觉得非常空虚，非常无聊，非常烦闷，非常焦躁，但他除了吃饭、睡觉、发呆，以及既不入眼也不入脑地翻翻书之外，既不想去邝萌家，更不想去逛街。没有吕菁华陪着他，他连电影都没有去看一场，校门都懒得迈出一步。就这么待了几天，想了几天，他还是决定去找辅导员阮丽英聊聊，有没有用，谈谈心事总可以吧。

这天在食堂吃完晚饭才六点多钟，夏日的太阳还高高地挂在西天，郑晓悟来到阮丽英家里。这是学校西南角一处红砖红瓦平房的简易教工宿舍，阮老师正在门前的平地上用煤炉子做晚饭——鸡蛋挂面，她的丈夫是没有给法律79级讲过课的助教洗子祥老师，此时正坐在门口的竹椅上摇着蒲扇看报纸，儿子蹲在煤炉旁边看她煮面条。阮老师一边用筷子搅着锅里的面条，一边往里边打荷包蛋、放盐、滴麻油，一边有些明知故问地问郑晓悟所为何事。

郑晓悟看他们还没有吃饭，觉得不便影响人家吃饭，就直截了当地用较快的语速表明了自己坚持想要分回北京的意愿、要求、理由和条件。阮丽英还是一边继续忙乎着，一边婉转地解释她只是个一般干部、辅导老师，在毕业生分配问题上没有任何发言权，不过她会向系领导反映这些请求。她用筷子搅动着面，突然探询地问郑晓悟，系里某位副教授向系里提出，要他留校在他那个教研室，愿不愿意？郑晓悟不大喜欢这个专业，于是答复自己不擅长这个专业。

"那么襄阳地区这次有两个分配名额，而这一届只有你一个人是襄阳地区的考生，这样的话就没有什么理由好讲了。"阮丽英说。

郑晓悟忽然冒出一句："西藏有没有名额？去西藏我都愿意。"

阮丽英听明白了郑晓悟的意思，这时才直起腰抬起头来看了他一眼："一颗红心，两种准备，服从分配吧。"说完开始给家人们往碗里盛面。就在郑晓悟一言不发转身离去的时候，她忽然又冒出一句话："入团入党这种事呢，这次入不了下次还可以再申请，但毕业分配可就只有一次哟。"

没着没落的空虚正在郑晓悟心中持续蔓延着，却又得到了一份意想不到的惊喜。他这天去报箱取信取报纸，意外收到上海《民主与法制》寄来的两本新一期杂志，上面发表了自己基于某著名演员被子女虐待事件有感而发所写的《自然血亲关系可以解除》的文章，应该说这是一个非常具有社会冲击力的观点立论，自己绝对没想到居然会发表，并加了"编者按"。他欣喜若狂的心态不言而喻，立刻在其中一本的文章标题空白处，模仿鲁迅先生给许广平写信的口气，写上"菁华兄指教"，并给她写了一封简信，意思是最终的分配方案目前还没有正式确定，但大概会在8月8日左右宣布，因为听说在15日之前去单位报到可以领到全月工资，所以自己决定最迟在12日离校，希望她可能并方便的话，于10号左右回学校见一面。随信一并寄出这本《民主与法制》。

吕菁华依约于10日晚上八点多到达。郑晓悟去武昌车站接到她时，还没来得及说起分配去向，就见她眼泪汪汪地告诉他："家里的哥哥姐姐都说刚放暑假回来才没有几天，死活不让我走，我妈也抱着我哭着说，别人是儿子有了媳妇忘了娘，你做女儿的却是有了男朋友就忘了娘啊！但我一定要提前走，因为有你在这儿等着我，谁也阻挡不了！"

郑晓悟有些心酸地轻轻抱住她，在感动之余，心里也暗下决心，一定要以真情实感回报她，将来一定要对她的家人好，不能辜负她的爱。

晚上女生宿舍不允许进男生，郑晓悟把吕菁华送到八号楼下，就分手回寝室安睡。

次日早晨，吕菁华拎了两只暖水瓶来食堂吃早餐，饭后打满开水，便由郑晓悟陪她回寝室。她们三楼宿舍几乎没有什么人留下来，很安静，把暖水瓶放好，吕菁华径直端了一只凳子踩上去，让郑晓悟递过糨糊，把房门上方玻璃天窗一角脱落了一点的旧报纸重新糊好，并反手把门锁死，又去拉上窗帘，转身就把郑晓悟一把抱住……

啊！两情相悦就是那样的舒服，舒坦，舒适，舒展，这种感觉真是太好了！哎呀！不对，等等，这是什么感觉？在忘我的投入之中，在甜蜜的感受之间，郑晓悟猛然发现，自己一个强大的功能被发掘了出来，如火山爆发般的猛烈，如洪水决堤般的激荡，不！简直就是宇宙大爆炸！郑晓悟由紧张而惊奇，由恐惧而惊喜，是从未有过的体味，从未试过的体验！是那么的……是那么的……对，只能说是那么的美！是的，郑晓悟此生中第一次拥有了这种美，无以言表的美！第一次拥有了这种美，无与伦比的美！他忽然觉得自己现在是真正拥有了真理，因为"真理是不穿衣服的"。

郑晓悟和吕菁华就这样从上午到下午都把自己反锁在寝室里，饿了就直接用开水泡方便面吃，这是吕菁华特意买来的宜昌出品的中外合资企业生产的方便面。郑晓悟第一次吃这种食物，觉得美味极了，所以隔一阵子就泡上一包，前前后后泡了三次，才基本算是吃过瘾。

　　第二天上午，虽然满怀回味与不舍，满怀甜蜜与惆怅，但总之是要走了。前面的路，是工作，是事业，是理想，是前途，是对吕菁华的责任和爱。大部分同学前一两天都已经陆续离校，已经分配留校的王英杰、考上研究生的蔡楚生、留在武汉的高健、第二天才走的分配在北京的赵雅莉、分到襄阳的曹政等同学相约为郑晓悟送站，吕菁华有些神色凄然地紧随他身旁。送进站台，送上车厢，帮忙放好行李，同学们识趣地纷纷说着"一路平安""保持联系"，便握手道别而去。挥别同学后站在车厢连接处，吕菁华紧贴着郑晓悟，拉着他的手，热泪盈眶、絮絮叨叨地不停地说着，郑晓悟心绪烦乱，神情恍惚，只知道她是一再叮嘱自己要注意身体照顾好自己，一定要多给她写信，她一毕业就跟他在一起，绝不再分开……

　　汽笛长鸣，火车缓缓开动，真的要分别了！郑晓悟不想让眼泪阻挡自己看清楚亲爱的人，他不停地擦着泪水，但不争气的眼泪却在不停地流。站台上跟着列车跑动的吕菁华也一边挥手一边抹眼泪，一直追到站台的尽头，久久凝视着远去的列车。随着车速越来越快，郑晓悟觉得心里的情丝被越扯越长，扯得心都是疼的。

　　至今郑晓悟脑海中都定格着那天穿着浅色淡花连衣裙的她，双手在挥动，裙裾在摆动，那美妙的身材比任何美女明星都好，那美丽的画面比任何电影场景都美。

第十六章　到渤海边

列车向着北方飞驰,跨过滚滚长江,跨过滔滔黄河,一路向北。

离开了亲爱的人,而且不是短暂地离开,郑晓悟心潮起伏,久久不能平静。他两眼呆滞地望着车窗外,痴痴地思念着、回味着,他忽然觉得应该为她写一首歌,应该为爱抒一番情:

> 我生命里的第一场春雨,
> 唤醒了未曾开垦的土地。
> 花蕊在雨露里娇艳盛开,
> 青松在滋润中伸展雄姿。
> 哦,我不想问,
> 爱情是蜜糖还是毒药。
> 我只知道,
> 她终于激发了我生命的活力。
>
> 我生命里的第一场春雨,
> 唤醒了未曾开垦的土地。

雨丝在摇曳着春的风韵，

清风正抚慰着爱的花蕾。

哦，我不想问，

爱情是蜜糖还是毒药。

我只知道，

她已经创造了我生命的奇迹。

　　第二天清晨，欢快的汽笛声和广播的音乐声吵醒了熟睡的旅客，列车已经进入北京市。郑晓悟按捺不住激动的心情：我到北京了？这就是北京么？是的，车窗外匀速闪过的是一幢幢正在建设中的高楼大厦，是一条条车水马龙的宽阔大道，能看到一片又一片灰色整齐的四合院，还有那一座又一座雄伟壮观的古城楼。郑晓悟贪婪地看着，想挖掘点幼时的回忆，然而对北京一点儿印象甚至连模糊的记忆都没有，但他还是很急迫地想在北京停一停、看一看。但是按规定，赴单位报到必须买联票，在北京站不用出站，直接换乘开往东北方向的列车。现在因为火车稍有晚点，搞得时间还有些紧张。

　　肩扛手拎着行李，他手忙脚乱地冲过车站隧道赶往另外的站台，找到座位安顿下来，刚刚平复喘息，列车便继续开行，唉！还没有来得及看清北京城的真面目就已经驶出北京了。然而，随即一个全新的视觉画面立刻吸引住了郑晓悟的眼球，啊！这就是美丽丰饶的华北大平原，真是一望无际啊。是的，你可以看到一群群和平鸽在曙光初照的蓝天下自在地飞翔，你可以看到一排排白杨树顺着平坦笔直的大道伸向远方，你可以看到大片大片的田野一马平川，完全没有南方那种一垄一畦的田埂分隔，你可以看到马车夫们赶着一辆辆胶轮马车，在尘土轻扬的乡村道路上扬鞭奔忙。郑晓悟想起很多电影中的画面，情不自禁地哼起了《在希望的田野上》。

列车停靠的天津站是个大站，下去的旅客不少，上来的旅客更多，车上已经没有座位了。但这些旅客好像习以为常，早有准备，每个人手里都拿着一张小小的折叠凳，好像是他们外出的标配，上车之后习惯而坦然地在过道上或者车厢连接处打开自己的折叠凳，三五成群围坐在一起，或高谈阔论，或嬉笑开心，或聚集打牌，或者是就着卤菜喝起了啤酒。郑晓悟觉得这种氛围太有意思了，这里每个人的心态都太好了，个个都是很满足很幸福的样子。尤其是那"嘛嘛嘛"的口音和"真哏"的口头禅，怎么感觉这一群一群的人都是在讲相声呢？

下一站短暂停靠的是军粮城，郑晓悟猜想这个地方应该是历史上储运转输军队粮草的重要城池，也肯定是历朝历代兵家征战的必争之地，但从车窗望出去却看不出个所以然，只是觉得沿途的树木越来越稀疏，绿荫越来越浅淡，土地越来越荒芜，植被越来越少见，"咦，这么多荒废的土地，为什么不多多地种树种菜种庄稼呢？真浪费。"郑晓悟百思不得其解。

过了军粮城，再开行半个小时左右，终于到达了此次旅途的终点站——滨海。滨海火车站的造型看起来比较特别，也很时髦，这是个白色的圆形建筑，外立面还有海浪和海鸥的抽象图案，看上去也别具一格。正好车站广场上有国营照相馆的照相点，郑晓悟就以火车站为背景拍下了抵达滨海的第一张照片。

根据报到通知上的注意事项，郑晓悟分配的工作单位每天都有专线班车多次定时往返于自己将去报到的单位津港海洋石油勘探开发公司总部办公大楼、职工家属区与滨海火车站之间，专门对接本公司员工送站和到站列车的接驳。所以，不大一会儿，车身喷着单位名称的进口大客车就开进了车站广场专用站点。公司通勤车比旁边公共汽车终点站停靠的车辆要高档得多，相当醒目。郑晓悟把毕业分配通知书拿给司机师傅看，师傅便非常热情地帮他把行李放进下面的行李舱中。上车的人几乎清一色穿着"海洋石油"字样的工作服，通过他们之间开心而热烈的交谈，知道这些人都是从公司的军粮城后勤基地回单位的自己未来的同事，每个人看上去都是那样的自信而坦诚，因而他顿生亲切感和安全感。望着车窗外即将工作、生活的陌生之地，他只是觉得沿途的街道灰尘比较大，绿化相当少，没有什么海滨之地的特点，也没有感觉到什么海洋气息。

差不多也就20分钟后，交通车稳稳地停在了公司机关办公大楼门前，这是一座建筑风格四平八稳的传统造型的四层大楼。甫一下车，郑晓悟立刻就嗅到空气中充满着咸腥味和铁锈味，抬眼朝远处一看，是海吗？噢，好像是海！还能看到港口码头的吊车在运转，起锚远洋的海轮已起航。开车师傅殷勤地从行李舱里把行李直接提放到办公楼的大堂里，并和门卫亲热地说了几句什么，一位穿着黄军装的中年男子就从保卫室里走出来，热情地与郑晓悟握手寒暄，并招呼另一位小伙子把行李先拎进保卫室里存放，然后详细指点去人事处、计财处、办公室办理报到和入职手续的楼层和房间号。

郑晓悟的具体工作部门被分配在对外合作开发中心，距公司机关办公大楼有三四公里的路程。人事处的工作人员给对外合作开发中心打了个电话，约定明天上午八点来车接人，然后对郑晓悟说："那里的办公条件相当不错哦，是我们全公司最好的。"

郑晓悟心里想：这里的办公条件看上去都已经很理想了，那里还会好到哪儿去呢？

在计财处办妥工资关系，一位中年妇女很贴心地告诉郑晓悟："对外合作开发中心因为是和外商合作的机构，有自己独立的财务系统，你每月的工资直接在中心的财务预算处领取，刚毕业上班要置办些日常用品和必要的东西，建议你明天到岗后可以先向你们中心的财务预支一笔工资。对外合作中心的待遇可是比我们总部要高哦，还有开发津贴、外事补贴、服装费。小伙子好好干吧！"

他从办公室当场就领取了红色烫金盖着钢印的工作证，凭此可以免费乘坐公司通勤交通车，在公司任何部门、任何地方，包括登工作船、上直升机去海上钻井平台，以及到北京总公司，都可以合法通行。

办完所有手续，暂先到公司招待所休息，便已到了晚饭时间。晚饭后，郑晓悟就和刚在招待所里认识的几个新从各大学分配来的毕业生海洋石油工程研究院的邓世荣、海上运输公司的郑强、生产调度中心的程发全、直升机维修助理周炯一起，五个没有见过大海的年轻人迫不及待地往港口去看稀奇。公司的港口码头停靠着不同型号的泊船、工程船、勘探船、运输船，码头作业区吊车林立，其中一座最大的灰色塔吊高达 50 米，大家惊奇地仰望着，脖子都酸了。留着分头、戴着近视眼镜的邓世荣用四川话警告："快点走嘛，快点走嘛！上面要是掉一小块漆皮儿下来，我们都没得命咯。"

隔港相望，对岸的"津港国际海运公司"和"津港国际海员俱乐部"的霓虹灯已经闪烁亮起，港口停泊着两艘很漂亮的远洋客轮，郑强很内行地判断："这两艘客轮都是五六千吨级，不是万吨轮。"

一直走到港口尽头的海堤下，这儿的海水没有油渍漂浮，比较干净，五个人不约而同地蹲下来，用手掬起海水尝了一下："哇！海水真的好咸啊！"

当晚，郑晓悟给吕菁华写信，写下了这一天来的所有见闻和感受。

次日清晨，也可能每个人都怀着想尽快上班工作的急迫心情，所以大家早早在食堂吃完早餐，就聚集在公司机关办公楼门前的空地上，期盼地等着各人所属单位的车辆来接。郑晓悟今天为第一天上班，特意新换上了白色短袖体恤，米白涤纶长裤，脚蹬临行前特地在武汉买的一双淡黄色牛皮鞋，心想这装扮应当配得上对外合作岗位的要求吧？

有二十几位刚从各地分配来的男女青年聚在一起等车，大家脚边放着各自的行李，沐浴着微腥的海风，兴奋而好奇地询问对方毕业的院校、专业和即将入职的部门、岗位，然后是自我介绍，互相聊个不停。伴随着办公大楼前川流不息步履匆匆上班的人群，广播里正播放着蒋大为的歌曲：

漂亮的姑娘十呀十八九，
小伙子二十刚呀刚出头。
如锦似玉的好年华呀，
正赶上创业的好时候……

一位小伙子操着天津话说："嘿嘿，真哏儿呀，咱们往这儿一站就听到咱天津人蒋大为唱介歌，知道是嘛意思吗？介是领导专门叫广播站放给咱大伙儿听的，意思就是好好干，别偷懒儿。"

说话间，一部漂亮的银灰色进口小轿车准时轻快地驶近跟前，它和以前看到的普通轿车有些不一样，立刻吸引住了众人的目光。从副驾驶座位上下来一位红光满面、精神饱满、个头不高、身形敦实的小伙子，用四川普通话问道："请问哪个是郑晓悟先生？分到对外合作开发中心的郑晓悟先生？"

郑晓悟立即挥手示意，朗声应道："这儿呢。"并潇洒地快步迎上前去和来人握手。

来人两眼炯炯有神，笑容满面地用力握住郑晓悟的手，一上来就首先来了这么一句："哇！你这是我见过的最标准的大学生形象嘛。"接着自我介绍说："我是对外合作开发中心项目评估处的颜肃，许崇武处长指示我过来接你，你以后既和我是一个处室的同事，也是我同寝室的室友，请多多关照。"

郑晓悟一边嘴里说着"谢谢！谢谢！不敢。不敢。"一边心里在想"他说话的调调搞得像是日本人"。

又听得紧跟在轿车后面到达的一辆旧白色面包车上下来一位穿工作服戴眼镜的年轻人，高声询问："请问谁是分到海洋石油工程研究院的邓世荣和孙爱华？"

邓世荣和一位清瘦白净也戴着近视眼镜的女孩一起举手回应，邓世荣似乎有些不满地用四川话抱怨："这样子好像不太对哈，接我的车和接郑晓悟的车哪个差距这样大的嘛？"

这位年轻人笑道："那是人家对外合作开发中心的专用车，全部都是日本、法国的进口车，我们没有资格用。公司总部的领导也都是国产车，你就别抱怨了，走吧。"

颜肃和司机师傅一起，非常殷勤麻利地把郑晓悟的行李放在车后座，盖上车后盖后，又为郑晓悟拉开车门，一阵凉气袭来，哇！好凉快，车里开着冷气。坐上车来，郑晓悟非常虚心地请教："这个TOYOTA是哪个国家的车？好像跟其他轿车不一样呢？没有后尾厢。"说着扭头看了一下座位后面放行李的空间。

颜肃介绍道："这是日本的丰田轿车，是跟我们津港海洋石油勘探开发公司合作的日本拓谷海洋开发株式会社和日中海上石油勘探株式会社作为实物投资的一部分进口的工作车。"

开车的师傅客气地更正道："严格地讲这应该叫'旅行轿车'，您放行李的地方是放平的第三排座位，拉起来之后可以再多坐几个人，特别适合一家人开车出去旅游。所以这种车的设计呢经济实惠又方便。"郑晓悟发现，北方人对陌生人习惯上尊称"您"。

看着车窗外闪过的景象，郑晓悟又不解地问："为什么这里的绿化会这么差呢？而且我看大片大片的土地都是闲置浪费着，既不种庄稼也不种菜，太奇怪了。"

师傅哈哈一乐："您是从南方来的，所以肯定看不习惯我们这里光秃秃的景色，我们滨海这一带整个都是盐碱地，很多花啊草啊树啊很难成活，有些庄稼也没法在这里生长，甚至寸草不生。"

颜肃笑眯呵呵地插嘴说："还有啊，沿渤海湾这些地方包括天津市区的水质都很差，水的含氟量很高，对人体非常有害，尤其会烂牙齿，当地人叫'氟牙'。你可能从背后看到前面的女郎高高大大，身材一流，但你看她一张嘴说话，满口的黄烂牙绝对会吓你一跳。"

开车师傅被颜肃的话逗得"哈哈"直乐，坦诚地说："的确是他说的这样，所以，这水也是我们的一个环境公害。不过您也不必担心，我们的市领导非常有魄力，正在抓紧'引滦入津'工程，最快在今年年底就可以吃上优质安全的滦河水了。"

车子驶过一处类似入海口的闸口桥面，颜肃介绍说这是海河注入渤海的入海口。刚转过一个弯，车子便进入一个略显热闹的去处，像是一个市镇街道，颜肃从副驾驶的位置上扭过身来，幽默地说："郑先生请仔细欣赏哈，这里就是我们津港海洋石油公司最繁华的市中心，邮电局、电影院、饭店、商场、新华书店、职工医院、技工学校、子弟学校、幼儿园都在这条街上，街道两旁是公司最主要的家属区，住了好几万的职工和家属，其他还有军粮城后勤家属区，在津港国际海员俱乐部附近为法国人和日本人修建的外商居住区。晚饭后没事可以到这儿来逛逛街、看看电影。"

穿过这条宽宽的主要街道，又转了个弯，郑晓悟突然眼前一亮，前面不远处竟然树木茂盛，花团锦簇，还有亭台花坛，完全是另外一番景象。颜肃好像感觉到了郑晓悟的惊诧："很意外是吧？前面就是我们的对外合作开发中心，你看到的这些花草树木啊可是在挖去十米深的盐碱地土壤之后，用卡车从百公里之外无数趟运来新土填上才栽种成活的。这些都是为了给外国投资者一个良好的办公环境啊。"郑晓悟觉得很震撼。

车子沿着林荫道，在一座漂亮的大楼前顺机动车坡道直接开到大门前的门廊下边停下，颜肃下车先为郑晓悟拉开车门，这时办公大楼的玻璃大门自动向两边打开，里面走出一位西装革履、文质彬彬、灰白头发一丝不苟的男子。颜肃一见，立刻笑容满面地走过去和对方互相规规矩矩地鞠躬并讲着日本话，随后颜肃又指着郑晓悟说了几句，那位日本人即刻点头鞠躬地走上前来伸出双手说着什么。颜肃即时翻译为"初次见面，请多多关照"，并介绍"这位是日本拓谷的财务课长加藤先生"。郑晓悟也礼貌地与之握手，说："非常高兴认识您。"

目送加藤课长乘车离去，颜肃请司机师傅把行李直接拉到宿舍交给宿舍管理员，随后对郑晓悟说："刚才加藤先生听说你是学法律的，到我们中心来工作，所以对你非常恭敬。日本人和法国人对搞法律的人都很尊重。"说完又指着门前小广场上停着的多部进口小车，介绍着除了类似刚才坐的丰田车之外，哪些是法国的雷诺，哪些是法国的标致车，算是先给郑晓悟普及了一下进口车的小常识。

对外合作大楼与右边那幢四层灰白水刷石外墙的海洋石油工程研究院大楼及附近灰暗一片的各类建筑不同，是一座有着明快色彩的浅黄瓷砖外墙的八层大厦，也是这个地方最高最气派的建筑。建材采用的是当时国内还很少见的铝合金移动式推拉窗户，而不是公司总部大楼那种常见的普通刷油漆的外开式铁窗，大门为郑晓悟从未见过的电子感应自动玻璃门，全楼内墙皆为日本进口墙纸裱贴，并且装配有两部"日立"电梯，一年四季皆有恒温空调。一楼是后勤保障处、培训教育处和保卫室、电教室；二楼和三楼分别是日本拓谷海洋开发株式会社、日中海上石油勘探株式会社的办公室；四楼是法国阿奎捷尔夫石油公司的办公室；五至八楼属于中方的办公场所，除了津港海洋石油公社分管对外合作的副总经理办公室及其秘书室、会议室、洽谈室之外，分别设有财务预算处、招标采购处、开发合作处、项目评估处，而人员最多的是对外服务处，该处管理着上百名英语翻译、法语翻译、日语翻译、外方公司的中方雇员、行政文秘和打字员等。

颜肃带着郑晓悟乘电梯来到七楼中间的一处大通间，这里就是项目评估处的职员办公室，他一进门，故作仪式感很强地扬手轻喊一声："女士们、先生们，让我们以热烈的掌声欢迎新同事、法律专家郑晓悟先生！"随后指着一位坐在最里边办公桌旁的中年大姐介绍道："这位是盖（gài）科长，是'文革'前的老牌大学生……"

盖科长早已站起身来，鼓着掌笑眯眯地迎向郑晓悟，与他握手。此时她打断颜肃的话，说道："你好小郑，欢迎欢迎啊！我叫盖（gě）荣丽，我跟小颜说过多少遍了，这个字做姓氏的时候不念'gài'而是念'gě'。你就叫我盖大姐吧，按照我们石油系统的习惯，叫我盖师傅、盖工都行。我是天津本地人，'文革'前的天大毕业生。"郑晓悟恭敬地向盖大姐问好，心道：她的普通话好标准啊，没有一点天津腔。

颜肃嘻嘻一笑说："改正。改正。"随之调侃地指着一位英俊的高个青年："这位是胡志军先生，和我都是前年从重庆石油学校一起分配过来的，而且我们俩都是四川人。你可以叫他胡师傅。"又介绍另一位更年轻一点、中等个头略带腼腆的小伙子："这位是张家宝先生，去年从东北石油学校分配过来的，河北张家口人。你可以叫他张师傅。"郑晓悟跟张家宝握手时随口开了一句玩笑："张家宝就是张家口的宝贝啊。"同时心里也明白了，在这里不称"同志"而是称"先生""小姐"或者"女士"，非正式场合或者在一般情况下，无论对方是男是女，皆可称之为"师傅"或者是"某工"。

盖大姐热情地拉着郑晓悟的手，把他带到靠窗边一个空着的办公桌前："喏，知道你要来，我们早就把你的办公桌椅安顿好

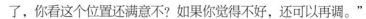
了，你看这个位置还满意不？如果你觉得不好，还可以再调。"

胡志军说："这是把我们办公室最好的位置留给你了。盖大姐总是把最舒服的位置调给我们，你看，她自己坐的是最差的位置。"

郑晓悟对这个办公位相当满意，光线充足，视线开阔，间隔五六米的窗台上分别安装了两台"National"窗式空调，背后靠墙处还摆放着两短一长的真皮沙发和茶几，相当宽敞。颜肃看着郑晓悟疑惑地打量着空调上的"National"标牌，便解释道："这个牌子在中国的音译叫'乐声'，是日本产的冷暖空调，所以你看我们整个办公大楼都没有安装暖气管道，到了冬天也是开空调。"

张家宝也凑过来指着窗外楼下说："你看，下面就是我们对外合作中心、研究院、医院共用的食堂，旁边就是我们的宿舍，你和颜肃颜师傅是室友，我和胡志军胡师傅是室友，我们是隔壁房间的。"

胡志军点点头道："我们到食堂吃饭，回寝室睡觉都是直接从大楼的后门进出，很近很方便的，而且条件还不错。"

颜肃又告诉郑晓悟："还有啊，咱们处的许崇武处长，嘿嘿，你以后也可以叫他许师傅，他现在正在八楼会议室参加主管我们对外合作业务的华副总主持的会议，散会后会回处里来。另外还有一位徐福昌副处长近期被派到日本学习，大概还有一个月才回国。两位处长的办公室就在隔壁。"

"噢？是我们要来的法律专家到了吗？欢迎欢迎呀。"随着一声浓浓的江浙口音，走进来一位中等身材、头部谢顶、面色红润、笑容可掬、架着金边眼镜的中年男子，大家即刻恭恭敬敬地称"许处长"。郑晓悟见状，赶紧迎上前去与许处长握手问候："许处长你好！我是从楚天大学法律系分配来的郑晓悟。"并在心里对许处长斯文的举止和柔和的口音评价道：许处长看上去比那个加藤课长更像日本人，不应该叫许崇武，叫许崇文更合适。

许处长微微往上仰着头欣赏地打量着郑晓悟说："好，好，你来得正是时候啊，我们现在渤海和南黄海有几个勘探合作项目还有进口钻井设备合同都要开始紧张谈判了，与六机部合作建造海上钻井平台的发包意向书估计也很快要在北京启动与日本三菱重工进行的三方协商了，这都需要你参加呀。你知道吗？人家外国人的任何项目谈判和合作会议都带有律师，甚至还不止一个呢，而我们一直没有自己专门的法律顾问，所以多多少少总会吃亏。有时实在不得已，就只好向北京总公司请示，但这样效率很低，也不是长久之计，而且人家外国人经常要求我们当场回复、拍板，有时候气氛弄得很紧张，甚至很尴尬，这样一来，有的外商就不满意了，甚至瞧不起我们。现在你来了就很好啦，有你这位法律专才的到来，就填补了我们在项目评估方面的合规性审查、合法性审查和法律风险评估包括谈判阵势上的短板。"随即望着其他人问道，"你们说是不是啊？"

盖丽荣、颜肃、胡志军和张家宝听了许处长的这一席话，都高兴地对着郑晓悟鼓起掌来，齐声说："是。"

许崇武拍拍郑晓悟的肩膀，亲切地说："当然，你刚大学毕业分到工作岗位上来，先不用急也不用紧张，首先要尽快进入工作状态，抓紧熟悉我们处的工作范围和业务特点。要是有什么不清楚或者是不懂的地方，可以向他们各位多请教，也可以随时到我办公室来找我，而且我建议你呀最好是对各处室乃至整个公司的业务都了解、熟悉，这样才能在对外谈判中、在审查文件中有的放矢，把你所学的法律专业知识有针对性地运用到我们的对外合作项目中。海洋石油勘探开发在我们中国才刚刚起步，我们这些老家伙也都是从陆地石油转向海洋石油的，也都还在学习的过程中。噢，对了，在我们这里工作外语很重要，你的英语或者是其他外语的水平如何？"

郑晓悟很不好意思地摇了摇头。

许崇武说："哦，这样啊？那你可得抓紧提高哦。颜肃、胡志军他们作为中专生，来了两年，现在都已经掌握了英语、日语的基本对话，张家宝的进步也很大。我们这里学外语的条件比大学还好哇，首先我们天天都跟外国人在一栋楼里办公，经常有工作接触，天天都要打交道，听和说的机会很多。其次我们一楼电教室的设备可以说是目前中国最先进的，单位要求大家在不影响工作的情况下，每天最少去学习一个小时，选用的教材也是国外原版的。而且呢，我们给每个人都配有一台日本进口的'日立'牌双声道收录机，便于你随时随地随身携带学习，外语磁带可以根据需要到电教室去领换。颜肃，你等会儿就陪小郑去培训教育处领一台收录机。"

第十七章　海上钻井平台

在郑晓悟来报到之前就已经调整安排好的寝室是在对外合作大楼背后的集体宿舍楼里，这里集中住着对外合作开发中心、海洋石油工程研究院和海洋石油职工医院的未婚男女和家属不在此处的单身职工。据颜肃介绍，津港海洋石油公司参考学习并移植了外国公司的管理经验，对集体宿舍实行的是旅馆式管理，统一标配各间寝室的设备、家具、卧具，统一安排专人定期打扫室内外卫生、更换被褥床单，这大概就是在十几二十年之后由广东房地产开发商率先向市场推出酒店式公寓的雏形吧。两栋平行而建的三层内走廊式的宿舍与夹建在中间的职工食堂和职工俱乐部的两层建筑构成了一个 H 形，并在一楼和二楼分别有宿舍与食堂、宿舍与职工俱乐部连通的专用通道，非常方便且不怕风雨雷暴和低温雪霜。

郑晓悟与颜肃共同居住的寝室是在南边这一栋朝向外面的一楼中间位置，两架单人床紧靠着窗边的暖气管安放，并各配有一个床头柜，床脚处分别放置有小书桌和凳子，房门左右两旁各有双门衣柜，整个寝室显得整洁、舒适、实用。颜肃是一个生活态度严谨，作息很有规律的人，每天一大早，天才蒙蒙亮，郑晓悟还在呼呼大睡呢，他就已经精神抖擞地起床，洗漱完毕，在南边窗户外边的空地上活动活动筋骨就开始习武练拳，每套拳法都比划得势如行云流水、虎虎生威，再看此时的颜肃，动作凌厉，表情严肃。郑晓悟看他打过几次拳之后，便心悦诚服地跟他说："这个时候才跟你的名字相符合嘛，很严肃，很认真。"若在平时，颜肃无论见到谁都是笑容可掬，很有礼貌地或微笑或点头或握手或鞠躬。除了上班正常工作之外，他在业余时间就是守着收录机狂学日语，偶尔也练练英语，其他的兴趣爱好好像就是侍弄他那个放在寝室小书桌下面的泡菜坛子。郑晓悟就是从颜肃这儿第一次品尝到四川泡菜的美味的。

吃了一段时间的食堂饭菜，郑晓悟忽然发现这里一天三顿供应的都是以馒头为主的面食，连类似花卷、包子、饺子、面条的花样都很少，米饭更为少见，每餐的热菜翻来覆去就只有一两个大锅炖菜、焖肉之类的菜式，不过各种凉菜诸如小葱拌豆腐、海带拌粉条、凉拌黄瓜黑木耳、凉拌木耳黄花菜、熟食香肠等品种倒还比较多。问题是餐餐如此，顿顿重复，几乎没有什么变化，而且还都比较咸，所以他非常不习惯，然而其他在食堂里就餐的员工个个吃得津津有味，甚为满足。有一次他便不解地问电教室的管理员鲍大个说："你们不觉得这些菜都特别咸吗？"

鲍大个一边就着海带拌粉条大口吞咽着馒头，一边"嗯嗯嗯"地摇着头说道："吃咸一些好哇，吃咸的人才有劲啊，这你都不懂？"

这天中午郑晓悟正和颜肃、胡志军、张家宝，还有邓世荣与他同在研究院的一位年轻工程师围坐在同一张餐台上吃饭聊天，突然一位年约40多岁，个头不高，面容清瘦、脊背微驼，戴着深度近视眼镜的干部模样的人端着馒头、稀饭和一些菜走过来说："我可以坐这里吗？"说着就直接在一个空位上坐了下来，先是看了看邓世荣然后打量打量郑晓悟，用他那带有江浙口音的普通话问道："你就是刚分到对外合作中心学法律的大学生郑晓悟吧？"

"是的，我是两个星期前刚从武汉的楚天大学法律系分来的毕业生。"郑晓悟看了他一眼，很随意地边吃边回答。

"嗯，很好！我们国家现在的政策是对内搞活，对外开放，两头在外，大进大出，积极参与国际经济大循环，并且还要不断地扩大对外合作交往渠道。在所有这些对内对外活动中，法律的重要性首当其冲，你所学的专业将在我们海洋石油勘探开发与外商的合作谈判过程中起到关键的作用。而且呢，你现在是我们津港公司第一位法律专才，所以，非常欢迎你的到来。"郑晓悟听他讲这几句话的语气、用词、角度和高度，心里正在纳闷他是什么人什么身份，又听他关心地问道，"噢，你是从湖北武汉的鱼米之乡分来的大学生，属于南方人的生活习惯，觉得对这里的伙食还能适应吗？"

郑晓悟未加思索地随口就说："不是很适应，感觉比我们大学的食堂还不如，顿顿都只有馒头还不说，而且这面粉又粗又黑，搞得人咽都咽不下去，主食的品种太少，菜也咸得要命，几乎千篇一律，没有花样。我觉得咱们食堂至少每天应该有一顿米饭吃，炒多一两个热菜也好哇。"说话的时候，他发现胡志军和张家宝故意把头埋得很低吃饭，假装没有听见，而颜肃则一直在拿眼睛瞪他。

这位干部模样的人虽然看上去儒雅斯文，但也像其他人那样就着凉菜，大口咬着馒头喝着粥，享受着中餐。听完郑晓悟的意见，他认真地点点头："嗯，你……噢，好像是叫郑晓悟吧？嗯，小郑来到这里才十来天，就把这个食堂的问题一下子点到要害上了，看来很有必要改善我们的食堂后勤工作嘛。不过呢，北方的饮食习惯，北方的客观条件，有些问题现在还真难一下子解决，得慢慢来，我个人觉得吧首先是要自己尽快适应。比如说我就是从小生长在江浙一带的南方人，到北方上学、工作很多年了，也不能说就已经习惯了，但不习惯也得适应呀。这也算是革命工作的需要吧。"

说话间，只见一位秘书模样的年轻人走过来俯在干部耳边轻轻说了几句，他随即站起身来，把饭盒碗筷递到年轻人手里，对郑晓悟他们客气地说："我还有急事要赶去公司总部开个会，你们慢慢吃吧。"

看着其他人都恭恭敬敬地起立相送，郑晓悟也不明所以地迟疑地站起身来。一直看着干部模样的人和秘书模样的人走出了食堂。颜肃重新坐下来跟郑晓悟说："你知道他是谁吗？他就是主管我们对外合作开发中心的华宇副总经理，你没见过吗？"

胡志军说："华副总是从国务院调来的，原来是一位大领导的秘书，他的家人、小孩都还在北京，爱人是石油部的干部。"

张家宝神色紧张地看着郑晓悟："听你刚才跟华副总随口乱说，吓得我饭都不敢吃了。你的胆子可真大。"

没来几天就被他们四川老乡尊奉为"四川浪子"的邓世荣还是那一副一天到晚对啥都无所谓、对谁都不买账的样子，把眼镜往上一推说："郑晓悟不就是正常提个意见嘛？有什么大不了的嘛？而且他说得都很对噻，很有道理的嘛。实话实说，食堂改善伙食，对领导、对员工、对我们大家都有好处的嘛。"

郑晓悟自己内心则有些紧张，自己还没搞清楚这人是谁就信口开河瞎说一通，而且一来就在物质要求上说三道四，就在生活条件上挑三拣四，看来会在领导心里留下不好的印象。

然而没过两天，大家都惊喜地发现食堂的伙食大有改观，饭菜的品种大大增加，馒头、花卷、包子、饺子、葱油饼、千层饼还有凉面之类都在交替推出，而且所用的面粉不再粗黑，而是精白细滑。有人告诉郑晓悟，现在吃的这种精白面粉在天津一带叫"富强粉"。大米饭虽然没能做到每天供应一顿，但每隔两天也能吃上，而且热菜果然也增加了，竟然还有用辣椒炒出来的仿制川湘菜，有时候还有海鱼。如此一来，食堂里的欢声笑语增加了不少，大家伙儿每顿都能开心地品尝不同的菜色饭食，并兴奋地猜测下一顿会有什么新花样，很多人风闻是郑晓悟提意见的结果，都过来说些赞扬的话，或者在排队打饭的时候向他竖起大拇指。

又一个中午吃饭的时候，食堂里突然响起了热烈的掌声和敲击碗钵饭盒的声音，原来华宇副总经理又来到食堂吃饭了。大家都自动地为他让开通道，用这种方式由衷地向这位领导表达感谢！

进入 9 月之后，渤海之滨早晚温差加大，已经颇感凉意。

这天早上一上班，许崇武处长就通知郑晓悟即刻回寝室收拾简单行装，赶去公司总部机关大楼集合，公司这一批安排他和几位新来的毕业生要去海上钻井平台体验生活，深入了解海上石油钻探的生产过程。后勤保障处已经安排好了车子等在楼下。

到公司总部大楼集合地点一看，嘿！有缘分，都是熟人，研究院的邓世荣、调度中心的程发全、直升机场的周炯已经到了。得到消息说是坐船去平台，郑晓悟满心欢喜地说："太好了！我从来没有坐过海轮，更没有去过大海深处，你们想想看哈，能在海上乘风破浪，看着海鸥飞翔，大海一望无际，海天一片苍茫，那真是太过瘾了！"

邓世荣推推眼镜耸耸肩说："我倒是觉得哈，这郑晓悟不像是学法律的，像是学文学、搞文艺的嗦，这都还没得去到海上嘛，哪个就吟上诗了呢？"

保卫处的同志将这四位年轻人带到指定的码头登船点，出具了通行许可证，把他们送上一艘大约两千吨级、专门给海上钻井平台运输物资给养的人货混装船，船上已经上来了几位要去平台轮班换岗的工人师傅。这四个没见过什么世面的年轻人对船上的一切都很新奇，看看这摸摸那，看完了起锚又围观抛缆绳，跑遍了甲板之后又一处一处地察看船舱，倚靠在船舷看着津港国际客运码头渐渐消失，望着公司码头林立的吊车淡出视野，最后才回到客舱里兴奋地讨论着，而那些换班的工人师傅们都在静静地闭目养神。

海轮已经驶出了港口外围的防波海堤，海水更加清澈湛蓝，海浪有韵律地拍打着船身，能够感觉到有节奏的轻微摇晃，透过船舱的舷窗可以看到追逐船只的海鸥，可以看到起伏有致的海浪。就这样过了一会儿，郑晓悟忽然觉得有些闷，有些无聊，于是便约他们几位到上面的驾驶舱去参观，想看看到底是怎样驾船的。程发全和周炯都说不想动，只有郑晓悟和邓世荣兴致勃勃地沿着舷梯来到塔楼最高处的驾驶舱，居然发现分在海上运输公司的郑强就在驾驶舱配合船长、大副的工作。正认真观察仪表、辅助驾驶的郑强见到他俩，只轻轻地说了一句："我看到你们上船了。"随即就表情严肃地根据船长的指令进行辅助操作，很投入地工作着，没有再和他俩交流。

郑晓悟和邓世荣也不便再说话，就立在旁边认真地观摩他们的驾驶操作，居高临下地观察船甲板的景象，惬意地凭窗远眺海的尽头。其实除了海天一色和茫茫大海中偶尔看到远处有船只在移动，其他啥也看不到。人常说"海上风云多变幻"，不一会儿就感觉风大了起来，浪高了一些，天空中开始显现出乌云翻卷、气象万千的画面，煞是好看。郑晓悟向手持望远镜、正在观察海面的船长好奇地要求借望远镜瞧瞧，船长让郑强把另一副备用望远镜递给郑晓悟，郑晓悟得意地模仿着船长昂首挺胸观察海面的样子，四周上下乱看一遍，又交给邓世荣，邓世荣看了一会儿又还给郑晓悟，轮流过了几遍瘾。海上的风浪越来越大，驾驶舱摇摆幅度也越来越大，突然，郑晓悟随一阵晕眩，出现了剧烈的反胃，说了声"哎呀！不对劲"。

船长扫了一眼郑晓悟说道："你这是晕船，快，赶紧下到船舱去。"

这时候，邓世荣脸色看上去也不太对劲，于是，两个人强忍住越来越强烈的胃部反应，急忙冲出驾驶室、扶着舷梯极速往下跑。刚跑进之前休息的客舱，只见工人师傅拿着白铁桶，正在照顾程发全呕吐呢，这强烈的视觉诱导和猛烈的气味刺激，使得郑晓悟和邓世荣再也忍不住了，几乎同时抢到程发全呕吐的铁桶前，像争抢着什么似的互相头抵着头，一起大吐特吐起来。

其他工人师傅也赶紧跑出去又找来两只白铁桶，一人分发一只。这三个人像抱住宝贝似的紧紧搂在怀里，过一阵子吐一遍，过一阵子吐一遍，直吐得翻江倒海，直吐到浑身无力，被师傅们扶躺在长椅上，歪着头昏昏沉沉的还想吐，简直把苦胆都吐出来了，而且老觉得船体怎么摇晃得越来越厉害，总觉得自己怎么越来越难受。几位师傅看这样不是办法，一商量，认为最好是把他们转移到底舱去，那里虽然没有舷窗，柴油味有些大，但几乎没有摇晃感，人会舒服些，于是便分头把他们架到了底舱。这是个没有椅凳的空舱，但木质舱板很干净，三个人直接就仰躺在地板上沉沉昏睡了过去。

不知道过了多久，郑晓悟好像听到有人在喊"到了，到了"，接着就有人过来把自己架了起来，自己似乎也慢慢地由迷迷糊糊转为略感清醒，但依然身子很软，头很重，完全是被动地迈腿出舱。上到甲板，海风一吹，他精神了许多，但见海轮停靠在巨大的圆形钢柱旁，被缆绳固定住，海浪拍打着船体，不断撞击着钢柱上的防撞橡胶轮胎。郑晓悟想：这应该是钻井平台的海中支柱。他费劲地仰头一看：好高啊！后舱的吊索正在往平台上吊装给养物资和工程材料，船头甲板上徐徐吊下来的是一个粗大绳索编织的软筐，两名工人师傅连拖带架地把郑晓悟扶进了软筐，升到了平台上的生活甲板，又把他连扶带背地拉出了软筐。郑晓悟有气无力地对两位师傅说他不想动了，就坐在甲板上休息休息透透气，等其他三位同学上来了再说，请他们先去忙，可以不用管他了。可惜的是，郑晓悟完全没有力气注意看清一直照顾自己的两位工人师傅是谁。

四个人被安顿在专门的接待间，就像船上的船员舱一样，两边上下两铺，刚好四个床位。浑身酸软的郑晓悟倒头便睡，一直睡到被尿憋醒想上厕所，周炯告诉他现在已经是夜里十点钟，并小心翼翼地引导他去到住宿舱外的盥洗室。他上完厕所后用凉水把脸一激，清醒而精神，只觉得饿。是啊，今天只吃了顿早餐。

回到睡舱才突然发现邓世荣和程发全不见了，周炯说："他俩两个小时前就睡醒了，去餐厅吃完饭还舍不得回来，一边喝着可口可乐，一边在旁边的影像室里看录像呢。"

郑晓悟诧异地问道："这么晚了餐厅还不关门啊？"

"钻井平台的工作特点要求餐厅24小时免费供应餐饮，所以不存在关门停止供餐的问题，而且影像厅也是24小时滚动播放录像，随时给工人们观看娱乐。"他忽然醒悟过来，"噢，你现在应该是很饿了吧？走，我带你去吃饭。"

果然，餐厅里面灯火辉煌，欢声笑语，原来此时正好是刚轮换下班的工人们吃饭的时间。这里饮品齐备，菜品丰富，鸡鸭鱼肉全有，还有在机关食堂根本看不到的其他美味，郑晓悟在这里第一次吃到了渤海对虾，还第一次吃到了一种不知为何物的海鲜，美味爽口有嚼劲，于是郑晓悟请厨房师傅再给他添一份。师傅告诉他这是鱿鱼的触须。这个口感印象太深刻了，所以后来在广东几十年的生活里，郑晓悟总是对鱿鱼须情有独钟，各种做法都不拒绝。

不仅如此，在钻井平台体验生活、了解生产的五天时间里，郑晓悟第一次观赏到香港彩色武打录像片，明显感觉出与《少林寺》等大陆武打电影不同的表现手法，不同的艺术构思；第一次换洗衣服不用自己亲手搓洗，直接丢进洗衣舱的大型洗衣机里自动完成洗净烘干程序；第一次看到海洋石油钻探是如何从海底下面的地壳中钻取岩芯，平台各岗位工人师傅是如何分工配合、团结协作；第一次看到海洋石油工人浑身溅满泥浆，满脸沾着油渍的乐观大气，还有那手握刹把就像英雄王进喜的豪迈雄姿；第一次破晓即起，兴致勃勃地跑到直升机降落平台看日出，只见初升的太阳恰如光降大地的伟大使者，在灿烂朝霞的烘托之下慢慢拱出了地平线，跳跃了一下，又跳跃了一下，于是旭日东升，光芒万丈，映红了苍穹，映红了海面，映红了痴痴朝拜日出的四位年轻人洋溢着青春朝气的脸庞。在郑晓悟此后的人生历程中，拜访过众多名山秀峰，但无论是主观原因还是客观因素，都没曾再去凑热闹看日出，也许他认为自己在钻井平台上观赏的海上日出是无可替代的壮观与壮美，人生有此第一次足矣！

　　第五天中饭之后，郑晓悟他们四个人和返回陆地轮休的工人们直接从平台搭乘直升机，不到 20 分钟就回到公司，飞机声音很吵但很令人兴奋，时间很短但很觉得过瘾。这也是郑晓悟的第一次。

　　在对于钻井平台有了感性体验，对生产环节进行了必要了解，对各个部门的业务配合、规章制度的学习熟知之外，郑晓悟已经参加或旁听了数次业务会议，并审查了几份简单的采购合同和人员出国培训合同，同时也根据工作联系的对接需要，分别去拜访了法、日三家公司的有关人员，随后又分别接待了法方、日方公司的对应人员回访。双方应有的见面交流，互相认识的外事礼节性程序算是完成了。

　　很快他就被安排去北京开会了。

　　郑晓悟首先想到的就是一定要看天安门，一定要逛王府井，一定要和北京的同学联系见面，一定要回到石油部去看看……总之心中有不少预先规划。由华宇副总经理带领，郑晓悟随同本处的许崇武处长和开发合作处的侯杰处长一早乘坐对外合作中心的丰田旅行轿车前往北京，此行的目的地是六机部，拟就本公司海上钻井平台的合资合作建造，逐步提高国产化水平，与六机部和日本三菱重工开展意向谈判。车子在华北大平原上平稳的一路向西，两个多小时后便进入宽阔的长安街，驶过外国使馆区了。几位领导指着与北京饭店仅隔王府井街口而立的一座西洋式建筑说：这就是中国海洋石油总公司的办公楼。话音未落，郑晓悟终于见到梦牵魂绕的天安门了！天安门广场上的人可真不少哇！然而那些一闪而过，透过车窗，新华门、民族文化宫、电报大楼像放幻灯片一样闪过……郑晓悟贪婪地看着，一路上的每个景象、每栋建筑都不放过，把它们摄入眼帘，留在脑海。

车子东拐西绕，最后进入一个有解放军站岗的大院，噢，原来六机部的"学名"是叫"中华人民共和国船舶工业部"。

先到正对大门主办公楼的一间小会议室，与六机部的有关同志做了简要的工作沟通，他便被安排在部招待所住下，并在部机关食堂吃了中午饭。下午，意向谈判在六机部一个铺有厚厚红地毯的大会议室进行，日本三菱重工的谈判阵容整齐而正规，由该株式会社的代表取缔役、社长带队，其他人员有法律、财务、工程设计、建造技术、翻译、文秘等；六机部是一位司长带着一位翻译，另有大连造船厂的两位工程师作为另一方；郑晓悟方的侯处长日语纯熟流利，加上此前应该已有沟通且相互之间已见过面，所以气氛相对比较轻松，关键要点的磋商也比较顺利。津海石油公司重点关心的是平台功能问题、结构问题、质量问题、安全问题等，三菱重工重点关心的是技术保密问题、利益实现问题、人员待遇问题、法律保障问题等，六机部和大连造船厂重点关心的是技术诀窍问题、先进设计问题、材料采购问题、法律风险问题等。郑晓悟是被华副总特意带过来感受和旁听，进行专业培养的，但他对多数话题都是陌生或者是听不懂的，他由此也明白了：大学的书本知识与社会实践结合还相距甚远。

中间短暂休息茶歇，日方法律顾问和技术工程师特地走过来与第一次见面的郑晓悟打招呼。日方法律顾问递上来一张印有"弁护士"头衔的竖版名片，郑晓悟不好意思地说自己刚大学毕业分配到单位，还没来得及印名片，没想到对方竟然还是个中国通，汉语极其流利，带着东北腔说："这没啥，这没啥哈，咱下次补，下次补。"那位技术工程师则给郑晓悟和这位日本"同行"从不同角度拍了不少合影。

合作须有共识，合作要有气氛，意向达成，皆大欢喜。六机部当晚在一处环境优雅、雕梁画栋、曲径通幽、紫竹茂密的院落，据说是由清朝哪位王子的宅子改建的酒楼举行便宴，庆祝初步合作成功。郑晓悟第一次领略到了涉外宴会的仪式感。

晚宴程式般地结束，时间约为八点，华副总说回石油部家里住宿，并邀请各位到家里去坐坐。车子在安静的街道上穿行了一阵，进入一处院子，在一排平房前面停下。下得车来，郑晓悟突然在脑海的某个隐秘处激活了一丝记忆，感觉这个地方似曾相识。

华宇一家四口住着三间宿舍改造打通的房屋，简朴而整洁，华夫人看到丈夫带着同事部下到家里来，自是欢喜，泡好北京人喜欢喝的茉莉花茶，又拿出香烟、水果招待客人，还用一只小簸箕端出几根煮玉米招呼大家品尝。请客人啃玉米这一招给郑晓悟留下了难以磨灭的印象。由于任务已经完成，大家都很放松地天南海北地闲聊，郑晓悟最终还是忍不住冒出一句："我怎么觉得我曾经在这里住过呢？"

许处长、侯处长和华夫人都惊讶地望着郑晓悟，露出不可思议的神情，倒是华副总比较淡定地问："你真的记得好像在这里住过么？那么也就是说你的父母是我们石油系统的老人咯，嗯？"

"对，我爸爸是从西安石油干部学校调到北京石油干部学校的，我们家在北京差不多住了十年。我是在北京出生的，离开北京

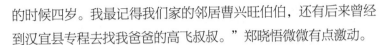

的时候四岁。我最记得我们家的邻居曹兴旺伯伯，还有后来曾经到汉宜县专程去找我爸爸的高飞叔叔。"郑晓悟微微有点激动。

华夫人把手一拍："哎呀！这个院子原来就属于当年北京石油干部学校的呀！你父亲叫什么名字？看看我们认不认识。"

华宇朝夫人摆摆手说："嗯，是这样的，我作为分管对外合作的领导，专门调看了小郑的档案，他父亲名叫郑力仁，曾经是北京石油干校马列主义教研室的负责人，干校解散的时候他们全家就离开北京回湖北了。我俩是'文革'初期调进石油部的，不可能和他父亲认识，所以我上次回来并没有跟你说起这事。看来小郑对自己小时候生活过的地方还是有点儿记忆的呀。"

华夫人说："我和我们家老华一调来就在石油部办公厅工作，你说的曹兴旺同志当时在我们办公厅后勤处，很灵活的一个人，一退休就到一家建筑公司做副总经理去了。他的子女都很争气，儿子文康在北京最大的白天鹅广告公司做经理，女儿文华现在是部里工资司最年轻的副处长呢。高飞同志前几年调到首都政法大学做了研究生处的处长，听说现在升职做研究生院的书记了。"

郑晓悟把这些信息都默默地记在心里。

许处长和侯处长异口同声地说："没想到小郑还是我们石油部的子弟呀！有缘，有缘。"

第二天刚吃完早餐，华副总就被司机接到六机部招待所，大家随车直接返回津港。郑晓悟来天津参加工作后的第一次北京之行结束了。

第十八章　她寄来毛衣

很快就要到国庆节了，公司团委依例下文通知各下属独立单位要拿出两个节目参加国庆演出，对外合作中心团总支领到了同样的任务。

也可能是听到郑晓悟每天晚饭后会在宿舍里或者外边的空地上拉一阵子小提琴，也可能偶尔听到过郑晓悟在卫生间用凉水冲澡的时候不由自主地引颈高歌，中心的团总支书记，也就是对外服务处法语翻译组组长、胖乎乎戴眼镜的北京姑娘程燕便找到郑晓悟说："我们对外合作中心青年团的组织工作非常难开展，大部分英俊的男青年、漂亮的女青年都是为法方、日方工作的中方雇员，而且外商对咱们有偏见，从根儿上都反感他们聘的雇员参加任何形式的组织活动。你别看在咱对外合作中心大楼里走来走去的男女青年不老少，但拥有文艺细胞又可以参加文艺演出的人那可真是少之又少，每年我们的节目都拿不出手，真是羞死人了。最出彩的就是公司机关和我们旁边的研究院。这次我们总支委研究的意见是无论如何由您出面救驾，条件随您提，人员随您安排，不过，那一大群中方雇员的男男女女就算了，千万不要打他们的主意，否则他们的饭碗难保。"然后又神神秘秘地压低声音说，"我这个团总支书记是秘密的，所以我是个地下工作者。"

一是程燕把自己当朋友，说得很诚恳，盛情难却，二是郑晓悟最怕别人请求帮助，天性使然，于是便当仁不让地认真开始了节目策划工作。先是解决人的问题，把外商干涉不了的各处室能张嘴哼几声的男女青年凑了十几个人；接着是解决节目的问题，商量选定了一首大家比较熟悉、而且最具有代表性的歌曲《我为祖国献石油》，并把这首独唱歌曲改成了领唱加伴唱的形式，以充分发挥自己男高音声音洪亮的领唱优势，同时教给伴唱者们基本的发声方法和伴唱烘托的窍门，不分声部，不搞重唱，只强调气势，简洁明快好掌握。大家练后很有感觉，积极性很高，每天晚饭后就自觉集中到八楼会议室练唱。这天晚饭后正在排练呢，忽见许崇武处长、侯杰处长闻声走进会议室，笑眯眯地欣赏着。片刻，华宇副总经理也走进来认真地观看。原来，华副总正在他的办公室和两位处长谈话，可能是八楼走廊良好的扩音效果影响了他们交谈，于是便结束谈话过来观摩。

大伙儿看到华副总等领导前来关心节目排练，精神头更足了。听完这些人卖劲的演唱，华副总随即建议把后面两排横着站的伴唱者改为两排弧形站立，这样，队形新颖还能聚音，同时对领唱者有个拱卫感。侯处长则向郑晓悟特别提出那句"祖国建设跨骏马"中的"跨"字在唱的时候要突出强调，声音要往上高扬。郑晓悟根据侯处长的指点再一试，果然演唱效果要好很多。

国庆联欢晚会的演出在公司总部办公楼旁边的大礼堂举行，会场张灯结彩，现场气氛热烈，石油工人的豪爽把演出之前的氛围渲染到热闹非凡，这种场合最益于减轻演员的压力，最利于发挥演出的效果。整个公司的各个参演单位完全没有想到，对外合作中心的表演出人意料地达到了前所未有的水平，伴唱者放松而自如，郑晓悟飚出高音的领唱被誉为"津港第一男高音"。另一个节目是郑晓悟通过钻井平台五天生活的体验感悟创作的一首诗朗诵，在现场参加联欢晚会的全体石油人心中产生了强烈的共鸣：

刹把紧握，

送走满天晚霞余晖。

钻头飞转，

迎来东方微微晨曦。

为让"油龙"出海，

敢于惊破龙宫的肃静。

为了"四化"大业，

誓要踏破渤海浪万顷。

战平台，斗恶浪，

辛苦也觉甜蜜；

抢时间，争效率，

黄昏也是黎明。

这就是我们，

英雄的海洋石油工人。

这就是我们，

新一代龙的传人……

这首诗朗诵的全文随后发表在《津港石油报》并获得征文奖。

国庆晚会演出成功的兴奋劲还没有过去，对外合作中心与海洋石油工程研究院又联合安排单身职工赴北京香山赏红叶、庆国庆。四部进口大客车满载着笑语欢歌向北京进发，为避免走错路线掉队而影响集体行动，每辆车上都配备了海上平台和运输船上专用的无线对讲机，全部听从头车的指挥，以保持可联系的相应车距。郑晓悟和团总支书记程燕以及部分法、日公司的中方雇员在2号车上，这些平常在大楼里上班进出都相当拘谨、安静的俊男美女们，现在乘车外出，则像脱缰的野马，均暴露了原形和本性，完全是另一副面目，自由宣泄闹翻了天。在程燕要求他们补演国庆节目的提议下，每个人都尽情展示了一专多能的才艺，充分展现着青春年华的风采。

程燕本来还想通过对讲机搞个四部车"'十一'大联欢"连线，但这些对讲机在快速移动的行车途中音频声效传输的效果比较差，杂音大，断断续续地通话尚可，每当车辆一遇拐弯转向就会断掉，无法连续顺畅进行。抢坐在郑晓悟身旁的日企中方雇员、漂亮温婉的江苏姑娘鲍萍萍和后排的法企中方雇员、伶牙俐齿的天津姑娘高咏梅一道起哄，要让郑晓悟再现国庆晚会的风采，起来领唱《我为祖国献石油》，全车齐来伴唱。郑晓悟欣然从靠窗座位上走到中间过道，引颈高歌，为大家领唱。在程燕的指挥下和多才多艺、且人数多出两倍的男女雇员的倾情配合下，加上封闭的车厢更聚音，感觉比在公司大礼堂演出的效果要好得多，气势宏大得多。

从天津的滨海去北京的香山不用进北京城，而是从城区的外环路绕过去，远远的倒是看到北京城区边缘的轮廓和一些高大建筑的天际线。这个时节进入香山欣赏红叶美景并非是只看红霞一片，而是赤橙黄绿各色搭配，色彩丰富，层林尽染，单个欣赏枫叶，则有五角叶、三角叶，还有鸡爪形的，甚为奇特与美观。郑晓悟觉得好美，慢慢地观察着，痴痴地品味着，不知不觉就掉队了。忽然他发现一处溪流旁落有几片红叶，如获至宝地捡起来拿在手上细看，心想如果把它制成书签给吕菁华寄去，就真是太有意义啦。

正想着呢，一位身穿蓝色中山装，戴着"执勤"红袖箍的中年男子走了过来："嘿嘿嘿，小伙子，说你呢。你手里这红霞霞的枫叶是在哪嗨儿摘的呢？你进园子里来没有看规定么？不知道偷摘枫叶是要罚款的吗？如果咱个个儿都像你这样你掰一枝我摘一片，那还能管这儿叫香山吗？早变成秃噜山了都。"

郑晓悟被这突如其来的训斥吓得一愣，看清对方之后赶紧解释："哎呀不是，师傅，噢同志，我这不是偷摘的。我是顺这条道正在追赶我们单位的人，看到小溪边上落的这几片叶子，就捡起来拿在手里，觉得很好看，想着拿回去做成书签。"

"捡的？拿过来我看看。"中年男子接过枫叶很内行地审视着，大概看出不是新摘断的样子，又问："你们是单位来搞活动的？哪个单位的？什么时候进来的？"

郑晓悟知无不言言无不尽，老老实实地回答："我们是津港海洋石油公司的，单位组织国庆节到香山来搞团组织活动，一大早从渤海边出发开车过来的。刚刚才进来，大部队走得快，我掉队了。看到溪水边丢的这枫叶，觉得不捡也浪费了。"

"哦，你们是在搞共青团的活动啊？那更得注意影响哦。"他把枫叶再次审视了一遍，"嗯，看来你说的是老实话。不过你不能这样举在手里到处招摇过市，除了有人看到你手举红叶会有样学样，再就是遇到其他的巡查人员还会有麻烦的。这样吧，你把它揣好喽，不要再给人看见知道不？"

郑晓悟赶紧谢过，双手接过红叶，小心翼翼、妥妥帖帖地放进上衣口袋里继续赶路。

参谒碧云寺孙中山先生衣冠冢、瞻仰毛泽东旧居双清别墅、站在森玉笏峭崖之巅看红叶景观、分组比赛争相登上主峰香炉峰……总之是有意义而开心的一天。下午，全体人员尽兴而归。

郑晓悟的第二次北京之行就这样结束了。

国庆节后的一天，徐福昌副处长从日本结束培训学习回来了。他一出现在这间大办公室，大家都惊喜而友好地起立欢呼，并把新来的郑晓悟介绍给他认识。也许是对外合作中心所有人的出国惯例，同时更是基于处里的同事之间关系非常融洽，徐副处长给每位同事都从日本带回了小礼物。因为此前他并不知道会有新同事，便连忙返回自己办公室，又拿来一双包装精美的连裤丝袜送给郑晓悟，并幽默地说："我这个见面礼可是送给你谈恋爱的最佳礼品哦，比他们那些礼物更有意义。"郑晓悟喜不自胜，心道：这双日本连裤丝袜寄给菁华，她肯定非常喜欢，很多人可能见都没见过呢。

徐副处长是浙江宁波人，个子高高，皮肤黑黑，说话软软，见到谁都表现出很谦卑很尊重对方的样子，侧低着头笑眯眯地看着对方，一副从来不会发脾气的模样。有时听到他在讲别人听不懂的家乡宁波话，总让人以为讲的是日本话。他的爱人是军粮城后勤基地的工作人员，所以家和孩子都在军粮城，平时就和郑晓悟他们一起住在集体宿舍，每到星期六就和其他那些家在军粮城的干部职工一样，上午只上半天班，吃过中午饭就可以回家。徐福昌会拉二胡，平时下班后没什么事就特别喜欢到郑晓悟的寝室来聊天，或者是两人切磋技艺，各拉一段曲子。当各自摸准对方的套路和共同熟悉的曲子之后，他们也搞起了小提琴和二胡合奏，这令郑晓悟想起在大学和王英杰合奏的美好回忆，当然也必会由此而怀念起和吕菁华在学校的点点滴滴。

郑晓悟这些天还没来得及将新拍的照片、香山红叶以及钟副处长送的日本连裤丝袜寄过去，就收到了吕菁华寄来的包裹，太棒了！是一件颜色相当漂亮、款式非常时髦的手织毛衣，里边还夹寄有两本杂志和一封厚厚的信。杂志是《民主与法制》第九期和第十期，居然开设了专题讨论栏目，对《自然血亲关系可以解除》一文展开了不同观点的讨论、商榷乃至辩论，同时还附有部分群众来信摘要，这是郑晓悟完全没有预料到的社会影响。看得出，赞成者多为社会人士和老人，都是从家庭遭遇和与子女情感失衡方面表达；反对者多为法律人士和学者，主要是从善良风俗和现行国家政策既有规定的方面论述。吕菁华在争论文章空白处还特意标注了她阅读后的个人看法要点，当然是支持男朋友的。而郑晓悟就在前几天，还刚刚收到法律系办公室转来的一位老者的长信，从头到尾叙述了老两口如何含辛茹苦把孩子们拉扯大，后来老伴去世了，现在子女们也都长大成人了，自己想再续弦娶个"老来伴"，却被子女反对，抢走了他的存折，霸占了单位分配的住房，并把他赶出家门的凄凉境遇，读之令人心酸。

此时渤海边上的气温正是需要穿毛衣的时节，郑晓悟喜滋滋地套上这件很时尚的高领毛衣，非常合身，而且织出的是最新款的辫状竖条图案。他满心觉得自己最亲爱的人既漂亮、聪明、能干，又体贴、细心，便浑身舒坦地躺在床上打开了吕菁华的来信，信中写道：

Darling：

你还记得今天是什么日子吗？今天是我俩确定关系的一周年纪念日！是我永远记得你在去年的今天跟我说"吃了秤砣"的日子！是从来不知失眠为何物的我那天晚上第一次因兴奋而彻夜难眠的日子！而这种夜不能寐的痛苦现在却取代你而常常伴随着我，这是因为我最亲爱的人把我的欢乐带走了。我真受不了，多想把你拽回我身边啊！因为有了你，我心中充满了幸福，但见不到你的日子里真是酸多于甜啊，唉！有一个这样折磨我的你就够了，我发誓再不可能谈第二次恋爱，我可不愿意再换个什么人去活受这份洋罪！

Darling，这是我在武昌车站送你离开之后给你写的第五封信，而我却只收到你的三封回信。我知道你刚到单位工作会很忙，但也不要忘记抽空给我写信呀，虽然我要的不是信而是人，毕竟现在唯有你的信才是抚慰我心灵的灵丹妙药啊。再就是你一人在外，一定要注意身体呀。身体是革命的本钱，是事业的本钱，你的身体不仅仅是你自己的，也是我的。所以，我每封信都要叮嘱，别嫌我啰唆。

　　你在搞对外合作谈判，会知道所有重大工程项目在没有竣工之前不能随意披露信息，因此我的前几封信都没有提到给你织毛衣的事，就是想要给你一个意外的惊喜。送你走之后我就在想：北方天寒地冻，毛衣是肯定需要的，我若能够亲手织件毛衣穿在你身上，就如同我天天都在紧紧地抱住你一样，也能让你时时刻刻都想到我，而不会有别的歪心思（开玩笑哈，不准生气），这多有意义啊！于是我就去称了两斤毛线，买了几支织衣针，还特意买了一本《毛衣编织法》，回到寝室后就边看、边学、边试。嗨！不是针口起错了就是针法搞错了，不是比例不对劲就是样式怪怪的，总之是织了拆、拆了织，始终不成功，而且把手指头都磨破了。我就缠上胶布坚持下去，有好几次自己在那慢慢琢磨到深夜一两点，你看我笨不笨。

　　好在开学前寝室的同学陆续都到了，有几个稍微懂一点儿，我在她们的指点帮助下攻克技术难关，就这样，前后经过两个月的艰苦奋战，终于算是大功告成。这是我根据对你身材和体形的估摸，凭直觉织出来的，希望你穿上合身、好看，也希望你喜欢。当然，无论你是否喜欢，这是我给你的"第一次"，希望你倍加珍惜！……

　　看到这里，郑晓悟用双手把信贴在胸口上，痴痴地望着天花板，甜蜜地回味着"第一次"，这刻骨铭心的第一次，没有理由不珍惜呀！

　　亲爱的悟，开学后发生了几件令人心悸和恶心的事，我想来想去还是觉得应该告诉你。一来对我们俩都是个警示，二来我们以后要多多地带眼识人，社会是复杂的，人心是险恶的。

　　第一件事是你们班原来的辅导员阮老师的丈夫冼子祥老师这个学期教我们法律专业课，前不久他把我叫去谈话，说有人写匿名信告我们俩在谈恋爱，并好心地提醒我，若真这样的话会影响我将来的毕业分配。我不晓得你知不知道有这件事？你一心想回北京而没能分到北京，是不是和这匿名信有关？记得我在武昌车站送你上车时说过，不排除会有人写信挑拨我们俩的关系，看，这信都搞到学校去了。

　　这第二件事其实和第三件事算是一回事，都涉及你在学校时对他们挺好的所谓"朋友"，说出来吧恶心，不说出来闷在心里更觉恶心。那天赵佳毕业分配来和我告别，我在宿舍楼下帮她看行李，你的一位"朋友"畏畏缩缩地过来，要我晚上八点去他寝室谈谈，并说寝室里没人。我一下就看出了他的险恶用心，当即严词拒绝。还有个星期天，我一个人正在寝室给你织毛衣，你的另外一位"朋友"莫名其妙来找我借书，拿了书却不走，坐在对面盯着我不说话。我明白他在打什么主意，假装他不存在，一直埋头织毛衣没再理睬他。就这样过了半个小时，郑怡回来了，他觉得尴尬就走了。我知道你朋友多，无论你猜不猜得出是谁，我都不会告诉你，但请相信，你的亲爱的绝对不会做对不起你的事，等我毕业，一定送给你一个完整的我……

　　郑晓悟看得很生气，也很心酸，生气的是这些所谓的"朋友"怎么尽是些乘人之危的畜生；心酸的是自己不在吕菁华身边，要让她独自面对这些无聊的事而受委屈。至于她所说的第一件事，他则甚觉奇怪。首先，冼子祥是她的专业课老师而非辅导员、班主任，怎么手中会有匿名信，并越俎代庖地找她谈这方面的话题呢？其次，匿名信的事在自己毕业分配之前已经由他爱人阮丽英跟自己谈过话了，怎么这信又到了冼子样的手里，并再次以此为由找吕菁华谈话，提出同样的警告呢？郑晓悟觉得这事挺复杂，而且牵涉到上一代人的恩怨，怕惹出更多的麻烦和不必要的烦恼，便决定暂时不跟吕菁华说这件事。

吕菁华在信的最后"顺便"告知，其远房表哥钱任重今年只考上了当地一家大企业的技校。

临近年终，海上石油勘探传来捷报，对外合作开发再创佳绩，郑晓悟曾去体验生活的 10 号钻井平台和另一座 6 号钻井平台顺利出油，包括郑晓悟在内的全公司干部职工都因此而得以增享福利，先后两次共获得 200 元的绩效奖金，这在大学生毕业工作一年，"转正"之后的每月工资还不到 60 元的标准下，是个不小的数字。虽然，郑晓悟现在没有"转正"之前，还不能像正式职工那样有资格再去领取另一笔可观的年终奖，但他已经是很满意了。而且进入冬天，单位还给每个人发了一双很帅的防寒皮靴和一件带有风雪帽、并用人造毛做内衬的御寒冬衣。这种防寒服同时配有拉链和金属纽扣，布料、颜色和款式都非常好看，在市场上根本找不到，据说是仿照日方公司冬季工作服的样式加工定做的。

距新年元旦还有十多天，天津市委市政府邀请在津的外国专家、国际友人、外商代表在天津迎宾馆举行新年酒会。根据市外事办核定的名单，津港海洋石油公司的法、日外商代表和技术专家分乘三辆中型商务车前往，华宇副总经理作为总领队，偕同侯杰处长、许崇武处长以及英语、法语、日语翻译各一名另乘一辆商务车陪同外商前往。因为是星期六下午，郑晓悟在征得许处长同意后向华副总请示，想搭领导的顺风车去天津市区，因为有个分配到最高法院的同学正在天津市南区法院实习锻炼，想去见见他。华副总欣然应允："没问题，正好和我们在车上一起聊聊法律上的事，工作上的事。不过我在想啊，像今天这样的活动，以后要安排你参加，多见识，多体验，对你个人的发展，对我们的工作都有好处。"

法律79级的体育委员、为人直爽、助人为乐的"活雷锋"周建国被分配在最高人民法院经济庭，这是全班公认分配得最好的一个同学。按照最高法院的工作安排，新毕业的大学生要先下到地方基层法院实习锻炼，所以他就被安排到了天津的基层法院，离北京很近很方便。郑晓悟根据周建国来信所详细说明的地址和路线，在天津迎宾馆与华副总等领导分手后，搭乘公共汽车顺利地找到了南区法院，和整个天津市的大多数建筑一样，这是灰砖灰瓦的青灰色建筑。到了法院门卫处，打电话到刑庭，刚好是周建国接的电话，立刻跑步出来接郑晓悟进去，边走边说："你来得太巧了，我刚刚旁听观摩完一宗流氓团伙案件的开庭，回到办公室就听到电话铃声。现在正是'严打'时期，这类流氓犯罪案件特别多，基层法院刑庭的任务很重。我下到这儿之后，除了星期天，几乎天天都在配合办案、开庭。"

说话间，他带着郑晓悟直接来到宿舍，这是一间四人共用的简陋寝室，只有两架上下铺的铁床和靠窗的一张桌子，每个人的箱子就塞在床下面，整间屋好像没有收拾整理过。周建国不好意思地说："随便坐哪个床上都行，这里的条件就这样。今天刚好是星期六，一个同事回蓟县休假去了，另外两位同事的家就在近郊，他们每个星期六下班后都是各回各家，晚上就我一个人在寝室住。"

可能因为是周末，晚饭时食堂里没有多少人就餐，供应的只有馒头、玉米碴子粥和咸菜，唯一的热荤菜是萝卜炒肉片，跟对外合作中心的食堂完全没法比。饭后没有什么地方可去，周建国便带着郑晓悟慢慢散步走到水上公园，长长的曲廊里几乎没有人，偌大的水面上静悄悄的，据说对面就是动物园。"你对分到天津来有什么想法？"周建国忽然冒出一句，还没有等郑晓悟回答，又说，"你们单位还不在天津市区呢，滨海的条件应该比天津市区内还差，但是你看看，这跟武汉的公园比，能叫公园吗？而且我怎么感觉这里的街道跟空气都是灰灰脏脏的呢，一股煤味；还有这里的伙食、这里的环境，哪一样都不能跟武汉比啊。我本来说只要留在武汉，分到什么单位都行，但不知道怎么搞的，非要把我搞到北京来，唉！"

郑晓悟甚感疑惑："建国你知道吧？我本来出生在北京，特别想分回北京，都被卡住了呢，而你可是分在最高人民法院哦，是我们班上分得最好的单位，我羡慕你都来不及呢，你怎么还会不满意呢？"

"晓悟你不懂，我本人是土生土长的汉口人，我的未婚妻也在武汉，而且不可能调到北京来。我呢比你要大好几岁，已经到了结婚成家的年龄，我们不可能结婚以后还天各一方啊，而且我的未婚妻也坚决不同意两地分居。还有啊，我毕竟是南方人，特别不习惯北方的饮食和气候，所以，我一来就有回武汉或者是调到南方去的打算。"

郑晓悟很是替他分到北京反而想离开感到非常可惜，同时也为自己想分回北京而不能遂愿感到异常气愤，于是有些牢骚地对周建国说："嗨，你说说这是什么事嘛，咱们学校咱们班好不容易有个分到最高法院的指标，你若一走，那这不是浪费可惜了吗？"

周建国大概觉得在毕业分配的价值取向上与有着不同想法的郑晓悟没有共同语言，或者认为在爱情婚姻家庭问题上和没有经验的郑晓悟讨论乃是对牛弹琴，于是便转换话题聊起了学校往事，聊起留校的同学，聊起读研究生的同学，聊起分在其他地方的同学。

第二天早饭后，周建国又尽地主之谊，带着郑晓悟去逛了有名的商业集中地，天津有名的和平路。这条长长的街道上招牌林立，有很多知名的"老字号"传统名店、名品和名小吃，给郑晓悟的感觉相当不错。随后两人逛进了天津最大的商场劝业场，忽然看到规规矩矩的柜台外面摆了个摊位，很多人、主要是女同志拥挤在一堆，好像是在抢购什么，便好奇地挤过去一看，原来是一家中外合资经营的服装公司刚刚推出一款新布料新款式的女士长裤，一部分产品被允许在国内市场销售，而且是元旦前打入市场的试销一口价。只有两名像是工厂里的女推销员手忙脚乱，应付了这边又回应那边，盯住选裤子的人还要忙着收钱、找钱。郑晓悟看到这些套在透明塑料袋子里的裤子有不同颜色，布料看上去也还不错，也听到这群抢购的女同志叽叽喳喳地相当推崇，于是便不分青红皂白，不问规格尺码，看准一种中意的颜色，随便扯出一条付了钱就走。然后他又上到三楼的男装柜台，在周建国的参考建议下试来试去，用单位发的服装补贴为自己精心挑选了一套混纺料的浅格西装。

　　走出劝业场，郑晓悟当即让周建国陪他到和平路邮电局填好包裹单，草草写个便笺，把女式长裤给吕菁华寄去，算是新年礼物。中饭便由郑晓悟掏钱请客，两人在和平路一条侧巷里比较有名的一家包子铺品尝了"狗不理"，一种很平民化的天津特色美味小吃。

第十九章　陪外商过年

　　新年之交，元旦之前，往往是对外合作开发中心在日常合作开发业务之外的外事交际活动的"旺季"。

　　迎新的第一场活动由中方在对外合作中心食堂二楼的职工俱乐部举行场面盛大的招待会，宴请法方和日方全体人员，包括外商公司的中方雇员，津港海洋石油公司总经理钟晓山及总工程师李刚和各位副总经理悉数出席，对外合作开发中心的各处处长、副处长与外事业务骨干均出席宴会，郑晓悟也在参加之列。招待会由主管对外合作的华宇副总经理主持，钟晓山总经理致新年贺词，法国阿奎捷尔夫石油公司的总经理、日本拓谷海洋开发株式会社与日中海上石油勘探株式会社的两位社长分别致答谢辞。

　　宴会现场的气氛友好而热烈，中外与会人员的脸上都洋溢着欢乐的笑容。郑晓悟被安排坐的这一席主要是陪日本拓谷海洋开发株式会社的三位日方干部和两位中方雇员，右手边坐的是曾有一面之交的拓谷会社财务课长加藤，左手边是拓谷的中方雇员鲍萍萍。郑晓悟不懂日语，想着正好可以由鲍萍萍做翻译，以免吃饭敬酒时因无法沟通而尴尬。没想到的是，除了这位年纪稍大些的加藤课长之外，同桌的其他两位日本人都多多少少会讲中国话，一般性沟通基本没有问题。比如坐在鲍萍萍下手的是拓谷的法律顾问福山，他总是礼貌而恭敬地侧着头，隔着鲍小姐用中国话与郑晓悟这位同行聊天。

在宴会进行之中的你问我答、你来我往的应酬之间，郑晓悟好奇地问福山先生是在日本哪所大学学习的法律，福山谦虚地回应："噢，噢，很差，很差的学校，噢，是那个……是那个在以前水稻田里办的大学，不过我的法律也没有读好，要好好地好好地向郑桑您学习！"说着还微微起身点头做鞠躬状。

郑晓悟来到对外合作中心不久就已经知道"郑桑"是日本人对自己"郑先生"的日式尊称，但正疑惑"在水稻田里办的大学"是什么大学时，鲍萍萍笑着解释："福山先生谦虚，他可是早稻田大学法律系的高材生呢。"

"哦！太厉害了！早稻田大学可是日本的名校啊，失敬！失敬！"郑晓悟也站起身来与福山握手致意。

福山鞠躬的幅度更低了："郑桑过奖！不好意思！不好意思！"

鲍萍萍在整个宴会的吃饭过程中对郑晓悟照顾得可谓无微不至，不断地帮他夹菜，不时地为他和加藤课长之间的交谈做翻译，不停地挺身而出，代替不会喝酒的他挡酒应战，并不失时机地悄声和他聊着大学，聊着法律，聊着音乐，聊着乐器。原来她从小受父亲的影响会讲日语，在学校日语学得很好，偏科，所以只考上一所外国语学校读中专，并且从小还受母亲的影响，学会了弹琵琶，但她却不愿意考歌舞团当演奏员，坚持参加高考，毕业后自己出来闯荡做翻译。郑晓悟边听边认真地打量着具有古典气质和东方韵味的鲍萍萍，想象着她若身穿民族裙装，怀抱琵琶，玉指轻弹，的确形象很相宜。不过郑晓悟也忽然想起了江州市歌舞团弹琵琶的黄丽丽，两个人都很漂亮，身材也都很好，但一个皮肤白皙，一个肤色微黑。

也可能日方早已调整安排而只是时间上的巧合，自从这次新年招待宴会之后，日本拓谷与项目评估处之间的业务资料递送、日常材料交换等工作联系事项忽然改由鲍萍萍办理。因为所有这些文件资料交换必须首先要经过郑晓悟受理登记、初步审查并提出意见，两人需直接见面签收。不过自从鲍萍萍接手这项工作之后，好像联络工作突然多了起来，她几乎每天要打个电话上来问郑晓悟在不在，然后就到他的办公室来送文件、取材料，无论多少，随时送随时取，有时上下午都来。如果办公室里只剩下郑晓悟一个人，她一定会多坐一会儿，多聊一会儿。看着鲍萍萍那忽闪忽闪的长睫毛和笑盈盈的一双大眼睛，总令与之交谈的郑晓悟心猿意马，疑为吕菁华就坐在那沙发上，和自己面对面地甜蜜交流呢。

工作联系多了也就相互熟络了，于是鲍萍萍会很主动地在晚饭后约上高咏梅到郑晓悟的寝室来。若是看到颜肃在寝室里用功学日语，郑晓悟就会打打手势，与她们一起到徐福昌副处长的寝室里玩上一阵乐器，唱上几首正在流行的歌曲。但郑晓悟从没有去过她们三楼的女生宿舍。

1983 年的最后一天星期六是个工作日，中午由法国阿奎捷尔夫石油公司在对外合作大楼左侧的法方食堂内的高级管理人员餐厅举行新年酒会，并提前向每个参加人员呈送了正式邀请函，邀请了中方的华宇副总经理和合作中心各处的正副处长、部分科长、翻译，郑晓悟也在被邀请之列。中、法双方参加酒会人员全部不到30 人，根据礼仪要求，个个都是西装革履，正装出席。现场没有固定的座席定位，也没有摆放铭牌，属于自助餐式冷餐酒会，在法方总经理和中方华副总经理简单致辞祝酒之后，大家或手持酒杯、饮料，或端着餐食、点心自由取用、自由走动、自由交谈，但在自由中似乎也体现着正式性交谈、仪式性交流的特点。虽然和中餐宴会不同，这里除了罗宋汤、蘑菇汤和牛扒为热食之外，皆以冷餐为主，但食材和烹饪却相当有品质。现场各款各式的法国红酒、白兰地和饮料给人以琳琅满目、气氛热烈之感。郑晓悟当然不会喝酒，不过对巴黎气泡矿泉水颇感兴趣，同时也认为这种酒会的形式和氛围与他们食堂的法式装饰、法式桌椅、法式酒具和墙上悬挂的西洋油画非常协调。

当晚，日本拓谷海洋开发株式会社和日中海上石油勘探株式会社联合举办"迎新恳谈会暨元旦酒会"，地点就在紧靠法国公司食堂另一侧的日式饭堂。场内彩球悬挂，彩带飘舞，邀请了中方人员40人，两家日方公司各20人参加，共80人济济一堂。酒会形式搞的是日式料理配餐制，备有啤酒、清酒、日本烧酒和各色饮料，虽然餐桌上规规矩矩地铺着白色桌布，规规整整地垫有日式印花餐巾，并依摆放着的各人固定的铭牌就座，但从气氛上感觉较中午的法式酒会好像更加自由放松。在日方社长和华副总分别礼貌、客气且用语讲究地互致新年贺词之后，也许是因为东方人共同的特点，于是乎由祝酒到敬酒又到劝酒再到闹酒，气氛愈发高涨起来。日本人首先手舞足蹈地唱起歌来，而且唱的大都是中文歌曲，并由最新款四喇叭收录机播放伴奏，譬如《我是一个兵》《三大纪律八项注意》之类。

鲍萍萍则利用其是日本拓谷的中方雇员"职务之便"，在为餐桌摆放铭牌时就把自己和郑晓悟的摆在了一起，不过她今天没有翻译的任务，只是放松地吃喝，放松地聊天，放松地联欢。她似乎早有准备，把琵琶带来了，趁着日本人闹腾起来的气氛，先是即兴在麦克风前弹奏了一曲日本乐曲《樱花》，但是太简单了，不能体现她的演奏水平和弹拨技巧。中日双方人员都起哄鼓掌要求再来一首，鲍萍萍想了一下，就再弹奏了一首《草原英雄小姐妹》，将草原辽阔，马蹄奔驰，风雪呼啸，羊群失散的音乐语言表现得出神入化。

郑晓悟虽然事前不知道有这么个活动，没有准备，但在大家的极力推举下，觉得也应该唱一首日本歌曲回应，便请鲍萍萍过去一问，日方的收录机里果然有《北国之春》的伴奏曲。有了前面的闹场预热，再配上电声音乐现场伴奏，郑晓悟把这首歌的演唱效果发挥到了前所未有的水平，令日方人员完全没有想到。有的惊讶地张大了嘴巴，有的难以置信地瞪大了眼睛，有的不断鼓掌大叫"哟西！哟西"。数年后，广东很多家庭开始流行录像带式家庭卡拉 OK 影像设备时，郑晓悟说这其实就是当年中日联欢时录音机磁带音乐伴奏的升级版。

一曲唱完，掌声欢呼声自不待言。当然不能算完，郑晓悟又即兴清唱了一首蒋大为的歌曲《骏马奔驰保边疆》，悠长而高亢。已知他是法律同行的福山先生竟然过来说，他不得不代表很多好奇的日方人员来问郑晓悟是不是中方特意请来的专业歌唱家。

元旦放假，颜肃一大早就兴致勃勃地梳洗打扮，赶到职工家属院去跟人家的闺女相亲去了。无所事事的邓世荣过来约郑晓悟去津港国际客运码头的"国际海员俱乐部"玩，说那里的西餐面包很棒，还可以喝到外边商店里买不到的可口可乐。于是两人骑着自行车，经过海河入海口的防潮闸，绕过公司的专用设备码头到达对面的客运港，出示工作证即进入这座主要是为外国海员提供服务的外形新潮、设施先进的白色建筑。这是郑晓悟第一次进来。走进为防风、防寒而设的两道电子感应门之后，他就听到轻柔、舒缓的萨克斯音乐，同时也闻到煮熟的食品和配料、酒精、饮品的味道。高大的内厅因元旦新年而布置了彩球、彩旗、彩条，已经坐了很多前来吃西餐、喝咖啡、品酒、聊天放松的外国人，其中有两桌在对外合作中心上班的熟悉的法国人、日本人扬手和郑晓悟打招呼，他上前用简单的英语分别和这几个外国人互道"新年快乐"之后，正被服务员带着往里走，忽然看到一位小伙子从一个卡座上站起来，笑眯眯地迎面走来，并伸出右手："果真是你呀郑晓悟同学，居然能在这个地方见到你！"

郑晓悟见到此人，惊喜地握住他的手："孙志钢？怎么会是你？到津港来出差么？噢，对了，你分在哪里？"

"哈哈！我就分在这里呀，海洋石油税务局，单位就在附近。"

"哎呀！居然有这么巧的事，你现在是管我们的父母官呀！我就分在港口对面的津港海洋石油公司对外合作中心。"郑晓悟随后向他介绍海洋石油工程研究院的邓世荣。

孙志钢先向服务员道声辛苦，然后拉着郑晓悟的手说："来来来，不用再另外找座位了，就跟我们一个卡座吧，正好一起聊聊。我介绍一下，这位也是今年刚从大连的东北财经学院分到我们局、和我都在税政处二科同一个办公室的刘海莲同学。"早已礼貌地起身站立的刘海莲笑容可掬地分别和郑晓悟、邓世荣握手问好。这位姑娘一看就是北方女孩的身条，鹅蛋形的脸庞微显红黑，剑眉下的一双大眼睛黑白分明，鼻梁高挺，五官端正。

大家落座之后，此前已经就着西餐面包，与刘海莲喝着日本"麒麟"啤酒的孙志钢征求了郑晓悟和邓世荣的意见后，请服务员再送两罐啤酒和两瓶可口可乐，继续说道："没想到你也分到了津港，而且是在海洋石油的对外合作开发中心啊，那在工作上和我是直接对口啊。我们税政二科就是负责你们中心的对外合作开发的政策性业务，我和刘海莲跟我们科长到你们对外合作大楼去过两三次了，走访了法方和日方公司，还到了你们中方的财务预算处，就是没有碰到你呀。"

虽然孙志钢是在工业经济系就读，但因为有入学报到时在武昌车站的一面之缘，所以他和郑晓悟同校四年，经常有些联系和交流，又因为其毕业论文写的是外商投资工业企业税收优惠的经济评价方面的内容，因此理所当然地被分配到中国第一个海洋石油勘探开发的海上油田基地滨海来，得以与郑晓悟再续友情。而其同事刘海莲是东北财经学院财税系的毕业生，本来她家在大连市内，可以留在大连，但她解释说因为各种原因和个人的想法，还是离开大连比较好。

孙志钢对她的选择颇不以为然，说："大连应该说是我最向往的城市之一了，苏俄风情的城市建筑，风光优美的北方良港，尤其是美女如云的海滨胜地呀！你真是身在福中不知福哦。"

刘海莲动作潇洒地端起啤酒杯和孙志钢碰了下杯，洒脱地说："你这么喜欢我们大连美女，申请调去咱大连不就得了？满街美女可以天天看，美女媳妇任你可劲儿挑。预祝你心想事成！"

孙志钢以害羞状嬉皮笑脸地用河南梆子的韵白说道："俺这人，脸皮薄，陌生女子不敢瞧。俺这人，胆子小，没人帮忙不上道。俺这人，会盘算，舍近求远咱不干。俺这人，真可怜，求倒插门去大连。"说着还伸过啤酒杯要和刘海莲碰杯，意在碰杯"盟誓"。

刘海莲假装没有听懂孙志钢所表达的意思，没有看到孙志钢递过来的酒杯，爽快地用自己的酒杯与邓世荣的啤酒杯和郑晓悟的可口可乐瓶碰了两下，用半生不熟的天津话说："嘿嘿！真哏儿嗨，你们瞧介老孙同志是脸皮薄、胆子小的人吗？太可乐咧。"又笑盈盈地看着郑晓悟问，"孙志钢同学在你们学校是不是也是用这一招哄骗人家女同学的？"

郑晓悟对她并非认真的询问唯有举起可口可乐瓶以笑应对，觉得这位东北女孩可以说是集美貌、机智、大方、洒脱于一身。

吃喝笑谈完毕，逛了逛国际海员俱乐部的内设商场，郑晓悟在与孙志钢、刘海莲分手后，就和邓世荣骑车回到对外合作大楼。原想在一楼的视听室听一会儿英语，但路过收发室时收到两封信，一封是父亲的来信，另一封当然是吕菁华的信，便直接到楼上办公室看信并写回信。郑晓悟想：菁华今天应该也同样能收到我的明信片，那是鲍萍萍送给自己的几张日本的新年明信片中最精美的一张，估计会让她那些没见过国外明信片的同学非常羡慕，菁华肯定高兴。

父亲的来信主要说了两件事，尤其是第一件突如其来的噩耗令郑晓悟顿时沉痛无比：温和慈祥与世无争的爷爷没能跨过1984年新年，在寒冷的冬夜与世长辞了。"听你奶奶说在临终之前还叫饿，嚷着要吃东西。考虑到你刚参加工作没有假期，便没有发电报通知"。郑晓悟神情哀伤地想：现在家里的日子越来越好过了，他老人家却没等到该享福的时候就走了，而且是带着想吃东西的未了遗愿走的，真不应该呀！再一件则是好中有忧的事，江州市委宣传部组建讲师团，急迫商调父亲并附加解决全家人的城市户口的优厚条件，但汉宜县有关方面以需要重点学科人才为由拖着不办，"经过据理力争，才勉强答应我先完成这一届毕业班的教学任务，高考完后考虑放人"。郑晓悟心情沉重地想：这就是无来由地挤进不该进入的别人的圈子，而别人并不接纳"外人"融入他们这个圈子所导致的结果。这些人是否说话算话还是个未知数，但至少父亲已经开始亡羊补牢了。

吕菁华在信中语调轻松、略带调侃所说的一件事则令郑晓悟当时觉得甚为难堪，但却又成为此后数年被朋友们当作笑料的趣事。原来郑晓悟第一次买女装长裤，不懂规格尺寸，随意选购寄去的裤子腰围特别宽大，穿在腰身纤细、身材苗条的吕菁华身上简直惨不忍睹，这下好了，所有在场看热闹的女同学们众口一词地认为，郑晓悟师兄其实很具有战略眼光和长远考量，提前把孕妇裤准备妥当，以免到时候来不及啊！搞得吕菁华在试穿现场又甜蜜又尴尬。她在信中骄傲地向郑晓悟通报了自己无与伦比的标准少女腰围，但又说这条裤子是爱情的见证，一定要亲手裁剪改好穿在身上，如同爱人时时紧贴在身上。

为了将功补过，郑晓悟立刻下楼，飞车骑行返回津港国际海员俱乐部商场，按已知的腰围尺寸给吕菁华买了一条法国时下流行的冬季毛料长裙和一件细腰宽摆的咖啡色法式毛呢大衣，作为春节礼物，并得意地想：这套行头不仅在楚天大学，估计在武汉都是独一份哩。

大年三十下午，除安排必要的值班人员之外，全部提前下班。家在津港宿舍区和军粮城基地的干部职工都兴高采烈地回家准备除夕之夜的团年饭。颜肃、胡志军、张家宝、鲍萍萍这些有探亲假的单身青年早两天都已经回各自的老家过年去了，程燕是北京人、高咏梅是天津人，有没有探亲假都可以就近就便回家，也就剩下郑晓悟、邓世荣这一批刚分配到对外合作开发中心、海洋石油工程研究院和津海石油职工医院的毕业生和部分留守职工，不到100人。食堂免费为这些人提供了一餐丰盛的年夜饭，还配有充足的啤酒、饮料，在大红灯笼、各色彩条和彩色气球的烘托下，气氛很是热烈，人人喜气洋洋，个个满面红光，场面热气腾腾。郑晓悟虽然是此生第一次远离家人，在异地他乡和其他人一起集体团年，但却丝毫没有孤独感和陌生感，只是时不时会想到吕菁华此时此刻在做什么。想到她过年穿上那套法国冬季时装，肯定会更加美丽娇艳。

基于去年中央电视台第一届春节联欢晚会给大家留下的美好记忆，所以大家在吃喝喧闹中都还忘不了互相提醒八点钟到二楼的职工俱乐部看电视春晚，同时还记忆犹新地回忆评论起那些相声、小品、歌舞、杂技等节目和明星演员。邓世荣更是手持一只烧鸡腿，模仿起王景愚在去年央视春晚上演的哑剧《吃鸡》中被肉筋塞住牙缝、使劲往外拉扯的夸张动作，惹得众人哄堂大笑，一致叫好。他们又议论起李谷一在去年春晚一连唱的六首歌曲，一致认为其中那首《乡恋》最能打动人，最受欢迎，将这首歌列在节目表中，也说明中央电视台听取了大众的呼声，满足了群众的愿望，体现了编导的水平，提升了晚会的人气。而郑晓悟则回忆起那次同吕菁华一起在汉口体育场观看李谷一的演唱会，观众们最后一起呼唤"《乡恋》《乡恋》……"的情形和吕菁华开心起哄的样子。

聚餐后，大家都带着期盼和向往的神情一哄而上到二楼的职工俱乐部。现场也已布置好了过年的氛围，管理员已经将两台刚由日方公司按合作协议实物投资进口的 20 英寸彩电打开调好。大部分人坐在座位上，也有少部分边走动聊天边看电视。春节联欢晚会在热闹喜庆的《恭贺新禧》拜年歌中欢快开场，晚会由中国大陆、中国香港、中国台湾演艺明星共同主持，给人以耳目一新的感觉，中国香港歌星奚秀兰、陈思思、张明敏的倾情献唱，在观众心中引起了强烈共鸣，整个晚会很好地体现了内地与港澳台的文化融合，整个荧屏满满地充盈着中华一家亲的心灵交融。特别是张明敏的《我的中国心》在此后的数十年依然成为经久不衰的经典，也是后来郑晓悟到广东之后，和朋友去卡拉 OK 歌舞厅必唱的一首歌。

郑晓悟印象深刻的还有马季老师针对社会上业已出现的虚假广告这一"新生事物"所讲的单口相声《宇宙牌香烟》，让人听了觉得又可笑又可气，亦觉可忧。而陈佩斯、朱时茂表演的喜剧小品《吃面条》把在场的人笑得几乎喘不过气来。已经是凌晨一点多了，当李谷一以一首《难忘今宵》作为晚会的结束曲，当晚会的全体演职人员在镜头前向全国人民挥手再见时，精力旺盛的青年男女们带着对过去时光的眷恋，带着对未来希望的期盼，恋恋不舍地互道晚安。

整整一个晚上，准确地说是从鼠年的凌晨直到天亮，郑晓悟一个人在暖气融融的寝室里翻来覆去都未曾入眠，开始还沉浸在央视春晚的精彩回味之中，随后便是突然袭来的孤独感，使他深深陷入了对吕菁华的思念。回想起来，真诚的友情半年，真正的恋爱半年，真实的分开半年，而这不能见面的半年只能靠"每周一信"来倾诉相互的爱情、来维系相互的情感，这种鸿雁传情、无依无靠的痛苦还要再等漫长的一年半啊！最后，郑晓悟自以为是地"顿悟"出一个"真理"：爱情是人生的历练，恋爱是入世的修炼，既让你感受到幸福美满，也让你感觉到苦海无边，但感情一旦付出，开弓没有回头箭。

　　大年初一到初三这春节三天的法定假日，郑晓悟完全没有闲暇时间，根据对外合作中心领导安排，分别陪同日、法三家公司高管在此地过中国春节。日程是这样的：大年初一中午陪日中海上石油勘探株式会社的五名高管在许崇武处长家吃饭，晚上陪这同一批人在侯杰处长家；大年初二中午陪日本拓谷海洋石油开发株式会社的五名高管在侯杰处长家吃饭，晚上则陪同一批人在许崇武处长家；年初三中午是陪法国阿奎捷尔夫石油公司的三名高管在侯杰处长家，晚上还是陪同一批人在许崇武处长家吃饭。郑晓悟是第一次到家属宿舍区的领导家里，更是第一次领略这里的家庭饭菜，发现北方的家庭不管职位高低、富裕程度，每家每户门口的楼道口都摆着腌咸菜的大缸，一走进宿舍楼的单元门就闻到一股浓浓的酸菜味。而这几天，每一顿家宴的菜色品种主要都是各种各样的凉菜、卤菜，现炒热菜并不多，餐桌中间都一致地摆着一个白菜粉条炖肉、炖丸子或炖排骨的烧炭炖锅，主食也都无一例外的是各家酸菜肉馅的饺子，变换花样做出水饺、蒸饺或者煎饺。每顿都吃同样的东西，除了口味咸淡酸辣的区别之外，没有什么太多的不同，而且每顿都有青岛瓶装啤酒、麒麟罐装啤酒、可口可乐，估计是单位安排配发的。

　　日本客人对于北方酸菜饺子的各种做法接受度都很高，对炖锅菜式也颇感兴趣。他们就着啤酒大快朵颐，其乐融融，一开始还是鞠躬致意、礼貌周全，吃喝得高兴了，就一定会拉上主人全家，拉上郑晓悟和翻译一起举杯合影，唱歌合影，勾肩搭背地合影。而接待法国客人时则在啤酒之外另配有白兰地，餐具也在筷子之外配有刀叉，同时有针对性地取消了中国式炒菜，换成了酱大骨和烧鸡。他们喜欢一道菜一道菜地吃，而且要先弄到自己菜碟里，埋头吃自己的这一份，主食饺子也就是品尝几只蒸饺和煎饺即可。从头到尾就这样正正规规地吃菜，正正式式地敬酒，正正经经地交谈，议程化并笑容可掬地完成吃饭喝酒和交流任务，便在翻译的陪同下仪式化地礼貌离去。这次生活体验式的第一个工作化春节给郑晓悟留下了难以磨灭的印象。

鲍萍萍是年初六从老家江苏休完假回来上班的，她在食堂打好饭菜就来到郑晓悟吃饭的这一桌，坐在他旁边，悄悄向他透露了一个消息，说她回家后听父亲讲，南黄海石油公司即将在上海筹建，主要领导和骨干有可能就是从津港公司抽调。她父母建议她趁这个机会调去上海，既离家近，环境也要好很多。"你也是在南方长大的，生活习惯和环境适应应该更倾向于南方，是不是把握住这个机会调到上海去？我可以请我父亲帮咱们想办法。"鲍萍萍很期待地建议道。

郑晓悟听明白了鲍萍萍所说的意思，包括这个意思里边的内涵。他虽然没有去过上海，但知道十里洋场大上海的魅力和吸引力，但他更知道这不是他一个人的事，而是和吕菁华两个人共同的事，而且若是因此欠了鲍萍萍的情，则是一笔还不清的债，也会对不起心爱的人。

第二十章　北京培训

　　春节过后的一个多月，在每年一次开展的"向雷锋同志学习"的热潮中，对外合作开发中心的共青团总支委员会举行换届选举。公司总部和对外合作中心的有关领导根据郑晓悟在专业工作、组织能力和外事活动中的表现，建议推荐其作为团总支书记的候选人。考虑到原书记程燕的特殊身份和工作岗位，拟改任副书记。戴着眼镜，体胖豁达、性格爽快的程燕欣然同意，而且还庆幸自己得以腾出更多的精力，在带领业务团队完成好法语翻译工作的同时，可以着手进行早已想好的翻译法国文学作品的个人计划了。

　　通过投票选举，郑晓悟毫无悬念地当选为对外合作开发中心新一届团总支书记，随后又在"中国共产主义青年团津港海洋石油公司代表大会"上被推选为津港公司团委委员。但新官上任还没来得及烧三把火，团总支的工作还没有完全开展，团的活动计划也还没有想出个眉目，由石油工业部和中国海洋石油总公司联合澳大利亚某机构在北京举办的"海洋资源利用法律问题研修班"在北京开班，脱产学习两个月。津港石油公司指定公司生产计划处的赵彦民处长和对外合作中心的郑晓悟参加。

算起来，这应该是郑晓悟大学毕业分配到天津之后第三次来北京了，但第一次是浮光掠影，第二次是擦肩而过，而这一次是踏踏实实地要在北京深蹲两个月，终于有机会可以好好地看一看朝思暮想的出生地北京了。而且更巧的是，这个研修班就在位于海淀区学院路的原北京石油学院的校园内举办，虽然看到的校门口的牌子改挂了"中国石油大学研究生院"，但这里毕竟曾是父亲兼职任课多年的故地，郑晓悟觉得是冥冥之中被特地安排到这里追寻父亲的足迹，激动的心情无法用言语表达。他一进石油学院大门就难以抑制地心跳加剧，一看到对面的北京语言学院就想起送照片给父亲的那位古巴留学生，因此一放下行李，他就迫不及待地在校园里走了一遍，边走边想：整个校园看上去都是老建筑，没有变，爸爸给外国留学生上课培训到底是哪间教室呢？

研修班学员们的住宿使用的是原石油学院的学生宿舍，三个人一间寝室，郑晓悟是和来自广东湛江的南海石油西部公司的韦向东经理，以及来自上海的南黄海石油公司筹备处的唐朝阳科长为室友。这两个人得知郑晓悟是法律专业的毕业生时，顿显崇拜之情，说这个专业太稀有了，又说这期的"澳大利亚班"太对口了，培训之后他定将会有个专业拓展式的飞跃。

韦向东经理本人是广西人，郑晓悟觉得他长得很像越南人，一张嘴说话，便是两广口音很重且不完全能听得明白的普通话。但他特别热情，喜欢聊天，一有空就会手舞足蹈地给郑晓悟他们讲南国的椰林，海岛的风光，湛江的海鲜，丰收的渔港，尤其是他们公司所在的南海之滨的湛江坡头半岛，真是海岸优美，海域辽阔，海浪翻卷，海鸥飞翔，冬无严寒，冬暖夏凉，简直犹如人间天堂。"我敢说，将来南海石油勘探开发的前景绝对超过渤海这个内海，而且我们公司现在非常需要学法律的人才。真的，我不骗你啦，如果你想调到我们公司来，我真的可以帮忙哦，分分钟可以搞定的啦。"韦向东一直这么鼓动着，居然搞得郑晓悟心猿意马地萌生了对南方的向往。

唐朝阳本是当年的上海知青，下放在黄浦江对岸、上海远郊的崇明岛上，后被招工到石油系统，一直在天津新港的渤海石油公司工作，曾经历了"渤海二号"沉船事件，一年多前调回上海，成为南黄海石油公司筹备处的工作人员。他以沉静睿智的语调对郑晓悟说："我们南黄海石油公司的筹备工作已经差不多快完成了，并计划更名为东海石油公司，现在正在考虑准备大量调人。我们原来的渤海石油公司和你们津港石油公司会是我们调人的重点目标单位，其实你的确应该考虑考虑，对咱们有南方生活习惯的人来讲，上海是最好的选择。"郑晓悟听得此言则想：鲍萍萍也是这么跟自己讲的，但北京和上海都是很难进入的地区，万一到时吕菁华毕业分配去不了上海，就会两地分居，这是两人都不能接受的结果，我不能只想到自己，必须要稳妥保证到时两个人不分开才行。只听唐科长继续说："说来也真是可笑的呀，我嘛，当知青是下放在浦东，调回上海筹备公司还是在浦东，看来我命中注定和浦东就是有缘分的呀。不过说句老实话，现在浦东的环境和条件呢可能没有韦经理说的他们湛江坡头那么好，比如我们上海人祖祖辈辈都在说'宁要浦西的一张床，也不要浦东的一间房'，但是我相信将来的浦东肯定前途不可限量。"

郑晓悟和韦向东都真诚地说，大上海的地位无论从哪个方面评价，都不可能有其他地方可以取代。当然，这两人其实都没去过上海，但还是这么认为。

研修班授课的专家都是澳大利亚的法学教授、律师、海洋石油项目谈判专家和投资预算工程师，英语讲课配有翻译，如此，大家在训练英语听力至少可以感受英文氛围的同时，又能够接受很多闻所未闻的知识和观点。郑晓悟知道，从法律专业上讲，他们遵从的是普通法系的规则和理念；从业务理论上说，他们传达的是西方先进的信息和经验。虽然有些术语不能听懂，有些理论尚难理解，很多知识有待消化，但在这个国门打开已成趋势、西风东渐蔚然兴起的起步年代，自己有幸得风气之先，居新潮之头，尤其又在自己向往的北京，实在要好好珍惜，牢牢把握，所以听得很认真。

根据外国老师的工作习惯和时间安排，研修班的听课研修任务并不重，每天下午四点就结束了。赵彦民处长每天都回自己在北京的家，除了中午休息之外，几乎不在研修班的宿舍住。郑晓悟和韦向东、唐朝阳则每天都会结伴外出，游览北京的市容市貌、街巷胡同，并且会在不上课的星期六下午和星期天全天逐个参观北京的主要景点，天安门广场、王府井大街、颐和园、雍和宫、故宫、天坛这些传统性游览项目自不待言，连中山公园、景山公园、北海公园、玉渊潭公园、紫竹院公园、陶然亭公园，还有北京动物园都一一到访，关键是还可以在各处寻觅品尝北京风味特色的吃食美味。对他们而言，研修班搭伙石油学院食堂的伙食实在是比较差。但是，无论是吃传统小馆的卤煮火烧、炸酱面、水饺、爆肚，还是吃全聚德的烤鸭、东来顺的涮羊肉，韦向东都会一本正经地评价没有广东菜好吃，吃不惯，并绘声绘色地描述一番粤菜、潮汕菜、客家菜不同的特点，唐朝阳也会将淮扬菜、杭帮菜、上海菜与北方饭食做比较，同时会数数中国的"八大菜系"。郑晓悟从他们这里学习了不少美食知识。

在整整两个月的研修学习期间，可能是为了省路费，但更主要是单位没有工作上的安排和要求，郑晓悟觉得没有必要回津港，只是与个别领导有信件往来联系。当然，更主要的还是"每周一信"，雷打不动地与吕菁华在京汉两地之间情书往来。

这个星期六原属上课上班日，但好像也是澳大利亚人的法定节假日或者是其他什么事情，总之没有安排研修课程，郑晓悟便决定去石油部寻访父亲原来的老关系、老同事。根据那天晚上在华宇副总经理家里听其夫人所提供的信息，便直接先到石油部计划工资司找文华姐姐。一位年轻的姑娘很热心地把他带到一间办公室前，敲敲门喊道："曹副处长，有客人找。"便礼貌地和郑晓悟点点头离去。

曹文华疑惑地把郑晓悟迎进办公室，这间不大的办公室有两张办公桌，但此时只有曹文华一个人。郑晓悟礼貌地叫了一声"您就是文华姐姐呀"，随即把自己是谁，父亲是谁，自己现在是在哪个单位，为什么会在北京，打小跟她和文康哥哥一起玩的大哥郑晓忱现在是在哪里工作等，简洁明了地说了一遍，并告诉她是从华副总夫人那里得知曹伯伯和她兄妹俩的情况的。

泡好茶端着茶杯过来的曹文华从客气到惊讶再到亲热，一边把热茶递给郑晓悟，一边激动地说："哎呀呀！真没想到啊！你就是小五，就是我的'小苹果'弟弟呀？我小时候好喜欢抱你哦。"说完可能觉得面对现在高过她半个头的郑晓悟有点儿不好意思，脸还有些红了。随后她坐下来，急不可待地问了晓悟他们家到湖北这些年的经历，特别又再详细地问到郑力仁叔叔、孟玉洁阿姨、郑晓忱哥哥，叹了一口气说道："自从你们家搬走之后，我爸爸像掉了魂似的，脾气变得很差，动不动就跟我妈发火，原来他可没有这样过。我和我哥也伤心了好长时间，没有你们一大家子人在，真的好不习惯。现在我爸爸要是见到你，指不定有多开心呢。"

郑晓悟告诉她："我其实一直都想回北京，但毕业分配的时候因为各种原因没能如愿，分去了天津。"并把自己在津港石油公司的工作岗位具体做了些介绍。

"天津也是个不错的地方，津港石油公司福利很好，而你们对外合作开发中心的条件最好，这个我比较了解。因为我爱人原来就在津港石油公司，后来给他升了个芝麻绿豆大的官，就调到大港油田去了，其实他并不是特别愿意离开津港石油公司。"曹文华站起身给郑晓悟的茶杯里续上开水，说，"小五啊，你在大学学完法律，现在又回到了咱们石油系统，这是个非常明智的选择。无论是从个人福利还是行业发展看，在我们石油系统干很有前途，而海洋石油勘探开发与外商合资合作，更是个前景光明的新领域，国家很重视啊，好多陆地油田的干部都想转去搞海油呢。所以你一定要珍惜，要好好干，给你爸妈争光，给咱老石油争光。"

依着郑晓悟的询问和请求，曹文华把郑晓悟带到人事教育司找到蔡启文处长，连门都没敲，直接进门就对着正在埋头看文件的人欢快地叫道："蔡叔叔，您看我把谁带来了？"

蔡启文见到曹文华眼睛一亮，高兴地推开椅子，从办公桌旁站起身，走过来拍拍她的背："哎哟，是我可爱的闺女呀？这么长时间也不来看望你蔡叔叔我，今天是发了什么善心哪？"

曹文华嘻嘻哈哈地逗他："算了吧，你们人事教育司有那么多的美女，哪还需要我这个灰姑娘来看你嘛？"一时间神态和表情就像一个在长辈面前没大没小的小姑娘，郑晓悟恍然间好像隐隐忆起了小时候的文华姐姐。

曹文华向蔡启文介绍了郑晓悟之后，说道："小五，我还要回办公室做报表，你和蔡叔叔先聊着。别走哈，中午我带你去食堂吃饭。"

"文华姐，您先去忙吧，我不在这儿吃饭，中午约了研修班的几位同学一起去颐和园玩儿呢。"郑晓悟解释道。

"嗯……那好吧。我把我爸爸家里的地址留给你，找个时间一定要到家里去哈，他可是最念叨你们一家人了。"

曹文华在一张纸上唰唰写下地址走后，蔡启文也详细地向郑晓悟询问了他父亲郑力仁近20年来的经历和现状，联想到他自己在玉门油田的境遇，真是感慨万千，"不过我听高飞回北京之后和我说过，他去找过你爸爸，想动员你们回北京，但你爸爸呢还是保持着迂夫子的性格，不违背自己的良心说话，不违背自己的良心办事，坚决不干落井下石的事，难得呀！真的难得呀！"

"是。我们兄弟几个当时听说了这件事儿，对我爸爸的决定非常不理解。蔡叔叔，听说高飞叔叔调到首都政法大学去了？"郑晓悟问。

"是的，政法大学调他过去，给他升了一级。噢，对了，他现在还暂时住在石油学院的教工宿舍呢，就是你现在参加研修培训的老石油学院的院内，很方便，你随时都可以去找他。我和他跟你爸爸算是老朋友哩，他一定会非常欢迎你的到访。"说着就龙飞凤舞地给郑晓悟写下了高飞的家庭地址。

郑晓悟高兴地接过纸条，问道："听说我们家离开北京时带人追到北京车站挽留我父亲，后来又指示高飞叔叔找到汉宜，通知我父亲有机会回北京的都是郭开疆伯伯，不知道他现在还在石油部吗？"

"哦，老郭呀，他是个好人，既是我 1973 年能从玉门油田调回北京的贵人，也算是你爸爸的贵人。老郭现在是我们石油部机关党委书记，走，我带你去见他。"

高大白胖的郭开疆举止之间很有一种威严感，听蔡启文的介绍时，一直在用他那有神而沉静的双眼打量着郑晓悟，然后仰靠在单人沙发上，用依然浓厚的河南腔说："唔，这么说你是郑力仁同志的小儿子呀？我离开石油干校调到部里来的时候你刚出生不久，没有啥印象，倒是力仁同志的大儿子很聪明，大姑娘很活泼，这我还有些印象哩。唉，这个郑力仁啊，让我咋说他好呢？生娃生得太多和家里老人的拖累是一回事，我当时还提醒过他，也力所能及地帮了些忙，但他心气高，性格犟，性子直，缺乏必要的灵活性，不懂迂回战术，事情还没有搞清，问题还没有解决，就不管不顾地拍屁股走人，而且一去不回头。可惜了哇，可惜了一个人才啊……"

郑晓悟把郭伯伯的话语和态度深深地印在脑海里。

第二天是星期天，郑晓悟按照蔡启文叔叔所写的地址到石油学院教工宿舍楼，一下子就找到了高飞叔叔的家。是在内走廊筒子楼的二楼，他们一家四口正好都在家，正在一间布置成客厅的房间里对着一台黑白电视机看节目。郑晓悟敲了敲敞开着的门，恭恭敬敬地问道："请问这里是高飞叔叔家吗？"

个子高高、皮肤黑黑的男主人从中间一个长长的木质布艺沙发上站起身来答道："我就是高飞。你是？"

"高叔叔您好！我姓郑，是从湖北来的……"

高飞随之脸色阴沉地打断话头："噢，湖北来的，那……那就进来坐吧。"接着很严肃地给家人打手势让关上电视机，并示意他们离开这个房间，引着郑晓悟坐在一边的单人扶手沙发上，自己坐到遥遥相对的另一侧单人扶手沙发上，也没有泡茶倒水，只是冷冷地问道："从湖北到北京来有事呀？"

郑晓悟心下一沉，感觉好像不对，一时间来时想说的话都说不出来了，只好顺着他的问话老老实实回答："我是从天津的津港海洋石油公司对外合作中心来北京学习两个月，是澳大利亚办的一个海洋资源利用法律问题研修班，就在这个石油学院的院内。我是到石油部才问到您的家……"

高飞又冷冷地打断了他的话头，甚至含有些许嘲讽的语气："哦嗬，不错呀！能把你从潜江油田弄到津港海洋石油公司的对外合作中心？你爸爸很有本事嘛。"

郑晓悟感觉更加不好了，只好硬着头皮解释道："我不是潜江油田的，也不是我爸爸把我调过去的，我是去年从武汉的楚天大学法律系毕业后直接分配到津港石油公司对外合作中心的。"

高飞闻言，身体离开沙发背稍稍往前一倾，用探询的神色问道："你家不是潜江油田的……哎？你爸爸叫什么名字？"

"我爸爸叫郑力仁。"

高飞忽然"腾"地从沙发上站起来，很快神情异常地走过来，在紧挨着郑晓悟沙发一侧的一张单人扶手沙发上坐下来，急急地问："你爸爸是叫郑力仁？你是'郑夫子'的儿子？"还没等郑晓悟答话，便又对着门外叫道："老张！老伴老伴！你赶快过来，你看是谁来了。"

个头不高但皮肤白皙的张阿姨依然带着苏州人的温婉，满脸含笑地走进来，询问地看着自己的丈夫。

高飞激动地拍着郑晓悟的大腿告诉他爱人："你知道他是谁吗？是'郑夫子'的儿子，郑力仁，你还记得吗？就是我们干校里生了五个孩子、有一大家子人的那位郑老师，后来没办法，回湖北去了，当时余部长指示老郭和我追到火车站都没有拦下来的那位。"

张阿姨也是惊喜得眼睛一亮，说道："哎哟，记得的。记得的。他们家走的时候干校的同事还有家属全部都去送行了，我也去了，那场面可叫人难受哦。"看到郑晓悟站起来非常礼貌叫她"张阿姨您好"，便走上前来拉着郑晓悟的手，慈爱地看着他问："你叫什么名字？是郑老师家的老几？"

郑晓悟规规矩矩地回答："我叫郑晓悟，是老五，最小的儿子。"

"哎唷，是小五啊，比我们家高旭大三四岁吧？那时候胖乎乎的，脸蛋哟红扑扑的，现在都长这么高了！"张阿姨欣赏地上下打量着郑晓悟，并用她那软软的手拍着他的手背，同时柔声柔气地对着门外喊道："高旭！高辰！你们俩快过来见见你们的小五哥。"

姐弟俩立刻从其他的房间兴高采烈地跑进来，长得都很像高飞叔叔，高高的北方人的个头，略显长方形的脸型配上明朗的五官，用真诚的笑和真诚的眼神对着郑晓悟叫道："小五哥好！"

高飞向郑晓悟介绍道："喏，高旭是姐姐，在上大学二年级，就在我们石油学院隔壁的北京钢铁学院，所以不用住校，就住在家里。"

高旭笑嘻嘻地说："小五哥看我像不像标准的'铁姑娘'？"

"他们姐弟俩都是清晨出生的，所以弟弟叫高辰，还在读高二。"高飞指指高辰说，"你要向你小五哥学习，争取考上大学法律系。"

郑晓悟看着帅气的高辰说："那绝对没问题，高辰你直接考上高叔叔做书记的首都政法大学就行啦。"于是大家一阵欢笑声。

高飞又下指示："老伴，赶紧去准备，给咱小五做些好吃的。"张阿姨温和地走进对面一间专门的厨房。接下来的聊天便是回忆、反思与展望，过去、现在和未来，天南海北，其乐融融，初次见面的郑晓悟此刻的感觉简直就是一家人。

张阿姨准备了南北风味兼具的丰盛午餐，高飞叔叔拿出"红星牌"二锅头说："咱爷儿俩今天中午喝两盅，祝贺我们重逢如何？"

郑晓悟急忙解释自己不会喝酒，也从来没有喝过酒。高飞失望地说："嗨，倒像你爸爸这个迂夫子。你妈可是很能喝酒哦，你们兄弟姐妹中就没有人继承这个特长吗？不过你不抽烟倒真是个优点。"

"我姐姐晓悦和三哥晓慷很会喝酒。"

吃饭中间，郑晓悟忽然想起一个问题，问道："高叔叔，我刚进门的时候说我姓郑，是从湖北来的，您怎么忽然对我非常冷淡呢？"

高飞突然好像有点不好意思，独自喝了一口二锅头，说："嗨，你这孩子倒是挺敏感的。我开始以为你是我们在潜江油田下放时那位姓郑的造反派头头的儿子呢，当时没把你赶出去就不错啦。不好意思啊小五，差点儿搞错对象了，哈哈。"说完举起酒杯和郑晓悟的茶杯碰了一下，一饮而尽。

郑晓悟顿时恍然大悟，站起身举起茶杯致歉似的向高叔叔敬了一下说："其实也怪我，我还自以为是地认为依您和我爸爸的关系，只要我说是姓郑从湖北来的，您就会知道是谁呢。看到您当时的态度搞得我好紧张啊。"

高旭、高辰姐弟俩争先恐后地说："我爸爸只要一提到那个姓郑的，火都不打一处来。"

饭后，高飞对郑晓悟说："哎呀，中午见到你高兴呀，多喝了一杯，我得去午睡一会儿了。你坐这儿看电视也好，出去转转也好，总之，晚饭还得在家里吃，我已经交代你张阿姨下午出去再买些你爱吃的菜，晚上我们爷儿俩继续喝继续聊。"

郑晓悟想了想说："好的，那我在家吃晚饭。我最近刚看了刘晓庆主演的电影《火烧圆明园》，很有感想，所以打算下午去圆明园遗址看看，没去过。家里有自行车吗？我想骑车过去。"

高飞趁着酒意说："圆明园啊，应该去看看。'圆而入神，君子之时中也；明而普照，达人之睿智也'，这就是对圆明园的解释。"接着对儿子高辰说，"去，把你的自行车借给你小五哥。"

在车辆并不多的宽阔大街上骑车飞驰是一件很惬意的事。依据高旭、高辰姐弟俩画的路线图，绕过清华大学的一处校门再往前，即进入荒草遍地的空旷之处。这儿已经没有柏油马路，只有两旁的杂树遮掩着的路况不好的石子路，旁边出现了断断续续的围墙，郑晓悟猜测，围墙里面应该就是圆明园的地界了。他吃力而颠簸地蹬着自行车继续前行，看到一处竖有简易木牌的豁口，进去一看，亭台楼阁荡然无存，假山叠石浑然无状，断柱乱石间还开垦有菜地、麦田，赫然映入眼帘的是一道特具西洋风格的门柱拱顶，似乎摇摇欲坠地挺立着。抬眼向四周望去，毫无生气的水面上只有杂草丛生的人工小岛，残痕密布的园内仅剩残垣断壁的荒凉景象，更深处既没有路也没有人声，只有寂静的春风在吹拂，只有寂寞的鸟儿在鸣叫。

郑晓悟似有所思却实无所想地在那个高耸的门柱拱顶前的乱石台阶上坐了很久很久，就像一个悟道冥想的使者。他蓦然间想起了马克思对"火烧圆明园"的历史悲剧有一段著名的评论:"一个人口几乎占人类三分之一的大帝国,不顾时世,安于现状,人为隔绝于世界并因此竭力以天朝尽善尽美的幻想自欺。这样一个帝国注定最后要在一场殊死的决斗中被打垮……"是的,封闭必然落后,落后就要挨打,这是伟大革命导师 100 多年前的论断,现在依然是真理。

郑晓悟猛然意识到其实自己很幸运,非常庆幸自己能够在最好的年华得以直接参与对外合作、开放交流的第一线工作,能够把个人的前途和国家的发展紧紧联系在一起。当然,从多年的困惑和个人感受而言,更值得庆幸的是没想到父亲在石油部的老同事们中间竟然印象甚佳、颇受欢迎,而不是此前子女们误以为自己的父亲是在石油部混不下去,不得已而狼狈离去"逃"到汉宜的。

当晚,郑晓悟即满怀深情地给父亲写了一封信,把自己这几天去石油部的所见所感做了汇报,并尽可能详细地通报了他的这些老同事、老领导的情况和联系方式。

第二十一章　准备出国

　　分配到北京的五位同学中，有四位是在市区内的中央部级机关，但都被单位下派到外地基层单位实习锻炼去了，不在北京。还有一位同学的单位则在远郊的通县县城，远且不方便，因而郑晓悟在北京研修学习期间，没能与任何一位同学见上面。

　　郑晓悟"澳大利亚班"的培训结束回到单位是6月下旬一个星期天的下午，在食堂吃晚饭的时候他遇到了鲍萍萍。她看到外出学习已经有两个多月没有见到面的郑晓悟，自然是欣喜异常，端着饭菜就凑过来了，顾不上理会邓世荣那几个吊儿郎当的家伙跟她逗趣开玩笑，只是一个劲儿好奇地问他在北京待得可好，都去了哪些地方玩儿，有什么见闻异趣。然后得意而神秘地告诉他，自己最近练好了一支经典并且很好听的琵琶独奏曲目，让郑晓悟饭后一定要到她寝室听听她弹得怎么样，要他"点拨点拨"。

　　郑晓悟是第一次到三楼的女生宿舍，可能是星期天的缘故，比较安静，走廊也没有碰到什么人。敲门进入鲍萍萍和高咏梅合住的房间，只有鲍萍萍一个人在，高咏梅回天津家里过周末，一般星期一一大早才赶回来上班。果真是女孩子的卧室啊，干净、整洁、雅致、漂亮，粉红色的绣花窗帘营造出特有的温馨与情趣，屋内有一股淡淡的花露水和香皂混合的好闻的气味。鲍萍萍把郑晓悟迎进屋来，掩上房门，先热情地端来一杯江苏的绿茶，并请他坐在她那张铺着一块绣花床布的床上，无须絮语，自己优雅地坐在凳子上，抱起琵琶调了调弦，稍稍凝神敛息片刻，玉腕缓缓轻抬，莲指翻动，《春江花月夜》的优美音符飘然而出，忽而抑扬顿挫，忽而婉转如歌，忽而铮铮如珠落玉盘，忽而柔柔似水摇清波，摇指之韵是那样的优雅动人，滑指之揉是那样的悠然自若。郑晓悟的脑海里涌现的是"春江潮水连海平，海上明月共潮生。滟滟随波千万里，何处春江无月明"的诗句，然而视线中实实在在躲不开的，却是半袖紧身浅花连衣裙包裹着的凸凹有致的身躯，挺拔优柔的腰臀。而且鲍萍萍在弹拨之中时时的眼波顾盼，使得曾有得尝禁果经历的郑晓悟几乎难以自持。他移开视线，艰难地咬牙咽了咽口水，下意识地猛喝了几口绿茶，似有清醒。他突然忆起去年春季的月明星稀之夜和吕菁华拥吻在长江岸边草丛中的甜蜜情形，忆起两人对着朗朗春月讨论起"江畔何人初见月，江月何年初照人"这个千古难解之谜，顿时，他好想好想自己亲爱的菁华，那个身处长江之畔的她，在这个春江花月夜，是不是也在想念他呢？"不知江月待何人，但见长江送流水……"

猛然，郑晓悟直愣愣地站了起来，"不行，我得走了"。他拉开房门，径直逃也似的匆匆离去。正在激情弹奏之中的鲍萍萍戛然而止，茫然不知所措。

很快，吕菁华的信实时追踪到了津港，她在信中异常兴奋地告诉郑晓悟，说没想到郑力仁老师会到学校去看她，找到她们女生宿舍，她冲了一杯麦乳精招待这位"未来的公公"。郑晓悟看到吕菁华居然公然在信中用"未来的公公"称呼自己的父亲，虽然刻意加了双引号，但对她的这个表态顿觉甜蜜无比。原来，郑力仁是去武汉参加省哲学理事会的工作会议，想到小儿子既然已经和吕菁华谈恋爱了，更何况她是自己曾经的学生，觉得应该到学校去看看她。刚好赵森请郑力仁到家里吃饭，于是就顺便把吕菁华叫上，一起去认识认识，而吕菁华本性喜欢交际，且早听郑晓悟说过这位赵老师，于是在信中调皮地说"自己便以郑老师的学生和他老人家准儿媳妇的双重身份欣然前往"。不过她接着在

信里描述道："赵森老师一直都在为你爸爸抱不屈，说对你爸爸太不公平了，毁了个人才。我听了之后心里非常难受，而你爸爸听了之后只是一笑了之。但我却希望亲爱的你不要重蹈你爸爸的覆辙，把握好自己的人生，我保证将来一定会成为咱们小家庭的贤内助和你事业上的好帮手。"

　　信中又说了另一件令她兴奋无比的事，是她和赵佳的高中班主任、语文老师贾文章也随后出差到了武汉，也到学校去看望她，并且屈尊在学生食堂吃了便饭。寝室的女同学都称赞贾老师很有风度，口才也很好。"饭后我陪贾老师在校园里散步，他一直都在表扬我美貌动人，聪慧好学，冰清玉洁，纯情高尚，他坚决不相信江湾高中有些无德之人的风言风语，说我是他所教的学生中最好的一个，也是最喜爱的一个，搞得我很不好意思！不过我和贾老师在一起真是有说不完的话呀，只是贾老师提起你，好像欲言又止的样子，我好想听听哦，问他，他又不说。天夜已晚，贾老师要回招待所，我恋恋不舍地挽着他的胳膊送他回去，到了招待所他说我一个人走不放心，又挽起我的胳膊送我回学校。但我们师生之间的话还没说完，我再次挽着他的胳膊送他，他最后又坚持把我送回学校。嘻嘻，我们师生二人就这样挽着胳膊在街上来回走了四趟。他说他明天还要去看望赵佳，叫我不用陪他，怕影响我的学习。我真为有这么一位有情有义、有才有德的好老师而庆幸啊……"

　　郑晓悟记起这位贾老师是当时高二（2）理科班的班主任，父亲刚调到江湾高中的时候，他还"怀着仰慕之情"请父亲和自己

到他们家吃了一次饭。他那位第二次结婚的妻子很年轻,女儿在上小学,但他总是当着客人的面颐指气使地训斥在江湾供销社上班的妻子,给郑晓悟第一次的印象就相当不好。平时他走路的姿势、看人的眼神、说话的语气都是一副谁也瞧不起、对谁都不买账的样子,尤其是他特别瞧不起当时高二(1)班,也就是郑晓悟所在文科班的班主任钟嘉礼老师,所以对于不是他所在班的郑晓悟居然语文考试成绩会超过他所教的理科班的尖子,心中甚为不满,风闻总是把说话的矛头、嘲讽的词语对住郑晓悟。不过这都是过去无聊的事了。郑晓悟这样想,只是你作为老师,现在正儿八经地去看望自己的学生倒也无可非议,但你明明知道自己同事的儿子和吕菁华确定了恋爱关系,却又为老不尊地在晚上手挽手走几个来回还不够?太叫人觉得别扭了!然而从吕菁华的信中表达的语调来看,好像是很正常,没什么大不了。郑晓悟虽然情感上对此难以接受,感到很怪异,但又说不出个所以然,因此在回信中也就对此事的感觉只字未提。

有些事说起来就像是小说里虚构设计的桥段,但在现实中却是真实的。

7月底,郑晓悟收到一封来自江州市委讲师团的信,一看黄色牛皮纸信封上是父亲的笔迹,便知道他老人家调动和家人返城之事大功告成,顿觉心情欢畅。父亲在信中只是简单地说了说汉宜县的有关人等终于没能阻止住他的调动,全家已经在江州市委讲师团安顿好了。遗憾的是晓悦的回城手续上出了意外,把她一个人留在了乡下,但没细说缘由。此信主要是想和郑晓悟认真谈谈吕菁华的事,首先便提及他一个多月前去省里开会时专程看望了吕菁华,"但到吕菁华寝室后,她给我冲了一杯麦乳精,我认为这太奢侈了,一个还在读书的大学生,太过于追求生活的高标准了。喝白开水不行吗?有杯清茶就不错了。我真的很担心你到时候养不起她呀!"郑晓悟看到这里,差一点笑出声来:冲麦乳精补充营养、提神醒脑在大学很正常的啦！你儿子那时候也是日常备有麦乳精的，只是您不知道而已。而且这是吕菁华对您特别的恭敬和孝敬，唉！居然做好还落不到好。

但下面所讲的事则令郑晓悟完全笑不出来了，反而很痛苦，而且是为吕菁华痛苦到心在滴血。事情是这样的：贾文章从武汉出差回去后，"诚心诚意"地和郑力仁交谈了一次，并且还在认识吕菁华的老师中"欲言又止"地散布，说他此次在武汉，在楚天大学了解得清清楚楚，吕菁华放荡的性格不改，把在江湾中学的那一套风流做派又带到了大学，而且有过之而无不及，举止轻浮，行为淫荡，随随便便就和男的勾肩搭背，跟很多男同学不三不四，闹出很多绯闻……总之说得有鼻子有眼。"贾老师还一再郑重提醒我，这样的儿媳妇要不得，说如果不及时回头，到时候会把咱们这么一位有才华的晓悟的事业、前途、人生都毁了！"信在最后说："虽然赵森是你们学校的老师，但他从没跟我说过有这等事，甚至还支持你们谈恋爱，可能是他不好跟我说什么吧。做父亲的当然希望这只是空穴来风，但空穴来风毕竟也有'风'啊，希望你千万要把握好。"

郑晓悟来津港工作已经满一年了，按规定可以申请年休假了，他想即刻请假回趟湖北，一方面是想到江州去看看父亲的新单位和新家的情况，另一方面也想就一些事情与父亲面谈，毕竟有些话在信里边也说不明白，再一个更是想见见自己的心上人吕菁华。一年没见了，她有变化吗？她会变化吗？但有一件事，他决定即使与吕菁华见了面，无论如何也不能告诉她父亲信中说到的贾文章所谈之事，因为他明显感觉到贾文章的言行不是正经老师为人师表的作为，而且他坚决不相信自己全情倾心认定的爱人会像贾文章说得那样不堪。其实吕菁华自己早在高中时期就已经知道有人在背后议论她，但她从来不认为在这些风言风语的背后有她所崇拜的这位语文老师，如果如实告诉她，不管她相信还是不相信，都无异于是在当众抽她的耳光羞辱她，更严重的是会毁灭她心中始终自以为"真"的美好幻觉，这也必将判决她纯净灵魂的死刑。因此，郑晓悟一直都把这件事深深地埋在心底，从来都没有跟吕菁华提起过。在20多年之后，疑似患有肠癌的贾文章以"希望看学生最后一眼"为名专程来到广东省临港市，吕菁华更以"朋友"身份力邀郑晓悟给她面子前往作陪，而这位贾文章在得到吕菁华、赵佳两位依旧漂亮的学生毕恭毕敬的全程接待时，又得意忘形地一会儿拍拍吕菁华，一会儿拍拍赵佳，甚至抛却"逝者为大"的基本做人原则，并且好像也忘记了他曾经对郑力仁怀有的"仰慕之情"，在酒席间变相讥讽业已辞世的郑力仁，而曾经作为郑力仁学生的吕菁华和赵佳居然也嘻嘻应和。对此，郑晓悟虽是满腔怒火，但碍于贾文章毕竟是年迈的师长，碍于吕菁华的"朋友"面子和基本礼貌，都忍住没有向吕菁华说起这件令人不齿的往事，后来还以丰盛的海鲜大餐回报了贾文章当年家宴相请的一饭之恩。

　　在单位请准假，他随即给放暑假回到卧龙镇的吕菁华发了封电报告知"近日返鄂休假"，即乘火车直奔江州。先是熟门熟路地去江州广播电台拜见大哥大嫂，再由大嫂骑车驮着行李，大哥骑车载着郑晓悟，穿街过巷到了江州市委讲师团。这是一处大门左右两旁挂着"讲师团""研究会""学会"多个牌子的政府机构院落，值班室的大叔见到郑晓忱，很熟悉地招呼道："'江山'回来看你爸爸啦？"并热情地询问跟随后面的郑晓悟，原来就是郑老师在天津工作的小儿子呀？

　　郑晓悟关注地打量着父亲新单位的环境，从大门进去，迎面是一座圆形水泥花坛，花坛正中生长着一棵干壮枝繁的高大松树，看上去有些年头了。正对大门的一条主路，绕过花坛走下去是办公楼和教学楼，右边则是礼堂、活动室、食堂、锅炉房和单身宿舍兼学员宿舍，还有露天乒乓球台；左边全部都是干部职工的家属单元楼，中间的空地是两个篮球场。郑晓忱一边应付着院里熟人们的热情招呼，一边领着弟弟穿过篮球场往家里走去，正在二楼阳台的厨房里忙乎的母亲听到动静往外一看，高兴地叫着"晓悟回来啦"，并不断朝楼下挥手说："在这里，二楼。"妹妹晓愉和晓憬闻讯，迫不及待地飞奔下楼欢迎小哥回家。上到二楼，放假回家的二哥晓恒、三哥晓慷已经站在楼梯口迎接弟弟，从厨房迎出来的母亲看到一年多没见的小儿子，激动得好像有些手足无措了。

这是一套别人专门腾让出来的三居室单元套房，进门后左手边是洗脸间，里面又套着卫生间，从小小的门厅进去即是客厅，同时也是饭厅。厨房改造后占用了北侧阳台的一半，家里已经在使用煤气灶，但阳台上依然还摆着煤炭炉子，并码放了不少蜂窝煤。南侧长长的阳台与三个卧室连通，奶奶这两天说身体不舒服，正躺在中间卧室其中的一张床上养息，看到最小的孙子一回到家听说奶奶身体不好即进屋来探视，便想挣扎着坐起来。郑晓悟让奶奶安心躺着，并把专门给奶奶买回来的营养品拿给她看，随即又帮奶奶冲了一碗从天津带回来的人参糯米粉。奶奶吃完之后说舒服多了，从床上坐了起来，看着孙子孙女帮她在腰部垫上枕头，忽然两眼噙着泪花，似有所感，说了一句："还是自己的孙子好哇！"

领到了各自礼物的晓愉和晓憬姐妹俩欢快地跑去告诉爸爸，郑力仁即刻就从办公室回到家里，四个儿子便和父亲一起坐在客厅里谈起了离开汉宜、搬离孟营、返城到江州市的艰难过程，虽然最终连老人的问题都一并解决了，但是大女儿晓悦回城的努力却最终还是功亏一篑，一个原因是津口区经办迁移户口的女干部就是卡住不办，其丈夫因在北京当兵时与郑家关系相当不错，出面说情都不管用。再一个原因就是汉宜县有人给江州市有关方面写匿名信告状，说郑晓悦已经出嫁，不符合随迁条件，真是各种手段都用上了。郑力仁的个性绝不求人，那就只有按"规定"办吧。

郑晓忱告诉弟弟郑晓悟："我们从孟营搬家走的时候，有一些人来帮忙，也有很多人围观，就有人在现场为我们家打抱不平：你们打压人家郑家呀，你们欺负人家郑家呀，人家的孩子个个都争气考学走了，你们挡都挡不住，人家有本事回城，你们拦也拦不住。"

郑晓悟在家里刚刚住了才两个晚上，正打算安排个时间去汉宜的卧龙镇看望吕菁华和她家人，但第三天上午刚吃过早饭不久，只见大哥郑晓忱骑着自行车急匆匆地赶到家里，手里拿着一封以津港海洋石油公司对外合作开发中心名义拍给郑晓忱转郑晓悟的加急电报"见报即回对外合作中心"。因为郑晓悟此前不知道父亲新单位江州市委讲师团的实际情况，怕万一公司或者对外中心有什么紧急事宜需要联系，为了方便，就留下了江州人民广播电台的地址和大哥郑晓忱的姓名，没想到还真有预见性。拍加急电报相催肯定是有紧急事情，于是他匆匆收拾了简单的行李，匆匆给吕菁华草拟了一封信丢进讲师团大门口的邮筒里，匆匆与父母家人告别，匆匆由大哥用自行车载着郑晓悟赶往火车站，匆匆在售票处买了最近一班由重庆开往北京的列车仅剩的站票，匆匆忙忙满头大汗地冲进站台……

可能是放暑假的原因，车上的人真多，甚至还有些拥挤。生活环境好了，中国人已经开始有了利用假期外出旅游的意识，但交通条件还是跟不上，从江州到北京差不多 20 个小时，完全没有座位，不！是完全没有坐或蹲的地方。郑晓悟只能一直抵在别人座位靠背的侧边，看着他们安逸地坐在座位上，一边嚼着灯影牛肉，一边大摆"龙门阵"，不时地调整着自己的站姿，调换着两条腿的承重，中间打盹睡着了，还会一下子靠在人家坐着的旅客身上，赶紧向人家道歉。好在大家都很理解，很宽容，只说："没得啥子事，没得啥子事。"人太挤了，既没法去找水喝，更没有吃的东西推过来卖，这种辛苦是郑晓悟从来都没有经历过的。但仗着年轻，还能扛住。

凌晨到达北京站，他赶紧买了开往哈尔滨、途经滨海的车票，旋即再检票进站。起点站有座位，郑晓悟坐下即沉入梦乡，差点就坐过了站。20多个小时了，他也就是到了滨海车站下车后买两个面包，就着汽水吞下去填了填胃。乘公司通勤车急急忙忙赶回办公室，许崇武处长告知他：北京总公司和美国加州大学法学院有个一年期的委培项目，指定津港海洋石油公司选派一名有法律专业背景的人员前往留学，"我们整个公司就只有你一个人是学法律的，而且时间要求得非常紧急，所以只好发加急电报催你回来。下午就要在一楼的视听室搞个基本英语测试，立刻报名给北京，马上要定下来。你赶紧先回寝室休息休息，恢复体力和脑力，应付好测试。"

昏头涨脑的郑晓悟似乎听明白了，但却又好像没有完全搞清楚，既感到很荣幸又很紧张，原来紧急通知自己回来，是安排去美国留学的？这想都没有想过的美事儿，简直觉得像是在做梦，太突然了吧！然而，奇怪得很，他不仅没有喜悦和兴奋，反而在这个时候脑海里居然想到的是：如果去了美国，岂不是又要有一年时间见不到吕菁华？那岂不是很难受？他这才突然意识到：自己在潜意识里其实对去美国并不是很渴望，因为有了吕菁华就胜过一切。

虽然并不知道吕菁华会对自己出国留学之事会作出什么反应或者有什么意见，通信沟通也来不及，但理智战胜情感，理性克服情绪，出国英文测试还是要作为任务来完成的。就这样，郑晓悟回到宿舍放下行李后，天马行空地东想西想，一直无法让大脑平静下来好好休息休息。就这样，郑晓悟神情恍惚到中午在食堂里碰到鲍萍萍和高咏梅并排迎面走来与自己打招呼，都视而不见。

下午两点钟的测试在一楼视听室，参加测试的就只有被指定的自己一个人，而且这个测试只是内部出题，出题人是跟自己关系还算好的对外服务处英语翻译组长顾小鹏，现场监考人也是他。然而，拿到测试卷之后，郑晓悟整个人完全不在状态，完全没做好应战准备，居然对着"sick"这个英语单词发了半天呆。其间，顾小鹏不知道是有意离开还是的确因生理所需，出去上了好几趟厕所。但到了三点半的规定时间必须交卷，四点之前必须报去北京总公司。不管测试成绩如何，也不知道能打多少分，郑晓悟觉得反正完成任务交差了，顿觉异常轻松，猛然倦意来袭，回到寝室倒头便睡，居然一觉便睡到第二天天亮。他一直没有去找顾小鹏问测试的事。

还没来得及给吕菁华写信，告诉她突然返回单位的具体情况和情形，郑晓悟就收到了吕菁华拍来的电报，告知已经买了到津港的火车联票，将于某日到达。郑晓悟自是兴奋异常，想到自己的年休假被折腾得几乎没能休成，于是向许崇武处长说明情况，请求重计年休假，以便陪第一次来北方的女朋友到津京两地走一走。也可能是觉得郑晓悟即将被北京总公司选派到美国留学，乐得做个人情，也可能是认为郑晓悟刚回去和家人团聚，屁股还没坐热就被电报催回来，补休理所当然，许处长便甚为爽快地答应了，并要他代问女朋友好。

吕菁华是将近中午时分到达滨海火车站的，下车的人并不很多，而且多是穿着工作服的滨海地区各大企业的职工，还有当地居民，所以，当身材高挑，相貌出众，穿着淡咖啡色印花连衣裙的她神采飞扬地朝自己走来的时候，郑晓悟整个眼里、整个心中的世界就是她，她就是全世界，她就是全宇宙！他只想冲过去紧紧地抱住她，深深地亲吻她，但这里毕竟是车站公众场合，而且很可能会有津港公司认识自己的人。所以他压抑住心中的冲动，激动得满脸通红地接过她的行李袋，只顾死死地盯着她看，已经不知道说什么好了。吕菁华看到郑晓悟这等傻样，得意地挺了挺胸，笑意盈盈地握住他的手，并以极快的动作在他脸上吻了一下。

"嗨！哥们儿，在这儿会美女，可以呀哈！"郑晓悟的肩膀被人拍了一下，害得他尴尬地扭头一看，是一位戴副蛤蟆墨镜，头顶白色网眼凉帽，上穿紧身化纤衣料的花衬衫，下着低腰灰白色喇叭裤，足蹬漆皮闪亮浅黄皮鞋，浑身上下都是电影里面华侨或港商打扮的人，不认识！吕菁华好奇而大方地盯着这个人看。这位"华侨或港商"把墨镜一取："哪个？连哥们儿都不认得咯？看看我到底是哪个？"

"嗨！你个家伙！是邓世荣啊，跟我玩儿这一招。"郑晓悟作势推了邓世荣一下，向吕菁华介绍道，"这位就是我跟你在信里提到的和我一起来报到的四川哥们儿邓世荣，他呀在他们研究院一天到晚吊儿郎当的没个正形，现在看到了吧？"随即又向邓世荣介绍道，"这是我……是我的女朋友，小吕。"

看着他们互相点头问好之后便问邓世荣："你休假去广州看你的女朋友，已经休完假回来了？怎么样？广州？说说看。"

"哎呀！很有感慨呀！真的可以说是感慨万千呐哥们儿！我正想着回来后跟你好好聊聊呢。走，公司的车来了，先回公司去找个地方，我请你们吃饭，算我顺便请你女朋友……小吕，我们再细谈。"

本单位乘车的职工和家属还不少，郑晓悟和邓世荣有一搭没一搭地说上几句，并同时和各自认识的人应答招呼。吕菁华靠窗坐着，紧握住男朋友的手，一直很投入地观察着沿途的街景、环境。

通勤车的终点站是津港家属区。郑晓悟本来想着去那家和邓世荣经常光顾的职工随迁家属开的"川味饭庄"，但邓世荣认真地说他今天是第一次请小吕，一定要到那家国营"津港海洋饭店"请才显得有诚意，于是客随主便。进到饭店，顾客还不少，三个人找一靠窗席位坐定，邓世荣自信满满地很快点完菜，叫了两瓶啤酒和两瓶可口可乐，见吕菁华先用一杯可口可乐解渴之后，要跟他一样喝啤酒，开心极了："这个样子才有酒逢知己千杯少的感觉嚓。小吕你晓得的嘛，跟你们家的郑晓悟吃饭太没得意思咯，啤酒这样的饮料都不喝，唉，没得意思噻。来，我两个干咯！"说完仰脖一饮而尽。

吕菁华也爽快地喝了半杯啤酒，若有所思地放下酒杯说："我这一路坐车过来有个这样的感受，感觉你们是中央直属的大单位，条件应该很不错，但说老实话就是这里的环境不怎么样。这还是夏天呢，你看花啊草啊树啊都很少，显得很荒凉的样子。"

"对头！"邓世荣听了吕菁华下车伊始的感受，只觉得她说得很对自己口味，深表赞同，并兴奋地自个儿又灌下一杯啤酒，把酒杯很响地蹾在桌面上，说，"晓悟同志呀，你们家小吕不仅漂亮，而且聪明啊，感觉太对了噻！你还是从武汉过来就有这个感觉，如果你是从广州过来，那这个反差就更大喽。"于是他一边喝喝呼呼地招呼郑晓悟和吕菁华多吃菜，一边绘声绘色地给他俩讲述了此次广州之行。

他说那个南方的大城市广州又叫"花城"，整座城市就是一个超级大花园，比津港正儿八经的人民公园都要漂亮花俏；他说广州遍地都是黄金，全国各地的人现在都跑到那里去淘金，随便一个个体户都比钻井平台上的技术人员收入还要高；他说广州的高楼大厦鳞次栉比，商店食肆比肩而立，白天晚上都是车水马龙，比北京、天津热闹多了；他说珠江岸边中国第一家中外合作的五星级酒店白天鹅宾馆可以随意进出，东方宾馆里边的内庭花园的设计布局是如何精妙；他也说他那位毕业分配在广东省地质厅的女朋友，单位的位置就在闹市区的东风东路，工作环境与这里不可同日而语；他当然还说了他的这身衣装就是他女朋友带他到全国闻名的个体服装一条街"高第街"淘的货，物美价廉随便挑……"唉，嘟个说哟，至少我也是在我们四川的省城上的大学，但你晓得成都现在这个样子，嘟个能跟人家广东的省城广州比哟，简直就是个县城嘛。"

　　吕菁华闪动着明亮的眼睛认真听他讲述，满脸充满了羡慕的神色。郑晓悟也是如痴如醉地听着，但他同时也注意到了女朋友表现出来的对南方、对广州的向往。

第二十二章　接待女友

颜肃去日本学习还没有返回，这段时间只有郑晓悟一个人住在寝室，而在津港海洋石油公司这种单位内部的宿舍，偶有谁的异性朋友前来探亲、看望，暂时住在一起的情况似乎也是司空见惯，对外合作中心的众多男女单身青年都非常开放、包容，而每天对宿舍进行宾馆式管理的阿姨们也是非常理解、宽容。所以，郑晓悟也就心安理得地依例而行，同时也使这两位年轻男女一年未见的思念、长久分开的压抑在这里有了尽情释放、深情倾诉的自由空间。

当天晚饭时分，当郑晓悟带着吕菁华去食堂吃饭，走进饭堂的时候，毫无疑问是非常抢眼的。鲍萍萍见到与郑晓悟并肩而来、亲昵而行的吕菁华，先是一愣，随之表情便有些不大自然了。她第一次没有和郑晓悟打招呼，当然也第一次没有和郑晓悟坐在同一桌吃饭。邓世荣则在饭桌上继续高谈阔论他的南下之行、广州见闻、特区传说，满桌同事都以羡慕和新奇的表情聚精会神地聆听，而与邓世荣已经"很熟悉"的吕菁华也在不断发表她的见解并时而发出爽朗的笑声。郑晓悟注意到鲍萍萍和高咏梅坐在另外一桌，似乎一直在不经意地悄悄打量着吕菁华，而此时郑晓悟好像也猛然发现鲍萍萍居然和吕菁华有几分相像，只是鲍萍萍更加丰满一点。

第二天是星期天，郑晓悟一大早就骑上自行车，载着吕菁华到公司总部机关旁边的小饭店去品尝天津特色早餐——煎饼果子，同时也是想让她切身感受一下这里的职工和家属周末的生活状态。随后便自豪地带她到了公司的油轮码头，让她参观和领略了巨型吊臂的气势，吊车林立的气派，各类型工程船舶的排列阵势，待拖离钻井平台的雄伟风采，再往远处骑去，他们隔着铁丝网观看了停机坪上的直升机，并向她描述了直升机如何降落海上的钻井平台。

参观完毕，吕菁华在自行车后座搂着郑晓悟的腰，两人欢声笑语地去港口对面的津港国际海员俱乐部。果不其然，又遇到熟人，是日本拓谷的加藤课长和福山正在就着天妇罗喝他们的日本清酒。他们看到郑晓悟，立刻礼貌地起立鞠躬问好。郑晓悟也客气地上前问好、握手，并将自己的女朋友介绍给他们认识，福山一边给加藤翻译，一边很真诚地用汉语说："噢！很好！郑桑的女朋友非常漂亮的！"不需要福山再翻译过来，从加藤的眼神表情以及语气，就知道他在极力赞扬着吕菁华，而吕菁华从这两位日本人口中听到夸张的赞誉之辞很是受用，落落大方地与他们握手，并且用自己在学校日语培训班学到的日常日语对话向他们问好，令加藤和福山惊讶万分。

直到郑晓悟拉着吕菁华的手走到里边落座，仍看到这两日本人死死地盯着这边，他甚感不快。

吕菁华有样学样，也随着郑晓悟点了一份牛排套餐，并把随餐送的两杯法国红酒也喝了，郑晓悟只喝配送的柠檬水。在这个地方是吕菁华第一次吃西餐，但在郑晓悟的指点下，很快就学会了使用刀叉和吃西餐的基本规则，而且表现得颇具优雅的天分，郑晓悟为她的聪慧感到得意和自豪，同时发现她对西餐非常感兴趣，而且也很喜欢吃牛排，看来能跟自己吃到一起。于是在享受环境、品尝美食的同时，他又根据自己在对外合作中心期间所学所悟的外事规则，边吃边给她讲解西餐礼仪和宴会仪规。直到加藤和福山特意再过来跟他俩鞠躬告别，他还在和她继续着一些无边无际的话题。

直到餐厅里已经没有了其他人，郑晓悟和吕菁华才意犹未尽地起身离去，骑车到海洋石油税务局津港分局找孙志钢。到局值班室一问，孙志钢同志居然很敬业，星期天还和刘海莲在办公室里忙着"加班"呢，而且就他两人。孙志钢先是惊奇无比地看着郑晓悟与吕菁华手拉着手走进办公室，随即便激动万分地迎上前来，因为他在毕业之前就知道郑晓悟在和吕菁华谈恋爱，而且跟吕菁华也曾有一面之缘，所以就理所当然地取代郑晓悟，向刘海莲指手画脚、兴高采烈地做介绍。郑晓悟觉得他那兴奋劲儿，怎么就像是在向别人骄傲地介绍自己的女朋友呢？不过，最后，孙志钢又假装腼腆而郑重地转过来向郑晓悟和吕菁华宣布道："现在我也向二位隆重宣告，这位漂亮的刘海莲同学已经正式成为我的女朋友了！"

刘海莲一直用觉得好笑般的表情盯着自己的男朋友，听他说完，便以不甘心的语气、其实是很幸福地向郑晓悟、吕菁华"抱怨"道："嗨！我想问问哈，你们楚天大学的男同学是不是都那样？缠死人呐！唉！没办法，躲也躲不过，本姑娘就这样被他死缠烂打地给整到手了。"但说完之后也学着郑晓悟和吕菁华一直手拉着手站在一起的样子，过去拉住了孙志钢的手。

也可能因为吕菁华天性就见面熟而且喜欢交朋友，也可能觉得这位看上去洒脱的大连姑娘跟自己的洒脱性格很投缘，总之两个女孩很快就凑到一起，叽叽喳喳地聊起各自的事来了。再后来，刘海莲居然说要带吕菁华去她们女生寝室参观："我要把我们局里的几个美女介绍给小吕。"并对吕菁华"警告"似的调侃道，"有几位美女可是认识你们家的郑晓悟同学哦。"言毕，撇下两位先生，手挽着手径自而去。孙志钢似乎乐得她俩离开以便和郑晓悟聊聊，于是往茶杯里续上开水，朝沙发背上一靠，汇报起他和刘海莲的"艳史"。

孙志钢的家就在河南伏牛山区的一个不大的山村里，只要不走出大山，窝在那里的男青年要想讨上媳妇，真正是难乎其难。"其实可以说是比登天还难！"孙志钢特别强调了一句。而他则是这个村历史上第一个考上大学的人，这就意味着他迈出了大山，跳出了"农门"，更意味着他肯定能讨上媳妇，而且还可能是城里的媳妇。抱着这个信念，孙志钢进入武汉，在楚天大学期间漫天撒网地努力了四年，但都没有成功。也算是有缘吧，刚分配到这里就遇到了个人感情受到创伤的大连姑娘刘海莲，既是大城市的姑娘还很漂亮。本来正在独自舔着情变伤口的她，不欲重去触碰情爱的禁区，不愿再去激起情感的涟漪，不敢又去坠入情网的迷离，所以对他的狂热追求一直都在想方设法地回避。但架不住孙志钢的温情脉脉、无微不至，更挡不住孙志钢的迂回包抄和猛烈攻势，最后只能是缴械投降，任凭处置。"嘿嘿，总算是了却了我爹我妈的一桩心事，也彻底解决了我的终身大事。这样的媳妇要是带回我们那个大山沟里，不知道会引起多大的轰动哩。"孙志钢在言语之间既流露出他的真情，也表现出他的势利，既透露出他的狡黠，也显示出他的得意。

郑晓悟找徐福昌副处长借了他从日本带回来的"富士"彩色照相机，与吕菁华第一站先到天津。天津的海河她觉得没有什么看头，认为两岸没有整修的样子和水势水量既比不过汉江更比不了长江；天津的水上公园她觉得其实不太像公园，既没有汉口中山公园的布局也没有武昌蛇山公园的历史；天津的租界她觉得太过破烂几乎没有人气，而且完全没有汉口租界的整洁和壮观。不过她在跨过了那座在电影上多次看到过的有名的解放桥之后，一走进商铺密集、招牌林立的和平路，便有了感觉，对于逛逛热闹非凡的劝业场也来了兴趣。郑晓悟特别给她讲述了当时是在哪个位置为她"抢购"的那条长裤，是个什么样的争抢情形。吕菁华在这个"孕妇裤笑话"发生的现场听到郑晓悟满怀委屈而又绘声绘色的描述，开心得"咯咯"直乐。

早就风闻天津率先建成了中国首家汇聚中外各地美食的食品街，他俩于是决定前往一试。顺着这条长长的和平路大街过去不很远便是。但食品街的主体基建虽然已经完成却还没有开业，高大的灰色围墙形成了一座四四方方的巨大的清式仿古建筑，绿色琉璃瓦的屋面在北方夏天的蓝天丽日下熠熠生辉，梁枋板柱上的飞鸟走兽在飞檐翼角的衬托下栩栩如生，东西南北的四个拱形门洞上方刻有"南市食品街"五个鎏金大字，特别吸引人的食欲。从门前竖立的食品街简介可知，这里将引进汇集山东风味、陕西风味、安徽风味、江浙风味、广东风味、福建风味、四川风味、湖南风味的名店名品，既有清真菜也有宫廷菜，还有外国菜。虽因尚未开业而无法得见真颜，无法品尝珍品，但抢先到此一游留个影则是必需的，两人商定在"中圣门""华腴门""振羽门""兴歌门"中的南门，即"振羽门"前拍照留念，寓意在当今改革的天地间、业已开放的天空下，两个人的未来振翅高飞、自由翱翔。说起来还真可能是天意，九个月之后，郑晓悟南下广东；一年之后，两个人顺利团聚在南海之滨的改革开放前沿城市，并在那里扎下根来，追求理想，挥洒青春，施展抱负。

也许是因为没能在这座久闻大名的食品街吃上预想中的美食，但却在构思向往着想象中的美味，郑晓悟站在"振羽门"前那控制不住的满脸期待与貌似满足的笑意中，又带有好像强咽口水的表情，被吕菁华抓拍得异常精准到位。后来每每看到这张照片，吕菁华就会嘲笑郑晓悟说他"一看就是个好吃鬼"，并且说"这张照片应当成为天津南市食品街的经典广告"。

两位年轻的情侣出游，尤其是女朋友还是在校生，无论是不是为了省钱，都不能也不敢去住宾馆或者招待所住宿，因为到哪儿都需要出示单位的介绍信。好在郑晓悟的父亲曾写信让他有空到天津黄河医院去找曾经的好朋友、汉宜县中的师弟程其江，他俩便冒昧地找到黄河医院一打听，居然是有名的外科主任。程其江听说是多年不见的师兄好友的儿子偕未婚妻来访，很是高兴，全家人热情接待，并安排两个人到医院内部的招待客房安睡一宿。

第二天在从天津到北京的火车上，吕菁华激动兴奋的情绪溢于言表。是的，对于从小就激情欢唱《我爱北京天安门》，从小就无限向往首都北京、祖国心脏的任何一位中国人，第一次去北京无一例外都会异常兴奋。天津离北京确实很近，话题还没怎么聊开就已经到站了。郑晓悟对北京已经熟门熟路，直接从北京车站乘公共汽车先赶到石油部找文华姐姐。曹文华见小五弟弟带来了一位这么漂亮的女朋友，赞不绝口，直夸郑晓悟有眼光，并立刻给父亲曹兴旺打电话报告消息。郑晓悟想抓紧时间带吕菁华在北京多走走多看看，就央求文华姐姐帮他把从天津特意买给他们的"十八街麻花"等特产点心先带回家，晚饭前他们一定会赶回去。

曹兴旺伯伯的新家就是他现在所在的房地产公司开发的住宅小区，从这个位置来看，北京城区已经在按规划、有计划地往外拓展建设了。新建小区与老城中心各单位原有的苏联式板楼布局和外观都有所不同，已经或多或少地呈现出了现代新潮建筑的风格，而且房屋结构也要科学实用得多——客厅宽敞，卧室紧凑，厨房明亮，洗手间干爽，曹伯伯就只有两个老人住着这么一套三房一厅的房子。儿子文康结婚成家在单位有房，而且忙得长期难得回来，女儿文华倒是会经常回来看看二老，但毕竟嫁出去了不可能在家住，所以对于郑晓悟和女朋友的到来，老两口喜不自胜，早早就在欢天喜地地做准备。

傍晚时分，听到敲门声，曹兴旺和老伴都忙不迭地迎过去打开门，郑晓悟有些激动地叫道："曹伯伯、曹妈妈，你们好！"

身子骨还相当硬朗的曹兴旺笑呵呵地问："你就是郑老师家最小的儿子小五啊？"得到肯定的答复后，他一把就薅住郑晓悟的胳膊往屋里拉，"好孩子呀！这么多年了还记得你曹伯伯，还知道来找我们啊。快进屋，快进屋。哎呀，那年你们家走的时候啊你才这么小，哭哟。"说着还用手比划着。

曹文华下班后先就直接赶到父亲家里来了，见他们回来就冲好茶摆上茶几，请他俩赶紧坐下休息。

坐下来就是回忆郑守礼在干校的点点滴滴，回忆孩子们之间的趣事笑料，回忆两家大人小孩的深情厚谊，当然也不可避免地谈到郑力仁贸然冲动地离开北京下到县里，甚至全家落户在乡下的决定是多么令人不解。"小五啊，你爸爸是我最敬佩的大知识分子，也是你曹伯伯我认为最好的人。他是有知识、有文化、有见识的人，可能他的很多举动是我这个大老粗无法理解的，但我到今天还是坚持一个最简单的道理，那就是再困难再难过，北京也比地方上好过；再受打压再没办法，北京的发展天地也比地方上大。你看曹伯伯我虽然只是个半文盲，但我把你文康哥哥培养成了现在北京最大最时髦的白天鹅广告公司的经理，把你文华姐姐培养成了现在石油部最年轻的处级干部，而我呢，从石油部退休了，还能被聘到房地产公司来做副总工程师。你说说看，像你爸爸这样有才华的大才子，有你们这群聪明伶俐的孩子，如果能熬到现在会是怎么样的呢？我真的不敢想象啊孩子。"

吕菁华一直都是很安静、很认真地听着，并不时或深情或同情地看看郑晓悟，但她又是个很懂事很机灵的女孩，忽然听到曹妈妈和文华姐姐在厨房里叮叮梆梆准备饭菜的响动，便立刻起身去厨房帮忙，不一会儿就听到她们几个在厨房里亲密无间的欢快的说笑声，曹兴旺赞许地看了郑晓悟一眼，但却说了句"三个女人一台戏"。

丰盛的饭菜端上桌，吕菁华就像在自己家里一样麻利地摆放碗筷，看到曹伯伯拿出酒和酒杯，就主动说："晓悟不会喝酒，我代表他陪曹伯伯喝一点儿吧。"曹妈妈于是不由自主地感叹道："小五哟，你真是有眼光啊，找了这么个好媳妇，又漂亮，又能干，又懂事，这是我们小五前世修来的福分哟！"

饭后收拾毕，曹文华回去自己家。曹兴旺有意"征询"郑晓悟和吕菁华的意见："咳咳，这样哈，你们看是给你俩收拾两间房，还是？……"发现吕菁华默不作声并悄悄瞟了郑晓悟一眼，便以开放的态度笑道："哈哈，不过我们老两口还没来得及把两间房都收拾出来呢，所以咱就不用折腾啦。你们俩也跑累了，早点休息吧。"

满打满算，郑晓悟陪吕菁华在北京就待了两天半，除了晚上回到曹伯伯家里吃饭、睡觉，整个白天就是在马不停蹄地尽量多走、多转，几乎毫无例外的是先到天安门广场、王府井大街、前门大街、毛主席纪念堂，然后是故宫、景山公园、天坛、什刹海、颐和园，而且还去了北京动物园。这是吕菁华第一次到动物园看动物，外向张扬的个性和追求快乐的天性令她在见到各类各色动物时开心得表露无遗。本来还想去登长城当"好汉"的，但时间太紧张了。不过看得出来，吕菁华还是很喜欢北京的。

郑晓悟没有带吕菁华去高飞叔叔家，他不能也不便带她去。原来在北京石油学院参加澳大利亚培训班的两个月时间里，他一有空就到高飞叔叔家里去坐坐、聊聊天，有一种回到家的温暖感觉。但慢慢的，他意识到张阿姨对自己的关爱和疼惜已经超过了对一般晚辈的情感，完全是"丈母娘看女婿，越看越欢喜"的感觉，高旭妹妹则每次对于自己的到来都显得异乎寻常的开心，而且特别喜欢跟自己待在一起说东说西，甚至总是把郑晓悟单独叫到她那布置温馨的闺房里谈天说地。每当这时候，高飞叔叔和张阿姨就会鼓励道："你们年轻人去聊你们自己的去吧。"再就是父亲和高飞叔叔联系上之后恢复了通信，所以父亲在后来给郑晓悟的信中竟然有意提到高旭还透露出高飞叔叔想要结亲家的信息，因此在信中建议儿子多和高旭交流交往，相互了解，互相学习，培养感情，同时也隐隐流露出因各方面汇集的"情报"，尤其是作为班主任贾文章所传播的流言蜚语而对吕菁华有了成见，似乎有不同意再让儿子与她继续谈恋爱发展感情的意思。

依依不舍地把吕菁华送上返回湖北的列车，郑晓悟在当天晚上就赶回了滨海。

回到单位他就接到了担任共青团对外合作中心总支书记以来的第一项正式任务：为迎接中华人民共和国成立35周年准备庆祝节目。

虽然有自己去年在公司"国庆联欢"晚会上的成功表演，但那主要是个人的力量和少数人配合的活动，太单调且不能完全代表对外合作开发中心的风格和特点，更没有充分展现出外事工作青年人集体的风貌和形象。因此，郑晓悟考虑来考虑去，想着要把这次的节目表演主力放在法、日公司那些青春活力、多才多艺的中方雇员身上。于是他便利用每次和法国阿奎捷尔夫公司、日本拓谷株式会社、日中勘探株式会社的工作会议或者是项目谈判的机会，分别和这些外商的总经理、社长商谈他们所聘的中方雇员参加节目活动的事，首先是明确强调，这些活动并不是什么政治意味的集会，而是作为中方公司对选派给外方公司雇员的一种集体观念、合作意识、团队精神与综合素质的训练和培养，其实也是对他们外商负责的体现。其次表明，任何国家的"国庆"都是这个国家的生日，为自己的国家庆祝生日是这个国家公民的心愿和义务，而一位具有强烈公民意识的雇员才是好雇员，只有满足他们的心愿，支持他们履行义务，才会有助于拉近感情，方能有利于紧密合作。同时也向他们保证，所有的排练活动都是利用工作之外的业余时间，绝不会影响正常的上班和工作，关键还有，在公司的国庆联欢晚会上，将会让受邀的外商代表们现场见识到在工作中不可能了解的这些雇员的才华与才艺。

不知道是因为这些理由非常"充分"而说服了外商，还是因为他们顾忌到要搞好工作关系而给郑晓悟这位中方法务专员的"面子"，总之，这三家外商企业再也没有像往年那样阻拦，给这些雇员下"禁令"，郑晓悟也完全遵守诺言，绝不在上班工作或者加班应急的时候安排和召集活动。而且因为早已了解到这些雇员中才艺俱佳者主要是女青年，所以他就均衡地在法、日三家公司中只挑选了 20 名女共青团员和年轻女雇员中的入团积极分子，把天津歌唱家关牧村演唱的《假如你要认识我》改编成热情而活泼的女声合唱：

> 珍贵的灵芝森林里栽，
> 森林里栽。
> 美丽的翡翠深山里埋，
> 深山里埋。
> 假如你要认识我，
> 请到青年突击队里来，
> 请到青年突击队里来。
> 啊来来来来…啊来来来来……
> 汗水浇开哟友谊花，
> 纯洁的爱情放光彩，
> 放呀放光彩……

虽然曲调和唱法是郑晓悟改编并亲临现场组织排练，但却是由鲍萍萍担任合唱指挥,顾小鹏手风琴伴奏。第一次如假包换地在公司大型晚会舞台上出现了纯粹的"对外合作开发中心中方雇员表演"的节目,女雇员们形象非常美,声线非常好,和声非常动听,效果非常不错。尤其是在常年工作在海上石油钻井平台的技术人员和工人们眼里,这些成天跟着外商跑前跑后做翻译的漂亮女孩能在这里放声歌颂青年突击队,则如青春的召唤,爱情的召唤,很能打动人心。

这一年国庆节的意义非同一般,既是中华人民共和国成立35周年的大庆,也是在1959年国庆十周年阅兵之后,25年来第一次盛大的国庆阅兵,更是在中国改革开放的新的历史背景下,向世界各国展示中国发展进步形象的一次演示,意在鼓舞斗志,壮我国威。因此,公司提前都已通知各单位、各部门在10月1日上午组织人员集中观看。对外合作中心食堂在这一天早餐后就挪开餐桌、腾出空地,摆放好三台最新款、最大尺寸的彩色电视机,郑晓悟和邓世荣他们几个人一拨,还有程燕、鲍萍萍、高咏梅那些中方女雇员一拨,早早就在每台电视机前霸住最佳位置,看着花絮,听着讲解,七嘴八舌地评论着现场画面,猜测着阅兵场面,等待着最激动人心的时刻的到来。

上午十时,阅兵大会在雄壮的《义勇军进行曲》国歌声和28响礼炮声中拉开了庆典大幕。当中央军委主席邓小平神采奕奕地出现在电视屏幕上时,受益于改革开放的每一个人都不约而同地热烈鼓掌,发自内心地向这位中国改革开放的总设计师表达由衷的敬意。列队接受检阅的海陆空三军首次亮相的"八五式"新式军装令人耳目一新,大家顿时惊叹声起,议论纷纷,交口称赞,但却又见天安门城楼上的军队领导人依然穿的是"六五式"的确良军服,于是人们又在猜测是不是新式军服还没有来得及给老首长们定制好。郑晓悟灵光一闪地冒了一句:"这个变革交替的新旧对比太有意义啦!"

这是郑晓悟第一次看到场面如此震撼、也是终生难以忘怀的大阅兵、大游行：步伐刚健的徒步方队昂扬前进，彰显千峰挺拔之威；排列整齐的车炮方队轰鸣而至，形成雷霆万钧之势；花束绚烂的群众游行队伍欢呼而来，恰如春潮滚滚的欢乐海洋。围坐在三台电视机前的同事们时而显露凝神静气、聚精会神的庄重神态，时而表露群情振奋、倍感自豪的激动情绪，突然，大家不由自主地发出了一声惊呼"噢！……"原来，游行队伍中的一群年轻大学生经过天安门城楼时，出人意料地举起了"小平您好！"的横幅，站在天安门城楼上的邓小平看到这一幕，立刻微笑着对游行队伍挥手致意，电视机前顿时响起了会心而认同的掌声。直到阅兵仪式结束，大家意犹未尽地慢慢散去时，都还在交口赞誉这个"小平您好"的横幅太有创意了，是真情的表达，是朴素的感恩，是无比的爱戴，是无限的敬意！

第二十三章　留学被顶替

本来是急乎乎地拍加急电报催郑晓悟即时结束休假赶回单位，接着又急匆匆地于当天下午就安排英语测试即报北京总公司，但是一个多月过去了，却再无任何音讯，郑晓悟感到非常奇怪。而更为奇怪的是，每次在办公大楼或者是饭堂里碰到出题人和监考人顾小鹏，他都很正常地和郑晓悟打招呼或者聊几句，从不提那次出国英语测试的事，好像从来都没有发生过这件事似的。每次在办公室见到许崇武处长或者跟他一起开会或商量工作事宜，他也再没有和郑晓悟说起过出国委培的话题，好像那天他通知下午要搞英语测试的事情也从没有发生过。搞得郑晓悟自己也怀疑是不是真的曾经有这么回事，是不是自己的幻觉或者是白日梦？

越思越想越弄不明白，越弄不明白越觉得有问题，越觉得有问题越认定这里面有猫腻。其实郑晓悟对去美国或者其他国家留学并没有做好任何准备，既不存奢望也不太热切，他满心想着的是等吕菁华毕业之后两人团聚。但是单位既然如此正规其事、阵仗十足地走完了程序，结果如何你总得给我个说法呀，如此莫名其妙不明不白，跟没事人似的，反而叫人放不下了。反正安排给团总支的任务也完成了，国庆活动也搞完了，一定要问清楚是怎么回事。

郑晓悟决定先从源头开始捋。首先他找到顾小鹏问自己那次的出国英语测试水平到底怎么样，顾小鹏告诉他："并不是很理想，有点儿出乎我的预料之外。可能跟你长途奔波后一回来就参加测试，没有休息好有关。不过据我所知，这只是内部摸底，不是出国参加委培的必要条件，法律专业背景是美方的指定条件。"作为英语翻译组组长，顾小鹏又好心地建议郑晓悟："无论你是否出国，英语学习还是要搞扎实，你看我们中心的外语学习条件多好呀。"

知道英语测试水平并不是很理想，这也是郑晓悟预料之中的事，但如果是因为这个原因或者说是语言关没过无法外派，应该明确告知呀，什么都不说是不对的。于是他便再去找自己的顶头上司许处长。许崇武似乎已经早就知道内情，略显难为情地跟郑晓悟说："当时北京通知得很急，指定的专业也很明确，但最后为什么没有让你去美国，这个我也不是特别清楚，总之，我们处没有这个决定权，我们对外合作中心也没有这个决定权。不过没去就没去吧，也不是什么多大的事儿，对于我们来说，出国就是出差，每年都有很多次机会去法国呀，去日本呀。你看钟副处长刚从日本学习回来，颜肃又去日本培训五个月呢。安心工作吧。"

郑晓悟觉得不是许处长说的这么回事，关键是直到现在，谁也没有告诉自己结果，更没有正式通知，所以就追问道："那我应该找谁去问才搞得清楚？"

许崇武觉得有些不可思议地看了看郑晓悟，答道："这件事你如果一定要问个水落石出的话，就去公司机关那边去找人事处的陈处长。"看着郑晓悟站起身就要去找陈处长，他善意地提醒道，"这个陈处长很厉害，不好打交道，很多人都怕见他，碰到他躲都来不及呢，还没有听说有谁敢主动去找他追问这些问题。你还是考虑好咯，给他留下不好的印象，会影响你在公司的前途的。"

郑晓悟的牛脾气上来了，没有答话，头也不回地冲下楼来骑上自行车就往公司总部机关奔去。

人事处作为关键性的核心部门，和公司领导的办公室在同一层楼，楼层很安静，走廊上偶尔只能碰到捧着文件资料的女文员。郑晓悟敲了敲处长室的门，没有回应，等了等，再敲。片刻，里边有个威严的声音："是谁呀？进来。"

郑晓悟此前没有见过陈处长，推门进去，只见一位个头壮实的中年男人正在办公桌前埋头批示文件，应该就是陈处长。他走到他办公桌前轻轻叫了一声："陈处长您好！"

陈处长身未动，头没抬，手拿着红笔，眼看着文件："你是谁？有什么事吗？"

"我是对外合作中心的郑晓悟。"

陈处长闻言抬起头来，审视的眼神中似有电光一闪，面部表情略有缓和，拿笔的手微微抬了抬，指指对面的椅子说："哦，郑晓悟？坐吧。"然后身体往办公椅靠背上一仰，"什么事？说吧。"

"就是 8 月公司拍紧急电报让我结束休假赶回来，说要安排我去美国学习法律的事……"

"哦……是有这事儿。怎么？有什么问题吗？"

"是有问题。当时紧急通知我回来，紧急安排我参加英语测试，又说要紧急上报北京总公司，但突然就没有了下文，到今天我都没得到任何消息，所以特地过来打扰请示您。"

陈处长紧盯住郑晓悟的眼光又是一闪，很权威地回答："这是上级领导统筹考虑的问题，你不需要了解那么多。"

"不是呀陈处长，因为我是当事人呀，轰轰烈烈搞了那么大个阵仗，最后无论结果如何，我去不去得成美国，都应该通知我一声嘛，不然这么吊着搞不清楚状况，会影响正常工作的。"

"怎么？这次不让你去美国学习就闹情绪，就影响你工作了吗？这样可不对呀年轻人。"陈处长脸色一凛。

"噢？您不说的话，我还真不知道这次不让我去美国了呢。我本来只是来找您问一问事情的进展程序而已，看来这事儿……"

陈处长大概没想到一下子说漏了嘴，于是就干脆直说："咳，这个，美国委培留学的这个名额呀，经北京总公司领导研究决定，已经另外指派其他更合适的同志了，所以……"

郑晓悟看陈处长解释得有些迟疑，便追问道："陈处长，根据许处长给我的口头通知，这是美方特别指定给我们津港公司的委托培训名额，而且一定要有法律专业背景。而我知道我们整个公司就只有我一个人是学法律的，另行指派的这位同志是这个条件吗？"

"小郑同志别急啊，别急。我作为一个老人事干部，是绝对不会犯人事办理程序错误的。这位同志的人事关系已经在8月底9月初，啊，就已经从北京总公司调到我们公司了，不会有问题的。"

"那他是美方要求的法律专业的吗？"郑晓悟还是追问。

陈处长已经明显感到不高兴了："厦门大学经济系的不行吗？非得你楚天大学法律系的吗？"可能真的是从来没有人敢挑战他的权威，他难免有点恼羞成怒的意味，把手里夹着的笔往办公桌上一摔，"领导决定派谁出国学习还需要向你请示，向你解释吗？好了，今天我们就谈到这里，我还有紧急文件要批阅，没时间陪你。请便吧。"

郑晓悟越想越不对劲，越想越觉得憋屈，当天吃过晚饭之后就叫上邓世荣，陪他去找钟晓山总经理说理。邓世荣说他从来没有跟这么大的领导打过交道，不敢去，郑晓悟不由分说硬把他拉去了。

北方吃晚饭的时间都比较早，到了钟总家，他们家人早已吃过晚饭，钟总正和张楚阳副总经理坐在客厅里喝茶谈话。钟晓山对于郑晓悟的冒昧来访不以为忤，反而很高兴地招呼道："郑晓悟啊，来来来，你来得正好，正好见见你们对外合作中心的新的顶头上司张总。你们应该见过的，他也是湖北人哦。"

原来，华宇副总经理已经去美国任北京总公司驻纽约办事处主任，此前在公司机关主管行政、计划财务和教育培训的张楚阳接替华宇分管对外合作开发。郑晓悟早就知道张副总是湖北人，也知道他的夫人是海洋石油医院的医生，今天既然是来找钟总叫屈伸冤的，那就正好趁机当着公司一把手领导和分管领导的面，把去美国培训学习的事和下午到人事处见陈处长的过程说了一遍。

高高大大、白白胖胖、满面和蔼的钟总笑呵呵地说："这事我知道，北京总公司那边应该有它的总体考虑吧。不过我们这儿这种机会很多，不要去计较这一时一次，啊。"然后看了张楚阳一眼，"既然郑晓悟同志有学习提高的愿望，那我们就尽快安排吧。"

张楚阳用他那浓厚的荆州口音说："小郑啊，你说的这个事情呀我个人觉得没有必要闹情绪，出国培训是我们公司常有的事，每年都有好几批呢。那个陈处长啊我们都还要让他三分呢，你倒好，还找上门去跟他理论，真是初生牛犊不怕虎啊哈哈。"

从钟总家出来，邓世荣对郑晓悟简直佩服得五体投地，赞道："我的个妈哦，我坐在那儿紧张得手脚都不晓得哪个放才好，你倒好，跟在自己家里一样，啥子都敢说，我真的好替你担心啊。"

郑晓悟后来了解到，顶替自己去美国学习法律的是北京总公司某位领导的公子，该公子不是通过高考上的大学，而只是作为代培生在厦门大学经济系学习了两年。对此，郑晓悟耿耿于怀。后来还听说，这位公子在美国学习结束之后并没有回国，直接移民。

情绪归情绪，工作还是不能马虎的。元旦过后，郑晓悟即随张楚阳副总经理、赵彦民处长、许崇武处长、侯杰处长及翻译人员再次进京，在六机部与大连造船厂、日本三菱重工就具体落实此前签订的合作建造海上钻井平台意向书进行正式合同的磋商谈判，基本都是上午商讨合同条款的文字内容、语句表述，包括标点符号和关键字眼，下午各方分头形成文字稿后，再谈、再争、再协商、再调整，谈妥一条过一条，达成一致意见再过下一条，有时谈不下去就休会，各方再想辙拿方案，甚至有两个晚上在张副总的房间里讨论、琢磨到半夜。不过张副总这位"文革"前北京石油学院的大学生虽然不是学法律的，但法律意识很强，思维逻辑很强，应对能力很强，而且头脑非常灵活，点子多，有办法，加之对经济可行性和财务效益性的把控，使得很多棘手的问题以及郑晓悟还没有搞明白的问题都在他的主导和决断下迎刃而解。经过五天的拉锯战，合意达成，合同签订，皆大欢喜。郑晓悟在实战中学习，在学习中进步，深刻体会到法律不是单纯的法律，未来社会发展需要的是法律与经济、法律与技术、法律原则与必要妥协的紧密联系。

在谈判休会休息的间隙，郑晓悟到东交民巷的最高法院去找周建国。下班吃完晚饭无处可去的周建国正无所事事地待在简陋的集体宿舍里，见郑晓悟过来非常高兴，立刻穿上法院的制服大衣，两人就近转到天安门广场散步谈心。周建国情绪有些低沉地告诉郑晓悟："我到北京已经一年半了，现在也结婚成家了，但爱人在武汉，北京很难进，几乎完全没有门路把她调进来。这样两地分居肯定不行，我和爱人已经商量好了，我决定这些天就给院里打请调报告，调出北京。"

在所有同学里边，郑晓悟最羡慕的就是周建国分配到了最高法院，而且是自己最向往的经济庭，听说他决定离开最高法院、离开北京，大感意外："你好不容易从武汉分到北京这么好的一个单位，又要返回武汉吗？太可惜了！想好调到武汉哪个单位呢？"

"我倒不一定非得回武汉，但离开北京是肯定的了，只要能解决两地分居问题，调到哪个城市哪个单位都没关系。"周建国迎着寒风深深地呼出一口白气，似乎是经过了深思熟虑之后，觉得应该告诉郑晓悟，"前些时遇到国家科委的一位高级工程师，他告诉我广东的深圳市科委正在从北京各大机关招聘各方面的人才，包括法律人才，听说开出的条件相当不错，工资收入比北京要高，人事政策也很宽松，既可以解决夫妻分居问题，也可以直接调户口。而且深圳是我们国家的经济特区，是改革开放的前沿地带，各方面都在创新发展的过程中，很吸引人，四面八方的精英都在往那儿汇集。我想我还是抓住这个机会到南方去，既解决小家庭的问题，也可以在事业上闯一闯。"

郑晓悟本来在替周建国离开北京、离开这么好的单位而可惜，但听了他的构想，突然想起邓世荣从广州回来后发自肺腑的感慨和无法遏制的兴奋，自己虽然没去过广东，但从报纸上和电视里也知道了那里有个令人神往的火热的地方——深圳经济特区，于是也感觉周建国的决定应该是正确的，毕竟他比自己大几岁，而且要成熟得多。

在北京谈判结束回到单位，郑晓悟随即接到去天津外国语学院脱产进修三个月的通知，这个"海洋石油英语培训班"是委托天津外院专门为津港海洋石油公司各下属机构、部门、公司选派的20名男女学员而举办的，据说也是个语言提高班、出国预科班。邓世荣作为海洋工程研究院选派的骨干对象，也参加了此次英语培训，他高兴得跟郑晓悟颠来倒去地说这是他梦寐以求的绝佳机会，也是他规划未来人生的一个很必要的机会，他一定要好好把握和利用这次难得的机会。而郑晓悟则觉得不就是参加一次外语培训吗？这种机会多得不得了，没有必要那么夸张吧？如果是像徐福昌副处长、像颜肃那样去国外进修学习，岂不是要乐疯了吗？然而，当八个月之后，郑晓悟在深圳接待准备从罗湖口岸出境、途经香港飞往美国的邓世荣时，方才明白为什么他对这次的英语培训如此重视甚至欣喜若狂的真正原因。

郑晓悟在出发来天津学习之前就被指定为这个"海洋班"的

班长，邓世荣是学习委员，生产调度中心团总支副书记卓小琴担任文宣委员，三个人的班委干练而高效。而且郑晓悟和邓世荣是好朋友，与卓小琴因为团组织的工作关系也很熟悉，所以在班务商议时总是一拍即合，在学风管理时总能一倡百合，全班14名男学员和六名女学员始终做到了团结学习、友爱互助、和睦相处、共同进步。而邓世荣不愧是学习委员，本身的英文水平在班上就是拔尖的，但他依然争分夺秒刻苦攻读，并乐意帮助其他人。培训班独立专用教室后面的黑板报每周办一期，全英语内容和全英文书写，由邓世荣负责组稿、审稿、定稿，卓小琴负责板书，郑晓悟拿手的是版面设计和报头、花边、插图，很是新鲜活泼，外院成人教育中心领导还专程过来参观。

上英语朗读课的岑丽文老师是"文革"即将开始时本校最后一届毕业留校的上海女生，后来与留校任教的师兄结婚成家，便成为天津人。邓世荣总是纳闷地说："一个大上海的姑娘嫁给天津人，从土生土长的南方人变成了地地道道的北方人，能习惯吗？"

岑老师大方漂亮、性格温和、举止优雅、声音动听，听她的英语朗读课乃是令人陶醉的享受，而且她对班上的这些学员特别友好，有时候还会把上海家里寄来的"大白兔"奶糖带到教室来发给大家吃，甚至还邀请同学们到她家去玩。而她的丈夫孙副教授对到访的学员也是礼貌以待，因而特别受到大家的欢迎和喜爱。作为班长的郑晓悟和作为学习委员的邓世荣与岑老师联系更多，更熟悉也更随意一些。

这天，邓世荣从《天津广播电视报》上看到早就风评很高的苏联电影《莫斯科不相信眼泪》将在当晚的电视上播放，便在晚饭后悄悄叫上郑晓悟到岑丽文老师家，礼貌地向岑老师说明想在她家看这部电影。岑老师满面春风地拉他俩进屋："欢迎欢迎。我今晚也是要追这个片子呢。孙老师到系里开会去了，你们来了正好，我们可以共同鉴赏评论这部据说评价相当高的电影。"说完热情地泡茶，端出了苹果、瓜子，然后安排儿子到他自己房间去做作业。

《莫斯科不相信眼泪》比较长，加上中间插播的广告，一直放到将近深夜十二点，这在北方的冬天已经是相当晚了。郑晓悟和邓世荣觉得很不好意思，多次做出想要离开免得打扰的样子。岑老师坚持让他们留下来看完，孙副教授开会回来后也陪着他们一起看。这是一部苏联少有的看不到政治、战争与说教，而只看到爱情、勇敢、忠诚、坚强，并深刻反映道德、幸福和人生价值的故事片，是一部艺术内涵丰富但却并不过分演绎文艺范儿的好电影，深深地吸引并感动着郑晓悟。这部电影完全颠覆了他之前所看的苏联电影的固有模式和自己想象中的苏联印象，于是他在心里总结：这应该说是当今的世界潮流和发展大势影响的结果。

在职培训学习是工作培训，和上班工作时间一致，不存在和在校学生一样有寒假。虽然脱产学习期间单位没有工作任务、没有活动安排，但也没有探亲休假福利。春节三天假，郑晓悟就猫在天津市里过年，年三十那天是到黄河医院程其江叔叔家团年度除夕，也算是提前拜年。这期间收到父亲郑力仁的来信，说奶奶在腊月间的一个冬夜去世了，临终遗嘱是一定要把她老人家送回娘家安葬。郑晓悟伤心地想：难怪叫"年关年关"呢，原来是大部分老人过不去的一个坎呀。爷爷和奶奶最终还是没有葬在一起。唉！

南市食品街终于开业了，如此一来，郑晓悟和邓世荣又多了一个可以光顾的好地方。两个人几乎每个星期天都必去那里品尝各地美食，而且发誓要把这里开的每一家餐馆都挨个吃遍。邓世荣每次大快朵颐的时候都会赖里赖气地"引经据典"，为自己贪吃找理由："古人所谓行万里路，读万卷书，我们这是品百家味，知百地情。所以不能简单地评价我们是'好吃懒做'，严格来说应该是'好学上进'嘛，对吧？"因此，有时他还会在下午下课之后不想去学校食堂吃千篇一律的晚饭时，又拉上郑晓悟"杀"到这个美食街过把瘾。而吃饭时的两人"密谈"几乎是邓世荣说要实现他的出国梦想，而且不是仅仅出国留学，是移民。又说万一出不了国的话，起码要去广东，并不厌其烦地向郑晓悟灌输他所了解、所见到的极富魅力的广州、极有活力的广州、美如花城的广州、美食遍地的广州，当然，还有他那位被分配在广州工作的漂亮而有气质的女朋友。

这个星期天，两人在早餐后又毫无例外地一路闲聊闲逛到南市食品街去吃云南汽锅鸡。邓世荣喝着啤酒等菜上桌时，神神秘秘地从怀里掏出一张《中国青年报》递给郑晓悟："第四版有一则广东临港开发区招聘法律专业人才的广告，我觉得特别适合你，所以今天特地拿来给你看。当然，不仅仅是给你看看而已哈，这是个机会，机会晓不晓得？现在这个时代，我们是绝对不能错过任何机会的嘛。"

郑晓悟接过报纸一看，是"广东省临港开发区环球法律咨询公司"招聘涉外法律人才的广告，特别说明是以公司形式进入法律市场、提供法律服务的新尝试，是在市政府主管部门的领导下改革管理模式，自主经营运作，自收、自支、自养，并免费解决住宿，保证待遇从优，同时也将为符合条件、试用合格者争取正式调动和迁户口指标。郑晓悟心里一动，觉得很有吸引力。本来"经济特区"这几个字还是个新鲜概念，"临港开发区"更是个新奇、神秘的去处，于是他想起了吕菁华当时听邓世荣介绍广东、介绍广州时那向往的神情，想到她再过几个月就要毕业分配了，而能否保证不会像周建国那样两地分居，而且她也愿意前往，去向非常关键。临港开发区是个从边陲小镇起步的新兴城市，是个草创之地，需要大量的人才，在她毕业之时争取分配过去应该相对容易一些。就郑晓悟现在来说，虽然所在的津港石油公司自身条件不错，对外合作中心的工作更是很多人向往的岗位，但毕竟距离城市不算近，而且自然环境比较差，关键是没能实现自己回北京的最终愿望，心中多少留有遗憾，有了更好的选择机会，当然就会萌生另攀高枝的想法。毫无疑问，此次出国留学进修被悄悄顶替的事，无论怎样解释都在心里留下了阴影，这应该算是个很好的离开的理由。

但是，这个招聘并非直接调动，还要通过规定时间的试用期才有可能调入和转户口，而不经正式来函商调和正规批准调动程序，津港石油公司这样的正正规规的国企会同意自己离开吗？贸然离职的风险是很大的。针对郑晓悟的这些疑问和担心，邓世荣不以为然地指点道："哎哟，我说兄弟哟，停薪留职，停薪留职嘛。现在有政策规定可以停薪留职到别的单位去，到时候不行的话再回原单位，好像一般可以停薪留职三到六个月。当然咯，那个陈处长实在是太厉害咯，我们公司人事处同不同意你留职停薪，那就看你自己的本事喽。"

自己潜在的去意再加上邓世荣的鼓动，郑晓悟立即行动起来，当天便按照招聘广告上的要求内容发去了应聘信。

距培训班结业还有三天的时间，郑晓悟收到了临港开发区环球法律咨询公司的录用通知书。手持来信的郑晓悟就像是取得了进入崭新世界的通行证，踏上了通往灿烂未来的光明路，感觉自己好像已经在南国的椰林里徜徉，在南海的碧波里畅游，在火热的环境中工作，在温暖的阳光下奔走，总之他去意已决，甚至想到了要破釜沉舟。

他回到单位之后，立刻就拿着这份来自广东临港开发区的录用通知书到公司人事处找陈处长，要求办理停薪留职手续，被陈处长正气凛然地以"虽然国家有政策，但公司无先例"为由，断然予以回绝。

这个情形和结果完全在郑晓悟的预料之中，但他没有气馁，他要一鼓作气，绝不能退缩。当他再一次来到陈处长办公室时，无论如何都敲不开门，里面也没有人回应，到旁边办公室去问，个个都闪烁其词地回答说不知道。但他知道陈处长是在回避自己，表明拒绝办理，于是便在晚饭后干脆直接找到陈处长家去交涉。听到敲门声前来开门的陈处长毫不客气地直接把他堵在门外，不听任何说明和申辩，大声训斥道："现在是下班休息时间，你跑到我家里来干什么？你懂不懂规矩？工作上的事到我办公室去谈。"

"我本来是去您的办公室谈，但您就是不开门接见也不办理。只要您把我的停薪留职手续办了，我绝不再叨扰您。"

陈处长大概从未遇到过胆敢如此纠缠不休的人，恼羞成怒地吼道："你有什么资格提要求？我就是不给你办怎的嘛？你要再敢这么闹的话，看我怎么处理你。"甚至边说边把郑晓悟往楼梯口推。

第二天，郑晓悟收到吕菁华的回信，非常热切地希望他能应聘去广东临港工作，而且还特别期盼他在那儿打好基础，以便她能在毕业分配时如愿分到临港开发区这块令人神往的热土上工作和生活。看完信，郑晓悟就去研究院找邓世荣讨主意，但被告知邓世荣已经被研究院紧急派往中山大学，参加美国的海洋工程研修班培训去了。

听到好友已经南下置身南国了，他心中更是焦灼无比。经过整夜的辗转反侧和激烈的思想斗争，他于次日星期天中午再次以斗志昂扬的姿态到了陈处长家门口。这次他没有用手敲门，而是粗鲁地直接用脚踢门，开门的是满脸惊愕的一位女孩，陈处长见状赶紧过来，看到郑晓悟那无所畏惧、视死如归的架势，赶紧把他堵在门外并虚掩上门，用无可奈何的口气轻声说道："好啦好啦，我家里现在有客人，你也不要闹啦，啥也别说了，不就是办停薪留职手续嘛？你明天上午就到公司人事处，直接给你办就是了。"

郑晓悟次日如约前往，但见陈处长的办公室依然是房门紧闭，就情绪不爽地猛然敲门，从旁边的一间办公室立刻出来一位中年妇女，问："你是对外合作中心的郑晓悟吧？"得到肯定的回答后便说，"你要办停薪留职手续的事陈处长已经交代好了。来，到我办公室来吧，马上就给你办。你还真舍得离开对外合作中心啊。"

本书看完做什么？

为了帮助您更好的阅读本书，我们提供了以下线上服务

【看作者手记】 >>
为你分享作者的创作体会，了解【潮汐三部曲】创作的心路历程

【听同类型优质小说】 >>
同类变革时代小说推荐，感受小说的主旨传达和精神内蕴

【记下你遇到的美文佳句】 >>
在线读书笔记，一键拍照，分享你最爱的书中精彩情节

微信扫码

第二十四章　南下广东

停薪留职，如愿以偿。

关键性的手续办妥就排除了制度上和程序上的障碍，郑晓悟心里的一块大石头算是落了地，而且也暗暗打算或者是潜意识里预计此行南下将会一去不复返，于是便雷厉风行地把自己所有的东西一件不剩、一样不落地全部都打包装箱，以列车货运慢件的形式直接托运到广东省临港市中心火车站，并及时退还了学外语的收录机、办公用的打字机等工作用品，同时马不停蹄地报销清账、结算工资、交接工作，说是到临港市区内需要相关证件才能进入，于是最后还去公司公安处办了一张边防通行证。总之，不给事情留有受阻的尾巴，不给自己留下考虑的空间，不给予同事留出展开讨论的余地，免得夜长梦多。

这天郑晓悟正在和盖大姐、胡志军最后清理交接办公室余下的具体事务，张楚阳副总经理的秘书进来说张总请他过去谈谈。郑晓悟心知肚明，坦然随行上到八楼，还是华副总原来的办公室，还是那样的摆设，张楚阳满面笑容地迎上前来，拉着他的手，边把他引到沙发上坐下，边略带调侃地问道："怎么？我听说你这个情绪闹得够大的啊？还闹成真的了？要走？能不能听我一句劝呐？"

郑晓悟礼貌地双手接过秘书端过来的热茶，客气地点头致谢，但并没有接张总的话，因为不知道如何接。

张楚阳看郑晓悟两眼盯着茶杯不说话，便静静地观察着他，也似乎是在思考如何组织谈话的语言，稍停片刻又继续说："去年出国培训的事，我和钟总都已经给你解释了。当然，没有直接而明确地通知你后来的情况和结果确实不妥，而陈处长的工作方式又显得有些简单粗暴，也是不对的。这次送你去天津外院进修英语就是要继续给你出国学习的机会，你看哈，马上就有去法国或者加拿大学习三个月的机会，我正在考虑是把你安排去哪个国家呢。"

郑晓悟已经了解到，这种到日本也好、到法国或者加拿大也好的三个月培训学习，在津港公司尤其是对外合作中心每年都有很多次，一点儿都不稀奇，但所有这类培训都和那次去美国留学一年且有文凭的学习完全不可同日而语。但这些话和这些理由说不出口，况且，他也知道这次顶替事件不是津港公司做出来的，也不是钟总、张总所能左右的，而这两位领导一直都想要弥补，张总更是一来就表现出对自己的关照和偏爱。他想了想说道："谢谢张总对我的关心！我其实不是在闹情绪，也没有再去想那个去美国学习的事，我其实是在实施我和女朋友未来能够待在一起的规划。女朋友七八月份就要毕业分配了，如果两地分居我是不甘心的，而我知道广东临港是个刚刚起步的新兴开发区，正在搞大开发，现在需要大量的人才，我先过去之后再向我母校的领导申请把她分过去，应该问题不大。"

"嗨！你是在担心你女朋友毕业分配的事呀，你说在我们这样的大国营单位会是问题吗？我们也需要大量的人才呀，我们直接去函把她要过来不就完了吗？"

郑晓悟有点为难地解释道："我女朋友来过我们这里，对我们单位的条件很满意，就是觉得这里的外部环境太差。"

"那就让你女朋友去北京总公司，去北京正在筹建的全国性销售公司和天然气公司。这个我可以做北京总公司的工作，直接到你们楚天大学去要人，你到时候再调去北京，也是属于我们系统内的调动就比较简单了。你要知道啊晓悟，我们国家海洋石油勘探开发正处在上升期，除了渤海、东海、南海几大海上油田之外，随后的石油天然气配套产业也会有非常大的发展空间和发展机会，你失去了海油的这块天地真的会很可惜的，而我也希望……"张楚阳说到这里，看了看关闭的办公室房门，压低声音说，"我也希望有你这么个老乡能在工作上支持我。"

郑晓悟得闻此言心里一动，不过他属于那种决定干一件事之后九头牛也拉不回去的"一根筋"，虽然特别感激张总的肺腑之言和另眼相看，但他也不想就此留下来，不欲因此再回头，只好婉转地说："其实我停薪留职出去几个月，也还是您的部下，正好可以冷静地考虑考虑您说的话，到时我给您写信具体汇报思想。"

中饭时分，鲍萍萍端着饭菜走过来，用手拉了拉郑晓悟的胳膊，示意他跟她到饭堂角落一个没有人坐的饭桌去。这是一个很少有人过来坐的角落，没有邓世荣在场起哄，也就没有什么人再开他们的玩笑。鲍萍萍一坐下来就迫不及待地问："你真的要走了？说是停薪留职的手续都办妥了？你怎么不跟我商量商量呢？我听我爸爸说过，广东临港那个地方刚刚才开始开发，就是个小渔村，人很少，条件也差，怎么能跟华东比、跟上海比呢？我不是跟你说过吗，我正在办去东海石油公司的调动，我会想办法把你一起调到上海去的。"

郑晓悟此前根本没有计划要调去上海筹建中的东海石油公司，更没有想到自己的工作去向要和鲍萍萍有什么瓜葛，虽然鲍萍萍也相当不错，但绝不能在吕菁华之间再插进来个鲍萍萍。不过，他又觉得不能伤了人家的心，屈了人家的意，便笑着说："看来这是个大变动的时代啊，人心思变，人心思动，好事啊！我呢既然好不容易办好了停薪留职的手续，还是先到这个传说中改革开放第一线的开发区去考察考察，体验一下是怎么回事再说。你先看看你调去上海的情况办得怎么样，咱们再联系决定怎么办吧。"

"好，那你到了临港给我写信来哦。"鲍萍萍期盼地说。

郑晓悟心里明白，自己是不可能给她写信的。

午饭后，郑晓悟没有坐公司的通勤车，而是骑着自行车先赶到滨海火车站，买了到武汉的火车票，随即再到邮电局，给吕菁华发了封电报，告知自己到达武昌车站的时间、车次、车厢号，接着又赶到海洋石油税务局津港分局找孙志钢话别。到了他办公室，他礼貌地敲门问声"请问孙志钢在吗"，只见平常见到自己就热情相迎的刘海莲居然假装没看见没听见，神情异常地扭过头去装着在查阅资料，和她同办公室的另一位女孩从座位上站起来回应道："小孙在他寝室收拾行李呢。"说完还对郑晓悟暗示性地向刘海莲那边打了个眼色。

郑晓悟满怀狐疑地来到孙志钢的寝室，只见床上、地下、桌面都是些正在收拾的物品。孙志钢看到郑晓悟进来，诧异地问："咦？你从天津学习结束了？我还说要给你留封信呢。"

郑晓悟没有回答他的问话，而是指着乱七八糟堆放的衣服、物品："你这是干什么呢？"

"我调到大连去工作了，明天就走。"

"噢？你和小刘都调回她老家大连去了？那她怎么还在办公室上班，不跟你一起收拾收拾，准备准备呢？"

"来来来，先坐，随便找个地方坐哈。我给你倒杯水，正想跟你聊聊呢。"原来，孙志钢在春节期间跟刘海莲一起去了大连过年，首先发现刘海莲家只是城里的一般居民，父亲已经过世，母亲在街道开的小饭馆里做厨房后勤，而且身体不大好，家里条件很差，很穷，尤其是还有个患小儿麻痹症的弟弟处于瘫痪状态，得靠刘海莲负担一辈子。这让孙志钢心里凉了半截，想到自己的家庭情况加上这个家庭的负担压力，便萌生退意，毅然决然地和刘海莲断绝了关系。与此同时，孙志钢在武汉《知音》杂志的《征婚》栏目中看到大连市人民医院的一位女护士的征婚条件不错，便建立了联系，两个月前利用周末并请了两天事假，专程赶去大连见了这位姑娘，紧接着又去了姑娘在盖县的老家，大宅大院很富有。姑娘和家人对孙志钢很满意，孙志钢也觉得各个方面都很理想，于是就紧锣密鼓地申请系统内调动到大连。"顺风顺水，办得很顺。我计划到大连安顿下来后，差不多的话就准备登记结婚。说好了，婚礼就在她盖县老家举行，所有的事情都有她家的人操办，我啥事都不要操心。"言语之间颇有得意之色。

郑晓悟似乎觉得在听天方夜谭，世上居然还有这样谈恋爱的？还有如此接姻缘的？像是在谈买卖，像是在做生意，合算就谈，不划算就散？他想到孙志钢当时用各种招数把刘海莲追到手时的得意劲，想到刘海莲躲不过而接受孙志钢之后的幸福感，想到刘海莲对自己作为孙志钢的朋友而诚挚热忱相待，想到吕菁华见到刘海莲就如亲姐妹般的情投意合，如此一来，却形同路人了。郑晓悟觉得自己心里很难受，情感上很难接受。他更加想念吕菁华，想尽快见到她，只有在她身边才有安全感和真实感。他本意还想在今晚和孙志钢一起吃个饭聚聚聊聊，本来还想明天礼貌性地到车站为孙志钢送行话别，但忽然之间感到心灰意冷，兴趣全无，甚至都忘记了是怎样和孙志钢告别回到单位的。

郑晓悟是在1985年4月27日上午到达武昌火车站的，虽然离开武汉还不到两年时间，但却有久违之感，亲切而温暖。

买站台票直接进站台接站的吕菁华看上去瘦了一些、黑了一些。郑晓悟感到很心疼，不知道她是写毕业论文熬夜所累，还是两地相思苦恋所致，抑或是担心毕业分配去向操心所困，便急急迎上前去，满腔柔情地放下手中的行李，紧紧抱住了她。吕菁华在他耳边调皮地说了句："小别胜新婚，嘻嘻。"

"这是小别吗？八个月的时间还是小别？哼！看来你喜欢两地分居。"郑晓悟假装委屈地斥责道。

"你瞎说！"吕菁华回完嘴，迅疾地在郑晓悟唇上一吻，顺手拎起地上的两件手提行李往出站口走去。

在火车上已经不断地听说到广州的火车票很紧张，非常难买，甚至有时候连站票都买不到，还得"开后门"。所以，郑晓悟首先和吕菁华商量自己在武汉待多长时间比较好？两人都一致认为工作问题是必须摆在第一位的，两个人的相聚来日方长，于是决定先去售票处把后天，也就是星期一去广州的火车票买到手。

郑晓悟不想跟吕菁华一起回到学校去，以免引起不必要的风言风语，有可能会影响她的毕业分配，又因为只是路过，时间有限，也要尽量免去自己回校之后的应酬拜访，所以便让吕菁华将自己带给她的礼物还有她写信托他买给其二哥吕延华、表哥钱任重的进口电子产品先拿回寝室放好，自己去学校附近的一家饭馆等她。两人亲亲热热地吃过午饭之后便直接乘车赶去邝萌家。

邝萌对郑晓悟在天津的大型国营企业干得好好的，突然决定南下去一个完全陌生的天地寻找新的发展机会，独自打拼创业，觉得非常不可思议。他说郑晓悟这样不按规则出牌的举动他还没有想转过来，但他依然表示理解和支持："作为这么多年的朋友、发小，我也了解你的脾气，而且我也相信你肯定有你自己的考虑，肯定有你自己的把握。至少你敢放弃大国企的优厚福利待遇，你敢辞去别人羡慕的外事工作岗位，光是这种魄力我就非常佩服！反正换了是我，打死我都不敢动。我现在在我们造船厂技校当个语文老师就已经很满足了，等我们厂的单元宿舍楼建好，根据我爸爸妈妈的条件加上我，起码可以分到三居室，到时候我再跟赵佳把婚一结，这样我就很满足了。哎呀！郑晓悟啊，我不知道是应该羡慕你呢还是应该担心你。"晚饭后，邝萌陪郑晓悟、吕菁华散步走到汉江与长江的交汇处，观赏着武汉三镇的夜景，仰望着长江大桥的雄姿，发出如斯感慨。

吕菁华一路都握着郑晓悟的手，听了邝萌的话，便明确地表达了自己的意见："晓悟他们单位我已经去过了，本身条件是不错，但那个地方给人以荒凉感，北京和天津市区我也都逛过，北京当然是层次高、机会多，但太难进了。我听了他的一位去过广东的朋友谈到见闻感想，真的，特别令人神往。后来我就特别在报纸上关注临港开发区，关注广东的一切消息和新闻，那里的确是适合年轻人去闯一闯的地方。再就是吧，我觉得一个人趁着年轻的时候多一些经历其实是件好事，所以我支持我们郑晓悟停薪留职先去临港看看，如果真的不错的话，我就想在两个月后毕业争取分过去。"

听了吕菁华的表态，郑晓悟庆幸自己的判断和决策都是正确的，虽然此前吕菁华并没有明确表示她不喜欢天津的津港那个地方，但自己的直觉真的很准，并且跟着自己的感觉走肯定不会错，这应该是爱的本能感应，也应该是爱的基本责任，所以他得意地对吕菁华说："怎么样？你爱的人没有爱错吧？不用你主动开口，咱就能想为对方着想，主动有所作为，一定要符合你的要求，达到你的目的。"吕菁华认可地亲了他一下。

邝萌抗议道："哎呀呀呀，我说你们俩能不能回避一下，欺负我是单身一人？顾忌一下我的感受好不好？太刺激人了！"

还是像原来一样，郑晓悟和邝萌挤在阁楼上，吕菁华和邝萌的两个妹妹睡在一个房间。第二天早饭后，根据预先的电话约定，三个人便赶到赵佳所在武汉市区近郊的工作单位，那边交通虽不太便利，但单位的宿舍条件好，每人一间，自然环境也不错，紧邻翠湖，碧波荡漾，荷花含苞，空气清新，尤其是水产丰富，物鲜价廉。一到地方，邝萌便驾轻就熟地带他们去附近集市上买鱼买虾买菜，回到赵佳宿舍便熟门熟路地插电炉、点煤油炉，开始了蒸、炒、焖、煮，手法娴熟，厨艺高超，身手不凡，郑晓悟完全插不上手，也不知道如何帮忙，而且中午饭和晚饭的菜色品种还绝不重样。赵佳则乐得清闲，更多时候是拉上吕菁华漫步湖边，去说她们之间说不完的悄悄话去了，两个男人则在谈论交流着国家的形势走向，个人的人生规划，未来的事业发展，家庭的生活预期。

晚上，赵佳把她自己的寝室留给了郑晓悟和吕菁华，自己和邝萌不知道到哪里住去了。

第二天早上，郑晓悟和吕菁华已经起床，吕菁华还整理好了被子、床铺，只是还没来得及开门，就听到"砰砰砰"的敲门声，接着是赵佳憋住笑腔地叫道："开门，快开门！检查，检查！"

吕菁华应声："来了，来了。"随即打开房门假装呵斥道，"检查啥？检查啥？没礼貌。"

赵佳不理她，闪过她身旁，故意摆出一副目标明确、证据在握的表情直接冲到床边，然后把叠好的薄被子抖起来拉开，看来看去，然后又勾着头在床单上做仔细搜寻状。吕菁华看得是莫名其妙，问赵佳："你在干什么？神经病啊？"

赵佳一脸坏笑地说："我要搜集犯罪证据，检查检查有没有留下你们俩爱的痕迹。"

吕菁华一下听明白了，冲过去扯住赵佳的胳膊，咬牙切齿地叫道："哎呀！你真是个女流氓啊！还是流氓老手呢！我要撕烂你的嘴。"

两个漂亮女孩嘻嘻哈哈地扭在了一起。邝萌站在门外无可奈何地摇着头，郑晓悟则开心地看着她俩胡闹。

欢聚的时间总是显得非常短暂，下午就要赶去武昌火车站，踏上南下的火车了，郑晓悟心中既有对未来新世界的向往，又有对至爱吕菁华的不舍，既有即将投身于陌生未知环境的好奇的紧张，又有和发小好友话没聊够就要再一次分开的遗憾。当然，令人可以安慰的是，再有两个月，自己的女朋友就要毕业分配了，就有机会和自己聚在一起永不分离了，而且自己有信心有决心一定要让吕菁华分配到自己身边，绝不能像周建国夫妻俩那样两地分居。郑晓悟心里非常清楚，自己的依赖性太强，绝对忍受不了爱人不在身边的痛苦。

邝萌今天没有课，赵佳也特地请了一天假，吕菁华近期主要就是在忙着写毕业论文，时间是完全可以自由支配的。所以，三个人说要一起送郑晓悟上火车。根据赵佳的提议，中午直接先到汉口六渡桥的"四季美汤包店"为郑晓悟钱行，当然，肯定又是邝萌抢着付钱结账。饭后，邝萌还在六渡桥百货商场为郑晓悟买了一件最新款的"广式"短袖衫，说是要郑晓悟到广东能入乡随俗"赶时髦"。

看时间还早，邝萌建议到汉水入江口的龙王庙码头去转一转。本对钓鱼有瘾的他却对现场很多持杆垂钓者视而不见，只是看着变幻莫测的两江汇流形成的阵阵漩涡和层层波浪，很是感慨地对吕菁华和赵佳说："晓悟刚来武汉上大学的时候，我们俩就是在这个真正的'汉口'位置看这两江交汇，追忆汉水的养育之恩，畅谈人生的理想抱负，真的很有激情啊。后来晓悟大学毕业从这里北上，今天又是从这里南下，我们两个人也都是在江城武汉收获了各自的爱情。所以说啊，武汉既是中国九省通衢的中心枢纽，也是我们梦想成真的人生福地。"

听到如此真诚话语的两个女孩，在江风的吹拂下和阳光的沐浴中自是幸福无比。

此时的长江和汉江都已经开始要进入丰水期，只见由西向东的浩浩长江水与从北而来的滚滚汉江潮在"汉口"这个位置交汇激荡出高低飞溅的浪花和形态各异的波涛，既像是在激情相拥，又像是在相互冲撞。但很快，两股激流便不分彼此地融为一体，一路欢腾地奔向大海。郑晓悟入神地盯着这浩荡翻卷的不息洪流，感觉自己就是这江河中的一粒水分子，正身不由己地紧随那不可阻挡的潮流奔涌向前。

随着一声汽笛长鸣，这趟从北京开往广州的火车开始慢慢启动。看着同样在武昌车站的月台上和自己挥手告别的吕菁华，此刻的郑晓悟心中却已没有毕业分配北上时的伤感和悲戚，有的却是充满着新希望的豪情以及很快就会永久甜蜜相聚的信心，因此轻松愉快地向她和邝萌、赵佳扮着怪相，打着手势，心情愉悦地看着两边的建筑物越来越快地向后面闪去。

正如此前所了解的情况一样，车厢里的人还真是不少，走道和车厢两头的连接处都站着人，都是满怀着各自的目标和共同的理想而南下追梦的人们。坐在郑晓悟左右和对面的旅客好像都只有一个话题，那就是不停地在讲广东、讲广州、讲深圳、珠海、汕头几个经济特区，有人也在兴高采烈地谈论自己在临港开发区的新奇感受，有人在推心置腹地交流各自在工厂打工的不同收入，有人在绘声绘色地讲解服装加工厂的现代化剪裁设备，有人在自信满满地介绍在自动化生产线做"拉长"的管理经验，人人都是满脸的向往之意，满口的赞誉之词，个个好像觉得自己只要能踏足广东，就是金钱，就是富裕，就是希望，就是未来，激动之情溢于言表。最特别的是对面座位上一位留着长发长鬓角，戴着贴有标签的蛤蟆镜，吊着明晃晃粗大金项链的男士和紧靠他而坐的那位穿着紧身上衣、紧身牛仔裤的随行女友，本来在形象上就已十分引人注目，但他们旁若无人地聊着在临港随意就可签订的上百万元的进出口合同、接都接不完的加工订单、手下的任何一个打工仔打工妹每月都可以拿100多块钱的工资还不算加班费等话题，让周围所有的人都刮目相看。尤其是那位女友好像有意炫耀她傲人的身材，不断站起身来从行李架上的密码箱里往外拿样品、取货板，那长长的腿、翘翘的臀、细细的腰、大大的胸，令坐在对面的郑晓悟心猿意马、心烦意乱："是不是在南方、在临港开发区的女孩子都这样撩人呢？"他这么胡思乱想着，但他已经非常明显地感受到，就从这里开始，就从现在开始，已经形成了不同的氛围，不同的话题，不同的关注点，不同的价值观。这，就是自己即将进入的新世界；这，就是自己即将体验的新生活。

列车铆足劲儿地向前飞驰，车窗外是河汊纵横、水田阡陌、青山连绵、花木繁茂，这是典型的南国景色，而且从略略打开的车窗吹进来的风中越来越感觉到空气的湿润清新。郑晓悟算准了时间，如果火车不晚点，今晚随便眯上一觉，明天凌晨五点就可以抵达广州车站。

车厢里的广播正在播放着几乎所有人都熟悉无比的《上海滩》主题曲，这首粤语歌虽然听不懂发音，但歌词大家早已熟知：

浪奔，浪流，
万里滔滔江水永不休。
淘尽了世间事，
混作滔滔一片潮流。
是喜，是愁，
浪里分不清欢笑悲忧。
成功，失败，
浪里看不出有未有。
……

2020年10月完成初稿
2020年11月修改定稿